Special Reports On
High Level Diplomacy

大国外交第一现场

人民日报吴绮敏中央外事新闻报道选

吴绮敏 ◎著

人民日报出版社

图书在版编目（CIP）数据

大国外交第一现场：人民日报吴绮敏中央外事新闻报道选 / 吴绮敏著.
—北京：人民日报出版社，2013.1
ISBN 978-7-5115-1618-3

Ⅰ.①大… Ⅱ.①吴… Ⅲ.①新闻报道－作品集－中国－当代 Ⅳ.① I253.1

中国版本图书馆 CIP 数据核字（2013）第 017264 号

书　　　名：	大国外交第一现场——人民日报吴绮敏中央外事新闻报道选
著　　　者：	吴绮敏
出 版 人：	董　伟
责任编辑：	鞠天相　曹　腾
封面设计：	春天书装
出版发行：	人民日报出版社
社　　　址：	北京金台西路 2 号
邮政编码：	100733
发行热线：	（010）65369527　65369846　65369509　65369510
邮购热线：	（010）65369530　65363527
编辑热线：	（010）65369538　65369523
网　　　址：	www.peopledailypress.com
经　　　销：	新华书店
印　　　刷：	北京鑫海达印刷有限公司
开　　　本：	710mm×1000mm　1/16
字　　　数：	388 千字
印　　　张：	24.75
版　　　次：	2013 年 4 月第 1 版　　2013 年 4 月第 1 次印刷
书　　　号：	ISBN 978-7-5115-1618-3
定　　　价：	58.00 元

序言

人民日报社副总编辑 马利

跟随领袖脚步，见证外交经典。

这部中央外事新闻报道作品选编，汇集了人民日报社随访记者吴绮敏，对江泽民、胡锦涛、朱镕基、温家宝等中央领导同志100多项重大外交行动的一线报道，解读中国外交重大事件，评述重大国际进程中的中国作用，也展现中国领导人的外交风采。

时代前进，中国同世界联系日益紧密，中国的世界作用日益突出。中国领导人重大外交行动，服务大局，应对乱局，开辟新局，为中国经济社会发展创造有利外部环境。倡导和平、发展、合作的中国主张，推动"建设持久和平、共同繁荣的和谐世界"的中国理念，赢得国际社会广泛赞同和支持。

报道中央领导同志重大外交行动，《人民日报》重任在肩。这里搜集的文章，每一篇都是由《人民日报》首先刊发。"前方一个人，后方一支队伍"。每逢领导人出访，人民日报社都会精心选派记者，政治素质、业务素质、技术素质过硬；"后方一支队伍"，忠于职守，甘于奉献，勤奋敬业，一切为前方服务，与前方记者相互支持，相互补台，以团队合力出战斗力。

《人民日报》高访报道有两个鲜明特点：一是完整记录历史，二是深入解析释惑。

完整记录历史，这是党中央机关报的性质和地位所决定的。《人民日报》高访报道，就是中国外交的"正史"，是权威的历史文献。其权威性的基本要素是准确、充分和重点突出。准确，包括事实准确和报道尺度准确两方面。充分，体现在重要信息释放充足，无遗漏。重点突出，体现在对访问主旨的突出展示，其方式既可以是通过多种文体对消息内容加以解读、强化、延伸，也可以是通过版面语言来形成视觉冲击效果。

深入解析释惑，这是党报发挥舆论导向作用的重要体现。我们在解读新闻方面着力，用发现的眼睛捕捉生动细节，用普遍联系的思维梳理脉络，在撰写视角独到、体现深度的文章方面见长。

多年来，人民日报社几代随访记者孜孜探索，佳作频出，形成了中央外事新闻报道的独到文风：立足全局权威、精准领会政策、客观记录事实、把握分寸到位、行文视野开阔、注重时间效果、生动贴近读者、力争创新超越……

这部作品选编是人民日报社中央外事新闻报道工作成果的一个展示。吴绮敏从事中央外事新闻报道工作20年，圆满完成了很多重大外交行动的报道任务，撰写了包括评论、述评、通讯、特写、消息等各种文体的大量优秀作品。

这些作品凝聚了记者在"第一现场"采访中付出的艰苦努力和深入思索，多次受到中央领导同志表扬，在读者中广受欢迎。《倾听历史的诉说——胡锦涛主席访问马六甲海峡侧记》就是其中一例。这篇获得第二十届中国新闻奖一等奖的作品，立意深刻，政策把握准确，构思巧妙得当，叙述生动清新，兼具句秀、骨秀、神秀之韵。在来自31个省市自治区、5万余人参与的《人民日报》问卷式评报活动中，这篇作品被评为2009年《人民日报》最受读者喜爱的新闻作品之一，足见高访报道在读者中影响广泛。从人民网阅读《人民日报》的新闻排行榜还可看到，中央外事新闻总是排在前列。

国家的召唤，读者的需求，是不竭的动力。我们不懈努力，力求把中央外事新闻报道工作搞得更好，以更多优秀答卷，让党放心、让人民满意。

前言

2012年，回眸我第一次走进人民大会堂从事中央外事新闻报道工作，忽然发现已经过去整整20年。横向一看，当前在一线从事中央外事新闻报道的文字记者中，我竟是时间最久的一个。

时光荏苒，感慨万千。

我和众多同行在一线报道中央领导的重大外交行动，站在世界的角度，感知祖国日益强盛，亲睹领袖外交风采，见证中国国际影响力大幅提升。备感豪迈的时刻，也是严峻考验的时刻：第一现场采访，第一时效发稿；全力捕捉生动细节和精彩瞬间，潜心梳理思路，反复斟酌文字，力求深入解读——我们肩负光荣使命。笔下的文稿，要用心悟出来，要用脚走出来，要在同时间的赛跑中抢出来，也要在一个个不眠之夜中奋斗出来。

永恒记忆，温暖常在。

工作在中央领导身边，我们亲身感受到中央领导的亲切关怀。永远记得，2008年6月20日，胡锦涛总书记在考察人民日报社工作时，握着我的手亲切地说："我知道，你每次随团采访，都累得够呛！"一席贴心的话语，让我顿觉暖流涌起，激动得不知说什么才好。

令我备感荣幸的是，胡锦涛总书记曾数次帮助我克服了随团采访时遇到的困难。

——2009年2月13日，胡锦涛总书记和马里总统一同前往卡地医院看望中国医疗队。马方警卫"密不透风"地抻扯阻拦记者靠近领导人之际，总书记正好看见我，便停下脚步轻轻叫了一声我的名字，马方警卫随之立即对我放行。

——2009年11月13日，在新加坡樟宜供水回收厂，车间里的隆隆噪声，几乎让我听不清胡锦涛总书记同对方的任何一段对话。在活动结束时，总书记发现了神情焦虑的我，便招呼我过去，告诉我参观的情况。

——2011年11月1日，在奥地利乌尔班家庭农庄，胡锦涛总书记参观农庄设施、应邀同哈斯一家人进屋叙谈。房间狭小，奥方严格"清退"涌入的记者，我费尽心力挤在门边勉强听到一些谈话内容。在活动结束时，总书记在门口遇上我，一下子就看出我的窘迫，便亲切地对我讲起这个农庄的情况以及可借鉴之处。

眼前每每浮现这一幕幕，不由得激动自语：是胡锦涛总书记的帮助，让我得以顺利完成了报道任务！

时常谈起这一幕幕，高访报道团队的同志们由衷地说：胡锦涛总书记亲自向记者介绍访问现场情况，这是对全体新闻工作者的鼓舞，我们应当更加努力地把工作做好。

勤谨工作，不懈进取。

在拼搏的过程中，各家媒体都致力于开拓创新，打造亮点，日渐形成各自风格。在中央领导的亲切关怀和大力指导下，经过多年探索，《人民日报》高访报道中的通讯和特写日渐形成特有的"高访文体"，作为记录历史的重要文献，笃守鲜明风格：立足全局权威、精准领会政策、客观记录事实、把握分寸到位、行文视野开阔、注重时间效果、生动贴近读者、力争创新超越……

接纳很多同志的建议，我整理出这样一部作品选编，权且作为对以往工作的一次阶段性总结。收入的130篇作品都是我本人执笔的评论、述评、综述、通讯、特写和消息等，均原载于《人民日报》。其中一些作品融入了温宪、章念生、刘华新、施晓慧、马小宁、于宏建、管克江、孙广勇、李锋、马剑、任彦、张光政、吴乐珺、暨佩娟、谢亚宏、吴志华、吴云、席来旺、雷达、陈志新、孙力等驻外记者提供的采访素材，成为我们在一线并肩奋斗的见证。

每每重温这些文字的编织过程，我的心中总是激荡着感恩之情。

中央领导的悉心指教，赋予这些作品思想的力量，让新闻报道能够准确、权威、恰当地体现重大外交行动的深刻内涵。

人民日报社领导的信任、支持和鼓励，总是让我能够满怀信心地冲上一线，这是每每顺利完成报道任务的重要前提。

外交部领导和同志们的大力帮助，使我得以把握弥足珍贵的采访机会，了解鲜为人知的生动细节。

人民日报夜班编辑的默默奉献、随访团队中各单位记者的相互关照，使我备感团队力量的支撑和鼓舞。

我还要感谢家人。每一分成绩的背后，都有他们的理解和巨大付出。

20年弹指一挥间。见证、记录、感悟的过程，凝聚成珍贵的记忆和深厚的情意。

谨以这部作品选编，向中央领导、向广大读者交上一份工作答卷，同时也献给曾经和现在奋斗在中央外事新闻报道一线的同志们。

吴绮敏

2012年9月于北京

目录

2012 年

（3月26日至29日，韩国、印度）
从两大多边合作进程看中国建设性作用 ……………………… 001
——写在首尔核安全峰会、金砖国家领导人第四次会晤即将举行之际

（3月30日至4月2日，柬埔寨）
吴哥晴曛　友谊长存 …………………………………………… 006
——胡锦涛主席访问柬埔寨侧记

（6月6日至7日，中国·上海合作组织峰会）
携手共建和谐美好家园 ………………………………………… 010
——热烈祝贺上海合作组织北京峰会圆满成功

（6月18日至19日，墨西哥·二十国集团领导人峰会）
全球经济治理进程中的中国作为 ……………………………… 012

（7月19日，中国·中非合作论坛）
瞩望中非友好合作之约 ………………………………………… 016

（9月6日至9日，俄罗斯·亚太经合组织领导人非正式会议）
共同行动中的中国力量 ………………………………………… 020

（9月8日，俄罗斯·亚太经合组织工商领导人峰会）
振奋人心的"中国场" ·· 023
　　——亚太经合组织工商领导人峰会现场见闻

2011年

（1月18日至21日，美国）
让中美两国人民友好薪火相传 ···································· 026
　　——胡锦涛主席同美国青年话未来

（4月13日至15日，中国·金砖国家领导人会晤/博鳌亚洲论坛）
携手前进　共享繁荣 ·· 031

（6月15日至18日，俄罗斯）
推进战略协作　放眼世代友好 ···································· 034
　　——中俄同庆睦邻友好合作条约签署10周年

（6月18日至20日，乌克兰）
"我们永远不能忘记过去" ·· 039
　　——记胡锦涛主席参观卫国战争纪念馆

（10月30日至11月2日，奥地利）
友谊的乐章 ·· 041
　　——胡锦涛主席访问奥地利侧记

（11月3日至4日，法国·二十国集团领导人峰会）
传递"保增长、促稳定"强力信号 ································· 045
　　——写在二十国集团领导人第六次峰会即将举行之际

（11月12日至13日，美国·亚太经合组织领导人非正式会议）
汇聚合作共赢新浪潮 ·· 050
　　——写在亚太经合组织第十九次领导人非正式会议前夕

2010 年

（4月12日至13日，美国）
礼宾改革新举措　务实作风新体现 …………………………………… **054**
——胡锦涛主席出访简化国外迎送安排侧记

（4月12日至13日，美国）
简约之礼　务实之风 …………………………………………………… **056**

（4月14日至15日，巴西）
同人民在一起 …………………………………………………………… **057**
——胡锦涛主席获悉中国青海"4·14"玉树严重地震发生之后

（5月8日至9日，俄罗斯）
牢记历史　珍重和平 …………………………………………………… **061**
——记胡锦涛主席会见俄罗斯老战士

（6月11日，乌兹别克斯坦·上海合作组织峰会）
共同的意愿　共同的努力 ……………………………………………… **065**
——记胡锦涛主席出席上海合作组织成员国元首理事会第十次会议

（6月26日至27日，加拿大·二十国集团领导人峰会）
共识　行动 ……………………………………………………………… **068**
——记胡锦涛主席出席二十国集团领导人第四次峰会

（11月4日至7日，法国）
务实合作　前景广阔 …………………………………………………… **071**
——胡锦涛主席寄语中法经贸合作

2009 年

（2月11日，沙特）
中沙合作　前景广阔 …………………………………………………… **074**
——胡锦涛主席参观中沙合作项目侧记

（2月13日，马里）
中马友谊与日俱增 ………………………………………… 077
　　——胡锦涛主席访问马里侧记

（2月15日，坦桑尼亚）
中坦友谊　天长地久 ………………………………………… 080
　　——记胡锦涛主席出席中国援建坦桑尼亚国家体育场竣工仪式

（2月17日，毛里求斯）
文化交流　近悦远来 ………………………………………… 083
　　——记胡锦涛主席参观中国文化中心

（2月10日至17日，亚非五国）
奏响友好合作新乐章 ………………………………………… 086

（4月1日至2日，英国·二十国集团领导人峰会）
展示坚定信心　发挥积极作用 ……………………………… 088
　　——写在胡锦涛主席出席二十国集团领导人第二次金融峰会之际

（4月1日至2日，英国·二十国集团领导人峰会）
时间无界　空间无限 ………………………………………… 094
　　——记胡锦涛主席伦敦之行

（6月15日至16日，俄罗斯·上海合作组织峰会）
凝聚信念和力量 ……………………………………………… 098
　　——胡锦涛主席出席上海合作组织叶卡捷琳堡峰会

（6月17日，俄罗斯）
回顾历史　寄语未来 ………………………………………… 100
　　——记胡锦涛主席出席中俄建交60周年庆祝大会

（6月18日至19日，斯洛伐克）
历史性访问　友好新篇章 …………………………………… 104
　　——记胡锦涛主席访问斯洛伐克

（6月19日至20日，克罗地亚）
永远是朋友 ………………………………………………… **106**
——记胡锦涛主席访问克罗地亚

（9月21日至25日，联合国/二十国集团）
世界经济从危机走向复苏的关键时期——
中国成就鼓舞世界 …………………………………… **109**

（9月22日，联合国）
目标·基础·关键 …………………………………… **115**
——胡锦涛主席出席联合国气候变化峰会开幕式侧记

（9月23日，联合国）
中国声音　中国力量 ………………………………… **118**
——胡锦涛主席出席第六十四届联大一般性辩论侧记

（9月21日至25日，联合国/二十国集团）
中国理念　中国作用 ………………………………… **121**
——写在胡锦涛主席出席联合国系列会议和二十国集团领导人金融峰会之后

（9月21日至25日，联合国/二十国集团）
热烈的掌声响起来 …………………………………… **124**

（10月10日，中国·中日韩首脑会议）
傲雪迎春　多彩画卷 ………………………………… **126**

（11月11日，马来西亚）
倾听历史的诉说 ……………………………………… **129**
——胡锦涛主席访问马六甲海峡侧记

（11月13日，新加坡）
生动的一页 …………………………………………… **132**
——记胡锦涛主席在新加坡的参观活动

（11月14日至15日，新加坡·亚太经济合作组织领导人非正式会议）

亚太合作　互利共赢 ………………………………………… 135
——写在胡锦涛主席出席亚太经济合作组织第十七次领导人非正式会议之后

（11月17日，中国）

友好的旋律　真挚的交流 …………………………………… 138

（11月30日，中国）

立足合作　面向未来 ………………………………………… 141
——记第十二次中国—欧盟领导人会晤

（12月12日至14日，哈萨克斯坦、土库曼斯坦）

人相亲　情相融 ……………………………………………… 144

（12月12日至14日，中亚）

友好合作发展中亚 …………………………………………… 147

2008年

（1月18日，中国）

世纪馆内敞开心扉 …………………………………………… 150
——中英首脑与公众交流活动侧记

（3月15日，中国·"中日青少年友好交流年"）

相聚在充满希望的春天 ……………………………………… 154
——记胡锦涛主席出席"中日青少年友好交流年"开幕活动

（5月8日，日本）

火红的青春　纯真的友谊 …………………………………… 158
——胡锦涛主席出席中日青年交流活动侧记

（5月10日，日本）
古风悠韵　情传千载 ………………………………………… 162
——胡锦涛主席访奈良

（7月9日，日本·八国集团同发展中国家领导人对话会议）
洞爷湖畔观云涌　南北对话写新篇 ………………………… 165
——八国集团同发展中国家领导人对话会议上的"中国视线"

（8月26日，韩国）
友谊之树生机盎然 ……………………………………………… 171
——胡锦涛主席出席中韩青年植树活动

（8月27日，塔吉克斯坦）
共同开辟美好未来 ……………………………………………… 174

（8月29日，土库曼斯坦）
丝绸之路渴望更多华彩篇章 ………………………………… 176

（11月18日，古巴）
寄语青春 ………………………………………………………… 178
——胡锦涛主席看望哈瓦那大学中国留学生

（11月18日，古巴）
中国国家主席做客古巴普通人家 …………………………… 181

（11月16日至20日，拉美三国）
"新"的活力　"心"的跃动 ………………………………… 183

（11月26日，希腊）
胡锦涛主席参观希腊佩扎农业联合体 ……………………… 185
——鼓励中希两国扩大农业交流合作

（12月20日，中国·"中日青少年友好交流年"）
明天会更好 ……………………………………………………… 187
——记温家宝总理出席"中日青少年友好交流年"闭幕式

2007 年

（1月30日至31日，喀麦隆）

友谊之旅　合作之旅 ················· 190
——胡锦涛主席访问喀麦隆侧记

（2月1日，利比里亚）

忠实履行使命　维护世界和平 ············ 192
——记胡锦涛主席看望中国赴利比里亚维和部队官兵

（2月2日，苏丹）

加强互利合作　促进自主发展 ············ 196
——记胡锦涛主席考察苏丹喀土穆炼油有限公司

（2月4日，赞比亚）

握手，全天候朋友 ·················· 199
——胡锦涛主席同卡翁达畅叙中非友谊

（2月4日，赞比亚）

中国军医的光荣 ··················· 202

（2月6日，纳米比亚）

奋斗在非洲这片热土上 ··············· 204
——胡锦涛主席同驻非洲国家中资企业代表座谈会侧记

（2月7日，南非）

青年，非洲振兴的希望 ··············· 207
——胡锦涛主席在比勒陀利亚大学演讲侧记

（2月7日，南非）

文明互鉴的瞩望 ··················· 210
——记胡锦涛主席参观"人类摇篮"遗址

（2月10日，塞舌尔）
最好的朋友 ………………………………………… 212
——胡锦涛主席塞舌尔访百姓家

（3月26日，俄罗斯）
春天的交响 ………………………………………… 214
——俄罗斯"中国年"开幕式庆祝演出侧记

（3月27日，俄罗斯）
真情暖童心　友谊代代传 ………………………… 216
——记胡锦涛主席参观莫斯科1948中学

（6月9日，瑞典）
追寻历史　续写友谊 ……………………………… 219
——"哥德堡"号仿古船返航仪式侧记

（8月14日，吉尔吉斯斯坦）
奔腾不息的楚河见证 ……………………………… 222
——记胡锦涛主席访问吉尔吉斯斯坦

（8月16日，吉尔吉斯斯坦·上海合作组织峰会）
务实合作　共同发展 ……………………………… 224
——上海合作组织比什凯克峰会侧记

（8月17日，俄罗斯·上海合作组织联合反恐军事演习）
为了和平 …………………………………………… 226
——胡锦涛主席观摩"和平使命—2007"联合反恐军事演习侧记

（9月4日，澳大利亚）
合作的活力　发展的前景 ………………………… 228
——胡锦涛主席访问西澳大利亚州侧记

（9月5日，澳大利亚）
"我们会经常想起这一天" ………………………………… 231
——胡锦涛主席做客库赛克牧场

（9月8日至9日，澳大利亚·亚太经合组织领导人非正式会议）
亚太大家庭与可持续未来 ………………………………… 233

2006年

（7月16日，俄罗斯·八国集团同发展中国家领导人对话会议）
观南北对话　听中国声音 ………………………………… 236

（11月1日至4日，中非合作论坛北京峰会）
老友相逢情谊浓 …………………………………………… 238

（11月15日至16日，越南）
中越合作　山高水长 ……………………………………… 240

（11月18日至19日，越南·亚太经合组织领导人非正式会议）
和谐亚太　新的一页 ……………………………………… 242

（11月19日至20日，老挝）
光荣的使命　殷切的嘱托 ………………………………… 245
——记胡锦涛总书记看望中国青年志愿者赴老挝服务队队员

（11月21日，印度）
共同谱写中印友好新篇章 ………………………………… 248
——胡锦涛主席寄语中印两国青年

（11月23日，印度）
"缅怀中国人民的亲密朋友柯棣华大夫" ………………… 251
——记胡锦涛主席会见柯棣华大夫亲属

（11月24日，巴基斯坦）
长青松旁话友谊 …………………………………………… 254

（11月25日，巴基斯坦）
为中巴友谊欢呼 ……………………………………… 256
——胡锦涛主席出席拉合尔市民招待会侧记

2005 年

（6月30日至7月3日，俄罗斯）
中俄战略协作取得新成果 …………………………… 258
——从胡锦涛主席访俄看两国关系发展

（7月5日，哈萨克斯坦·上海合作组织峰会）
面对机遇与挑战 ……………………………………… 261

（7月5日，哈萨克斯坦·上海合作组织峰会）
乘风破浪正当时 ……………………………………… 263
——上海合作组织阿斯塔纳峰会侧记

（7月7日，英国·八国集团同发展中国家领导人对话会议）
南北对话意义深远 …………………………………… 265

（9月8日，加拿大）
友谊树·中加情 ……………………………………… 267

（9月10日，加拿大）
横跨太平洋　瞩望新机遇 …………………………… 269
——胡锦涛主席访问加拿大侧记

（9月11日，墨西哥）
多彩文明　多样世界 ………………………………… 271
——胡锦涛主席参观墨西哥人类学博物馆侧记

（9月14日至16日，联合国）
为了人类共同的未来 ………………………………… 273
——胡锦涛主席出席联合国成立60周年首脑会议侧记

（12月5日，法国）
塞纳河畔"文化之约" …………………………………… 276
——温家宝总理与法国文化、艺术界人士座谈会侧记

（12月6日，法国）
中法关系着眼未来 ………………………………………… 279
——温家宝总理寄望中法两国青年交流

（12月7日至9日，斯洛伐克、捷克）
友谊合作新乐章 …………………………………………… 281
——记温家宝总理访问斯洛伐克、捷克

（12月4日至10日，欧洲）
经贸合作　科技领先 ……………………………………… 283
——温家宝总理访欧侧记

（12月12日至14日，东亚）
东亚之"热" ………………………………………………… 286
——记温家宝总理出席东亚领导人系列会议

2004年

（5月2日，德国）
访德首日问农工 …………………………………………… 290
——温家宝总理慕尼黑参观记

（5月2日至4日，德国）
数字见证中德合作 ………………………………………… 293

（5月6日，欧盟）
恰逢其时的访问 …………………………………………… 295

（5月7日至8日，意大利）
为企业合作牵线搭桥 ……………………………………… 297

（5月2日至12日，欧洲）
温总理访欧话人权 ……………………………………… 300

（5月2日至12日，欧洲）
总理的"高科技企业之旅" …………………………… 303

（6月28日，中国）
光华永驻　历久弥新 …………………………………… 306
——纪念和平共处五项原则创立50周年

（11月14日，巴西）
为了祖国的发展和统一 ………………………………… 309
——胡锦涛会见里约热内卢华侨华人

（11月16日至18日，阿根廷）
春天的信息 ……………………………………………… 312
——记胡锦涛主席访问阿根廷

（11月20日至21日，智利·亚太经合组织领导人非正式会议）
共谋亚太大家庭的发展繁荣 …………………………… 314

（11月23日，古巴）
传递火炬　照耀未来 …………………………………… 317
——记胡锦涛主席参观古巴信息科学大学

2002年

（4月12日至13日，中国·博鳌亚洲论坛）
为了亚洲的共同繁荣 …………………………………… 320
——写在博鳌亚洲论坛首届年会闭幕之际

（6月6日，俄罗斯）
伟大的诗人　民族的骄傲 ……………………………… 322
——记江泽民主席参观普希金母校

（6月7日，俄罗斯·上海合作组织）
历史性的盛会 ·· 325
　　——写在上海合作组织圣彼得堡峰会成功召开之后

（6月10日至11日，拉脱维亚）
中拉合作源远流长 ·· 327
　　——记江泽民主席访问拉脱维亚

（6月12日至13日，爱沙尼亚）
中爱友谊新篇章 ·· 329
　　——记江泽民主席访问爱沙尼亚

（6月13日至15日，冰岛）
传播友谊　续写佳话 ·· 331
　　——记江泽民主席访问冰岛

（6月16日至17日，立陶宛）
为了共同的期待 ·· 333
　　——记江泽民主席访问立陶宛

2001年

（4月5日至7日，智利）
金秋盛情暖人心 ·· 335
　　——记江泽民主席访问智利

（4月8日至9日，阿根廷）
合作之路越走越宽 ·· 337

（4月10日至11日，乌拉圭）
玫瑰之城迎嘉宾 ·· 340

（4月11日至12日，巴西）
树立南南合作的典范 ·················· 342

（4月12日至13日，古巴）
中古友谊谱新篇 ···················· 344

（4月15日，委内瑞拉）
历史、现实与未来 ··················· 346
——记江主席参观玻利瓦尔故居和博物馆

（4月15日至17日，委内瑞拉）
友谊万岁 ······················· 348

2000年

（6月29日至7月2日，德国）
精诚合作　共享繁荣 ·················· 350
——中国代表团访德侧记

（11月11日至12日，老挝）
中老友谊的里程碑 ··················· 353
——记江泽民主席访问老挝

（11月13日至14日，柬埔寨）
情深谊重　万古千秋 ·················· 356
——记江泽民主席访问柬埔寨

（11月15日至16日，文莱·亚太经合组织领导人非正式会议）
平等互惠　共赢共存 ·················· 359
——记江主席出席亚太经合组织领导人非正式会议

（11月17日至18日，文莱）
做客"和平之邦" ···················· 362

1999 年

（2月24日至27日，俄罗斯）
奏响中俄经贸合作主旋律 ················· **365**
　　——朱镕基总理访俄活动侧记

（2月24日至27日，俄罗斯）
务实进取　拓展合作 ······················· **367**
　　——热烈祝贺朱镕基总理访俄圆满成功

附录　见证·记录·感悟 ···················· **369**

> 应韩国总统李明博、印度总理辛格邀请,国家主席胡锦涛于2012年3月26日至27日出席在韩国首尔举行的核安全峰会,于3月28日至29日出席在印度新德里举行的金砖国家领导人第四次会晤,促进了核安全国际合作,深化了金砖国家团结协作,加强了同各国在重大国际和地区问题上的沟通和协调,展示了中国负责任国家形象,意义重大,影响深远。本文刊于会议召开前夕,梳理了中国在两大多边合作中的建设性作用。

从两大多边合作进程看中国建设性作用
—— 写在首尔核安全峰会、金砖国家领导人第四次会晤即将举行之际

2012年3月最后一周,两大多边合作进程为世界瞩目。

首先是26日至27日举行的首尔核安全峰会,聚焦加强核材料和核设施的安全,重点讨论加强核安全的国家措施和国际合作。53个国家的领导人或代表,以及联合国、欧盟、国际原子能机构、国际刑警组织的负责人出席。规格触顶,规模空前。

紧接着是28日至29日在新德里举行的金砖国家领导人第四次会晤,聚焦"金砖国家致力于稳定、安全和繁荣的伙伴关系",中国、巴西、俄罗斯、印度和南非五国领导人将重点讨论全球经济治理和可持续发展两大议题。新兴市场和发展中国家合作进程再迈新步。

国际社会如何进一步厘定核安全国际合作规则,是一大看点;新兴市场和发展中国家如何携手致力于全球经济治理和可持续发展,又是一大看点。中国国家主席胡锦涛今年首次出席国际会议,将在国际事务上宣示怎样的中国主张、发挥

怎样的中国作用,更是国际焦点。

核安全国际合作——
担当核能大国的责任

核,安全——将两个概念合而为一,体现了矛盾统一的追求。自从 1919 年,原子核物理学之父欧内斯特·卢瑟福通过 α 粒子轰击氮核实验揭示原子核的秘密,并开始逐步把世界带入原子核时代,核应用之威与核安全之危的纠互盘结,就成为人类必须直面的重要课题。

早在 20 世纪 60 年代,随着以和平为目的的核应用增加,跨境转移核材料的事件就呈现上升苗头。防止非法获取核材料、保护核设施安全的现实需要,使核安全概念日渐萌现,相关国际合作开始酝酿实施。2001 年发生的"9·11"事件,显示出恐怖分子使用核材料和破坏核设施的可能性将成为一个威胁,核安全概念随之增生新内涵,核安全国际合作更见紧迫性。2010 年 4 月举行的华盛顿核安全峰会正是这一趋向的集中体现。

华盛顿核安全峰会是历史上首次由发达国家和发展中国家共同参加的多边核安全会议,对国际核安全进程走向具有重要指导作用。国际社会对中国作为核能发展大国在峰会中发挥的作用十分期待。胡锦涛主席从凝聚国际共识、推动国际合作、维护国际安全的战略高度和长远角度出发,亲自率团与会,为峰会取得积极成果作出重要贡献,受到国际社会的普遍欢迎和赞扬。

"核能是清洁的,也必须是安全的。"中国国家主席胡锦涛在华盛顿核安全峰会上以《携手应对核安全挑战 共同促进和平与发展》为题发表重要讲话,道出国际社会的核安全关切。这是中国领导人首次在多边场合专门就核安全问题发表看法。

胡锦涛主席阐述了加强核安全对于保障核能持续健康发展及维护国际安全与稳定的重要意义,介绍了中国在核安全问题上的政策和实践,并就国际社会合作应对当前核安全挑战提出 5 点主张:切实履行国家承诺和责任,切实巩固现有国际法框架,切实加强国际合作,切实帮助发展中国家提高核安全能力,切实处理好核安全与和平利用核能的关系。上述主张得到与会各方广泛支持和响应,为国际社会加强合作共同应对核安全挑战指明了方向。

中方主张,强调"切实"。中方行动,践行"切实"。两年以来,中国在核安全领域取得了实实在在的新进展。中国向首尔核安全峰会提交的中国核安全进展报告显示,中国在增强国家核安全能力、开展核安全国际合作等方面进展突出:努力完善法规标准体系,大力提高管理水平,培训核安全从业人员500多名,同有关国家合作建立核安全示范中心,改造高浓铀研究堆,积极打击核材料非法贩运,开发并成功应用新型爆炸物探测装置、放射性核素识别装置、车载放射物搜寻装置等一系列安全装置,深化同国际原子能机构合作……

核安全,生于忧患。根据国际原子能机构公布的最新数字,全世界有430多个核电反应堆、250多个核研究反应堆、200多个核燃料循环设施正在运转,数以万计的高强度放射源用于医疗和工业生产。该机构最新统计显示,全球向该机构申报的核材料足以成为17.2万多件核武器的原料。与此形成对照的是,自1993年至2011年,国际原子能机构成员国共报告了2100多起涉及包括核材料在内的放射性材料的遗失、盗窃和非法获取事件。幸运的是,迄今还没有发生重大核恐怖事件。但是,核之威力决定了国际社会必须携起手来防患未然。

半个多世纪以前,《罗素—爱因斯坦宣言》带动众多科学家警示"核战争可能终结人类";今天,50多个国家将在又一个多边平台上共同承诺确保核安全。中方表明了态度:希望首尔核安全峰会能够进一步凝聚国际共识,推动核安全国际合作,为切实提高全球核材料和核设施的安全水平,推动核能和经济可持续发展,促进国际和平与安全作出积极贡献。

金砖国家合作——
追求和平安宁、共享繁荣

中国、巴西、俄罗斯、印度和南非的国土面积总和约占世界的26%,人口约占世界总人口的42%,国内生产总值约占世界总量的20%,贸易额约占全球贸易额的15%,对全球经济增长贡献率约50%。五大新兴市场国家的"含金量"不言而喻——金砖国家在经济、金融和发展领域搭建交流与对话的平台,形成多层次、宽领域合作机制,其意义非同寻常。

当今世界,包括金砖国家在内的一大批新兴市场和发展中国家快速发展,成为应对国际金融危机,带动世界经济增长、完善全球经济治理、促进国际关系民主化的重要力量。在这样的大格局、大趋势中,金砖国家合作应运而生。金砖国家开展合作已有6年,合作涉及金融、经贸、工商、农业、卫生、科技等方方面面,给各国人民带来的好处实实在在。金砖国家领导人已连续3年举行了会晤,就重大国际问题交流意见和看法、协调立场。金砖国家建立了安全事务高级代表会晤、联大外长会晤、常驻多边机构使节非正式会晤机制,在国际问题上保持密切沟通。在二十国集团框架内建立了财长和央行行长会晤机制。

中国是金砖国家合作的积极参与者,始终把同其他金砖国家的合作作为外交政策的重点之一。2011年4月,中国在海南三亚成功举办金砖国家领导人第三次会晤。

"在进入21世纪第二个十年的历史时刻,我们需要共同思考一个重要问题:如何使人类拥有一个和平安宁、共享繁荣的21世纪?"胡锦涛主席在金砖国家领导人第三次会晤中以《展望未来 共享繁荣》为题发表重要讲话,高屋建瓴地指明"大力维护世界和平稳定"、"大力推动各国共同发展"、"大力促进国际交流合作"、"大力加强金砖国家共同发展的伙伴关系"的合作方向。会晤通过的《三亚宣言》呈现了宽阔的合作视野,规划了务实的行动方案。国际媒体评论说:胡锦涛主席发表的讲话,充分体现了金砖国家开展合作的内涵,体现了金砖国家特别是中国,将在未来世界经济发展格局中扮演更重要角色的宏大气魄;三亚会晤清楚地表明,"和谐"和"科学发展"的理念正在传向世界。

基于"21世纪应当成为和平、和谐、合作和科学发展的世纪"这一在《三亚宣言》中所表明的共识,金砖国家领导人即将在新德里会晤,继续推动新兴市场大国的互利合作进程。中方对此次会晤表明了三点期待:一是对外发出积极信号,为世界经济增长传递信心,为加强全球经济治理提供动力;二是切合国际形势,就共同感兴趣的全球问题交换看法,体现金砖国家在国际事务中的积极和建设性作用;三是加强金砖国家共同发展的伙伴关系,在三亚会晤成果基础上进一步推进经济、金融、发展等领域的务实合作。

历史的一页展开2012年3月的最后一周，两大国际多边会议将见证中国的积极参与和建设性作用，见证中国对建设持久和平、共同繁荣的和谐世界的真诚追求和坚定信念。

（原载于《人民日报》2012年3月26日第三版）

应柬埔寨国王西哈莫尼邀请，国家主席胡锦涛于2012年3月30日至4月2日对柬埔寨进行国事访问。本文从胡锦涛主席考察吴哥古迹保护修复项目写起，回溯访问取得的成果，梳理中柬友谊的历史渊源。

吴哥晴曛　友谊长存
——胡锦涛主席访问柬埔寨侧记

闻名遐迩的柬埔寨吴哥古迹，与中国万里长城、埃及金字塔、印度尼西亚婆罗浮屠并称东方世界的奇迹。这里是柬埔寨人民伟大创造精神的见证，也是中柬两国人民源远流长交往历史的见证。

4月1日下午，正在柬埔寨进行国事访问的中国国家主席胡锦涛前来这里考察吴哥古迹保护修复项目，为中柬两国人民传统友谊再添佳话。

榛林莽莽，丛灌葳葳，吴哥古迹雄浑壮美。胡锦涛首先来到茶胶寺，特地来看望参与茶胶寺保护修复工程的中方工作组技术人员。

茶胶寺修复工地上，飘扬中国五星红旗和柬埔寨王国国旗，悬挂印着"热烈欢迎胡主席"、"中柬友谊万古长青"的横幅。中方工作组技术人员和柬方工人用热烈的掌声欢迎胡锦涛的到来。

"你们辛苦了！"胡锦涛同他们一一握手，向这些长年在酷暑中作业、面色黝黑的中方技术人员表示亲切慰问，并招呼他们一起合影留念。

茶胶寺是上千年前曾经开创吴哥时代建筑风格的建筑，主体建筑基台高高耸立。由于年代久远，茶胶寺的塔殿、寺门、长厅、回廊等建筑物大部出现整体或局部坍塌损毁，基台本体也出现多种结构安全隐患。为了保护这一宝贵文化遗产，2010年11月，中国政府援助的保护修复工程正式启动。整个保护修复工作将需要10年左右时间，是一项十分艰巨复杂的工程。

中方工作组制作了展板，向胡锦涛汇报中国援助修复项目的情况。2007年开始以来，茶胶寺保护修复项目已经完成了17份研究报告，保护修复方案不断完善。项目实施的首要目的是，通过多学科的科学研究和保护修复，对茶胶寺存在的各类问题进行分析处理，加固坍毁结构，修补残缺部位，恢复原有格局，增强古迹抵御自然灾害能力，最终使这一古迹得到科学保护，同时通过全面发掘研究，深入认识其独特的文化遗产价值。

胡锦涛充分肯定了中方工作组将文物修复和文化研究有机结合起来的工作思路。

柬埔寨政府把拯救吴哥古迹作为发展国家经济、加强文化旅游业、改善人民生活的重大举措。1993年，在联合国教科文组织协调和支持下，包括中国在内的多个国家和国际组织代表召开了关于吴哥古迹保护和发展的政府间会议，决定对吴哥古迹进行国际援助保护修复行动，成立国际协调委员会评估和管理吴哥古迹保护和研究活动。迄今，包括中国在内的10多个国家先后投入资金和派出人员，参与吴哥古迹保护修复工作。中国政府援助的周萨神殿保护修复工程历时10年已于2008年末竣工。神殿原有建筑格局和艺术风貌得以基本恢复，赢得了国际组织以及各国同行高度赞誉。参与该工程的中国专家获得了柬埔寨政府授予的国家级高级勋章——骑士级莫尼萨拉蓬勋章。

胡锦涛对中方技术人员的贡献表示赞赏。他表示："吴哥古迹是人类文明瑰宝，是柬埔寨人民的宝贵财富。两国政府把修复茶胶寺的艰巨任务交给你们，是极大的信任。希望你们克服困难，扎扎实实完成好修复工作。"

胡锦涛走到脚手架旁，详细询问茶胶寺建筑损毁程度、修复方式、工程进展等情况，对技术人员和施工人员在工程难度大、施工环境艰苦情况下取得的工作成绩给予充分肯定。

胡锦涛关切询问修复工作存在的困难。"最大的困难是人才少。"中方技术人员解释道，修复吴哥古迹需要熟悉高棉史、高棉艺术史、建筑学以及外语等多种技术知识。胡锦涛说："这样一个修复项目，正好可以培养人才，还可以让人才有用武之地。"

胡锦涛嘱咐说："希望同志们再接再厉，同柬埔寨同行加强沟通和协作，让柬埔寨人民创造的古代文明重新焕发光彩，让中柬友好发扬光大。"

"您在百忙之中抽时间来看望大家，体现了对文化遗产保护工作的重视，这是对全国文物工作者的鼓励。"中国文化遗产研究院教授刘曙光激动地对胡锦涛说，"我们一定会把工作做好，为国增光。"

离开茶胶寺，胡锦涛参观了达布伦寺、巴戎寺、小吴哥等著名古迹。璀璨夺目、独步一方的吴哥文化，深深吸引了远道而来的中国贵宾。一路上，胡锦涛不时询问这些古迹修复的国际参与情况，饶有兴致地了解吴哥古迹所展示的柬埔寨文化衍进脉络。在巴戎寺，胡锦涛驻足观看墙壁上的浮雕——头挽发髻、长耳蓄须的人物形象栩栩如生，相传这些浮雕展现的是历史上同吴哥人民经商往来、共同抵御外敌入侵的中国人。

胡锦涛勉励一路负责讲解的中方研究人员温玉清："中国援助柬埔寨文物修复工作，为我国在东南亚历史研究和交流方面创造了更好的条件。你们要好好研究包括吴哥文化在内的东南亚国家文化发展的历程，分析比较各种文化兴衰的原因。你们长年在这里工作和研究，真正的专家就会从你们中间产生。"

温玉清激动地表示："我一定会扎根研究吴哥文化，作出成绩向您汇报。"

"胡主席好！""我们知道您要来，已经等了一下午！""可以和您握手吗？"……参观途中，来自中国的游客对见到胡锦涛兴奋不已。胡锦涛走到他们中间，亲切地同他们握手交谈。得知几位游客来自云南时，胡锦涛告诉他们，他同暹粒省省长谈到了中国云南省同柬埔寨暹粒省结为友好省对，两省各领域合作良好，其中就包括旅游业。胡锦涛希望中国游客好好游览吴哥古迹，深入了解吴哥文化。

自古以来，中国人民就对柬埔寨人民胼手胝足创造的奇观颇为敬佩。晋代便有"扶南人悻有才巧"之说，元朝旅行家周达观则被吴哥王都艺术魅力所感染，笔酣墨饱地撰写了《真腊风土记》，生动描绘了吴哥胜景。亘古通今，中柬两国人民友谊就是从这样的相识相知、相敬相赞中培育起来的。柬埔寨太皇西哈努克同中国几代领导人精心培育中柬友好关系的佳话，也是一个明证。他亲自创作的赞颂中柬友谊的歌曲道出了柬埔寨人民对中国人民的深情：我们亲如一家，亲密团结，我们的前途充满光明……

中国和柬埔寨正在携手建设全面战略合作伙伴关系，这次中国国家主席胡锦涛本着巩固传统友谊、深化互利合作、促进共同发展的精神对柬埔寨进行国事访问，双方确立了扩大各领域互利合作、到2017年实现两国贸易额翻一番的目标，取得丰硕的访问成果。明年是中柬建交55周年，中方建议将明年定为"中柬友好年"，扩大人文交流和民间往来，中柬两国人民友谊传承又添动力。

年届九旬的西哈努克的心愿终于满足了——他一直对胡锦涛访问柬埔寨满怀期待。柬埔寨国王西哈莫尼由衷地表示，这是一次具有历史意义的访问，柬埔寨始终将中国视为最亲密的伟大朋友。

巴戎寺的佛像表情栩栩如生，被称为永恒的"高棉微笑"，相信有着千年历史的吴哥古迹不仅已经见证了中柬两国人民友谊的历史发展，也必将见证中柬两国人民友谊的发扬光大。

（原载于《人民日报》2012年4月2日第一版）

> 上海合作组织成员国元首理事会第十二次会议于 2012 年 6 月 6 日至 7 日在北京举行。胡锦涛主席主持会议，上海合作组织成员国、观察员国领导人，主席国客人和有关国际组织负责人应邀与会。圆满成功的会议，预示着上海合作组织第二个十年的良好开局。本文作于会议闭幕之际。

携手共建和谐美好家园
——热烈祝贺上海合作组织北京峰会圆满成功

2012 年 6 月 6 日至 7 日，北京见证历史性盛会。上海合作组织，隆重开启第二个十年历史篇章。我们热烈祝贺上海合作组织北京峰会取得圆满成功。

中国国家主席胡锦涛主持上海合作组织成员国元首理事会第十二次会议，同俄罗斯、哈萨克斯坦、吉尔吉斯斯坦、塔吉克斯坦、乌兹别克斯坦等上海合作组织成员国元首一起，围绕进一步深化成员国友好合作、上海合作组织未来发展、国际和地区重大问题等三大核心议题深入交换意见，达成广泛共识。11 份峰会成果文件，为深化成员国政治、安全、经济、人文领域合作打下坚实基础，体现了各方对上合组织第二个十年大发展抱有的决心和信心。

任务艰巨，北京峰会面对复杂多变国际形势，肩负促进团结协作、维护地区和平稳定、促进共同发展的重要使命。国际金融危机余波未平，国际和地区热点问题此起彼伏，本地区"三股势力"复趋活跃，贩毒和跨国有组织犯罪屡禁不止，给本地区安全和发展带来诸多不稳定不确定因素。发展的任务是紧迫的，稳定的内部环境和和平安宁的外部环境是必须的。上海合作组织各成员国领导人共同宣示加强合作、团结一致推动上海合作组织事业发展的政治信念，对于本地区各国有效应对面临的挑战、维护和平稳定、实现共同发展繁荣具有重大意义。

继往开来，北京峰会凝聚共识，硕果累累，成为上海合作组织发展的重要里程碑。成员国元首签署《上海合作组织成员国元首关于构建持久和平、共同繁荣地区的宣言》，确立了将上海合作组织地区建成和谐地区的长远目标，阐述了成员国对重大国际地区问题的共同立场。会议批准《上海合作组织中期发展战略规划》，将巩固互信、维护安全、促进发展、改善民生、加强交流确定为未来优先合作方向，制定具体有效的落实措施，旨在将上海合作组织打造成维护和拓展成员国共同利益的务实高效平台。会议修订《上海合作组织关于应对威胁本地区和平、安全与稳定事态的政治外交措施及机制条例》，批准《上海合作组织成员国打击恐怖主义、分裂主义和极端主义2013年至2015年合作纲要》……北京峰会，呈现了上海合作组织各成员国之间政治互信达到的新高度、安全合作推出的新措施、经济人文合作取得的新进展、对外交往迎来的新空间。

抚今追昔，从初创、成长到发展，从联手打击"三股势力"的原点走向全方位合作，上海合作组织成员国脚踏实地行进在不懈追求和平与发展的征途上。各成员国坚定维护共同利益，深入开展多样交流和合作，实实在在促进地区发展、造福地区人民。这是以互信、互利、平等、协商、尊重多样文明、谋求共同发展为要义的"上海精神"发扬光大的成果，这是上海合作组织基于新安全观、新发展观、新合作观和新文明观，传播世代友好和构建和谐地区理念的具体实践。北京峰会再次让世界看到，上海合作组织高举携手并进、共谋和平、共促发展的旗帜，得到各成员国人民广泛拥护和支持，国际影响和地位显著提高。

未来十年的蓝图已经绘就，上海合作组织进入关键的发展时期。北京峰会的成功，让上海合作组织在重要的历史节点上获得巨大的推动力。我们对上海合作组织成员国携手共同建设和谐美好家园、携手创造共同发展繁荣的美好未来满怀信心。

（原载于《人民日报》2012年6月8日第一版"社论"）

> 应墨西哥总统卡尔德龙邀请，国家主席胡锦涛于2012年6月18日至19日出席在墨西哥洛斯卡沃斯举行的二十国集团领导人第七次峰会，重点讨论世界经济形势、加强国际金融体系以及发展、贸易、就业等问题。峰会期间，胡锦涛主席发表重要讲话，全面阐述中国立场主张，并同各国领导人广泛接触，交换看法，发挥了独特和重要作用。本文刊于会议召开前夕，盘点中国积极参与应对金融危机的国际努力，突出展示胡锦涛主席出席历次二十国集团领导人峰会，为推动世界经济稳定复苏发挥的重要建设性作用。

全球经济治理进程中的中国作为

第七次，中国国家主席胡锦涛踏上二十国集团领导人峰会之旅。

这一次，在世界经济面临诸多不稳定和不确定因素、二十国集团在国际经济事务中作用更受重视的背景下，远赴万里之遥的墨西哥小城洛斯卡沃斯。

再一次，世界聚焦中国作为。期待洛斯卡沃斯峰会"继续致力于保增长、促稳定，向世界经济传递信心，向全球经济治理提供动力"。中方的如是表态，受到国际舆论广泛关注。

罕见的国际协调进程

自从2008年爆发国际金融危机以来，国际社会对有效的全球经济治理的需求，突然之间变得无比紧迫。当年11月，二十国集团成员的领导人在秋风萧瑟的华盛顿举行峰会，商讨对策，协调政策，采取行动。此后不足4年的时间内，又分别聚首英国伦敦、美国匹兹堡、加拿大多伦多、韩国首尔、法国戛纳……历史罕见的国际金融危机，催生了历史罕见的国际协调进程。

世界地图上，呈现出二十国集团各成员领导人峰会之旅留下的密集交错航线。一份份显示共识的成果文件，在一定程度上稳定了市场的信心。二十国集团从应对国际金融危机的有效机制逐步转化为全球经济治理的重要平台，已形成以峰会为引领、协调人和财金渠道"双轨机制"为支撑、部长级会议和工作组为辅助的架构。

胡锦涛主席出席了二十国集团领导人迄今举行的历次峰会。在这个平台上，中方始终积极参与应对国际金融危机、加强全球经济治理合作，发挥了建设性作用，作出了重要贡献。中方以"首先把国内的事情办好"的表率行动，走出了一条积极应对国际金融危机的有效路径，不仅在世界上率先实现经济回升向好，而且成为世界经济复苏的引擎。

中方以负责任的主张和行动，支持国际金融组织根据国际市场变化增加融资能力，加大力度支持受这场金融危机影响的发展中国家，支持发展中国家在国际金融机构中增加代表权和话语权。在一些争议不决的问题上，中国提交的案文，兼顾各方利益和关切，起到了化解分歧、促成共识的效果。

超强度多边双边外交

峰会日程总是紧凑的：伦敦峰会，工作午餐结束后，领导人们甚至等不及回到会议厅，就在餐厅内将讨论一直延续下去；戛纳峰会，东道主索性安排服务人员把工作餐送进会场，尽可能把时间用于讨论议程……不仅包括高密度的多边会议，而且还有大量的双边交流——胡锦涛主席同美国总统奥巴马的首次会晤，就是在伦敦峰会期间举行的。

据悉，每次峰会上的茶歇时间，也是各国领导人进行富含实质内容的双边交流时间。有工作人员统计，胡锦涛主席每次出席峰会时，都有二三十次双边交流，要么就二十国集团框架内的合作进行讨论，为促成一致意见深入做工作；要么就双边关系以及国际地区重要问题交换看法。这种"见缝插针"的双边交流，有时坐在临时搬来的椅子上进行,有时就站着进行。为了能够抓住机会同胡锦涛主席交谈,加拿大总理哈珀总是专门带着自己的中文翻译赴会。而戛纳峰会时,日本首相野田佳彦也带去了中文翻译。

非同寻常的中国影响

正如巴西前总统卢拉在出席伦敦峰会期间所作评价,胡锦涛主席每一次出席国际会议,都发挥了一个大国领导人的作用,为会议取得成果作出了积极贡献。事实上,二十国集团领导人历次峰会都说明,中方的主张不仅关注中国人民的利益,而且关注世界经济形势;中方的切实努力,推动了全球经济治理进程——

华盛顿峰会上,阐明"当务之急是遏制金融危机扩散和蔓延,避免发生全球性经济衰退;国际金融体系改革,应该坚持建立公平、公正、包容、有序的国际金融新秩序的方向,坚持全面性、均衡性、渐进性、实效性的原则;应该提高发展中国家在国际金融组织中的代表性和发言权,关注和尽量减少金融危机对发展中国家特别是最不发达国家造成的损害;中国愿继续参与维护国际金融稳定、促进世界经济发展的国际合作,支持国际金融组织根据国际市场变化增加融资能力,加大对受这场金融危机影响的发展中国家的支持"……

伦敦峰会上,强调"最紧迫的任务是全力恢复世界经济增长,防止其陷入严重衰退;反对各种形式的保护主义,维护开放自由的贸易投资环境;加快推进相关改革,重建国际金融秩序"……

匹兹堡峰会上,重申"我们的首要任务仍然是应对国际金融危机、推动世界经济健康复苏,同时要坚定不移推进国际金融体系改革,在解决全球发展不平衡进程中实现世界经济全面持续平衡发展"……

多伦多峰会上,指出"要深刻认识国际金融危机深层次影响的严重性和复杂性,继续发扬同舟共济、合作共赢的精神"……

首尔峰会上,呼吁"本着对历史、对未来负责的态度,站在维护人类共同利益的高度,发扬同舟共济精神,再接再厉,努力促进世界经济强劲、可持续、平衡增长"……

戛纳峰会上,承诺"在南南合作框架内,对同中国建交的最不发达国家97%的税目的产品给予零关税待遇"……

中国声音铿锵有力,中国行动稳健扎实,得到了国际社会和广大发展中国家的赞扬。中国紧紧扭住科学发展、加快转变经济发展方式,加强和改善宏观调控,正确处理保持经济平稳较快发展、调整经济结构、管理通胀预期的关系,加大解决突出问题工作力度,巩固和扩大应对国际金融危机冲击成果,促进经济增长由政策刺激向自主增长有序转变……中国"十二五"的良好开局,继续给世界经济添加动力。如同印度学者莫汉蒂所言,自国际金融危机爆发以来,中国已大力倡导多项帮助世界经济复苏的重要举措,近来更是通过刺激内需以期带动复苏步伐。"在大萧条以来经济最艰难的时期,中国始终是我们的救星。"《澳大利亚人》报日前刊发社论发出如此感叹。

洛斯卡沃斯峰会的任务仍然是艰巨的。国际金融危机余波未平,世界经济复苏进程艰难曲折。一些发达国家失业率居高难下,增长动力不足;新兴市场国家面临通货膨胀和经济增速回落的双重压力;主要国际储备货币汇率剧烈波动,大宗商品价格大幅震荡;国际贸易投资保护主义强化……洛斯卡沃斯峰会能否进一步拿出全球经济治理的有效行动,取决于各方的意愿和切实努力。

峰会前夕,中方再度传递了积极的信息——中方有信心继续办好自己的事情,并愿同包括二十国集团在内的国际社会加强合作,共同促进世界经济强劲、可持续、平衡增长。

世界期待,传递信心的中国声音在二十国集团领导人第七次峰会上再度响起。

(原载于《人民日报》2012年6月14日第二版)

> 中非合作论坛第五届部长级会议开幕式于2012年7月19日上午举行，中国国家主席胡锦涛和南非总统祖马、贝宁总统亚伊、赤道几内亚总统奥比昂、吉布提总统盖莱、尼日尔总统伊素夫、科特迪瓦总统瓦塔拉、佛得角总理内韦斯、肯尼亚总理奥廷加出席。本文刊于会议开幕之际，抚今追昔，感知中非友好合作律动的脉搏。

瞩望中非友好合作之约

盛夏北京，热情迎接非洲朋友。

今天，中非合作论坛第五届部长级会议将在北京开幕，三年一度的中非友好合作之约再续盛事经典。

这是在国际形势和非洲形势都发生深刻复杂变化的背景下召开的一次重要会议。当前，非洲总体保持和平、稳定、发展局面，但不稳定不确定因素也在增多，非洲国家联合自强和自主解决本地区问题面临更多挑战，实现联合国千年发展目标任重道远。中国是世界上最大的发展中国家，非洲是发展中国家最集中的大陆。中非合作，作为发展中国家团结合作的重要组成部分，对促进世界和平、稳定、发展具有重要意义。

世界瞩目，出席会议开幕式的中国国家领导人和部分非洲国家领导人，将如何为中非新型战略伙伴关系的未来发展定音。

世界瞩目，来自中国和50个非洲国家负责外交和经济合作事务的部长以及非洲联盟委员会主席，将如何规划未来三年中非关系发展蓝图。

非凡历程

中国同非洲紧紧握手，万里长城与乞力马扎罗山深情对望，印证"志合者，不以山海为远"。

中国和非洲国家建交以来的56年征程，见证了中非人民的深厚友谊。这种友谊，体现在中国人民和非洲人民为非洲大陆反对殖民统治、实现民族解放而并肩战斗的历程之中，体现在非洲人民对中华人民共和国恢复在联合国合法席位所提供的有力支持之中，体现在中国对非洲国家不附带任何政治条件的真诚援助之中，体现在非洲朋友在涉及中国主权和核心利益的重大问题上始终给予的坚定支持之中，体现在中国和非洲携手实现联合国千年发展目标、实现中国和非洲共同发展振兴的伟大事业之中……

中非合作论坛的12年征程，从北京起步，又依次在亚的斯亚贝巴、北京、沙姆沙伊赫、北京划出一道亮丽轨迹，每一届部长级会议，都标志着中非友好合作关系的新成果、新起点。在中非双方的高度重视和精心培育下，论坛日益发展成为中国同非洲国家开展集体对话、交流治国理政经验、增进相互信任、进行务实合作的重要平台和有效机制，国际社会广泛称赞中非合作论坛是南南合作的典范。

历史永远铭记，在2006年11月召开的中非合作论坛北京峰会上，中国国家主席胡锦涛同48个非洲国家元首、政府首脑或代表相聚一堂，共叙友谊，共商大计，共谋发展。中非双方确立发展政治上平等互信、经济上合作共赢、文化上交流互鉴的新型战略伙伴关系，全面开创了中非友好合作新局面。中国政府采取8项政策措施，促进中非在更大范围、更广领域、更高层次合作。

携手发展

北京峰会的强大动力，将中非合作引入"黄金发展"的快车道。6年来，中非政治交往更加密切了，战略互信进一步增强了，双方在各自关切的重大问题上相互理解、相互支持。中非贸易额不断实现新突破，一大批重要合作项目上马、竣工，造福百姓；中非人文交流蓬勃开展，文化、教育、青年、旅游、民间往来日益频繁。

援助非洲，中国切实履行承诺，给非洲人民带来实实在在的利益。中国援建的非盟会议中心拔地而起，体现了中国对非洲国家联合自强和一体化进程的支持，成为新世纪中非关系深入发展的标志和缩影。中国援建的医院、疟疾防治中心、农业技术示范中心、农村学校等机构设施，深受非洲人民欢迎和信赖。中国派赴非洲的青年志愿者和高级农业技术专家同非洲人民心连心。

"走出去"的很多中国企业奋斗在非洲的热土之上，不仅拓展了自身的发展空间，而且为当地改善民生和增强自主发展能力作出重要贡献。当前，中国对非洲直接投资存量超过147亿美元，中国在非洲的投资企业超过2000家。其中，作为北京峰会上宣布的8项重大举措之一，旨在鼓励和支持更多中国企业到非洲投资、拓展的中非发展基金，就为促进中非经济合作、支持非洲经济发展发挥了积极作用。

非洲开发银行首席经济学家、副行长姆苏利·恩库贝感叹，中国为非洲提供了发展机遇，中国的发展更为非洲提供了宝贵经验。中国和非洲合作潜力巨大，可以建立合资企业，为有关各方创造共赢的局面。

风雨同舟

风雨同舟，患难与共，中非传统友谊"贯四时而不衰，历夷险而益固"。中国四川汶川特大地震灾害发生之后，非洲朋友们第一时间向中国政府和人民表示慰问，包括一些经济最不发达国家在内的很多非洲国家慷慨支援中国抗震救灾，增添了中国人民战胜自然灾害的信心和勇气。"我们只想用行动报答中国一直以来的帮助，在兄弟的中国人民遇到困难时做一些我们力所能及的事。"赤道几内亚外长之言，代表了非洲人民对中国人民的真挚情意。赤道几内亚提供的100万欧元捐款，相当于该国人均捐款1欧元。

国际金融危机袭来，受影响最大的实际上是发展中国家，特别是非洲的不发达国家，而西方承诺的援助变得更加迟迟不到位。"越是在困难的时候，中非越要相互支持、通力合作、共克时艰。"中国领导人在非洲备感焦虑的时刻郑重宣示，中国人民同非洲人民手挽手。在历次二十国集团领导人峰会上，中方都表明要高度关注发展中国家受国际金融危机影响的立场。胡锦涛出席今年6月举行的洛斯卡沃斯峰会时，再次强调"坚定不移推进发展事业"主张，阐明"应该重视有关国家应对国际金融危机的政策措施对发展中国家的外溢效应，推动国际社会在促进广大发展中国家繁荣进步、缩小南北差距方面下真功夫并见到实效"。为切实缓解全球发展不平衡问题，中国累计免除50个重债穷国和最不发达国家近300亿元人民币到期债务，承诺对同中国建交的最不发达国家97%的税目的产品给予零关税待遇，为173个发展中国家和13个地区性国际组织培训各类人员6万多名。很多非洲国家从这些举措中受益。

"每次访问非洲，我都有回家的感觉。每次同非洲朋友进行交流，倾听你们对中国、对中非关系、对世界的看法，都有新的收获和感受。"2009年2月，国际金融危机寒风劲吹之际，胡锦涛第六次踏上非洲土地，以饱含深情的话语再次表明，始终不渝走和平发展道路的中国人民，永远保持同非洲人民同呼吸、共命运、心连心的深厚情意。同年11月，中方在论坛第四届部长级会议上宣布推进中非务实合作的8项新举措，再次表明中非双方携手努力、共克时艰的决心，带动中非合作在过去3年间呈现难能可贵的逆势强劲发展。

中非友好合作关系蓬勃发展的事实告诉人们，世界上真的有一座宏伟的友谊之桥，连接世界上最大的发展中国家和发展中国家最集中的大陆——全天候的朋友，永远的好兄弟、好伙伴，彼此倾听，相互信任，携手合作，共同发展。

"继往开来，开创中非新型战略伙伴关系新局面"，这是中非合作论坛第五届部长级会议的主题，也是中国人民和非洲人民共同的心愿。

历史已经铭记，中非友谊源远流长。

历史还将见证，中非友谊万古流芳。

（原载于《人民日报》2012年7月19日第一版）

应俄罗斯总统普京邀请，国家主席胡锦涛于 2012 年 9 月 6 日至 9 日赴俄罗斯，出席在符拉迪沃斯托克举行的亚太经合组织第二十次领导人非正式会议。本文刊于启程当日，总结了亚太经济一体化进程中的中国作用。

共同行动中的中国力量

俄罗斯远东海滨城市符拉迪沃斯托克，即将见证非同寻常的历史篇章——亚太经合组织第二十次领导人非正式会议 9 月 8 日至 9 日在这里举行。"融合谋发展，创新促繁荣"，会议的主题寄托着亚太地区携手共进、共创未来的希望。

中国参与亚太区域经济合作的历史呈现新坐标——中国国家主席第二十次出席亚太经合组织领导人非正式会议，胡锦涛主席第十次出席亚太经合组织领导人非正式会议。

既往每一次，中国领导人在这个重要的地区合作平台上，就全球及地区形势、亚太区域合作、亚太经合组织未来发展等一系列重大问题阐述看法和主张，为会议取得成功发挥了积极和建设性作用。

瞩望这一次，中方对推动世界和亚太地区经济发展如何建言？中方对 2012 年亚太经合组织关于贸易投资自由化和区域经济一体化、加强粮食安全、建立可靠的供应链、加强创新增长合作等重点议题持何立场？中方对亚太经合组织进程如何评价？中国领导人如何回应亚太经合组织工商界代表的关切？世界等待答案。

中国的行动也是一种形式的答案。

一如既往，中国积极参与了亚太经合组织 2012 年各层次、各领域合作。迄今，中方出席了 10 余场部长级会议，上百场亚太经合组织其他会议和活动。中国主办亚太经合组织会议和研讨会、培训班等活动 20 余场，涉及能源、财政、中小企业、防灾减灾、投资、农业、教育、海洋、卫生、供应链、产业科技等领域。在中国开展的低碳城镇示范项目、技能开发促进项目以及蓝色经济、中小企业等领域合作项目取得了积极进展。中方目前担任亚太经合组织农业技术合作工作组、食品安全合作论坛、粮食安全政策伙伴合作机制等机构牵头人，为推动亚太经合组织合作作出积极贡献。着眼长远，在胡锦涛主席倡议的"亚太经合组织技能开发促进项目"框架下，中国政府不久前还举办了一项面向青年技能人才的活动——亚太经合组织青年技能夏令营，以"技能放飞梦想"为主题，搭建交流技能、畅想未来的平台，有利于进一步增强技能开发对广大青年的吸引力，增进亚太经合组织青年之间的理解和友谊，推动亚太经合组织成员之间的交流与合作。

当前，世界经济复苏一波三折，国际市场信心依然不足，导致国际外汇、证券、大宗商品等市场持续波动。但令人欣慰的是，亚太地区仍然不失为最具活力和潜力的地区，亚太经合组织依然面临新的发展机遇。当然，摆在各成员面前的任务是携手合作、抓住机遇，惟此方能全面释放活力和潜力。实现亚太地区贸易和投资自由化便利化是一个美好的目标，需要实实在在的努力，中国为此发挥的建设性作用，一向为本地区乃至世界所公认。一位墨西哥学者的看法颇具代表性："中国正在加快融入世界经济的脚步，全力以赴推动亚太经合组织经济合作，并在反对贸易保护主义等问题上做出表率，帮助其他成员提高能力建设。可以说，中国的经济实力及其政策主张为地区经济融合提供了强大根基。"

重温胡锦涛主席2011年在亚太经合组织第十九次领导人非正式会议上发表的重要讲话《转变发展方式 实现经济增长》，人们依然可以感受振奋人心的力量："中国通过开放促进国内经济社会发展，市场经济体制进一步完善，建立起统一的可预见的符合世界贸易组织规则的贸易体制，成为全球最开放的市场之一。中国始终是全球贸易和投资自由化便利化的坚定支持者，积极参与和推动多边贸易体制建设和区域贸易合作进程，通过同有关国家和地区组织签署和实施自由贸易协定，促进了区域经济融合和经贸关系发展，积极向发展中成员特别是最不发达成员提供力所能及的经济和技术援助，提高其发展自身经济和参与国际合作能力……中国将坚定不移参与区域和国际经济合作，寻求自身发展与承担力所能及的国际责任相结合，推动全球贸易和投资自由化便利化进程，为实现亚太地区和世界的持久和平、共同繁荣作出新的更大的贡献。"

人们有理由相信，随着经济社会发展和对外开放的日益深化，中方将继续加大对亚太经合组织合作的参与和投入力度，积极利用亚太经合组织平台，不断拓展与亚太经合组织各成员的互利合作。中方已经表示，期待亚太经合组织第二十次领导人非正式会议能够继续推进以茂物目标为核心的贸易和投资自由化便利化进程，相信胡锦涛主席此次与会必将为促进亚太经济发展，推动区域合作进程，加深中国同有关国家友好合作关系发挥重要作用。

会议主办方设计了一个标志，犹如鼓起的风帆，生动显示亚太经合组织前行远航的趋向，更是对未来共同行动的召唤。

过去、现在和未来，相信人们都可以从亚太经合组织共同行动中感受到非同凡响的中国力量。

（原载于《人民日报》2012年9月6日第三版"国际论坛"专栏"钟声"文章）

> 应俄罗斯总统普京邀请，国家主席胡锦涛于2012年9月6日至9日出席在俄罗斯符拉迪沃斯托克举行的亚太经合组织第二十次领导人非正式会议。本文记录了胡锦涛主席与会期间在亚太经合组织工商领导人峰会上发表主旨演讲所引起的热烈反响。

振奋人心的"中国场"
——亚太经合组织工商领导人峰会现场见闻

9月8日上午9点多，在俄罗斯符拉迪沃斯托克亚太经合组织工商领导人峰会现场，听众忽然多了起来，能容纳700多人的大厅眨眼间变得座无虚席。人们用热烈的掌声对胡锦涛主席表示欢迎和感谢，人们聚精会神地聆听胡锦涛主席发表题为《深化互联互通 实现持续发展》的主旨演讲，人们评价说这里呈现了一个令人振奋的"中国场"。

峰会组委会主席、俄罗斯外贸银行董事长科斯京充满激情地表示，"非常感激胡锦涛主席发表如此重要的讲话"，在当前世界经济形势下，中国的参与对于亚太经合组织各成员乃至世界的经济发展都是极为重要的。"我们听到胡锦涛主席对中国未来经济增长和世界经济在21世纪发展的展望，这对加强亚太地区经济一体化进程具有重要意义。我们祝愿中国经济发展取得更大的成功"。

活跃在亚太经合组织工商领导人峰会上的中国企业家更是欢欣鼓舞，他们非常赞同胡锦涛主席提出的"为加强基础设施建设营造公正、透明、高效的政务环境、法制环境、市场环境"等重要主张。杭州纺织机械有限公司董事长叶文作了很多记录，对演讲中振奋人心的数字印象深刻——"十二五"期间，中国社会消费品零售总额年均增长将达到15%左右，国内市场规模将位居世界前列，进口总规模有望超过10万亿美元，对外直接投资额有望超过5000亿美元……"胡主席对当前经济形势的分析非常精辟，十分理解中小企业的生存困难，这个演讲对我们下一步的努力具有指导意义和'稳定剂'作用，让我们更有信心。"他感叹道，"每每在这样的国际场合，都能明显感受到中国崛起对世界产生的影响。很多外国企业对中国情况非常了解，越来越多的外国企业家会说汉语。这也说明国际格局发生了变化，对很多企业来说，不了解中国便找不到成长的机会。"

在现场进行了全程录像的北京醇金技术有限公司总经理郑晓芳说，很多中国企业家已连续多年参加亚太经合组织工商领导人峰会，其中既包括国有大型企业负责人，也包括中小型企业负责人。"我们每次都来倾听主席演讲，每次都感觉到中国影响力很大。中国企业家已渐渐成为亚太经合组织工商领导人峰会上的重要角色。从早年无人在会上提问，发展到一点点提问，又发展到今年抢着提问，说明中国企业家的自信心在提升，也体现了中国企业'走出去'的现状。"她说，"连昨天普京总统的演讲也呈现出'中国场'，很多中国企业家同他互动，他也表现出对中国的重视。我们还将继续参加这样的会议，并对未来中国举办亚太经合组织会议带来的机遇充满期待。"

外国企业家也纷纷高度评价胡锦涛主席的演讲。美国泛太企业集团首席执行官吴山表示，演讲具有很强的指导意义，为中国今后的发展和在中国发展的外国企业指引了方向。他特别留意到演讲中着重强调了中小城市和农村地区的发展，认为这也意味着新的商机。该企业将考虑根据中小城市及农村的特点开发新产品，扩大市场份额。

新西兰专栏作家奥苏利文在胡锦涛主席演讲期间一直认真地作记录。她认为，胡锦涛主席的演讲高屋建瓴，给亚太地区注入信心。"下个月出席在新西兰举行的中国商业讨论会时，我要引用胡主席的话。"她说，"中国经济的发展已经带给新西兰巨大的商机，日用品、乳制品、林业产品进出口是双方的传统热门领域，中国现在已经是新西兰第二大贸易伙伴，而新西兰也是第一批承认中国市场经济地位的国家之一，今天胡主席也提到了中国愿意与各国签订自由贸易协定，这更体现了中国对外开放，与世界共成长的决心。"

波士顿咨询集团莫斯科公司总经理乌普雷季对胡锦涛主席的演讲印象深刻。

他认为胡锦涛主席的演讲非常具有战略性，关于加强基础设施建设的主张对俄罗斯来说非常有意义，因为基础设施的完善对加强物流网建设意义重大，而后者正是俄罗斯为本次会议设定的目标之一。

澳大利亚白鹤集团首席经济学家克利福德表示，胡锦涛主席强调大力发展中小企业，这是非常必要的，因为在世界经济复苏乏力的背景下，许多跨国企业陷入了困境，这正好为蓬勃发展的中国中小企业提供了"走出去"的机会，相信它们一定能在国际舞台上成为重要力量。

记者在会场内外采访，所获回应都折射了这样一个声音：中国的发展，是世界的机遇。

（原载于《人民日报》2012年9月9日第二版）

> 应美国总统奥巴马邀请，国家主席胡锦涛于 2011 年 1 月 18 日至 21 日对美国进行国事访问。这是在中美重新打开交往大门 40 周年之际和 21 世纪第二个 10 年伊始进行的一次重要访问，也是中国外交在"十二五"规划开局之年的开篇之作，开创了中美伙伴合作新局面。本文记述了访问最后一天，胡锦涛主席访问芝加哥佩顿中学时的情景。

让中美两国人民友好薪火相传

——胡锦涛主席同美国青年话未来

一元复始的时节，意义非凡的访问。

"青年是国家的未来、世界的希望。中美关系的美好前景归根结底要靠两国青年一代共同创造。"正在对美国进行国事访问的胡锦涛主席，从繁忙的访问日程中专门抽出时间访问芝加哥沃尔特·佩顿大学预科中学（简称佩顿中学），同美国青年亲切交流，寄语中美关系未来。

冬日的芝加哥，砌玉堆银，冰天雪地。

当地时间 1 月 21 日上午 9 时 40 分，胡锦涛主席来到佩顿中学，受到芝加哥市长戴利、芝加哥市教育董事会主席劳瑞、芝加哥公立学校首席执行官摩扎尼、佩顿中学校长赫梅斯以及学校师生及家长代表的热烈欢迎。曾经在北京奥运会开幕式上表演的佩顿中学男声合唱队，将美妙的歌声献给远道而来的贵宾。

胡锦涛主席在学校大厅饶有兴致地听取芝加哥公立学校的概况，询问佩顿中学的情况。这所学校成立于 2000 年，现有在校师生约 900 人。芝加哥被誉为"美国汉语教学的领导者"，汉语课程也是佩顿中学的特色之一。芝加哥孔子学院便坐落于佩顿中学，是目前全美唯一设在中学的孔子学院，负责芝加哥公立学校系统43所学校近12000名学生的汉语项目教学和协调工作。

课堂——
温馨难忘

中文教室里正在上课。

胡锦涛主席走进教室,同学们立刻起立:"胡主席好——"不同肤色的美国孩子一面鼓掌欢迎,一面异口同声地用汉语向胡锦涛主席问好。同学们早就期待着这一欢迎时刻。白板正中写着"胡主席您好!"几个大字,旁边还配着"我喜欢中国"、"芝加哥很好"、"中文很酷"等字样。

"同学们好!"胡锦涛主席亲切地向同学们打招呼。

胡锦涛主席把教授汉语课程的卢文亚老师请到身旁,询问教学情况。得知卢老师已在这所学校工作10年有余,向数百名美国学生讲授了汉语课程,胡锦涛主席深表赞许。

班上的美国学生个个有个好听的中国名字。萌萌和江文欣两位女同学高兴地走上讲台,向胡锦涛主席介绍芝加哥的地理人文风貌。胡锦涛主席听得仔细,频频点头。

胡锦涛主席和同学们的互动轻松活跃。

"您认为中美两国有什么不同?"陈允耀同学眼中闪动着探询的目光。

"中美两国历史文化、社会制度、发展水平不一样,但两国人民都爱好和平、追求发展。希望两国人民世代友好下去。"同学们认真聆听,缓缓点头。

"您为什么来参观我们学校?"嘉丽同学问得俏皮。

"因为我看到介绍,你们学校是培养领导人的学校,而且是伊利诺伊州最好的学校。我很高兴与你们交流,这让我感觉年轻了许多。"胡锦涛主席回答得风趣——佩顿中学的校训是"我们培养领袖",所以同学们听后露出会心的笑容。

"在这里,我想送大家3句话。第一句话是知识是开启未来的钥匙,第二句话是语言是沟通和交流的桥梁,第三句话是青年是国家的未来、世界的希望。希望寄托在你们身上,希望佩顿中学培养出更多领导人。"

贝安曼同学将自制的一张巨大贺卡送给胡锦涛主席。全班 21 名同学在贺卡上签名，表达新年问候："尊敬的胡主席：祝您在新的一年里身体健康，阖家平安，万事如意！"

胡锦涛主席向同学们回赠白色毛绒小兔。他说，即将迎来兔年春节，白兔象征吉祥如意。胡锦涛主席祝同学们心想事成，祝卢老师全家好。

热情友好的话语，让整座教室充满温馨的气息。

学院——
诲人不倦

胡锦涛主席随后走向芝加哥孔子学院。

走廊两边的墙上挂有汉语学习园地专栏。其中一个专栏两边挂有学生用汉语写的一副对联："三星照户百业生辉，五福临门万家溢彩"。

走进约 100 平方米的学习室，首先映入眼帘的是各种中国字画、中国地图、中国算盘、风筝、灯笼、中国结、围棋等装饰物件。两面墙边摆满书架，陈列着很多汉语书籍和多媒体教材。墙上还挂有历年孔子学院学生到中国访问的照片，其中很大一幅是孔子学院学生去年在上海世博会中国馆前的留影。室内中央处设立 8 台计算机，供学习汉语的学生使用。

芝加哥孔子学院曾于 2007 至 2010 年连续四年被授予"孔子学院年度奖"。几位校长都来到这里，向胡锦涛主席汇报工作成果。

胡锦涛主席详细询问学院的教学情况，勉励工作人员再接再厉，为加强中美两国人民的交流和理解而努力。他说："你们的工作很有意义。美国学生学习汉语，中国学生学习英语，能够创造更好的交流机会，有利于两国人民的友好交往。"

"还有什么困难吗？"胡锦涛主席对汉语老师的工作生活情况非常关心。老师们表示一定要完成使命。

"谢谢主席的关怀！"老师们由衷地表达感激。

创新——
数学之光

拾级而上，胡锦涛主席又来到二层数学教室，观摩现场授课。数学系主任卡拉菲尔展示将最新技术应用于课堂教学及数学的实际应用。戴利市长自豪地说，卡拉菲尔是芝加哥、甚至是全美国最棒的数学老师，正在上课的这个数学小队实力不俗。

卡拉菲尔给出一道计算平均数的题目，难度达到大学二年级水平。同学们人手一个先进的计算器，同时给出不同的答案，老师再指导他们探索正确解法。

观摩结束时，一位学生代表捧出一件数学小队纪念衫，上面印着"HU88"，意为请胡锦涛主席担任小队的第八十八号队员。

胡锦涛主席以小绒兔回赠，表示新年祝福，令同学们喜出望外。

寄语——
穿越时空

佩顿中学礼堂，300多名师生代表以热烈的掌声欢迎胡锦涛主席到来。

附近学校的同学们也来参加这一盛会，为远道而来的贵宾献上精心编排的文艺节目。20多位黑人中学生合唱《提升你的声音》，表达凌云壮志。10位小学生在《辣妹子》的歌声中，以婀娜的手帕舞展现中华神韵。精彩的表演赢得热烈掌声。

戴利市长邀请胡锦涛主席登台致辞。

"今天，有机会参观美丽的佩顿中学，并与同学们交流，我感到十分高兴。同学们聪明好学、多才多艺、全面成长，给我留下深刻印象。希望同学们珍惜时光，勤奋刻苦学习，充实自己，为今后的人生打下基础。"

"最后，我宣布，中方决定邀请20名佩顿中学师生代表在今年暑假到中国去参观访问。"

胡锦涛主席向佩顿中学赠送礼品——158种图书和42种音像光盘，其中包括

《大中华文库》收纳的历史名著，普及汉语学习的工具书，介绍中国社会发展史、中国思想发展史的图书，展示中国文化传统、自然风光的读物和音像制品，以及广受欢迎的中国电影光盘，等等。

胡锦涛主席还向芝加哥孔子学院赠送了《中国文化体验中心》多媒体设备和教育软件。

挥手告别，同学们唱起送给远行朋友的歌曲，送上心中真诚的祝福。

"希望在青年身上，他们代表了两国的未来……" 1年前，在北京人民大会堂金色大厅的美好夜晚，中美两国元首共同欣赏两国青年表达热爱和平、珍惜友谊心声的欢乐歌舞后，胡锦涛主席发表了谈话，其情其景依然历历在目。

"青年人是世界的希望和未来，青年人有着蓬勃向上的生命活力和无穷的创造力。我衷心希望，中美两国青年携起手来，以实际行动促进中美两国人民友好，同世界各国人民一道，共创世界美好的明天。" 5年前，胡锦涛主席在美国耶鲁大学斯普拉格礼堂留下的寄语意味深长。

青年人一直是中美两国人民交流、沟通、理解的先锋。100多年前，远渡重洋走进美国的中国青年容闳、詹天佑，学习科学文化知识，开拓中美交流新路；80多年前，美国青年记者埃德加·斯诺勇敢走进中国，来到延安，向世界介绍中国革命的希望，并成为中国人民的朋友；60多年前，中美两国青年携手抗击法西斯侵略，用鲜血凝成两国关系史上难忘一页；40年前，中美青年乒乓球运动员迈出两国重新打开交往大门的重要一步……历史证明，加强青年交流，能够奠定人民友好交往、理解互信的坚实基础。

"我相信，在中美两国青年一代手中，中美两国人民友好必将继续发扬光大、薪火相传。"

胡锦涛主席的这一段充满期望的话语，充分表述了加强中美两国青年交流交往对两国关系未来发展的重要意义。

（原载于《人民日报》2011年1月23日第一版）

2011年4月，金砖国家领导人第三次会晤、博鳌亚洲论坛2011年年会相继在中国海南三亚、博鳌举行。中国正值"十二五"开局之年，在汇聚新兴市场力量的国际多边舞台上展现怎样的思考和行动，备受瞩目。本文作于两大盛会结束之后。

携手前进　共享繁荣

从三亚到博鳌，风景如画的中国海南汇聚来自代表新兴市场国家的声音，来自创造经济奇迹的亚洲大陆的声音。这就是，呼唤团结合作、共同发展、共享繁荣的美好愿景。

胡锦涛主席在金砖国家领导人第三次会晤时发表的重要讲话、在博鳌亚洲论坛2011年年会开幕式上发表的主旨演讲，深刻精辟，启人思考。在进入21世纪第二个十年的历史时刻，我们需要共同思考一个重要问题：如何使人类拥有一个和平安宁、共享繁荣的21世纪？

国际舆论认为，胡锦涛主席阐发的重要理念，符合广大发展中国家利益，顺应时代发展潮流，对于维护和平、促进发展具有重要意义。

人们看到，世界正经历着大发展大变革大调整，金砖国家、亚洲大陆的强劲发展，必将对世界的和平、发展、合作发挥更大作用。

金砖国家伙伴关系历经5年发展，合作内涵不断丰富，层次不断拓展，成果不断涌现，逐步形成了多层次、宽领域的合作架构。实践证明，金砖国家合作前景广阔，大有可为。

亚洲大陆在自强不息的奋斗精神、开拓进取的创新精神、开放包容的学习精神、同舟共济的团结精神引领下，经济快速发展，区域合作不断深化，国际影响力持续提高。亚洲发展不仅给亚洲人民带来福祉，而且日益影响世界发展进程。

无论是新兴市场国家的崛起，还是亚洲大陆的持续增长，都无可辩驳地表明，当今世界所需要的，是真正推动和平、发展、合作的理念和行动。正如胡锦涛主席所指出，维护世界和平稳定，使人民安居乐业，是各国政府和领导人需要承担的首要责任；应该建设公平有效的全球发展体系，公平、公正、包容、有序的国际货币金融体系，公正合理的国际自由贸易体系；应该充分利用联合国、二十国集团、金砖国家等各层次的多边合作机制，开展务实有效的合作；金砖国家应该立足当前、着眼长远，坚持团结互信、开放透明、共谋发展的基本原则，通过合作加强互信，永远做好朋友、好伙伴。

中国"十二五"开局之年，适逢金砖国家领导人第三次会晤、博鳌亚洲论坛2011年年会两大多边盛会，中国坚定不移走和平发展道路、坚定不移奉行互利共赢开放战略的郑重宣示，更为世界所瞩目。

今年是"十二五"的开局之年，开好头，起好步，对中国提高对外开放水平、深化同亚洲和世界各国的互利合作更加重要。未来5年，中国将着力实施扩大内需特别是消费需求的战略，建立长效机制，释放消费潜力，着力促进经济增长向依靠消费、投资、出口协调拉动转变。未来5年，中国将着力实施"走出去"战略，引导各类所有制企业有序到境外投资，积极开展有利于改善当地基础设施和人民生活的项目合作。未来5年，中国将着力参与全球经济治理和区域合作，推动国际经济金融体系改革，推动建立均衡、普惠、共赢的多边贸易体制，反对各种形式的保护主义，促进国际经济秩序朝着更加公正合理的方向发展。未来5年，中国将着力建设资源节约型、环境友好型社会，深入贯彻节约资源和保护环境基本国策，节约能源，降低温室气体排放强度，发展循环经济，推广低碳技术，积极应对气候变化，促进经济社会发展与人口资源环境相协调，走可持续发展之路。

维护和平，重在发展。新兴市场国家的合作势必进一步加强，亚洲的未来势必更具活力。携手前进，共同推动建设持久和平、共同繁荣的和谐世界的主张，代表了共同的渴望——诚如凝聚金砖国家共识的《三亚宣言》所承诺，致力于和平、安全、发展、合作的宏伟目标,共同努力将 21 世纪建设成为和平、和谐、合作和科学发展的世纪。

(原载于《人民日报》2011 年 4 月 20 日第三版"本报评论员"文章)

> 应俄罗斯总统梅德韦杰夫邀请，国家主席胡锦涛于 2011 年 6 月 15 日至 18 日对俄罗斯进行国事访问，并出席第十五届圣彼得堡国际经济论坛。两国元首发表关于《中俄睦邻友好合作条约》签署 10 周年的联合声明，并共同出席《中俄睦邻友好合作条约》签署 10 周年庆祝音乐会。本文以此为主题，梳理了中俄关系的 10 年发展。

推进战略协作　放眼世代友好
——中俄同庆睦邻友好合作条约签署 10 周年

2011 年 6 月 16 日，莫斯科。

胡锦涛主席和梅德韦杰夫总统发表关于《中俄睦邻友好合作条约》签署 10 周年的联合声明。

胡锦涛主席和梅德韦杰夫总统共同出席《中俄睦邻友好合作条约》签署 10 周年庆祝音乐会。

总结过去，规划未来。有目共睹，条约基础上发展起来的中俄关系走过硕果累累的 10 年历程，成为国际关系史上一个典范。

"10 年来的实践充分证明，条约所确立的宗旨、原则、精神符合中俄两国根本利益，具有强大生命力，是经得住时间考验的。"胡锦涛主席高度评价。

"条约面向未来，引导两国年轻一代珍视俄中传统友好，珍惜两国关系发展成果，确保俄中友好合作世代相传，造福两国人民。"梅德韦杰夫由衷赞誉。

珍视 10 年双边关系发展成就，追求世代友好，是中俄两国人民的心声。克里姆林宫大礼堂内，两国艺术家奏响中国名曲《我的祖国》、俄罗斯名曲《卡林卡》……熟悉的旋律游响停云，友谊的心潮澎湃延绵。

回首10年,《中俄睦邻友好合作条约》为新世纪两国关系发展奠定坚实法律基础

2001年7月16日,莫斯科。中俄两国元首郑重签署《中俄睦邻友好合作条约》。

条约汲取长期以来中俄关系发展的有益经验以及公认的国际法准则,确定以平等互信的战略协作伙伴关系作为中俄关系模式。条约作为当代两国关系的基础性国际法律文件,充分体现中俄两国人民睦邻友好的深厚历史传统和两国奉行的和平外交政策。

这是一个慨诺之约——致力于将两国关系提高到崭新的水平,决心使两国人民友谊世代相传。

这是一个信念之约——坚信巩固两国各领域友好、睦邻和互利合作符合两国人民根本利益,有利于维护亚洲乃至世界和平、安全、稳定。

这是一个道义之约——促进建立以恪守公认的国际法原则和准则为基础的公正合理的国际新秩序。

互信求安全,互利谋合作。条约的和平理念指引中俄战略协作伙伴关系不断向前发展,两国人民获得实实在在利益。

两国人民满怀热情庆祝条约签署10周年,纷纷举行丰富多彩的活动:从学术研讨会、征文活动、书画摄影展,到千人纪念大会、大型庆祝音乐会,从政治家、外交官,到学者、文学家、艺术家,从二战老战士到青年大学生——两国人民高扬"中俄携手同行"主旋律,抒发"睦邻友好"真诚心愿和情怀。

感念10年,中俄关系一直保持全面健康快速发展势头,达到了前所未有的高水平

10年岁月,纵然弹指一挥间,但见中俄关系持续全面健康快速发展,达到前所未有的高水平。

两国建立起完备的高层交往机制,两国领导人保持着频繁互访和会晤,在主权、安全、发展利益特别是核心利益问题上相互支持,政治互信显著增强。两国

彻底解决了历史遗留的边界问题，中俄边界已成为两国和平与合作的纽带。

两国经贸、能源、科技、地方等领域务实合作全面推进，为两国发展振兴发挥了积极作用。数据显示，中俄贸易额10年间增长了6倍多，2010年接近600亿美元。

两国关系社会基础显著加强。通过举办"青年友谊年"、"国家年"、"语言年"等大型交流活动，中俄教育、文化、卫生、体育、媒体、旅游等人文领域合作蓬勃发展，两国人员往来每年达300多万人次，两国人民相互了解和友谊日益加深。

条约的签署和实施，向全世界展示了大国和谐共处、平等信任、互利共赢和建设性关系的成功经验。中俄以条约为基础开展战略协作，成为国际事务中举足轻重的因素，有利于建立更加公正合理的国际政治经济新秩序，有利于推进世界多极化和国际关系民主化。

两国领导人以战略眼光指明双边关系发展方向，并亲自走进两国民众中间促进睦邻友好。

胡锦涛主席来到莫斯科小学生的课堂，讲述中国故事；来到新西伯利亚同企业家座谈，鼓励两国地方合作；出席纪念世界反法西斯战争胜利的庆典之际，看望帮助过中国的俄罗斯老战士，感谢他们创下的历史功勋……

中国青少年代表走进克里姆林宫，成为梅德韦杰夫、普京的客人，叙说友好……

10年，中俄既有大型活动中两国人民携手高歌的华彩乐章，也有患难中两国人民相互支持的真情流动。"巨龙的气息"，这是非典之后，俄罗斯青年画家古里亚耶夫激情创作的油画，赞美中国人民伟大的民族精神，表达对中国的美好祝福。医疗援助，在俄罗斯举国哀悼别斯兰人质事件遇难人员的时刻，中国人民不仅将急需设备送到别斯兰，并邀请受到伤害的儿童赴中国海南三亚进行康复治疗。紧急支援，在汶川特大地震发生翌日，俄罗斯就开始向中国提供援助物资，随后又派来救援队，是第一批向中国提供人道主义援助的国家之一……

中俄两国人民深深感怀彼此给予的真诚帮助和祝福。中俄两国人民心中凝聚着睦邻友好合作的永恒主题。

未来 10 年，致力发展平等信任、相互支持、共同繁荣、世代友好的中俄全面战略协作伙伴关系

热烈的掌声响彻克里姆林宫大礼堂。人们积极回应中俄两国元首的致辞，尽情表达对中俄全面战略协作伙伴关系美好未来的憧憬。

胡锦涛主席对俄罗斯成功进行的国事访问，让两国人民看到，站在新起点上的中俄关系面临着重要发展机遇。总结《中俄睦邻友好合作条约》签署 10 年以来双边关系发展的成果和经验，确定下一个 10 年中俄关系发展方向，制定推进两国各领域合作规划，推动双边关系持续健康稳定发展，正是庆祝条约签署 10 周年要义所在。

在庆祝条约签署 10 周年的喜庆气氛中，中俄关系呈现着蓬勃发展之势。在这次访问中，双方共同签署《中俄关于当前国际形势和重大国际问题的联合声明》。中俄关系从 1996 年的"平等信任、面向 21 世纪的战略协作伙伴关系"提升为"平等信任、相互支持、共同繁荣、世代友好的全面战略协作伙伴关系"；双方确立在 2015 年前中俄贸易额提升至 1000 亿美元、在 2020 年前中俄贸易额提升至 2000 亿美元的新目标；双方同意推动实施一批新的投资合作项目，签署了关于电力合作、企业融资、银行合作、可再生能源和能效领域合作的双边文件……

诚如胡锦涛主席所宣示："我们已步入二十一世纪第二个 10 年。我们要以共同庆祝条约签署 10 周年为契机，遵循条约精神，致力发展平等信任、相互支持、共同繁荣、世代友好的全面战略协作伙伴关系。"

承前启后，放眼未来。胡锦涛主席强调的四个"进一步"，深刻阐明了中俄关系未来发展的着力点：

——进一步坚持平等互信，坦诚相待，坚定支持对方走自己的发展道路和实现发展振兴，坚定支持对方维护本国核心利益的努力，不断深化两国战略和政治互信。

——进一步发展互利共赢的全面务实合作，充分发挥各自优势和潜力，积极探索新的合作领域和方向，特别是要加强各领域战略性大项目合作，使务实合作更好促进两国共同发展、共同繁荣。

——进一步弘扬中俄世代友好的和平理念,加强人文领域交流合作,增进两国人民心灵沟通,使中俄两国人民友谊根深叶茂、万古长青。

——进一步加强在国际和地区事务中的协调和配合,全方位深化国际战略协作,继续推动国际政治经济秩序朝着更加公正合理的方向发展,维护共同利益。

让中俄关系再进一步,这是中俄两国人民的共同心愿。10年前见证条约签署的一位中国外交官对记者说,10年前,《中俄睦邻友好合作条约》成为两国关系的一座里程碑。展望未来,中俄关系又将满怀信心地进入一个光明的新阶段。俄罗斯国家杜马民族事务委员会主席库普佐夫对记者说,俄罗斯社会各界都认为,胡锦涛主席对俄罗斯的这次访问一定能够给俄中友好合作带来新动力和新希望。

推进战略协作,放眼世代友好。有理由、有条件、有信心掀开中俄关系更加美好的历史新一页。在新的历史时期,《中俄睦邻友好合作条约》的和平理念,必将引领中俄两国携手开创全面战略协作新局面。

(原载于《人民日报》2011年6月18日第二版)

> 应乌克兰总统亚努科维奇邀请，国家主席胡锦涛于2011年6月18日至20日对乌克兰进行国事访问。本文记述了访问第二天，胡锦涛主席参观卫国战争纪念馆时的情景。

"我们永远不能忘记过去"
——记胡锦涛主席参观卫国战争纪念馆

基辅，古老的第聂伯河畔，矗立着62米高的"祖国—母亲"巨大塑像，一手掌剑，一手持盾，目视远方。她是第二次世界大战结束后基辅的标志。塑像基座下方，就是著名的卫国战争纪念馆。8000多件展品，默默诉说着那不能忘却的壮烈历史。

6月19日下午，"6·22"苏联卫国战争爆发70周年前夕，纪念馆迎来了远道而来的中国国家主席胡锦涛和夫人刘永清一行。科瓦利丘馆长陪同胡锦涛主席一同参观，副馆长列加索娃详细讲述一件件展品背后的故事。

纪念馆内充溢着时空穿越的氛围。飞机的残骸，残酷的刑具，集中营内儿童穿过的破旧衣衫，揭露纳粹法西斯的黑暗残忍。胜利的旗帜，闪光的勋章，不屈的人民，折射着胜利的光芒。那无数英烈的照片，寄托着深厚的怀念。这里镌刻着1.2万名苏军英雄的名字，他们在1480多天浴血奋战中创造的可歌可泣的历史，仍然激荡着今人的情怀。

胡锦涛主席仔细观看、认真倾听，关切地询问战争中乌克兰军民牺牲的情况。

这里还陈列着中国人民送给苏联红军的纪念品，见证着中苏人民在世界反法西斯战争中缔结的深厚友谊。胡锦涛主席停下脚步专注地观看。

最后一个展厅，陈列着6000多张苏军阵亡将士的照片。厅内有一张长长的纪念桌，上面整齐摆放着数不胜数的黄色小纸片——阵亡通知单。胡锦涛主席神情凝重地走到近旁，观看着，沉思着。

空中悬挂着很多头巾，那是在战争中失去丈夫、儿子的妇女捐赠给纪念馆的。头巾排成了大雁的队形，呈现出这里的人们传唱多年的歌曲《雁南飞》所描述的意境——"我看到这群大雁，就想起逝去的战友，我们曾朝夕相处，曾共同奋战……"

"今天的参观给我留下了很深的印象。"临别时，胡锦涛主席对纪念馆负责人说，"这些展品既反映了法西斯的残暴，也反映了苏联人民包括乌克兰人民为世界反法西斯战争胜利所作的伟大贡献。我们永远不能忘记过去，我们要反对战争，我们要捍卫和平。"

（原载于《人民日报》2011年6月20日第二版）

应奥地利总统菲舍尔邀请，国家主席胡锦涛于 2011 年 10 月 30 日至 11 月 2 日对奥地利进行国事访问。其间有 3 场颇具特色的日程安排：参观奥地利国家图书馆，访问乌尔班家庭农庄，参观莫扎特故居。本文对这 3 场活动进行了全景报道。

友谊的乐章
——胡锦涛主席访问奥地利侧记

金秋时节，中国国家主席胡锦涛对奥地利进行国事访问，带来了中奥友谊的华美乐章，在多瑙河畔奏响，在阿尔卑斯山脉回荡。

维也纳，奔流不息的多瑙河，见证友谊的宣示。"胡锦涛主席在两国建交 40 周年之际对奥地利进行国事访问意义重大，标志着两国庆祝建交 40 周年活动达到高潮。"10 月 31 日，菲舍尔总统在两国元首会谈时的开场话语洋溢着盛情。

"音乐之都"奏响友谊主旋律

31 日，胡锦涛主席在菲舍尔总统陪同下，来到奥地利国家图书馆参观。

"这是奥地利最大的图书馆，全世界最有价值的图书馆之一。二层大厅是全世界最漂亮的巴洛克式大厅之一……"菲舍尔总统的介绍饱含自豪之情。

拉辛格馆长迎请胡锦涛主席一行走进二层华丽大厅。书香袭来，赋予厅内精美的壁画和雕塑别样灵气。图书馆馆藏超过 700 万件，最著名的有 4.3 万份善本、23.8 万份手稿，其中包括音乐家莫扎特、海顿、贝多芬的乐谱手稿，公元五世纪前出版的《维也纳发展史》《维也纳药学大纲》等近 8000 份古版本。大厅存放了约 20 万册图书，多数出版于 1500 至 1850 年间。

　　大厅一侧，主人特设一张长长的展示台，向胡锦涛主席展示与奥地利历史和中国历史有关的几件珍贵藏品。古老的奥地利皇家经书和法典配着华美的插图，展示文明历史的悠远纵深。音乐家海顿、贝多芬的两部作品手稿，展示了"音乐国度"的独特魅力——介绍过程中，大厅内悠然响起海顿作品的旋律。几幅 17 世纪初和 18 世纪初绘制的中国地图，则显示了几百年前人们对中国的认知和理解。

　　一本反映道教、佛教内容的中国图书甚为精美别致。图书专家展开其中的两页，只见深蓝底衬之上，左边一页写满了中文，右边一页则贴着一幅树叶上的画作。

　　胡锦涛主席仔细端详，询问书籍的出版年代。

　　胡锦涛主席特地询问奥地利国家图书馆同中国图书馆的交流情况。拉辛格说，奥地利国家图书馆同中国国家图书馆合作非常密切，尤其是在对图书进行数字化处理、互换信息方面联系非常多。此外，上海图书馆的专家也曾来该馆进行过交流。

　　胡锦涛主席对专家和馆长的介绍表示感谢。他说："今天我很高兴来到奥地利国家图书馆参观。这里是两国人民友好交往的一个见证。今天，我和菲舍尔总统在会谈时也谈到，要加强两国人民友好交往。"

家庭农庄飞扬友谊咏叹调

　　圣吉尔根市郊，拥有 500 多年历史的乌尔班家庭农庄。

　　11 月 1 日，哈斯一家人身穿节日民族礼服，早早就忙碌起来。88 岁的老约瑟夫·哈斯拄着拐杖站在门前，凝望道路远方。儿子约瑟夫·哈斯带着他的儿子、女婿打点农活，小伙子们还在房前悬挂起五星红旗。儿媳安娜丽斯·哈斯带着她的女儿和她未来的儿媳精心烹制茶点，准备款待来自远方的贵客。

　　上午 9 时 45 分，胡锦涛主席夫妇和菲舍尔总统夫妇一同来到农庄，受到农庄主人热情欢迎。奥地利著名民族乐手前来助兴，用手风琴和低音角号奏响《阿波湖农夫》等欢快的乐曲。

老约瑟夫年仅两岁半和3岁半的小曾孙女献上鲜花。胡锦涛主席俯身高兴地对她们说："好漂亮！"菲舍尔总统则风趣地对两位小朋友说："你们见到了世界上最大国家的主席。"胡锦涛亲切问候哈斯一家人，同他们合影留念。

胡锦涛主席参观了奶牛养殖棚、自动挤奶设备等处，详细了解农庄生产经营情况。农庄拥有草地45公顷，还租用了78公顷高山绿地、25公顷森林，养殖约80头奶牛、70只牛犊，还有一些矮脚马。农庄由老约瑟夫和儿子、儿媳经营，每年向萨尔茨堡阿尔卑斯牛奶厂提供61万千克牛奶。

听说每年夏季哈斯家要把奶牛和全部家禽都带到高山绿地上放养，胡锦涛主席颇感兴趣地问："高山牧场，仅由3人经营能行吗？"约瑟夫肯定地说："没问题。"胡锦涛主席还详细询问了饲料供应、销售方式、市场行情、运营收益等方面的情况。

主人请客人们进家一叙，端上自产的奶制品和茶点，热情款待。胡锦涛主席同他们聊起家常。临别时，主人热情地向胡锦涛主席表达祝福。胡锦涛主席同样热情地说："祝你们家事业兴旺、阖家幸福！"

参观结束时，胡锦涛主席对本报记者说："这个家庭农庄自动化水平高，家里就只有三口人参与经营。养了80头奶牛，还有其他牲畜，连饲料都是自己家种的。这种经营管理模式也有值得借鉴之处。"

胡锦涛主席结束对农庄的参观，哈斯一家人带着兴奋、惜别的心情目送车队远去。

大师故里回荡友谊协奏曲

萨尔茨堡，莫扎特故居，雀跃的音符汇成沟通和理解的桥梁。

11月1日傍晚，胡锦涛主席在菲舍尔总统陪同下来到马可特广场8号，参观莫扎特故居。

二层大厅，是充满莫扎特精神和智慧的地方——被誉为世界音乐界旷世奇才的莫扎特曾在这个大厅中弹奏、创作了大量曲目。

作为对中国贵宾的款待，莫扎特基金会主席霍恩西格在莫扎特用过的钢琴上演奏莫扎特第265号作品《C大调变奏曲》，8岁小姑娘用莫扎特儿时使用的小提琴演奏歌剧《魔笛》选段"这个声音如此动听，如此美妙"……

胡锦涛主席对演员们的精彩表演表示感谢。随后，他来到展厅参观，了解莫扎特的生平，观看珍贵的乐谱手稿。

得知去年上海世博会期间，奥地利艺术家曾带着两把莫扎特童年时使用过的小提琴去演出时，胡锦涛主席说："欢迎你们下次去中国介绍更多的莫扎特音乐作品。"当霍恩西格赞扬中国青年钢琴家演奏莫扎特作品的水平高超时，胡锦涛主席说："这说明艺术可以成为人们沟通的桥梁、友谊的使者。"

萨尔茨堡之夜，和美的莫扎特音乐无处不在，中奥两国人民友谊的协奏曲穿越群山，迢递延绵。

（原载于《人民日报》2011年11月2日第一版）

> 应法国总统萨科齐邀请，国家主席胡锦涛于 2011 年 11 月 3 日至 4 日出席在法国戛纳举行的二十国集团领导人第六次峰会。本文作于峰会召开前夕，对有关背景形势、预期热点进行了梳理，对中方在此前历次峰会所阐述主张进行了概括。

传递"保增长、促稳定"强力信号
——写在二十国集团领导人第六次峰会即将举行之际

"新世界、新思维"——即将在法国戛纳凝聚成二十国集团领导人第六次峰会的主题，寄托对世界经济摆脱困境的期望。

今年以来，世界经济复苏放缓，下行风险甚至不降反增，特别是受近期欧洲主权债务危机和美国主权信用评级下调影响，国际金融市场出现剧烈动荡，世界经济运行轨迹云谲波诡。如何使世界经济复苏走出不确定、不稳定"怪圈"，是发达国家、新兴市场和发展中国家共同面临的课题。

二十国集团领导人峰会，将再次吹响"保增长、促稳定"的集结号。

不寻常的 3 年

重大而紧迫的世界经济问题，催生二十国集团机制形成。从美国次贷危机阴影狂放蔓延的 2008 年深秋起步，二十国集团领导人峰会有力提振全球信心，确立改革国际经济金融体系的目标，以协商达共识，以共识成合作，以合作促共赢。迄今，中国国家主席胡锦涛同二十国集团其他成员领导人共同出席了五次峰会，均取得了值得积极评价的成果。

2008年11月举行的华盛顿峰会针对国际金融危机的爆发和蔓延，发展中国家和发达国家平等讨论紧迫的国际经济事务，在共同应对挑战问题上释放了明确的政治信号，促使推动全球经济增长成为各方共同选择。

2009年4月举行的伦敦峰会在为主要国际金融机构增资、反对保护主义等方面取得重大进展。比如，同意为国际金融机构提供总额1.1万亿美元资金，以帮助陷入困境的国家；首次把对冲基金置于金融监管之下；同意设立总额至少2500亿美元的基金，用于贸易融资，以促进世界贸易发展，等等。

2009年9月举行的匹兹堡峰会将二十国集团上升为国际经济合作主要平台，开启了二十国集团峰会机制化进程。在国际金融机构改革方面取得重大进展，会议确立世界银行投票权从发达国家向发展中国家转移至少3%、国际货币基金组织份额从发达国家向发展中国家转移至少5%的政策目标。

2010年6月举行的多伦多峰会确定了增长的主调，信守并履行了"强劲、可持续和平衡增长框架"和金融监管改革等主要日程，强调二十国集团的首要任务是确保和加强经济复苏。会议发表了《二十国集团多伦多峰会宣言》，强调采取下一步行动，推动世界经济强劲、可持续和平衡增长。

2010年11月举行的首尔峰会承诺加强二十国集团作用，携手推动世界经济强劲、可持续和平衡增长；承诺尽快落实将国际货币基金组织份额向新兴市场和发展中国家以及低估国转移6%以上，体现了新兴市场和发展中国家经济力量上升这一客观现实。会议首次将发展问题作为主题之一，通过"首尔发展共识"和跨年度行动计划，标志着二十国集团对发展问题的认识和投入上升到一个新层次。

3年来，二十国集团从应对国际金融危机的有效机制逐步转化为全球经济治理的重要平台，已形成以峰会为引领、协调人和财金渠道"双轨机制"为支撑、部长级会议和工作组为辅助的架构。

3年间，发展中国家，特别是新兴市场国家积极应对世界经济形势变化，保持了较快的经济增长速度，为世界经济走向复苏作出重要贡献。但是，由于发达国家持续宽松货币政策导致跨境短期资本无序流动，可能引发新的金融和经济风险，新兴市场国家应对大量资本流入、本币汇率升值和国内通胀压力的难度和复杂性也在加大。

当前，发达国家失业率居高不下，财政整顿进展缓慢，金融部门的修复和改革任务尚未完成，美欧债务危机的走向前景仍不明朗。即使欧盟和欧元区峰会10月27日凌晨就化解欧洲主权债务危机达成一揽子协议，提供了一个足以强劲提振当日全球股市的利好消息，也并不意味着短期内稳定金融市场、消除或降低欧债危机外溢风险已变得轻而易举。

经济全球化时代，需要有效的全球经济治理。世界的目光投向戛纳，期待二十国集团领导人第六次峰会继续聚焦世界经济金融领域的重大、紧迫风险和挑战，展现团结、成功和共赢。

不一样的聚光

中国经济保持平稳较快发展，为世界经济发展作出巨大贡献。各种统计数据无可争辩地说明了这一点，各大国际组织的研究报告反复论证了这一点。

"如今的中国既是我们的银行家，我们的供货商，也是我们最具活力的市场。"法国《世界报》总编辑伊兹拉莱维奇的话颇有代表性。

世界看好中国，看重中国在二十国集团平台上的影响力，这是一个现实。两次元首级电话交谈颇具标志性意义。

2008年10月21日晚，中国国家主席胡锦涛应约同时任美国总统布什通电话，双方就召开国际金融峰会、加强国际合作、应对国际金融危机交换看法。胡锦涛强调中国政府将继续以对中国人民和各国人民负责的态度，同国际社会密切合作，共同维护世界经济金融稳定。

20多天后，以应对美国次贷危机所带来全球性挑战为目标的二十国集团领导人金融市场和世界经济峰会在华盛顿举行，一个新的全球经济治理平台开始萌生。

2011年10月27日晚，胡锦涛主席应约同法国总统萨科齐通电话。萨科齐向胡锦涛通报刚刚结束的欧盟首脑会议有关情况和欧盟应对主权债务危机的举措，双方就即将举行的二十国集团领导人戛纳峰会交换意见。胡锦涛强调，二十国集团已成为全球经济治理的重要平台。中方希望二十国集团继续发扬同舟共济、合作共赢的精神，通过戛纳峰会向国际社会传递"保增长、促稳定"的强力信号，继续推进世界经济强劲、可持续、平衡增长，最重要的是确保强劲增长。

当前，欧债危机处于一个关键节点，世界经济处于一个新的困难时期，国际舆论不约而同地热评着中国。就在10月26日举行具有关键意义的欧盟首脑会议之际，英国《金融时报》推出"中国特别报道"，法国《世界报》推出98页的"中国世纪特刊"，美国《纽约时报》刊文评说中欧关系……

中国作用，处于世界舞台的聚光灯下。

不平凡的影响

在二十国集团的平台上，中国作为国际社会负责任的成员，始终积极参与应对国际金融危机的国际合作，显示了中国坚持对外开放、推动恢复世界经济增长的坚定态度。

胡锦涛主席在华盛顿峰会上发表题为《通力合作 共度时艰》的讲话，强调当务之急是遏制金融危机扩散和蔓延，避免发生全球性经济衰退；国际金融体系改革，应该坚持建立公平、公正、包容、有序的国际金融新秩序的方向，坚持全面性、均衡性、渐进性、实效性的原则；应该提高发展中国家在国际金融组织中的代表性和发言权，关注和尽量减少金融危机对发展中国家特别是最不发达国家造成的损害；中国愿继续参与维护国际金融稳定、促进世界经济发展的国际合作，支持国际金融组织根据国际市场变化增加融资能力，加大对受这场金融危机影响的发展中国家的支持。

胡锦涛主席在伦敦峰会上发表题为《携手合作 同舟共济》的讲话指出，当前，最紧迫的任务是全力恢复世界经济增长，防止其陷入严重衰退；反对各种形式的保护主义，维护开放自由的贸易投资环境；加快推进相关改革，重建国际金融秩序。

胡锦涛主席在匹兹堡峰会上发表题为《全力促进增长 推动平衡发展》的讲话指出，当前，我们的首要任务仍然是应对国际金融危机、推动世界经济健康复苏，同时要坚定不移推进国际金融体系改革，在解决全球发展不平衡进程中实现世界经济全面持续平衡发展。

胡锦涛主席在多伦多峰会上发表题为《同心协力　共创未来》的讲话，为推动世界经济尽早实现强劲、可持续、平衡增长提出3点建议：第一，推动二十国集团从应对国际金融危机的有效机制转向促进国际经济合作的主要平台。第二，加快建立公平、公正、包容、有序的国际金融新秩序。第三，促进建设开放自由的全球贸易体制。

胡锦涛主席在首尔峰会上发表题为《再接再厉　共促发展》的讲话强调指出，我们要本着对历史、对未来负责的态度，站在维护人类共同利益的高度，发扬同舟共济精神，再接再厉，努力促进世界经济强劲、可持续、平衡增长。

国际社会看到，不仅是中国主张入情入理，而且中国扎扎实实的作为，已成为世界经济不可或缺的前进动力。应对国际金融危机，中国主张首先要把国内的事情办好。早在2008年全球金融市场动荡不止、投资者恐慌情绪严重蔓延的情势下，中国就以一系列积极、果断的行动显示出共克时艰的信心和决心，保持了经济平稳较快发展。今年以来，为适应国内外的新形势新变化，中国采取了灵活、审慎的经济政策，努力稳定物价，推进结构调整，比较好地处理了保持经济平稳较快发展、调整经济结构、管理通胀预期三者间的关系，经济社会发展总体保持良好态势。

中国正在积极推进国民经济和社会发展第十二个五年规划，将着力实施扩大内需特别是消费需求的战略，建立长效机制，释放消费潜力，着力促进经济增长向依靠消费、投资、出口协调拉动转变。中国的发展战略，与国际社会同舟共济、力促世界经济复苏的目标是一致的。

"保增长、促稳定"。这是中国的主张，是中国的实践，也是国际社会当前迫切需要的强力信号。可以预期，胡锦涛主席出席在戛纳举行的二十国集团领导人第六次峰会，必将再次显示非常时刻的非凡影响。

（原载于《人民日报》2011年10月30日第一版）

> 应美国总统奥巴马邀请，国家主席胡锦涛于 2011 年 11 月 10 日至 14 日出席在美国夏威夷举行的亚太经合组织第十九次领导人非正式会议。本文作于会议召开前夕，解读会议主题，透视亚太经合组织进程发展脉络，阐述中国立场。

汇聚合作共赢新浪潮

——写在亚太经合组织第十九次领导人非正式会议前夕

围绕"紧密联系的区域经济"主题，亚太经合组织第十九次领导人非正式会议即将于 11 月 12 日至 13 日在美国夏威夷檀香山举行。亚太地区经济增长、区域经济一体化、绿色增长、能源安全、规制合作等重要议题，备受瞩目。

面对世界经济复苏的不稳定性不确定性突出、下行风险加大的情势，包括中国等保持强劲活力的经济体在内的亚太地区，将发出怎样的共同声音，做出怎样的共同抉择，备受瞩目。

应对挑战

这是继 1993 年在西雅图举办亚太经合组织第一次领导人非正式会议后，美国再行东道主之责。美方亮出"有形且有用"主张，显示其加强亚太区域经济合作的愿望。其实，回顾亚太经合组织走过的 22 年历程，"有形且有用"之处早已不胜枚举。作为一个重量级经济合作论坛，亚太经合组织的宗旨是为本地区人民共同利益保持经济增长和发展，促进成员间经济相互依存，加强开放的多边贸易体制，减少区域贸易和投资壁垒。协商一致、自主自愿的"亚太经合组织合作方式"，促成了开放的地区主义合作思想的具体实践，形成举世独有的地区合作模式。尤其自领导人非正式会议成为固定机制以来，亚太经合组织日渐形成亚太地区级别最高、影响最大、机制最完善的经济合作框架。

茂物目标，是引导亚太经合组织"贸易和投资自由化便利化"进程的行动指针。1994年茂物会议确立了亚太地区实现贸易和投资自由化便利化的目标，提出了发达成员于2010年前、发展中成员于2020年前分别达标的两个时间表。1995年大阪会议确定贸易和投资自由化、经济技术合作为合作的两个轮子及亚太经合组织合作的具体领域。2001年上海会议达成了旨在加速实现茂物目标的上海共识。2010年横滨会议制订经济增长战略、审评茂物目标实现情况。

正是茂物目标精神聚汇了合作的意愿和行动，增生了地区经济的活力，使亚太经合组织积极推进贸易和投资自由化便利化，加快区域经济一体化，加强经济技术合作，为缩小成员发展差距、促进各成员共同繁荣发挥了重要作用。

然而，国际金融危机爆发，一些大经济体经济增速下滑，一些国家深陷主权债务问题困境，国际金融市场动荡不已，新兴市场国家通胀压力仍然较大，各种形式的保护主义愈演愈烈……亚太经合组织的"贸易和投资自由化便利化"进程无疑面对种种挑战。

聚焦中国

胡锦涛主席去年出席横滨会议时明确指出，新形势下，亚太经合组织应该继续秉承茂物目标精神，主动适应新情况，积极应对新挑战，发挥自身优势，不断改革完善，在"继续推进贸易和投资自由化便利化，加快区域经济一体化"、"加快落实增长战略，提高经济增长质量"、"加强经济技术合作，增强发展中成员自主发展能力和经济内生动力"等方面发挥更大作用。

国际舆论认为，胡锦涛主席阐释的主张，展现了中国推动世界经济发展、促进亚太区域合作的真诚意愿和建设性态度，表明中国在国际舞台上发挥着越来越大的积极作用。

人们清晰记得，在几天前结束的二十国集团领导人第六次峰会上，胡锦涛主席明确重申中国坚定地反对贸易保护主义的立场，郑重宣布为进一步帮助最不发达国家发展，中方愿在南南合作框架内，对同中国建交的最不发达国家97%的税目的产品给予零关税待遇。这是中国为促进解决发展问题、推动多哈发展议程采取的重要实质性步骤，得到了国际社会和广大发展中国家的赞扬，成为峰会的一大亮点。

展望即将召开的夏威夷会议，国际舆论再次聚焦中国，预期中国声音将在亚太区域合作平台上再添亮色。人们注意到，中方有关部门负责人已经表示，希望通过此次会议，各方能进一步推动亚太贸易和投资自由化便利化，促进经济技术合作，支持多边贸易体制，抵制贸易保护主义，为世界经济复苏和增长注入活力、增加信心。对于当前形势下的亚太区域经济乃至世界经济而言，这样的表态无疑是振励奋勉的信息。

重在行动

今年是中国加入亚太经合组织20周年，中国对推进亚太区域经济合作发挥了积极和建设性作用，展示了负责任形象，获得各成员经济体高度赞赏。

中国曾成功举办亚太经合组织领导人非正式会议，多次主办部长级会议和工作组会议，提出并成立亚太经合组织港口服务网络、亚太森林恢复与可持续管理网络、亚太财经与发展中心等各类合作倡议和机制，设立中国亚太经合组织科技产业合作基金，为成员经济技术合作提供资金支持。

今年6月，中方提出的"加强低碳城镇示范项目合作，促进节能减排和提高能效领域合作"倡议变成现实——亚太经合组织首个低碳示范城镇项目，即天津于家堡金融区低碳示范项目宣告启动。该项目位于天津市滨海新区，从产业、建筑、交通、社区等方面进行低碳规划和建设。

本月初，中国倡议成立的亚太经合组织海洋可持续发展中心成立，旨在加强亚太经合组织成员在海洋政策、经济、管理和技术等方面交流合作，实现亚太地区海洋可持续发展。

几天后，胡锦涛主席将在亚太经合组织领导人非正式会议上，就世界和亚太经济形势阐述中方立场主张，呼吁完善全球经济治理，加快转变经济发展方式，推进经济全球化和区域经济一体化,并就推进贸易和投资自由化便利化、绿色增长、经济结构改革和规制合作等发表看法;在亚太经合组织工商领导人峰会上围绕"重新定义未来"主题发表主旨演讲;并将在与亚太经合组织工商咨询理事会代表对话会上与工商界就区域经济一体化、国际金融体系改革、中小企业发展、环境产品和服务、粮食安全等问题交换看法。

江海之为大,实涓浍之所归。

相互理解、携手合作、务实进取,中国和亚太经合组织其他成员的共同行动,成就了亚太经合组织成员的发展共赢。近一年来,在各成员共同努力下,贸易和投资自由化便利化续有发展,绿色增长合作取得新进展,经济结构改革和规制合作稳步推进,亚太经合组织机制改革加速推进,工商界参与亚太经合组织合作的力度进一步增强。此外,亚太经合组织在人力资源开发、农业、粮食安全、海洋、防灾减灾等领域也取得积极进展。

亚太区域合作还将展开新视野——创新政策合作引领的"下一代"贸易投资,环境、贸易和发展"三赢"的绿色增长,新兴产业规制和标准合作,"重新定义未来"……亚太经合组织在行动!

浩瀚太平洋,涌动合作新浪潮。亚太经合组织,期待共赢新成就。

(原载于《人民日报》2011年11月10日第三版)

> 应美国总统奥巴马邀请，国家主席胡锦涛于 2010 年 4 月 12 日至 13 日出席在美国华盛顿举行的核安全峰会。本次行程的一个突出特点是：简化国外迎送安排。本文记录了此举带来的新气象。

礼宾改革新举措　务实作风新体现
——胡锦涛主席出访简化国外迎送安排侧记

4 月 12 日，中国国家主席胡锦涛离京赴美，开始了今年首次出访之行。

当地时间 12 日 11 时，胡锦涛主席乘坐的专机抵达华盛顿安德鲁斯空军基地。停机坪上，美方官员和中国驻美大使等热情迎候。11 时 03 分，胡锦涛主席走下舷梯，同美方官员和中国驻美大使等一一握手，随后乘车离开机场，整个过程仅持续了 5 分钟。

人们注意到，与以往不同的是，这次机场没有出现欢迎队伍和欢迎横幅。这是我国领导人出访礼宾改革的新举措。

记者就此采访了陪同出访的外交部副部长崔天凯。他告诉记者，根据胡锦涛主席重要指示精神，经中央同意，为进一步推进出访礼宾改革，今后我国领导人出访时，将简化驻外使领馆组织迎送活动相关安排。胡锦涛主席这次出访率先实行新的礼宾安排，在抵达和离开往访国时，不再组织当地华侨华人、留学生等到机场迎送。崔天凯说，这些年来，每逢我国领导人到访，广大海外华侨华人、留学生等都会热烈迎送，表达对祖国的热爱之情。但是，大家往来奔波也十分辛苦。胡锦涛主席等中央领导同志十分体谅海外同胞的辛苦，决定对出访国外迎送安排进行简化改革。这是中央一贯倡导的礼宾改革的继续，充分体现了以人为本的理念和求真务实的作风。

改革开放以来，根据国际惯例和国内实际，我国礼宾工作进行了一系列重要改革：1978年秋天开始，为外宾访华举行欢迎仪式的地点由机场改至人民大会堂东门外广场，不再组织群众夹道欢迎；上世纪80年代开始，我国领导人出访一般不再举行答谢宴会或答谢招待会；1991年开始，我国领导人出访的离、返京送迎仪式从机场改在人民大会堂举行；2003年开始，我国领导人出访离、返京不再举行送迎仪式。这些改革受到了国内外一致好评。

中国驻美国大使馆领事部外交官表示，胡锦涛主席要来美国出席核安全峰会的消息公布后，许多华侨华人都主动打电话希望到机场迎送。得知迎送安排简化后，大家在为不能前往机场迎送感到遗憾的同时，纷纷对国家领导人的体贴、务实表示由衷敬佩。

美东华人社团联合总会执行主席、美国林则徐基金会主席黄克锵深有感触地对记者说："每次国家领导人来美访问，广大侨胞都举行热烈的欢迎活动，这是中华儿女与生俱来的一种爱国情感。这次胡主席来美，指示对迎送活动进行简化，这是对我们的体谅，让我们内心感到非常温暖。"

美国大华府北京同乡会会长王捷说，身在海外，能见到祖国亲人最令人激动。以往每逢国家领导人来访，华侨华人都会自发组织起来前往迎送。"胡主席设身处地为我们着想，简化了迎送安排，充分体现了对我们的体贴和爱护。"

纽约华人社团联席会主席朱立创说："海外同胞的爱国之情可以通过多种方式表达，我们对祖国的每一点进步和变化都感到鼓舞。"

侨居美国宾夕法尼亚州的怡韬女士，曾多次参与组织欢迎国家领导人的活动。她表示，"祖国在我心中"是海外同胞的共同心声，虽然不到机场迎送了，但大家的爱国热情依旧，一定会更加努力地为祖国发展多作贡献。

美国明日中国教育协会会长王军说："胡主席出访务实高效，尽量减少形式上的环节，从一个侧面展现了祖国与时俱进、务实开放的风采。我为此感到自豪！"

（原载于《人民日报》2010年4月13日第一版）

> 应美国总统奥巴马邀请，国家主席胡锦涛于2010年4月12日至13日出席在美国华盛顿举行的核安全峰会。本次行程的一个突出特点是：简化国外迎送安排。本文以言论形式解读胡锦涛主席此举的垂范意义。

简约之礼　务实之风

2010年4月，中国礼宾改革再迈新步。根据胡锦涛主席重要指示精神，经中央同意，今后我国领导人出访时，将简化驻外使领馆组织迎送活动相关安排。胡锦涛主席今年首次出访，即率先实行新的礼宾安排，在抵达和离开往访国时，不再组织当地华侨华人、留学生等到机场迎送。

这是"务实、精干、节约"礼宾原则的体现，是党和国家领导人一贯倡导的礼宾改革的继续。

改革开放以来，中国国力不断壮大，中国外交日益活跃。礼宾工作针对新形势、新要求，根据国际惯例和国内实际，推出了一系列改革措施，彰显了求真务实的作风和以人为本的理念。人们欣喜地看到，在中国与世界的联系日益紧密，领导人出访次数随之增多的形势下，礼仪性活动的简化提高了外交工作的效率。这样的改革，实现了人力、物力和财力的节省，反映了对民众的体贴。

礼宾改革亦有深刻的示范意义。推动以"务实、精干、节约"为原则的改革，是科学发展观的具体体现，也是中央领导同志带头倡导和弘扬求真务实、改革创新、勤俭节约精神的具体体现。我们需要在各项工作中广泛倡导、倍加重视、倍加珍惜这种精神，这是党团结带领全国各族人民为把党和国家事业不断推向前进、不辜负人民信任和期望的重要保证。

（原载于《人民日报》2010年4月13日第二版"今日谈"专栏）

应巴西总统卢拉、委内瑞拉总统查韦斯、智利总统皮涅拉邀请，国家主席胡锦涛计划于2010年4月14日至17日出席在巴西利亚举行的"金砖四国"领导人第二次正式会晤并对巴西进行国事访问，于4月17日至18日对委内瑞拉进行国事访问，于4月18日对智利进行工作访问。但是，中国青海玉树严重地震发生了，胡锦涛主席毅然决定提前结束访问回国。本文记录了这个不同寻常的变化。

同人民在一起

——胡锦涛主席获悉中国青海"4·14"玉树严重地震发生之后

"中国政府正在紧急组织抗震救灾斗争。在这一困难时刻，我需要尽快赶回国内，同我国人民在一起，投入抗震救灾工作。"

中国国家主席胡锦涛同多位外国领导人谈到提前结束访问回国时的这席动情讲话，既生动反映了胡主席心系人民的情怀，也打动了人们的心灵。

青海玉树发生严重地震消息传来，正是胡主席刚刚出席完在华盛顿举行的核安全峰会之际。胡主席立即召开紧急会议，同代表团陪同人员一起，急迫地分析国内发来的一份份灾情简报，地动山摇、生命蒙难的危难情况令人心急如焚。

第一时间作出重要指示！胡主席14日立即向国内发出指示，要求各部门全力做好抗震救灾工作，千方百计救援受灾群众，同时要加强地震监测预报，落实防范余震措施，切实安排好受灾群众生活，维护灾区社会稳定。胡主席还根据抗震救灾工作的需要，指示连夜紧急调用飞机，运送各地救援队伍奔赴灾区，并调集部队昼夜兼程开赴灾区投入抗震救灾斗争。

国务院抗震救灾总指挥部随即成立。回良玉副总理作为总指挥，率国务院有关部门和军队、武警部队负责同志紧急赶赴灾区指导抗震救灾工作，慰问受灾群众。青海省也紧急启动应急预案，成立抗震救灾一线指挥机构。在党中央、国务院坚强领导下，一场感天动地、众志成城的抗震救灾斗争打响了。驰援玉树、积极救助的一幕幕场景，让人们的耳际再次回响起胡主席当年在四川汶川特大地震抗震抢险现场发出的铿锵话语："任何困难都难不倒英雄的中国人民！"

果断决策压缩出访行程！在繁忙的外事活动中，胡主席时刻惦记着救援进展、百姓危难：玉树地震灾区地处高海拔、高寒地区，也是民族地区、贫困地区，救援人员已经行进到哪里？被埋人员救援情况怎样？受伤人员能不能得到救治？救灾物资可不可以畅通运往灾区？受灾群众安置情况如何……随着前方灾情信息不断传来，胡主席心情十分沉重，决定尽早启程回国。

按照日程安排，这次出访应于4月14日至17日在巴西首都巴西利亚出席"金砖四国"领导人第二次正式会晤，并对巴西进行国事访问；随后，还将对委内瑞拉进行国事访问，对智利进行工作访问。

在当前国际形势发生深刻复杂变化，世界经济复苏基础仍不牢固的背景下，"金砖四国"领导人的这次会晤，对凝聚共识、加强合作、更好应对全球性挑战具有重要意义。参加"金砖四国"领导人会晤的有关国家领导人已抵达巴西利亚，大家对这次会晤充满期待。要既使会晤取得各方期待的效果，又实现提前回国决定，必须稳妥协商好相关日程调整。

14日刚刚抵达巴西利亚，胡主席顾不上旅途劳顿，立即召集会议，对提前回国各项事宜作出部署，指示外交部同东道国巴西方面商议调整"金砖四国"领导人第二次正式会晤日程，并同俄罗斯、印度有关方面联系协商。由于梅德韦杰夫总统15日下午4点多才能抵达巴西利亚，所以四方决定将原定15日至16日举行的会议，提前到15日晚上举行并压缩日程。此外，原定对巴西的访问日程也提前进行，并取消了欢迎仪式、欢迎宴会等安排。巴西、俄罗斯、印度方面对中方提出调整和压缩日程的建议一致表示非常理解和完全同意。

事实上，"4·14"玉树严重地震发生后，俄罗斯、巴西、印度三国领导人和政府就以不同的方式向中国表示了慰问。俄罗斯总统梅德韦杰夫、总理普京通过慰问电向地震遇难者表示哀悼，向遇难者亲属及受伤人员致以最诚挚慰问，表示俄已准备好帮助中国救灾。梅德韦杰夫同胡锦涛会见时，代表俄罗斯政府和人民再次表示慰问，他说作为友好邻邦，俄罗斯愿意向中国提供任何帮助。巴西外交部发表公报表示，巴西政府向地震遇难者表示深切哀悼，并向中国政府和人民表示慰问。卢拉同胡主席会谈时，再次向中国政府和人民表达了深切同情。印度总理辛格专门派人向中国代表团送来慰问信，他同胡主席会见时说，印度人民对中国青海玉树地震造成的破坏表示非常悲痛，对遇难者表示深切哀悼。

午夜通话商定访问推迟！当地时间14日深夜11时许，胡主席同智利总统皮涅拉通电话；15日零点前后，胡主席又同正在国外访问的委内瑞拉总统查韦斯通电话。胡主席分别向两国领导人通报了中国青海玉树地震灾情后，表示需要推迟对两国的访问。胡主席对国内灾情的牵挂，感动着电话另一端的智利和委内瑞拉两国领导人：

——皮涅拉表示完全理解、全力支持胡主席作出提前回国的决定，并代表智利政府和人民对中国青海玉树发生严重地震灾害造成的人员伤亡表示沉痛哀悼，向中国人民表示深切同情和衷心慰问。

——查韦斯表示完全理解胡主席作出推迟访问的决定，对中国青海遭受严重地震灾害表示最沉痛的哀悼和最衷心的慰问，向中国人民表示深切同情，表示委方愿意为中国抗震救灾提供一切支持和配合。

连日来，很多外国领导人及国际和地区组织负责人纷纷致函、致电中国领导人或以其他方式，就青海玉树地震灾害向中国政府和人民表示慰问。为此，胡主席在同卢拉举行会谈后共同会见记者时，代表中国政府和人民，对世界上许多国家领导人和政府对中国青海玉树严重地震灾害给予的慰问和支持，表示衷心的感谢。

15日，是胡主席本次出访的最后一天，超浓缩的一天。在10场密集的双边和多边活动中，胡主席每每都会说到中国青海玉树地震灾情；活动间隙，胡主席密切关注玉树地震灾区最新情况。时时刻刻，胡主席的心都同灾区广大干部群众紧紧连在一起。

夜色深沉，心意凝重。当地时间15日晚11时30分，胡主席乘坐的专机踏上万里归程。在近 25 个小时的跨洋飞行之中,胡主席和相关部门负责人就抗震救灾工作进行的研究部署在万米高空上持续……

(原载于《人民日报》2010 年 4 月 17 日第一版)

应俄罗斯总统梅德韦杰夫邀请，国家主席胡锦涛于 2010 年 5 月 8 日至 9 日赴俄出席卫国战争胜利 65 周年庆典。本文记录了抵达莫斯科后的第一场活动——会见曾经参加中国人民抗日战争东北战场战斗的 20 位俄罗斯老战士代表。

牢记历史　珍重和平
——记胡锦涛主席会见俄罗斯老战士

俄罗斯纪念卫国战争胜利 65 周年庆典在即，莫斯科洋溢着热烈的气氛，激荡着胜利的豪情。曾经参加中国人民抗日战争东北战场战斗的 20 位俄罗斯老战士代表尤为激动。因为，前来出席庆典的中国国家主席胡锦涛 5 月 8 日下午抵达莫斯科后，第一场活动就是同他们见面；而且，对其中 10 位老战士而言，5 年前胡锦涛主席曾经在莫斯科会见过他们。

莫斯科总统饭店白厅，老战士们胸前的勋章熠熠生辉，激动的脸庞焕发光彩——他们中最年长者是 95 岁的退役空军中将、曾领导并参加苏联空军轰炸日本关东军军事基地任务的维·米·拉夫斯基；最年轻者是 82 岁的退役中校、曾任苏军后贝加尔方面军第六坦克军团第七机械化军榴弹炮班班长的尤·弗·巴边科夫。

下午 4 时 30 分，胡锦涛主席步入大厅，亲切地同这些白发苍苍的老战士握手、拥抱。"很高兴再次见到你！""感谢你们为中国人民抗日战争胜利作出贡献！""欢迎你再去中国，到曾经战斗过的地方看一看！""中俄两国人民坚不可摧的友谊万古长青！"……胡锦涛主席热情问候每一位老战士，并一一向他们颁发"和平"奖章和证书。

"衷心祝贺中国取得的辉煌成就！""衷心感谢您对俄罗斯老战士的深情厚

谊！请转达俄罗斯老战士对中国人民的谢意！""虽然已经95岁了，但我希望活着看到中国成为世界最强国的一天。"……老战士们纷纷道出肺腑之言。

"5年前，我曾在这里同部分参加中国人民抗日战争东北战场战斗的俄罗斯老战士见面。今天再次同新老朋友见面，感到十分亲切。首先，我谨代表中国政府和人民，向各位老战士致以诚挚的问候和崇高的敬意！"

胡锦涛主席发表讲话，追溯历史，缅怀英烈；真诚之至，深切感人。大厅内不时响起热烈掌声。

"苏联军民浴血奋战，从保卫家园到攻克柏林，2700万苏联军民献出了宝贵生命，谱写了惊天动地的壮丽篇章。英雄的苏联军民不仅捍卫了祖国的主权和尊严，而且为世界反法西斯战争胜利作出不可磨灭的历史贡献。"人们的思绪回到几十年前的峥嵘岁月，"在第二次世界大战亚洲太平洋主战场上，中国人民同日本侵略者进行了8年艰苦卓绝的斗争，3500万中华儿女为国捐躯。中国人民以不屈的抗争和顽强的战斗给日本侵略者以沉重打击，粉碎了日本军国主义称霸亚洲的企图，为赢得世界反法西斯战争作出重大贡献。"

胡锦涛主席高度评价当年远赴中国东北的俄罗斯老战士所作贡献。他说："许多优秀俄罗斯儿女在中国大地上献出宝贵生命。中俄两国人民在反法西斯战争中结下深厚友谊。这种用鲜血和生命凝结的友谊是中俄战略协作伙伴关系的坚实基础，也是中俄世代友好的坚实基础。"

"几十年来，我们始终深切缅怀为中国人民抗日战争胜利献出生命的中俄英烈，永远铭记他们用生命铸就的历史功勋。"胡锦涛主席动情的话语代表了中国人民的深情。

在70多年前爆发的第二次世界大战中，中国人民以血肉之躯筑起捍卫祖国的钢铁长城，用气吞山河的大无畏气概谱写了壮丽的英雄史诗。在世界反法西斯战争中，中国人民抗日战争开始最早、持续时间最长。中国战场长期牵制和抗击了日本军国主义的主要兵力，对日本侵略者的彻底覆灭起到了决定性作用。中国人民抗日战争制约和打乱了日本法西斯和德意法西斯战略配合的企图。65年前，中国人民经过艰苦卓绝的长期抗战、付出巨大牺牲，彻底打败了日本侵略者，为世界反法西斯战争最后胜利作出了突出贡献。

俄罗斯人民没有忘记，很多中国人曾在苏联卫国战争的前线战斗或在苏联后方劳动。不久前，俄罗斯政府向19位中国老战士颁发了"1941—1945年伟大卫国战争胜利65周年"奖章。

中国人民没有忘记，苏联为中国人民抗日战争提供了宝贵援助。特别是在战争后期，苏联红军开赴中国东北战场，同中国军民一道对日作战，加速了彻底打败日本侵略者的进程。

今年，两国共同庆祝世界反法西斯战争胜利65周年，中国境内苏军烈士纪念碑修葺一新，长眠在中国大地的1万多名苏军烈士受到中国人民深切怀念。

"在伟大卫国战争胜利65周年之际，我们深感今天的和平来之不易，值得倍加珍惜。在当前复杂多变的国际形势下，中俄两国应该以史为鉴、面向未来，加强战略协作……"胡锦涛主席的讲话把人们的思绪带回中俄关系蓬勃发展的现实。

胡锦涛主席明确表示："我相信，中俄两国人民将同各国人民一道，牢记历史，开创未来，为推动建设持久和平、共同繁荣的和谐世界而不懈努力！"话语铿锵有力，掌声响彻大厅。

虽然都已进入耄耋之年，但老战士们致力推动俄中世代友好、推动两国战略协作伙伴关系的壮心不已。年近87岁的大将、曾参加过牡丹江等地战斗的俄罗斯军事科学院院长马·阿·加列耶夫代表老战士发言。

加列耶夫激动地表示："在抗击德国法西斯战争取得伟大胜利65周年之际，请允许我代表俄罗斯卫国战争老战士向您并通过您向所有中国老战士致以节日的祝贺！"他说，法西斯德国入侵苏联后，中国对日本侵略军的军事行动，有效防止了日本对苏联的进攻。"我们伟大人民的友谊和合作，成为维护世界和平与安全的最坚定的保障"。

"对我们中的许多人来说，这样如此美好的节日可能是最后一次"，"我们必须更加积极地抵制对二战历史的歪曲"，愿65年前胜利时刻欢欣鼓舞的感觉将"永远保持在我们心中，直至生命的最后一刻"，"请允许我代表所有俄罗斯老战士对您深情地说一声：谢谢您！我们永远忘不了您对我们的关怀！"

最后，胡锦涛主席向每位老战士赠送了一本题为《历史永远铭记》的相册。相册中一幅幅珍贵照片反映了苏联红军在中国东北战场浴血奋战的历史场景，反映了他们同中国军民结下的深厚情谊，展现出苏联红军战斗、生活过的旅顺口、沈阳、哈尔滨、长春等城市面貌的今昔变化。

加列耶夫向胡锦涛主席赠送了一本卫国战争纪念册和他本人撰写的回忆录《战役——在军事历史前线》。曾参加过佳木斯、哈尔滨等地战斗的瓦·伊·伊万诺夫向胡锦涛主席赠送了他精心挑选的俄式大茶炊。为了这次再相聚，年近89岁的他几天前早晨7时就从家里出发，遍寻莫斯科各大市场，直到下午快5时才返回，目的就是要购买到他最满意的、俄罗斯最经典的礼物送给胡锦涛主席。

《喀秋莎》《保卫黄河》，在两国脍炙人口的歌声在大厅中响起，仿佛传来了遥远的历史回音。

离别时分，胡锦涛主席同每一位老战士握手话别。

"真心希望再见到您！"老战士们纷纷表示。

"会的，一定会的！"胡锦涛主席紧紧握着老战士们的手，满怀深情祝愿他们健康长寿、幸福安康……

（原载于《人民日报》2010年5月9日第二版）

> 应乌兹别克斯坦总统卡里莫夫邀请，国家主席胡锦涛于2010年6月11日出席在乌首都塔什干举行的上海合作组织成员国元首理事会第十次会议。本文解读此行意义，集中阐述了倡导"共同"，践行"共同"，与上海合作组织保持活力和生机的内在逻辑联系。

共同的意愿　共同的努力
——记胡锦涛主席出席上海合作组织成员国元首理事会第十次会议

在历史悠久的中亚名城——乌兹别克斯坦首都塔什干，直阔的街道披挂盛装，上海合作组织旗帜招展，各成员国国旗飘扬。6月11日，上海合作组织成员国元首理事会第十次会议在这里举行，中国国家主席胡锦涛同其他成员国元首和代表深入交流、共同决策。

这是寄托着欧亚地区人民共同愿望的重要会议。国际金融危机带来的影响尚未彻底消退，恐怖事件、政局动荡、自然灾害等局部挑战间或发生。作为欧亚地区地缘政治格局具有重要作用的建设性力量，上海合作组织持续取得实际成果，备受本地区人民期待。

这是呼唤共同行动、彰显"和平、发展、合作"力量的时刻。胡锦涛主席在会上发表题为《深化务实合作维护和平稳定》的重要讲话，高屋建瓴地指出："当前，世界多极化和经济全球化深入发展，和平、发展、合作的时代潮流更加强劲，国际政治经济格局加速调整，本地区各国相互依存更加紧密。与此同时，本地区形势中的不稳定不确定因素明显增多，国际金融危机影响继续显现，'三股势力'、毒品走私等问题日益突出。在这样的背景下，上海合作组织各成员国只有切实遵循'上海精神'，加强团结协作，发挥集体智慧和力量，才能战胜艰难险阻，实现共同发展。"

这是维护共同利益、推进地区合作进程。共同的安全利益、共同的发展利益形成了上海合作组织的巨大凝聚力。各成员国多次表示，坚信巩固和深化本组织成员国睦邻、友好、合作关系符合成员国人民根本利益，有利于本组织所在地区乃至全世界的和平与发展。早在9年前，《上海合作组织成立宣言》就明确了这样的宗旨："加强各成员国之间的相互信任与睦邻友好；鼓励各成员国在政治、经贸、科技、文化、教育、能源、交通、环保及其他领域的有效合作；共同致力于维护和保障地区的和平、安全与稳定；建立民主、公正、合理的国际政治经济新秩序。"从初创到日趋成熟，上海合作组织经历了种种考验，取得非凡成就，造福人民，赢得人民信赖。再过几天，上海合作组织就将跨入第十个年头。各成员国领导人在本次会议宣言中郑重宣示：成员国决心继续在本组织框架内密切开展全方位合作，将本组织建设成为维护地区和平、稳定，促进地区繁荣的可靠保障。

人们从本次会议的成功举行，可以看出上海合作组织的征程上闪耀着一个关键词——"共同"。上海合作组织蓬勃发展的每一步，都需要共同的力量。诚如多年以来胡锦涛主席每逢出席上海合作组织成员国元首理事会会议时所强调：共同创造、共同应对、共同分享、共同落实、共同主张、共同利益、共同愿望、共同发展、共同进步、共同繁荣……在本次会议上，胡锦涛主席强调"制定共同立场"，"发出共同声音"，"实施共同倡议"……

共同的成效，依托上海合作组织成员国务实的努力。尤其在挑战面前，携起手来积极应对，方能化危为机，维护稳定与发展大局。去年在国际金融危机阴霾密布之际，胡锦涛主席在上海合作组织叶卡捷琳堡峰会上宣布，向本组织成员国提供100亿美元信贷资金。如今这一项目已在积极落实之中。中国还组织了贸易投资促进团赴上合组织成员国，举办多种形式的经贸论坛、企业洽谈和展览等活动，签署了逾80亿美元的经贸合同和意向书。一系列实实在在的行动创造了携手共进的丰硕成果。

共同的内涵，随着上海合作组织进程的发展而不断充实。在本次会议上，胡锦涛主席就在上海合作组织框架内深化务实合作提出了六项建议："巩固团结互信，夯实本组织发展的政治基础"；"加大反恐力度，构筑本组织发展的安全环境"；

"深挖合作潜力,增强本组织发展的持续后劲";"扩大友好交流,巩固本组织发展的人文基础";"完善内部建设,健全本组织发展的决策机制";"秉承透明开放,营造本组织发展的良好环境"。这些主张得到了各成员国领导人的积极认同,汇入会议达成的各项共识之中。

　　本次会议高扬"共同"的主旋律,它们汇聚于体现会议成果的《上海合作组织成员国元首理事会第十次会议宣言》、《上海合作组织成员国元首理事会第十次会议成果新闻稿》,汇聚于体现上海合作组织法律体系向前迈进的《上海合作组织接收新成员条例》和《上海合作组织程序规则》等重要文件,汇聚于体现上海合作组织各领域合作的多项协定……字里行间,宣示着"互信、互利、平等、协商、尊重多样文明、谋求共同发展"的"上海精神",跃动着上海合作组织旺盛的生命力。

　　会议的成果再次说明,团结是实现"共同"的保证,稳定是"共同"的基础,发展是"共同"的目标。倡导"共同",践行"共同",是上海合作组织活力和生机所在。

　　塔什干见证了上海合作组织成员国元首理事会第十次会议的7小时会程,预示着上海合作组织各成员国人民共同迎来本地区共同繁荣、持久和平的美好前景。

(原载于《人民日报》2010年6月12日第二版)

> 应加拿大总督米夏埃尔·让和总理斯蒂芬·哈珀邀请，国家主席胡锦涛于2010年6月23日至27日对加拿大进行国事访问并出席在多伦多举行的二十国集团领导人第四次峰会。本文从中方的角度记录了二十国集团领导人峰会的进程。

共识　行动
——记胡锦涛主席出席二十国集团领导人第四次峰会

二十国集团领导人第四次峰会于6月26日至27日在加拿大安大略省首府多伦多举行。作为二十国集团领导人峰会机制化以后的峰会，作为在世界经济出现复苏势头的大背景下的峰会，重点讨论推动世界经济强劲、可持续、平衡增长。

（一）

中国国家主席胡锦涛出席会议，同二十国集团各成员领导人及来自亚洲、非洲、欧洲一些国家和地区组织的领导人，联合国、国际货币基金组织、世界银行、金融稳定理事会、世界贸易组织、国际劳工组织等国际组织负责人，共同讨论世界经济形势、欧洲主权债务危机、"强劲、可持续、平衡增长框架"、国际金融机构改革、国际贸易和金融监管等问题。

两天的时间，胡锦涛的日程，一如既往地高密度、快节奏——10场多边活动，6场双边会见，频频应约寒暄。

安大略湖，多伦多会议中心，胡锦涛铿锵有力的发言，受到广泛关注和积极回应。

(二)

国情不同，诉求不一，利益多元，这是国际社会必须面对的问题。正因为此，各国需要以求大同、谋共赢的眼光作出抉择，努力扩大共识。两年以来，二十国集团举行的3次领导人峰会，就深刻说明了这一点。

——华盛顿峰会显示了形成共识、共同行动的意义。针对国际金融危机的爆发和蔓延，发展中国家和发达国家平等讨论紧迫的国际经济事务，在共同应对挑战问题上释放了明确的政治信号，促使推动全球经济增长成为各方共同选择。

——伦敦峰会显示了形成共识、共同行动的力量。具体反映在为主要国际金融机构增资、反对保护主义等方面所取得的重大进展。比如，同意为国际金融机构提供总额1.1万亿美元资金，以帮助陷入困境的国家；首次把对冲基金置于金融监管之下；同意设立总额至少2500亿美元的基金，用于贸易融资，以促进世界贸易发展，等等。

——匹兹堡峰会显示了形成共识、共同行动的力度。二十国集团上升为国际经济合作主要平台，开启了二十国集团领导人峰会机制化进程。在国际金融机构改革方面取得重大进展，确立世界银行投票权从发达国家向发展中国家转移至少3%、国际货币基金组织份额从发达国家向发展中国家转移至少5%的政策目标。

上述进程和成果给人以深刻启示，即同舟共济精神是应对严峻挑战、国际经济合作取得实效的重要保证。在世界经济逐步复苏的阶段，二十国集团应当秉持怎样的精神？胡锦涛在本次会议上发表题为《同心协力共创未来》的重要讲话，明确指出"我们要深刻认识国际金融危机深层次影响的严重性和复杂性，继续发扬同舟共济、合作共赢的精神"。

(三)

胡锦涛在讲话中深入阐述强劲、可持续、平衡增长的内在理想，系统阐述中方观点和主张，强调"要牢牢把握强劲、可持续、平衡增长三者的有机统一"，明确指出"确保强劲增长是当前世界经济发展的首要任务，可持续增长是长期目标，通过转变经济发展方式实现平衡增长是客观要求"。

为实现世界经济强劲、可持续、平衡增长目标，胡锦涛提出以"推动二十国集团从应对国际金融危机的有效机制转向促进国际经济合作的主要平台"、"加快建立公平、公正、包容、有序的国际金融新秩序"、"促进建设开放自由的全球贸易体制"为内容的3项建议。同时，他再次强调："要真正实现世界经济长期持续增长，必须帮助广大发展中国家实现充分发展，缩小南北发展差距。"

"二十国集团成员主要是发达国家、新兴市场国家、工业化程度较高的发展中国家，成员国国内生产总值占世界的85%，但我们不能忽视超过世界国家总数85%的其他发展中国家的发展诉求。二十国集团有责任为解决发展问题提供更强政治动力、更多经济资源、更好制度保障。"入情入理的讲话，表明了中国作为一个负责任发展中大国的坚定立场。

胡锦涛在同各国领导人的讨论中，积极推动会议取得积极务实的成果。他多次表示，希望通过这次峰会加强宏观经济政策沟通和协调，巩固世界经济复苏势头；推动国际货币基金组织在首尔峰会前完成份额改革目标，提高新兴市场国家和发展中国家代表性和发言权；给予发展问题更多关注，为将于9月举行的联合国千年发展目标高级别会议提供政治支持；继续反对各种形式的保护主义。

二十国集团领导人第四次峰会在27日傍晚时分结束。夜色中，胡锦涛乘坐的专机飞向天空……

（原载于《人民日报》2010年6月29日第二版）

> 应法兰西共和国总统尼古拉·萨科齐、葡萄牙共和国总统卡瓦科·席尔瓦邀请，国家主席胡锦涛于 2010 年 11 月 4 日至 7 日对法国、葡萄牙进行国事访问。本文记录了 6 日胡锦涛主席赴尼斯附近的卡罗斯生态技术园区，访问施耐德电气集团卡罗斯中心的情景。

务实合作　前景广阔
——胡锦涛主席寄语中法经贸合作

地中海之滨，法国第五大城市尼斯，40 年前起步的建造"智慧，科学和技术城市"的梦想，幻化为今日的科学魅力和企业生机——距离尼斯城区不远的普罗旺斯—阿尔卑斯—蓝色海岸技术密集区，汇聚了众多研究机构和公司的实验室、研究所和子公司。

11 月 6 日上午，中国国家主席胡锦涛一行驱车 25 公里来到这里的卡罗斯生态技术园区，访问施耐德电气集团卡罗斯中心，同致力于中法经贸合作的法国企业家相聚。

绿荫掩映的庭院式厂区，彰显企业节能环保的理念。当地时间上午 10 时许，胡锦涛在法国工业部长兼尼斯市长埃斯特罗西陪同下来到卡罗斯中心，在中心入门处受到经济、工业和就业部长拉加德、施耐德电气集团总裁、法中委员会主席赵国华等的热情迎接。

胡锦涛首先来到一层会议室，同法中委员会企业成员的 14 名代表见面。目光汇聚，言语由衷，掌声热烈——室内涌动着中法合作的暖流。

法中委员会是法国雇主协会（法国三大商会之一）下属负责开展同中国工商界合作的专门机构，其 100 多个企业成员中，包含在华开展业务的主要法国大企业。在场代表有来自空客、苏伊士环境集团、标致—雪铁龙集团、道达尔公司、欧莱雅公司等大企业的总裁,他们见证了中法经贸合作的累累硕果,更对开拓宽广的合作前景满怀期待。他们迫切地向胡锦涛讲述公司在华业务,纷纷表示为能见证并参与中国经济的强劲发展而感到骄傲。

胡锦涛热情地回应这些企业家:"法中委员会成立30多年来,积极为两国企业合作牵线,为中法经贸合作和中法关系的发展作出了积极贡献。我对此表示赞赏。"

"近几年来,尽管受到国际金融危机的冲击,但中法经贸合作势头依然强劲,取得良好成果。这里有在座各位朋友的功劳。我高兴地看到,今年中法双边贸易额有望突破400亿美元。在这次访问期间,我们双方又签署了许多新的合作协议。我和萨科齐总统商定,在2015年努力把双边贸易额提高到800亿美元,也就是实现翻一番目标。"一席讲话,反映了中法合作的生动现实,也预见着双方进一步合作的光明未来。

"中国政府将坚定不移地实行互利共赢的开放战略,为外国企业提供更好的市场环境。希望法国企业家更多开拓中国市场需要的产品,同时欢迎你们来中国扩大投资。我相信,大家一定能为中法经贸合作发展、为中法全面战略伙伴关系发展作出新贡献。"胡锦涛的表态令法国企业家们备感振奋,他们用热烈的掌声表示认同。

愉快地合影之后,胡锦涛换上白色工作服,同法国企业家们一同走进卡罗斯中心的宽敞车间。

施耐德集团总裁是地道的法国人,却有一个地道的中国名字——赵国华。他用熟练的中文向远道而来的中国贵宾介绍施耐德电气集团的在华业务。1979年进入中国市场,参与建设中国第一条超高压输电线,1987年在华设立第一个合资企业。目前,在华拥有77个办事处、26家工厂、3个研发中心、共有2.2万名员工,为中国的许多大型项目提供配电及自动化节能增效解决方案……

胡锦涛认真地倾听了介绍,还饶有兴致地参观了卡罗斯中心的机器人标识质量跟踪系统、自动安装大规模电路大组件、节能控制系统等先进设施。集研发、生产、服务为一体的卡罗斯中心,年产100万个用于农产品加工、水处理、能源、矿业和油气生产等领域的小型自动控制器和80万个电子卡。中心的生产系统注重节能环保，致力于可持续发展。

离开车间，胡锦涛来到庭院中搭设的展台，标致—雪铁龙集团总裁瓦兰介绍了该集团同中国企业合作研发的混合动力车。胡锦涛详细询问了混合动力车的动力性能，以及这种车型同传统汽车的造价差异。

半个多小时的参观，预示着中法经贸合作前景。46年前，戴高乐将军在中法宣布建交后曾意味深长地表示："法国如实地承认了世界。"双边关系的46年实践证明，当年的政治抉择给中法两国人民带来了何等巨大的福祉。

继往开来，在意义非常的2010年，胡锦涛46小时的法国之行，推动中法双边关系迈上新台阶——

"中法关系以战略性、全球性、时代性而独具特色……"对中法双边关系作出的概括寓意深刻。

"争取2015年双边贸易额达到800亿美元……"对中法双边合作提出的目标振奋人心。

"发展互信互利、成熟稳定、面向全球的中法全面战略伙伴关系……"对中法携手同行明确的定位影响深远。

（原载于《人民日报》2010年11月7日第二版）

> 应沙特阿拉伯国王阿卜杜拉、马里总统杜尔、塞内加尔总统瓦德、坦桑尼亚总统基奎特、毛里求斯总统贾格纳特、总理拉姆古兰邀请，国家主席胡锦涛于2009年2月10日至17日对上述五国进行国事访问。本文记述了在此行第一站沙特的两项参观活动，体现了胡锦涛主席对中沙两国经济科技合作的关怀。

中沙合作　前景广阔
——胡锦涛主席参观中沙合作项目侧记

丝绸之路驼铃声声，中沙友好源远流长。这几天，沙特阿拉伯人民用五星红旗装点首都利雅得的主要街道，对中国国家主席胡锦涛访问沙特表示热烈欢迎。胡锦涛的到来，带来了中国人民对沙特人民的亲切问候和友好感情。

友谊，创造沙漠奇迹
中国企业用短短两年时间在茫茫戈壁沙漠上建起一座现代化水泥厂，施工质量和敬业精神令沙特人民赞叹不已

2月11日上午，胡锦涛一行从利雅得出发，穿过大漠沙尘，驱车70公里，于当地时间10时20分来到中材国际工程有限公司承建的利雅得水泥公司生产线项目所在地。工厂大门前，用中阿两种文字书写的"热烈欢迎胡锦涛主席参观利雅得水泥厂"的横幅鲜艳夺目，工厂中外员工手持两国国旗热烈欢迎远道而来的中国贵宾。

2005年3月开工的这个项目共两期，产能均为5000吨/天。合同金额达1.7

亿美元的一期生产线项目已于 2007 年 5 月 31 日按时完工，生产线一次点火试车成功，6 月 6 日产出水泥熟料，8 月正式批量投产袋装水泥成品。中国公司的表现广受沙特人民好评，人们盛赞中国企业创造的奇迹，相信这条中沙合作水泥生产线的落成一定能促进沙特经济建设。

胡锦涛来到中央控制室，同热情迎候在门外的中外员工一一握手，并向正在远处塔架上施工的工人们挥手致意。

进入中控室，胡锦涛走向电脑台前，询问企业生产状况。随后，他来到展示公司成就的展板前。中材公司负责人详细介绍了企业运作情况以及装备技术情况。

胡锦涛关切地询问国际金融危机对中材公司国际市场的影响。得知公司闯过去年底的低谷，今年 2 月签约量上升，他感到很欣慰。胡锦涛说："我国有条件、有实力的企业要坚决贯彻'走出去'战略，发挥自身优势，努力加强国际合作。"

胡锦涛又来到取样室参观，饶有兴致地观看机械手进行生料制样，询问质量分析系统数据处理情况。

胡锦涛对公司取得的成就表示赞赏，在留言簿上题词"深化务实合作　造福　两国人民"。

40 分钟的考察即将结束，数百名奋战在这片沙漠上的中国员工围拢过来。胡锦涛动情地对他们说："我带来了祖国人民的问候。"

椰枣，科技合作亮点

中沙椰枣基因组研究计划，是中沙科技合作框架协议签署后开展的第一个科研合作项目，是沙特政府资助的规模最大的生命科学领域研究项目

离开利雅得水泥厂，胡锦涛一行又奔赴位于利雅得市的阿卜杜拉阿齐兹国王科技城。

椰枣是沙特阿拉伯以及中东、北非地区最为重要的食物和经济作物之一，也是这一地区文化传统的重要组成。

沙特具有丰富的椰枣资源，其椰枣产量约占全世界产量的 15%。中沙椰枣基因组研究计划是沙特政府促进本国生命科学研究与生物技术产业发展的重要战略步骤之一。阿卜杜拉阿齐兹国王科技城选择中国科学院北京基因组研究所作为合作伙伴，这是经过数年酝酿并考察全球主要基因组研究机构后决定的。

沙方提议，由科技城和中国科学院共建中沙基因组科学与信息联合研究所，作为两国长期合作研究的平台，增进两国科学家交流，促进双边合作，提升沙特基因组与生物信息学研究水平，促进转化研究与应用研究以造福社会。

推动科技合作也是中沙双边关系的重点，受到两国领导人的高度重视。胡锦涛特地增加了参观阿卜杜拉阿齐兹国王科技城的安排。

科技城内洋溢着友情和亲情，夹道欢迎的两国科研人员脸上绽放着欣喜的笑容。胡锦涛亲切地向他们挥手致意。

科技城主席苏威利陪同胡锦涛来到会议室，首先观看介绍科技城的短片。随后，项目负责人、中国科学家于军研究员介绍了中沙椰枣基因组研究计划的相关情况。他说，这个项目将通过解析椰枣基因组，揭示椰枣生物学结构、生理与生化过程分子机制的奥秘，探讨改良椰枣，提高产量、改善品质。中沙双方还将联合研究红色椰象甲虫（一种灭绝性地危害椰枣和椰子的外侵害虫）基因组，开发可能的防控方法。目前，科学研究工作进展顺利，预计在3年内完成，届时双方将向全球发布椰枣基因组序列图。

胡锦涛对此表示赞许。他说："科学技术是第一生产力。可以说，现在，科学技术对经济社会发展比过去任何时候都将产生更为重要的作用。中国政府和沙特政府都十分重视科技事业发展，也高度重视中沙科技合作。我衷心希望中沙两国科学家椰枣基因组研究项目合作取得圆满成功。中方愿同沙方一道推进两国科技领域的合作。"

参观结束时，胡锦涛高兴地同中国研究人员合影留念。他们纷纷表示，一定努力工作，不辜负胡锦涛主席的期望。

发展中大国加强科技合作，有利于深化各领域全面合作，有利于促进共同发展。人们相信，中沙科技合作之路会越走越宽。

（原载于《人民日报》2009年2月12日第一版）

> 应沙特阿拉伯国王阿卜杜拉，马里总统杜尔，塞内加尔总统瓦德，坦桑尼亚总统基奎特，毛里求斯总统贾格纳特、总理拉姆古兰邀请，国家主席胡锦涛于2009年2月10日至17日对上述5国进行国事访问。本文记述了胡锦涛主席抵达马里第二天的两项活动——看望中国医疗队队员、出席巴马科第三大桥开工仪式。

中马友谊与日俱增
——胡锦涛主席访问马里侧记

2月13日，中马友谊值得深深记忆的日子。

你们不愧为救死扶伤的白衣天使，是增进中马友谊的友好使者

"你们不远万里来到马里，以精湛的医术和崇高的医德，竭诚为马里人民服务，赢得了马里政府和人民广泛赞誉，为国增了光。我代表党、政府和祖国人民，向你们表示衷心的感谢和诚挚的慰问！"胡锦涛主席亲切的话语，让工作在卡地医院的中国医疗队队员深受感动。

风清暾暖，人声鼎沸。正在马里进行国事访问的胡锦涛主席和杜尔总统同车来到距离首都巴马科17公里的卡地市，沿途当地群众再次掀起欢迎的热浪——"你好！胡主席！""中国！我爱你！"……马里人民热情如火。

上午11时许，两国元首来到卡地医院，共同为中国—马里疟疾防治中心揭牌。这是中国在非洲建立的第十三个疟疾防治中心，是落实中非合作论坛北京峰会8

项措施的一项行动。

进入中心检验室,胡锦涛参观了抗疟药品和设备。他仔细观看了显微镜下疟原虫图像,并向杜尔总统谈起疟原虫侵入红细胞致病的过程。

胡锦涛详细询问了中国援助马里抗疟药品的情况,得知这些药品都是世界卫生组织向全球推荐的药品、并能治疗60万人时,胡锦涛频频点头。

胡锦涛嘱咐中国援马抗疟专家一定要注重培养当地人才,更好帮助马里人民战胜病魔。

胡锦涛在热烈的掌声中来到30余名中国援马医疗队队员中间。"你们辛苦了!"胡锦涛亲切地同他们一一握手。

卡地医院是中国援马医疗队总队所在地,目前有11名队员在这里工作。自1968年2月起,中国开始向马里派遣医疗队,全部由浙江省负责挑选和派出,迄今已派出近700人。现在,中国是世界上唯一持续数十年向马里提供医疗援助的国家,中国医生在这里救治了无数患者。《卡地医院创马里医学史上的首例》、《中马外科合作的伟大创举》……这样的标题不时出现在马里广播、报纸的报道中,中国医生成功进行的高难度手术有口皆碑。当地群众亲切地称他们为朋友。

胡锦涛和杜尔总统高兴地同他们一起合影。

胡锦涛对医疗队员说:"你们不愧为救死扶伤的白衣天使,是增进中马友谊的友好使者。希望你们再接再厉,为促进马里医疗卫生事业发展、增进中马卫生领域合作作出更大贡献。"

"感谢胡主席!请主席放心!"医疗队员们用热烈的掌声表示感谢。

在医疗队会议室参观时,墙壁上展示的医疗队员赴非感言吸引了两国元首目光。胡锦涛轻声读出这些抒发激情、鼓舞士气的文字。两国元首还仔细观看了一幅幅展现医疗队员工作生活面貌的照片。

胡锦涛关心医疗队员的生活,特地提议去食堂看一看。在灶台前,胡锦涛撩起备菜盆上的盖布,察看医疗队员的伙食状况。他叮嘱厨师一定要把伙食办好。由于医疗队员来自浙江,他关切地问厨师:"有没有带梅干菜和绍兴黄酒?"厨师兴奋地回答:"都带来了,我做的都是家乡菜。"胡锦涛听后十分高兴。

离开前,胡锦涛同医疗队员一一告别,再三叮嘱工作在马里偏远地区马尔卡拉的医疗队员珍摄身体。

医疗队员们沉浸在幸福之中。放射科医生郑朝晖说："我们选择援非，就是选择了无悔。胡主席今天来看望我们，是对所有援外人员最大的鼓励、最高的褒奖！"

巴马科第三大桥是中国在西非最大无偿援助项目，它的开工是中马友谊的又一结晶

巴马科第三大桥是迄今中国在西非实施的最大无偿援助项目。去卡地之前，胡锦涛和杜尔总统共同出席了巴马科第三大桥开工仪式。

胡锦涛表示，大桥的开工建设是中马友谊的又一结晶，也是中马友好合作迈向新水平的一个标志。

巴马科第三大桥拟连接巴马科市尼日尔河两岸，设计桥长1450米，宽24米，引线道路长750米，总投资约4亿元人民币，由中国葛洲坝集团股份有限公司承建。

在开工仪式上，胡锦涛发表致辞。他说，长期以来，中马在各自国家建设中相互支持、相互帮助，在经贸等领域开展了富有成效的合作。

双方合作建设的会议中心、体育场、糖厂等项目已成为中马传统友谊的象征。

胡锦涛表示，巴马科第三大桥建成后不仅将极大便利两岸居民出行，也将促进巴马科市政建设和经济发展。期待巴马科第三大桥成为巴马科市一道亮丽的风景线，架起两国人民友谊的新桥梁。

杜尔总统表示，由中国无偿援助建造的这座大桥，是马里迄今以来建造的最大公共工程之一。中国工程建设公司在马里建设公路、桥梁等工程中体现出了精湛的技术和认真的工作态度，我们对此表示感谢。

两国元首致辞后，共同为大桥奠基。

在即将迎来中马建交50周年之际，胡锦涛对马里的访问有力推动了两国务实合作，进一步深化了两国人民友谊。访问期间，杜尔总统深情地对记者说："马里愿把我们的心、我们的信任、我们的支持赠送给中国朋友。"

波光潋滟的尼日尔河，见证着与日俱增的中马友谊。

（原载于《人民日报》2009年2月14日第二版）

> 应沙特阿拉伯国王阿卜杜拉，马里总统杜尔，塞内加尔总统瓦德，坦桑尼亚总统基奎特，毛里求斯总统贾格纳特、总理拉姆古兰邀请，国家主席胡锦涛于2009年2月10日至17日对上述5五国进行国事访问。本文记述了胡锦涛主席访问坦桑尼亚的生动场面——中国援建的坦桑尼亚国家体育场竣工仪式上，坦桑尼亚人民载歌载舞，抒发对胡锦涛主席的热烈欢迎，对中坦友谊的由衷赞美。

中坦友谊　天长地久
——记胡锦涛主席出席中国援建坦桑尼亚国家体育场竣工仪式

2月15日，中国国家主席胡锦涛和坦桑尼亚总统基奎特共同出席了中国援建的坦桑尼亚国家体育场竣工仪式。

霞光映红天边，鼓点振奋群情，热情的坦桑尼亚民众聚集在这里载歌载舞。"热烈欢迎胡锦涛主席"、"中国—坦桑尼亚友谊万岁"……胡锦涛主席的画像和赞颂中坦友好的文字印在高大的牌子上，印在迎宾歌舞者跃动的裙衫上。

拥有一座现代化的体育场，是坦桑尼亚人民长久以来的梦想。如今，在中国人民帮助下，这个梦想终于成真。当日下午，6000多名坦桑尼亚民众早早聚集在宏伟壮观的国家体育场内，等待期盼已久的时刻。15时30分，胡锦涛同基奎特一起步入国家体育场，欢呼雷动，乐鼓激扬，声震云霄。

可容纳6万名观众的坦桑尼亚国家体育场位于首都达累斯萨拉姆市西部，是一座符合国际田联和国际足联标准的体育场。中坦两国政府合作建设的这项工程，于2005年1月开工，2008年12月竣工。该体育场是非洲大陆迄今最大、最现代化的体育场。到过这座体育场的人们无不感叹体育场气势恢弘，无不感念来自中国的深情厚谊。

搭设在体育场内的主席台,被中坦两国国旗和五彩缤纷的鲜花装点得光彩夺目。两国元首在热烈掌声中登上主席台,先后发表热情洋溢的致辞。基奎特首先满怀激情地回顾了自己多年前见证两国就建设国家体育场达成协议的历史时刻,对今天呈现在眼前的壮观景象感到无比自豪。他由衷地表示:"中国人民的帮助让我们今天充满自豪,抬起头来,昂首阔步。感谢中国人民送给坦桑尼亚人民这样美好的礼物!"他带领全场民众高呼:"中国,万岁!""中国,万岁!"

胡锦涛在热烈的欢呼声中致辞。他说:"今天,我们相聚在这座崭新的体育场,共同庆祝坦桑尼亚国家体育场项目全面竣工。首先,我谨代表中国政府和人民,对坦桑尼亚国家体育场顺利建成,表示热烈的祝贺!对基奎特总统刚才发表的热情友好讲话和坦桑尼亚政府对国家体育场项目建设提供的支持和合作,表示衷心的感谢!向为该项目建设和胜利竣工付出辛勤劳动的坦桑尼亚和中国工程技术人员,表示诚挚的问候!"

胡锦涛指出,这座体育场是继坦赞铁路后中国援助坦桑尼亚的最大项目,是中坦兄弟般传统友谊的结晶。半个世纪前,在坦桑尼亚人民反对殖民主义、争取民族解放时期,中国人民给予坦桑尼亚人民真诚同情和无私支持,双方结下了深厚友谊。建交45年来,中坦两国在维护民族独立和建设国家的事业中相互支持、团结合作,两国人民友谊不断加深。中国本着平等互利、共同发展的原则,积极同坦桑尼亚在经贸、文化、教育、卫生、基础设施建设等领域开展形式多样的互利合作,取得累累硕果,为两国人民带来实实在在的利益。中坦友好合作堪称南南合作的典范。

胡锦涛表示,今后中国将继续在力所能及的范围内向坦桑尼亚提供帮助,支持和帮助坦桑尼亚为发展经济、改善民生所作的努力。相信在双方共同努力下,中坦友好合作必将结出更加丰硕的成果,造福两国人民。

胡锦涛的致辞激起了全场阵阵热烈掌声。

随后,两国元首在一片欢呼中为坦桑尼亚国家体育场揭牌。

揭牌仪式后,两国元首同在场民众一起观看尽显中坦两国人民相知相交、情深意长的文艺演出。伴着中国歌曲《男儿当自强》,来自萨巴萨巴少林功夫学校的 22 名坦桑尼亚小伙子飒飒有声地舞动手中的红旗，干净利落地表演少林功夫。巴哥摩亚艺术学校杂技班的姑娘和小伙子展示了他们从中国学来的杂技"绝活儿"——转手帕和帽子功。表演坦桑尼亚传统歌舞的演员们，踏着节奏强劲的"芒古拉"鼓点，以粗犷雄健的舞姿展现耕作收获的景象，并齐声用汉语向胡锦涛表示欢迎和感谢。一位坦桑尼亚女歌手在具有坦桑尼亚特色的钢鼓伴奏下，用字正腔圆的汉语演唱《北京的金山上》和《南泥湾》，全场观众和着歌曲的旋律，欢快地一起拍手、一起舞动……

演出结束后，两国元首走向援建体育场的中国建设者代表。胡锦涛同他们一一握手，勉励他们继续为中非友好作出努力。

离开前，胡锦涛频频向全场伴着奔放的鼓点尽情欢呼的坦桑尼亚民众挥手致意。

中国贵宾的车队渐远，坦桑尼亚人民沸腾的心声依然如咚咚的鼓声激荡。"这是我们梦寐以求的一天。我们热爱中国！"练少林拳的丹尼斯这样说，练中国杂技的里奥巴也这样说……

中坦牵手，岁月如歌。两国人民从心中共同欢呼：友谊万岁！

（原载于《人民日报》2009 年 2 月 16 日第二版）

应沙特阿拉伯国王阿卜杜拉，马里总统杜尔，塞内加尔总统瓦德，坦桑尼亚总统基奎特，毛里求斯总统贾格纳特、总理拉姆古兰邀请，国家主席胡锦涛于2009年2月10日至17日对上述5国进行国事访问。胡锦涛主席访问毛里求斯期间，参观了位于路易港南部贝尔村的中国文化中心，同当地学员亲切交流，共赏中华文化魅力。本文记述了这令人难忘的一幕。

文化交流　近悦远来
——记胡锦涛主席参观中国文化中心

"水光潋滟晴方好，山色空蒙雨亦奇。欲把西湖比西子，淡妆浓抹总相宜。"2月17日下午，朗朗诵诗声在毛里求斯中国文化中心回荡——正在毛里求斯进行国事访问的国家主席胡锦涛在此同当地学员共赏中华诗韵。

雯霞片片，熏风习习，"印度洋明珠"毛里求斯海阔天高，山翠花艳。在路易港南部的贝尔村，婆娑椰影掩映着一幢悬挂大红灯笼的乳白建筑，这就是1988年落成的毛里求斯中国文化中心。这是中国在海外设立的第一个文化中心。这里接待过毛里求斯历任总统、总理和各族民众，是毛里求斯人民了解中国文化的窗口，中心举办的汉语班、舞蹈班、武术班尤为毛里求斯人民所喜爱。

当地时间16时35分，胡锦涛一行抵达中国文化中心，受到毛里求斯教育部长班瓦利等的热情欢迎。

汉语语音教室内正在进行中级班听说课，胡锦涛的到来，令学员们欣喜万分。他们全体起立，热烈鼓掌。

"朋友们，大家好！"胡锦涛亲切地说，"我带来了中国人民对你们的诚挚问候和良好祝福！"掌声更加热烈。

学员们用标准的普通话高声朗诵苏轼的名篇《饮湖上初晴后雨》。一位名叫穆兰的法国学员还准确地解析了这首诗赞誉西湖之美的涵义。

胡锦涛夸奖穆兰汉语学得好。"学习汉语给你带来了什么感觉？"胡锦涛问。

"很愉快！学习汉语改变了我的生活。"

"是改变了你的职业追求，还是改变了你的生活态度？"

"我在中国认识了我的丈夫。"穆兰的回答把大家都逗笑了。穆兰说自己是"跟中国有缘分的姑娘"。她来自法国，曾在清华大学学习汉语，还在中国工作过。嫁到毛里求斯后，又在3所法语学校教授汉语。她到中国文化中心继续学习，是想提高汉语水平。

一位印度裔学员告诉胡锦涛，她学汉语的初衷是想到中国旅游时能同中国民众直接交流。华裔学员李柚文曾在现场观看了北京奥运会，他兴奋地向胡锦涛讲起自己观赛、加油的经历，赞叹"鸟巢"的宏伟。他说，从北京回来后，便下决心要在中国文化中心把汉语学得更好。

胡锦涛高兴地对学员们说："学习汉语可以使我们双方有更好的交流工具。欢迎你们到中国去！"

学员们纷纷表示感谢。胡锦涛离开教室时，学员们放声唱起中国歌曲《茉莉花》，用真情的歌声抒发自己的感动。

"胡主席好！"见到胡锦涛走进武术教室，正在习武的学员们兴奋地围拢过来。胡锦涛向大家打招呼，并问一位8岁的男孩："学习武术多长时间了？"

"两年多。"男孩自豪地说。

"喜欢你们的武术老师吗？"

"是的。"学员们不约而同地回答。

习武学员年龄最小的7岁，最长者已近六旬。孩子们先表演了一套少儿拳，而后几位年长者在中国音乐伴奏下演绎了"赵堡太极"风格的拳法。他们的一招一式颇显几分功力。

"表演非常精彩！"胡锦涛带头鼓掌，并同他们一一握手。

胡锦涛说："学习武术，第一可以健身，第二可以了解中国文化，第三可以增进中毛两国人民友谊。"

胡锦涛又来到舞蹈教室。一群头梳长辫、手执金扇、身着绿裙的姑娘高兴地欢呼起来。"同学们好！"胡锦涛亲切地问候她们。

乐声响起，姑娘们跳起中国舞《花开时节》。婀娜的舞姿展示出从春绿到菲红的变幻。

胡锦涛为她们的精彩表演鼓掌。

"学习舞蹈多久了？"胡锦涛问其中一名学员。

"11年了。"

"年龄不大，已经是老演员啦！"胡锦涛风趣地说。

得知孩子们在这里学习了苗族、彝族、藏族、佤族、蒙古族等多种中国民族舞蹈，并学习了相关的中国民俗文化，胡锦涛鼓励孩子们说："看到你们的表演，感到非常高兴。你们动作娴熟，舞姿优美，相信你们一定能在学习中国舞蹈上不断取得新成绩。"

"再见，欢迎您再来——"分别时，孩子们拥到门口。胡锦涛停下脚步，转身再次向他们亲切挥手。

参观过程中，胡锦涛向三位不远万里来到这里执教的中国老师张鑫、魏爱玲、郭卫红表示感谢。

毛里求斯中国文化中心致力于增进当地华侨华人特别是他们中的年轻一代对中国文化的了解，为推动中外文化交流、增进人民互相了解和传统友谊发挥了积极作用。博大精深的中国文化在"各美其美，美人之美"的文明交流中展现了自己用五千年历史积聚的丰采和神韵，文化交流让世界近悦远来，让朋友遍及天下。

（原载于《人民日报》2009年2月19日第一版）

> 应沙特阿拉伯国王阿卜杜拉,马里总统杜尔,塞内加尔总统瓦德,坦桑尼亚总统基奎特,毛里求斯总统贾格纳特、总理拉姆古兰邀请,国家主席胡锦涛于2009年2月10日至17日对上述5国进行国事访问。本文作于此行结束之际。

奏响友好合作新乐章

8天时间,飞越3万多公里,中国国家主席胡锦涛对亚非五国进行了成功的访问,成为2009年开年以来国际关系领域最引人注目的外交行动之一。

看看地图,从北京出发,飞机航线途经阿拉伯半岛的"天方"国度沙特阿拉伯王国,撒哈拉沙漠南缘的"火炉之国"马里,非洲西部凸出部位最西端的塞内加尔,东非乞力马扎罗山眷顾的坦桑尼亚,"印度洋明珠"毛里求斯,最后回到北京——地图上呈现的美丽图案,宛若一只飞翔的和平鸽,放飞着希望。

本是国际金融危机带给世界阵阵寒凉的时节,但是亚非五国涌动的中国热潮却让人们体会着温暖和希望。欢欣的笑容,纵情的歌舞,欢呼的热浪……人们盛情拥抱友好合作的累累硕果,表达了共同应对未来挑战的信心和决心。

深厚的传统友谊,深入的互利合作,真诚的无私援助,奠定了中国同亚非国家友好合作关系的基础。面对考验的时候,发展中国家可以手牵手共渡难关,这是历史的结论,也是今天应当坚定的信念。中非合作论坛北京峰会成果顺利落实,中非新型战略伙伴关系蓬勃发展,中沙战略性友好关系生机盎然,中国—海合会关系迈向新阶段,一个个积极的信号告诉人们,在金融危机中提振信心非常重要,提振信心可以实现。友好合作之旅,也是提振信心之旅,值得国际社会为之欣喜。

胡锦涛主席的成功访问,奏响了中国人民和亚非人民友好合作的新乐章,生机勃勃的春天就在眼前。

(原载于《人民日报》2009年2月19日第二版)

> 应英国首相布朗邀请，国家主席胡锦涛于2009年4月1日至2日出席了在伦敦举行的二十国集团领导人第二次金融峰会。正值国际金融危机爆发以后，世界经济面对严峻挑战的时刻，中国行动、中国主张，备受世界瞩目。本文在胡锦涛主席启程当日刊发，向世界传递中国信心。

展示坚定信心　发挥积极作用
——写在胡锦涛主席出席二十国集团领导人第二次金融峰会之际

4月1日，国家主席胡锦涛启程前往英国首都伦敦。应英国首相布朗邀请，胡锦涛将出席于4月1日至2日在伦敦举行的二十国集团领导人第二次金融峰会。

这是一次举世瞩目的会议。面对不断蔓延和深化的国际金融危机，面对世界经济发展面临的严峻挑战，面对维护世界经济金融稳定的艰巨任务，二十国集团领导人金融峰会作为一个重要平台，承载起人们殷切期盼——共同应对国际金融危机，推动世界恢复增长，商议国际金融体系改革大计。

作为世界第三大经济体，作为世界上依然保持平稳较快发展的最大的发展中国家，中国参与应对国际金融危机的国际合作广受关注。早有外国舆论指出，本次峰会取得成功的关键之一在于中国发挥积极作用。胡锦涛将在峰会上全面阐述中国关于应对国际金融危机、推动恢复世界经济增长、推动国际金融体系改革的看法和主张，将同美国总统奥巴马首次会见，将为维护发展中国家权益作出努力……胡锦涛出席本次金融峰会举世关注。

5个多月
同有关国家领导人讨论应对国际金融危机的对策

去年10月21日晚,胡锦涛应约同时任美国总统布什通电话,就召开二十国集团领导人金融市场和世界经济峰会交换看法。从那时以来,国际社会密切关注中国领导人参与国际社会应对国际金融危机协调行动已有5个多月了。中国声音、中国行动、中国作用,成了世界关注的焦点。

这段时间以来,胡锦涛出席第七届亚欧首脑会议、华盛顿二十国集团领导人金融市场和世界经济峰会、亚太经合组织第十六次领导人非正式会议的讲话中,从胡锦涛同奥巴马两次通电话的内容中,从胡锦涛同亚洲、非洲、欧洲、北美洲、南美洲、大洋洲国家领导人的谈话,都会涉及应对国际金融危机的话题。根据记者的统计,胡锦涛已在40多场多边、双边活动中同有关国家领导人讨论应对国际金融危机、促进世界经济发展的举措,探讨加强国际金融监管、推进国际金融体系改革等问题,阐述中国关于国际社会加强合作、恢复金融市场稳定、推动恢复世界经济增长的立场和主张。

国际社会和国际舆论高度评价中国本着负责任的姿态,同时中国为维护国际经济金融稳定、推动恢复世界经济增长采取的重大举措也受到国际社会广泛赞誉。

应对危机
我们首先要把国内的事情办好

去年10月,胡锦涛在第七届亚欧首脑会议开幕式上发表的题为《亚欧携手合作共赢》的重要讲话中就明确指出,我们首先要把国内的事情办好。将根据国内外经济形势变化,加强宏观调控的预见性、针对性、有效性,及时调整政策,着力扩大国内需求特别是消费需求,保持经济稳定、金融稳定、资本市场稳定,继续推动经济社会又好又快发展。

去年底,胡锦涛在辽宁省考察工作时强调,我们既要清醒地看到经济发展面临来自国际国内的严重困难和严峻挑战,又要充分认识逆境中蕴含的重大机遇和有利条件,变压力为动力,化挑战为机遇,认真落实宏观调控政策措施,积极推进经济结构调整,大力提高自主创新能力,切实做好节能减排和环境保护工作,不断深化改革开放,最大限度地减少国际金融危机带来的不利影响。

不久前,在今年全国两会上,胡锦涛同代表、委员们探讨应对国际金融危机的问题时勉励大家,要以时不我待的精神,知难而进、趋利避害,把握机遇、掌握主动,在攻坚克难中努力推动经济社会又好又快发展。

最近,胡锦涛在参观2009中国国际节能减排和新能源科技博览会时强调,在当前应对国际金融危机的形势下,节能减排和开发新能源工作尤其不能放松。要切实加大节能环保投入,着力加强节能减排和新能源技术研发和推广,注重开展节约资源和保护环境教育,积极参与应对气候变化国际合作,共同建设生态文明。

挑战确实严峻,机遇依然存在。这是胡锦涛针对当前国际国内形势作出的精辟论判。深刻认识现实困难,在危机中寻求机遇、把握机遇,正是中国的信心之源。在全球金融市场动荡不止、投资者恐慌情绪严重蔓延的情势下,中国以一系列积极、果断的行动显示出共克时艰的信心和决心。中国先后于2008年9月15日、10月8日、10月29日降息,释放保持经济增长、稳定市场预期的积极信号。两个月内三次降息,显示了中国负责任的态度。随后,中国对宏观调控政策进行重大调整,把保持经济平稳较快发展,作为今年工作的首要任务,实行积极的财政政策和适度宽松的货币政策,实施总额4万亿元人民币的两年投资计划,以扩大内需、促进经济增长。不久前召开的全国两会进一步向世界传递出中国保增长、保民生、保稳定的坚定信心。

中国保持经济平稳较快发展,对世界的贡献不言而喻。《悉尼先驱晨报》借用澳大利亚总理陆克文的话指出,中国的4万亿元投资计划"非同凡响",不但对中国经济是"非常好的"消息,而且对东亚地区、对全世界也是"非常好的"消息。美国前总统卡特对自己"不曾想到中国通过宣布5860亿美元的经济刺激计划而成为当前稳定全球经济的主要力量"无比感叹,由衷赞誉"中国人民及他们领袖的能力和雄心壮志"。英国《金融时报》一篇文章写道:"10年来,中国经济一次次闯过并排除了国内、地区和全球危机:1997年的亚洲金融危机、互联网泡沫破裂、美国经济衰退和本土发生的非典事件。没有一次危机能让中国经济陷入窘境。"美国《时代》周刊发表的文章认为，中国在全球舞台上的声音因蒸蒸日上的经济越来越响亮——中国成为世界经济航母的又一个"引擎"……

全球舞台
相信中国将继续发挥积极作用

坚实有力的行动，使中国在全球舞台上声音更加响亮、作用更加突显。

今天，回顾胡锦涛在华盛顿二十国集团领导人金融市场和世界经济峰会上发表的题为《通力合作共度时艰》的重要讲话，尤能感受到胡锦涛呼吁国际社会增强信心、加强协调、密切合作的重要意义——

胡锦涛在讲话中阐明了关于应对国际金融危机的3项重要主张：第一，采取一切必要措施，尽快恢复市场信心，遏制金融危机扩散和蔓延。主要发达经济体应该承担起应尽的责任和义务，各国应该加强宏观经济政策协调，深化国际金融监管合作，为稳定各国和国际金融市场创造必要条件。第二，积极促进经济增长，避免发生全球性经济衰退。各国应该调整宏观经济政策，通过必要的财政、货币手段，积极促进经济增长。第三，认真总结这场金融危机的教训，在所有利益攸关方充分协商基础上，对国际金融体系进行必要改革。

胡锦涛强调，国际金融体系改革要坚持正确方向——改革应该坚持建立公平、公正、包容、有序的国际金融新秩序的方向，坚持全面性、均衡性、渐进性、实效性的原则，努力营造有利于全球经济健康发展的制度环境。胡锦涛提出重点实施4项改革举措的建议：一是加强国际金融监管合作，二是推动国际金融组织改革，三是鼓励区域金融合作，四是改善国际货币体系。

这些重要主张和建议既针对现实，又着眼长远，反映了国际社会的重要关切，指明了加强国际合作应对这场国际金融危机的正确方向。

胡锦涛在讲话中积极维护广大发展中国家的利益，强调国际社会在应对金融危机的时候，尤其要关注和尽量减少危机对发展中国家特别是最不发达国家造成的损害，提出要切实帮助发展中国家保持金融稳定和经济增长，切实保持和增加对发展中国家的援助，切实保持发展中国家经济金融稳定，提高发展中国家在国际金融组织中的代表性和发言权。不久前胡锦涛访问非洲时又重申这一主张，强调越是在困难的时候，中非越要相互支持、通力合作、共克时艰；表示中国支持非洲联盟参加二十国集团领导人金融峰会，呼吁国际社会切实帮助发展中国家特别是非洲国家克服困难。

国际舆论认为，胡锦涛的讲话有利于加强发展中国家协调和合作，增强共同应对国际金融危机的信心。

国际社会公认，中国能为国际社会共同努力应对国际金融危机发挥重要的建设性作用。欧盟财政规划和预算事务委员达莉亚·格里葆丝凯特的观点颇有代表性："虽然具体问题如何解决还需各方的磋商，但是可以肯定的是，如果没有中国的参与，这轮金融危机是无法完全得到解决的。"

胡锦涛在讲话中承诺：中国愿继续本着负责任的态度，参与维护国际金融稳定、促进世界经济发展的国际合作，支持国际金融组织根据国际金融市场变化增加融资能力，加大对受这场金融危机影响的发展中国家的支持。到目前为止，中国已经通过各种方式对一些国家和地区提供了支持和帮助。中国与一些国家和地区签署了总值达6500亿元等值人民币的双边货币互换协议，参与了清迈倡议多边化项下的货币储备库建设，成立"与美洲开发银行合作联系机制"。中美两国进出口银行洽谈签署了200亿美元贸易融资协议。不久前，中国政府组织企业采购团赴欧洲进行采购，采购额达136亿美元。中国还将在南南合作框架下，继续向其他发展中国家提供援助。

相对于着重达成政治共识的华盛顿二十国集团领导人金融市场和世界经济峰会，二十国集团领导人第二次金融峰会更需要拿出明确的行动。最近，中国表示对第二次金融峰会寄予5点期待：一是加强团结，凝聚共识，寻求共赢，提振市场和民众信心。二是推动各方根据各自国情出台经济刺激计划，并加强宏观经济政策协调。三是在国际金融机构改革方面取得实质进展，特别要就提高发展中国家代表性和发言权制定时间表和路线图。四是反对贸易保护主义，推动多哈回合谈判取得全面、平衡的结果，特别要加强对发展中国家的贸易支持。五是关注发展问题，特别要避免因应对国际金融危机而减少对发展中国家的援助。

面对历史罕见的国际金融危机，国际社会期待各方加强合作、提振信心，期待充满活力的中国扮演重要角色。人们相信，为了国际社会一道维护国际金融市场稳定、推动世界经济恢复增长，中国将继续发挥积极、建设性作用，中国将继续显示把握机遇、迎接挑战、战胜困难的信心和力量。

（原载于《人民日报》2009年4月1日第一版）

应英国首相布朗邀请，国家主席胡锦涛于2009年4月1日至2日出席了在伦敦举行的二十国集团领导人第二次金融峰会。胡锦涛主席52小时的高密集外交活动，把透射信心和力量的中国声音载入史册。本文就是对"伦敦52小时之行"的全程扫描。

时间无界　空间无限
——记胡锦涛主席伦敦之行

○ 胡锦涛主席52小时伦敦之行高密集外交活动，把透射信心和力量的中国声音载入史册
○ 胡锦涛主席向各国领导人反复强调：越是遇到困难，越需要加强合作，携起手来共渡难关
○ 布朗等领导人认为中国为峰会成功作出重要贡献。奥巴马对中国积极参与国际合作的努力表示感谢

冬去春来，距离古老的格林尼治天文台不远的泰晤士河畔，诞生了新的时间坐标。

4月1日至2日举行的二十国集团领导人第二次金融峰会，标注出国际社会应对历史罕见的国际金融危机的重要里程。中国国家主席胡锦涛抵达伦敦出席峰会，52小时高密集外交活动，把透射信心和力量的中国声音载入史册。

4月1日中午，胡锦涛甫抵伦敦，便不顾11小时飞行的劳顿，开始一场紧接一场的重要外交活动。当天下午至晚上，胡锦涛的日程是：温菲尔德庄园，会见美国总统奥巴马；唐宁街10号，会见英国首相布朗；皇家花园饭店，会见俄罗斯

总统梅德韦杰夫；白金汉宫，出席英国女王伊丽莎白二世举行的招待会；英国首相府，出席英国首相布朗举行的工作晚宴；海德公园饭店，会见法国总统萨科齐。

最后一场活动结束时，时针已划向午夜。

4月2日，胡锦涛的日程依然持续保持高密度。从早晨8时22分抵达伦敦展览中心，在门口同布朗握手的一刻算起，胡锦涛在会场的活动日程长达7个多小时。

与会领导人在早餐会上就开始进入议题的深入讨论，完成上午的第一阶段会议后，领导人们转入宴会厅出席工作午宴。午宴上的热烈讨论持续深入，时间流逝在领导人们发表看法、阐述主张、交换意见的声音之中。午餐结束时，会议组织者意识到根本无法片刻中断热烈进行的讨论，只得放弃请领导人回到全会厅出席第二阶段会议的原有安排，临时拿来若干小椅子放在并不十分宽敞的宴会厅，请各代表团的部长和协调员进入就座，会议由此直接进入第二阶段。讨论的形式也不拘一格，除了正式发言外，一些领导人有时还短暂离席，走到其他领导人身边三三两两地短暂交流。最终，峰会就这样"济济一堂"地在宴会厅中闭幕。

与会领导人共议合作大计，重点就加强各国宏观经济政策协调、稳定国际金融市场、推动国际金融体系改革等问题交换意见。领导人们不仅谈论原则看法，而且深入探讨实实在在的问题。胡锦涛发表了题为《携手合作同舟共济》的重要讲话，并同与会领导人进行了深入交流。

越是遇到困难，越需要加强合作，携起手来共渡难关。这是胡锦涛向各国领导人反复强调的观点。他强调，当前最紧迫的任务是全力恢复世界经济增长，防止其陷入严重衰退；反对各种形式的保护主义，维护开放自由的贸易投资环境；加快推进相关改革，重建国际金融秩序。我们应该进一步落实国际社会达成的共识，树立更坚定的信心，采取更有效的措施，开展更广泛的合作，实施更合理的改革，努力取得实质性成果。

胡锦涛提出进一步坚定信心、进一步加强合作、进一步推进改革、进一步反对保护主义、进一步支持发展中国家五项主张，并介绍了中国应对国际金融危机冲击、保持经济平稳较快发展所采取的措施，以及这些措施初步取得的积极成效。

胡锦涛表达了中国作为国际社会负责任的成员，始终积极参与应对国际金融危机的国际合作、坚持对外开放、推动恢复世界经济增长的坚定态度。胡锦涛表示，中国将继续同国际社会加强宏观经济政策协调，推动国际金融体系改革，积极维护多边贸易体制稳定，为推动恢复世界经济增长作出应有贡献。

据现场人士介绍，许多领导人都在峰会上对胡锦涛的讲话进行呼应，认为中国领导人看问题深入透彻，反映了国际社会的共同关切。美国总统奥巴马、英国首相布朗、德国总理默克尔等领导人还到胡锦涛跟前，当面对他的发言表示赞同。布朗等领导人认为中国为峰会成功作出了重要贡献。奥巴马对中国积极参与国际合作的努力表示感谢。

峰会领导人声明反映了所取得的重要成果：就国际货币基金组织增资、加强金融监管、反对保护主义等全球携手应对金融经济危机议题达成多项共识；同意为国际货币基金组织和世界银行等多边金融机构提供总额 1.1 万亿美元资金，其中国际货币基金组织资金规模将扩大至现在的 3 倍，由 2500 亿美元增加到 7500 亿美元，以帮助陷入困境的国家；首次把对冲基金置于金融监管之下；同意设立总额至少 2500 亿美元的基金，用于贸易融资，以促进世界贸易，帮助全球经济复苏；商定在今年年内再举行一次二十国集团领导人金融峰会……

当天下午峰会结束后，胡锦涛紧接着会见巴西总统卢拉。卢拉积极评价胡锦涛在峰会上的讲话。他说，胡锦涛每一次出席国际会议，都发挥了一个大国领导人的作用，为会议取得成果作出了积极贡献。这次的历史性金融峰会，再度证明了这一点。胡锦涛的讲话不仅关注中国人民的利益，而且关注世界经济形势。

其后，胡锦涛先后会见英国王储查尔斯王子、日本首相麻生太郎、澳大利亚总理陆克文。时针又一次划向午夜。

4月3日上午，胡锦涛在离开伦敦前，会见了韩国总统李明博。

高度密集的外交活动，让人们忘却昼夜的间界；深入务实的交流沟通，让人们拉近认识的距离。英国当代物理学家霍金曾作出宇宙"时间无界，空间无限"的论断。引申这一自然科学结论，人们或许还能得到更多启示：只要人类付出足够努力，时空间界就不会成为交流合作的障碍。面对巨大挑战，人类应当以信心和勇气寻找和创造无界的发展机遇和无限的合作空间。

　　胡锦涛的 52 小时伦敦之行所承载的意义，各国领导人在伦敦峰会上所达成的共识，就远远超越时空间界。

（原载于《人民日报》2009 年 4 月 5 日第一版）

> 应俄罗斯总统梅德韦杰夫邀请，国家主席胡锦涛出席了 2009 年 6 月 15 日至 16 日在叶卡捷琳堡举行的上海合作组织成员国元首理事会第九次会议。本文记录了胡锦涛主席同其他与会领导人一起，针对国际金融危机蔓延之势作出的抉择。

凝聚信念和力量

——胡锦涛主席出席上海合作组织叶卡捷琳堡峰会

乌拉尔山脉莽莽苍原之上，叶卡捷琳堡市沐浴阳光。杨絮飘飞，新绿浓郁，生机盎然，上海合作组织的标志装点着宽敞的街道和高大的建筑。欧亚分界线上的这座城市，欣然见证欧亚地区合作深入发展的新里程。

6 月 15 日至 16 日，中国国家主席胡锦涛在这里出席上海合作组织成员国元首理事会第九次会议，同欧亚国家领导人坦诚交流，深入探讨，共商合作应对挑战、分享发展机遇之大计。

繁忙的活动一场紧接一场，胡锦涛同上海合作组织其他成员国元首、观察员国领导人在一起的时间累计约 16 个小时。双边会见、小范围会谈、大范围会谈……两天日程，显得十分紧张。

一年一度峰会，回顾、规划和展望。领导人们对上海合作组织始终保持良好发展势头给予高度评价。胡锦涛指出，经过 8 年发展，上海合作组织生机活力日益焕发，维护成员国和平发展权利、促进地区安全稳定、推动互利共赢合作作用不断加强，成为欧亚地区最具影响力的建设性机制之一。过去一年，上海合作组织各领域合作齐头并进，呈现可喜发展态势。胡锦涛提出"增强政治互信"、"深化经济合作"、"强化安全合作"、"扩大人文交流"、"坚持对外开放"五项建议，指明了上海合作组织今后的发展方向。

国际金融危机面前，上海合作组织在促进地区经济发展方面肩负重任。胡锦涛强调，我们应该坚定信心、相互支持、同舟共济、共克时艰，全力推进本组织政治、安全、经济、人文等领域务实合作，增强自身实力，把本组织的事情办好。只有这样，才能有效应对危机、防范风险，推动本地区实现持久和平、共同繁荣，为世界和平与发展作出更大贡献。

胡锦涛重申中方继续支持上海合作组织框架内的多边和双边项目合作的承诺，宣布中方将提供100亿美元的信贷支持，以帮助上海合作组织成员国应对国际金融危机冲击，并将组织贸易投资促进团赴成员国，推动同各成员国的进出口贸易和双向投资。中方实实在在的努力，受到与会各方广泛赞誉，国际媒体纷纷对此给予突出报道。

务实合作，充实内涵，夯实基础，这是各国领导人与会的共同目标。各国领导人重点围绕巩固团结协作、促进地区经济复苏、打击"三股势力"、维护地区安全等问题深入交换意见。成员国元首共同签署和发表《叶卡捷琳堡宣言》和联合公报等10余项合作文件，推出一系列全方位合作新举措。本次峰会还批准白俄罗斯、斯里兰卡成为上海合作组织对话伙伴。丰硕的成果和广泛的国际关注，印证了俄罗斯总统梅德韦杰夫所言，上海合作组织"是一个有人倾听的组织，它不仅能够提出建议，而且能做出实际决定"。

叶卡捷琳堡，被俄罗斯人民誉为智慧之城、能量之城。在其古老传说中，这片土地就是一个凝聚信念和力量的地方。今天，叶卡捷琳堡峰会又彰显了以互信、互利、平等、协商、尊重多样文明、谋求共同发展为内容的"上海精神"，奏响了团结合作、共克时艰的强劲乐章。

（原载于《人民日报》2009年6月17日第二版）

> 应俄罗斯总统梅德韦杰夫邀请，国家主席胡锦涛于2009年6月对俄罗斯进行国事访问。适值中俄建交60周年的特殊年份，"也是两国关系发展进程中具有特殊重要意义的一年"。本文以此为新闻切入，描写了本次访问的庆祝"中俄建交60周年"盛景。

回顾历史　寄语未来
——记胡锦涛主席出席中俄建交60周年庆祝大会

2009年，是中俄建交60周年。悠悠岁月，培育了两国人民的深厚情谊，也为两国关系进一步发展打下了坚实基础。

60周年，共同的感念

6月17日一大早，正在俄罗斯进行国事访问的中国国家主席胡锦涛来到莫斯科郊外的诺沃奥加廖沃官邸，应邀同俄罗斯总理普京共进早餐并会晤。中午，俄罗斯总统梅德韦杰夫在克里姆林宫为胡锦涛来访举行隆重欢迎仪式，随后双方进行了长达两个小时的诚挚友好的会谈。下午，刚刚结束会谈的两国元首共同出席两国一系列合作文件签字仪式并会见记者。晚上，两国元首在克里姆林宫一道出席"中俄关系60周年杰出贡献奖"颁奖仪式，并前往俄罗斯国家大剧院出席中俄建交60周年庆祝大会。庆祝大会后，胡锦涛又同梅德韦杰夫共进晚茶，两国元首继续交换对两国关系发展的看法……

整整一天，胡锦涛的活动一场接一场，广泛接触俄罗斯各界人士，同他们畅叙中俄建交60周年这一两国关系发展进程中的重大事件。"今年是中俄建交60周年,也是两国关系发展进程中具有特殊重要意义的一年。"胡锦涛对 2009 年在两国关系史上的定位,道出了两国各界人士的共同感受。

历史性的时刻,见证了中俄两国人民友谊的伟大历程。中国政府决定,在这历史性的时刻向 60 位来自俄罗斯政界、军界、学术界、民间等方面的友好人士颁发"中俄关系 60 周年杰出贡献奖"。在颁奖仪式上,从胡锦涛手中接过奖章和证书的俄罗斯老人季塔连科非常激动。这位年逾七旬的俄中友协主席,撰写过大量关于中国问题的专著,为促进中俄两国人民相互理解和友谊作出了重要贡献。他向记者细诉心中珍存的美好记忆:"2005 年 5 月,胡锦涛主席出席俄罗斯纪念卫国战争胜利 60 周年庆典期间,会见了曾经参加过抗日战争的俄罗斯老战士代表,我就在其中。我们由衷感谢胡主席给予的关怀和帮助。今天,胡主席亲自给我授奖,这是对我的莫大激励。我愿继续为推动俄中民间外交而努力工作。"

另一位从胡锦涛手中接过奖章和证书的代表,是去年援助四川汶川特大地震灾区的俄罗斯米—26 直升机机长列别捷夫。这位 30 岁出头的机长给中国人民留下了深刻印象——在唐家山堰塞湖应急疏通工程中,列别捷夫率机组人员每天用米—26 直升机忙碌地吊运大型机械,随后又在数十处因地震形成的堰塞湖上空参加抢险任务。他那句"只要堰塞湖抢险工作没完成,我们就不会离开中国"的朴实话语,深深打动了中国人民的心。

在庆祝大会上的讲话中,胡锦涛回顾了中俄关系发展的不平凡历程,让人们的思绪穿越时空,感悟双边关系发展的律动脉搏——两国政治关系日益走向成熟,两国务实合作成果日益丰富,两国人民友谊不断加深,两国在国际事务中的合作逐步推进。

60 周年,共同的思考

60 年岁月,为中俄关系发展凝结了十分重要的精神财富。胡锦涛在庆祝大会上讲话指出:"中俄关系 60 年的发展历程给我们留下了许多重要而深刻的启示:只有相互信任、坦诚相待,才能不断深化两国政治关系;只有相互尊重、平等互利,才能在合作中获得最大收益,实现共同发展繁荣;只有相互理解、相互支持,在涉及对方核心利益的问题上互为支撑，才能有效维护各自根本利益；只有求同存异、友好协商，才能保证两国关系长期健康稳定发展。"

梅德韦杰夫在庆祝大会上说，中华人民共和国成立后第二天，苏联最先承认新中国，并建立外交关系。今天，在回顾这一事件以及后来建立的全面协作时，我们理解到了它们的伟大意义。相信在我们两国关系中，60年标志着成熟，标志着两国关系达到全新水平。现在是一个总结过去、展望未来发展前景的好机会。俄罗斯愿意深化同中国在各领域的关系。我们在这方面拥有一切条件，包括政治意愿、国家领导人的信任关系、牢固的法律条约基础、人民相互好感、文化和经济互补、对国际重大问题立场一致、务实合作中照顾对方利益的睦邻精神。

俄罗斯媒体也对两国关系作出积极评价。就在胡锦涛访俄期间，俄罗斯著名汉学家奥夫钦尼科夫在《俄罗斯报》撰文表示，俄中关系是真正友好、平等、值得信赖的战略协作伙伴关系，这是俄罗斯外交实实在在的成就。

60年岁月砥砺的共同思考、共同认知，为中俄战略协作伙伴关系发展奠定了更加坚实的基础。

60周年，共同的憧憬

庆祝大会之夜，金碧辉煌的俄罗斯国家大剧院洋溢中俄两国人民的友谊。巨幅帷幕上，"1949—2009"的大红字样被蓝天白鸽映衬得格外醒目。900多位中俄各界人士为两国元首振奋人心的讲话热烈鼓掌，为两国艺术家精彩纷呈的联袂演出热烈鼓掌。

俄罗斯国立交响乐团艺术家同中国指挥家配合，以一曲《红旗颂》开场，烘托了全场热烈的气氛。白发苍苍的中国艺术家用中文和俄文深情诵读《致凯恩》，两国儿童分别用对方语言朗诵《游子吟》和《白桦》，唤起全场观众心灵的共鸣……一个个节目，通过扣人心弦的乐曲、声情并茂的歌声、抑扬顿挫的吟诵、婀娜蹁跹的舞姿，展示出两国文化的精粹，抒发了两国人民的深情。

经久不息的掌声，尽情表达着两国人民永做好邻居、好朋友、好伙伴的真诚愿望。

静静流淌的莫斯科河,倾听两国人民憧憬未来的心声。正如胡锦涛所指明的,中俄关系已站在新的历史起点上,面临新的发展机遇,我们要共同努力,确立中俄关系发展长远目标,推动两国关系又好又快发展。

(原载于《人民日报》2009年6月18日第二版)

> 应斯洛伐克总统加什帕罗维奇邀请，国家主席胡锦涛于2009年6月18日至19日对斯洛伐克进行国事访问。本文以访问进程为主线，折射中斯建交60年的友谊历程。

历史性访问　友好新篇章
——记胡锦涛主席访问斯洛伐克

6月的斯洛伐克积翠凝碧，美丽的多瑙河蜿蜒流淌。首都布拉迪斯拉发市中心，中国和斯洛伐克两国国旗高高飘扬在总统府门前。适逢中斯建交60周年，这里迎来中国国家主席首次到访。18日至19日，胡锦涛主席对斯洛伐克进行国事访问，同斯洛伐克领导人和政界、企业界人士共同回顾总结60年双边关系发展历程，规划未来双边合作全面发展。

60年往事历历在目，友好情谊生生不息。

斯洛伐克是最早同新中国建交的国家之一，中斯关系经受住了时间和国际风云变幻的考验。在新中国成立初期，许多斯洛伐克专家远赴中国，倾力相助，帮助中国进行建设。1993年1月1日斯洛伐克独立，中国及时承认并与之建立大使级外交关系，双方确认两国建交时间继续定为1949年10月6日。此后，两国关系取得长足进展——高层互访频繁，政治互信增强，经贸合作富有成效，人文交流日益活跃，在国际多边场合密切沟通、合作良好。四川汶川特大地震发生后，加什帕罗维奇总统致电胡锦涛表示慰问，斯洛伐克政府向中国地震灾区提供了总价值95万欧元的救援物资。加什帕罗维奇是最早宣布出席北京奥运会开幕式的欧洲国家领导人之一，也是在北京观看奥运会比赛时间最长的外国领导人之一。在国际金融危机蔓延深化，倚重出口的斯洛伐克经济面临困难的情况下，中国政府于今年3月派遣大规模采购团来到斯洛伐克，真诚希望能够给斯洛伐克企业带来新商机……

　　胡锦涛在访问中指出，两国人民在长期友好交往中结下深厚友谊，这是我们共同的宝贵财富，值得倍加珍惜。加什帕罗维奇表示，胡锦涛在斯中建交60周年之际访问斯洛伐克，对于推动两国关系发展具有非同寻常的意义。

　　推动深化经贸合作，共同应对国际金融危机冲击，是胡锦涛此行的重要着眼点。19日，胡锦涛和加什帕罗维奇共同出席中国—斯洛伐克企业家早餐会，同40位两国企业家代表深入交流，鼓励他们携手共创双边经贸合作新局面，谱写中斯友谊新篇章。

　　目前，斯洛伐克是中国在中东欧地区的重要经贸合作伙伴，双边贸易额从1993年的4085万美元增至2008年的29.5亿美元，增长70多倍。在积极评价这些成绩的同时，胡锦涛向两国企业家提出五个"进一步"：着眼长远，进一步深化经贸合作；加强沟通，进一步提高政府服务水平；开拓进取，进一步推动重点领域合作；互利双赢，进一步发挥企业主体作用；务实协调，进一步实现务实合作良性互动。加什帕罗维奇表示欢迎中国企业家到斯洛伐克投资兴业，并提出具体合作设想。

　　两国企业家深受鼓舞，他们纷纷向两国元首表达致力于加强双方经贸合作的愿望，表示十分荣幸能够成为中斯友好的见证者、受益者、贡献者。

　　中国国家元首首次访问的历史性，中斯建交60周年的新契机，为中斯友好增添了新活力。这是斯洛伐克人民的共同感受。斯洛伐克总理首席外事顾问马立克·埃什托克对记者说："中国国家主席访问斯洛伐克，这是斯洛伐克的巨大荣誉，我们已经等了好多年。"斯洛伐克著名汉学家黑山表示，胡锦涛访问斯洛伐克，体现了中国一贯奉行大小国家一律平等的外交主张，表明中方十分珍视斯中两国人民传统友谊。

　　胡锦涛29个小时的斯洛伐克之行书写中斯两国友好新篇章，中斯两国人民60年铺就的友谊合作之路，必将越走越宽广。

（原载于《人民日报》2009年6月20日第二版）

应克罗地亚总统梅西奇邀请,国家主席胡锦涛于 2009 年 6 月 19 日至 20 日对克罗地亚进行国事访问。本文汇聚访问进程中的动人细节,真实记录了访问带给克罗地亚的"历史性的一天"。

永远是朋友
——记胡锦涛主席访问克罗地亚

中国国家主席胡锦涛 6 月 19 日至 20 日对克罗地亚进行的国事访问,成为克罗地亚独立 17 年以来最重要的外交活动之一。

萨格勒布在等待,五星红旗在主要街道上飘扬,表达了克罗地亚人民对中国国家元首第一次访问克罗地亚的欢迎之情。克罗地亚空军飞行员在等待,当胡锦涛乘坐的专机进入克罗地亚领空时,他们驾机飞上蓝天,为远道而来的中国贵宾护航。身着民族服装的克罗地亚儿童在等待,手捧鲜花站在灿烂的阳光下,为走下舷梯的中国国家主席献上美丽的鲜花。克罗地亚总统梅西奇在等待,亲自来到萨格勒布国际机场,热烈欢迎中国老朋友的到来。梅西奇说:"从我第一次访问中国到现在,我们等待中国国家主席来访已经 7 年了,今天我感到非常高兴。"胡锦涛说:"克罗地亚人民的热情好客和对中国人民的深情厚谊给我留下深刻印象。"

访问虽然只有 26 个小时,但双方以巩固友谊、增进互信、深化合作、共谋发展为主旨进行了十分深入的交谈,达成广泛共识,推动中克全面合作伙伴关系迈上新台阶。梅西奇表示,胡锦涛的访问带给"克罗地亚历史性的一天"。

"中克关系堪称不同文明、不同社会制度国家相互尊重、和谐相处、合作双赢的典范。"胡锦涛对两国关系作出高度评价。克罗地亚已经连续 5 年成为中国在东南欧地区最大贸易伙伴,在国际金融危机背景下探讨双方加强经贸合作是本次访问的一个重点。20日一大早,两国元首共同出席中国—克罗地亚商务论坛暨企业家洽谈会开幕式,积极鼓励两国企业界密切往来、扩大合作。胡锦涛在致辞中指出,双方有必要从战略高度审视和把握中克关系,全面规划两国合作发展途径。胡锦涛建议双方"增进政治互信,促进共同发展","扩大贸易规模,推动平衡发展","拓宽合作领域,提升合作水平","用好合作机制,加深相互了解"。梅西奇在致辞中鼓励克罗地亚企业家拿出开拓市场的信心和恒心,加强同中国企业家的合作。

两国企业家备感振奋,在开幕式后的间歇,他们仍然聚在一起,不放过任何一个相互认识、交流沟通的机会,几乎站满了会议厅外所有通道。克罗地亚利捷公司经理普雷德拉格·巴伦托维奇对记者说,"胡主席的四点建议很有概括性和前瞻性,为双方商业合作指明了发展方向"。该公司非常愿意同中国分享基础设施建设的经验,目前正在积极参与京沪高速公路河北段的智能交通管理系统项目建设。克罗地亚最大旅行社"通用旅游"的董事长佐兰·佩卡雷维奇表示,希望中国游客在巴黎、伦敦、柏林等地进行第一波欧洲旅游后,能够发现克罗地亚的旅游价值。他除了组织克罗地亚人到中国旅游外,还将同中国旅行社合作,积极开发中国市场。

两国元首在接下来举行的正式会谈中,继续就加强双方互利合作深入交换意见。双方在强调加强政治、经贸合作之外,还就密切人文交流、加强多边协作等问题进行了规划,达成广泛共识。胡锦涛指出,发展同东南欧国家的友好合作是中国对欧政策的重要组成部分。梅西奇表示,克罗地亚愿意成为中国进入欧洲地区的大门。

20日这一天,总统府、总理府、议会大楼内的谈话洋溢着诚挚友好的气氛,取得丰富成果。65岁的克罗地亚克中友协主席、克对外友协秘书长安德利亚·卡拉菲利波维奇自豪地告诉记者,过去12年来,克中友协在克罗地亚约200个城市中的118个城市举办了《中国———一个我们未了解的地方》展览,让克罗地亚民众了解中国,将克中友好扎根在克罗地亚人民心里。"胡主席的来访对两国关系意义重大,我一定要将访问照片纳入今后的展览中……"

傍晚时分,梅西奇在机场为胡锦涛举行隆重欢送仪式。两国元首再次紧紧握手,相约再见。

"啊,朋友,再见!"中国人民同克罗地亚人民是朋友,同东南欧国家人民是朋友,永远是朋友。

(原载于《人民日报》2009年6月21日第二版)

> 2009年9月24日至25日，国家主席胡锦涛出席二十国集团领导人第三次金融峰会前夕，正值国际金融危机持续之际，而中国经济率先企稳回升，成为推动世界经济复苏的重要力量。本文梳理了当时中国经济表现的世界反响。

世界经济从危机走向复苏的关键时期——

中国成就鼓舞世界

二十国集团领导人第三次金融峰会在即，世界关注全球经济复苏。伴随中国经济不断传出的好消息，人们期待着中国国家主席胡锦涛在9月24日至25日举行的二十国集团领导人第三次金融峰会上，就推动世界经济复苏、改革国际金融体系、解决全球发展不平衡等重大问题宣示中国主张，渴望着分享中国经济成就带给世界的新希望。

中国成效让世界同感欣喜

在国际金融危机和经济衰退依然持续的情况下，中国经济取得了令人惊叹、来之不易的好成绩：今年上半年国内生产总值增长7.1%，投资增速持续加快，消费稳定较快增长，国内需求对经济增长的拉动作用不断增强，财政和金融风险得以有效控制，银行资产质量和抗风险能力提高，前7个月城镇新增就业666万人，城乡居民收入增加……

这是中国坚持积极的财政政策和适度宽松的货币政策，实施应对国际金融危机一揽子计划所取得的成果。中国实施的一揽子计划以扩大内需为主，将消费与投资拉动相结合，将当前和长远相结合，将保增长与调结构相统一，将政府与市场作用相统一，使发展与改革相促进，既保增长又惠民生。事实证明，中国采取的措施及时、有力、有效，中国取得的成绩令世界同感欣喜。

华尔街经济学家、美国企业研究所访问学者约翰·梅金评价说，国际金融危机爆发后，中国的反应速度在世界上是最快的，中国实施的一揽子计划，用任何标准来衡量都是非同寻常的——远远胜于日本在"失去的十年"中实施的最大刺激方案以及美国应对当前危机所推出经济刺激方案的力度。美国《华盛顿时报》刊文指出，中国这个亚洲巨人的一揽子计划稳定了世界市场，并为亚洲、欧洲和美国新近出现的复苏做出了贡献。美国《时代》周刊发表的一篇题为《全球衰退的转折点》的文章指出，世界经济最糟糕时期可能已经过去，中国回到了充满活力的增长道路，亚洲大部分地区因此备受鼓舞。瑞士《新苏黎世报》在报道世界经济论坛最近公布的《全球竞争力报告》和中国竞争力排名提升时，盛赞中国作为"更强的角色"带动亚洲其他国家和地区在排行榜上"集体进步"。

中国声音给世界带来信心

国际金融危机爆发伊始，中国声音就成为世界关注的焦点。中国领导人在多种国际场合倡导各国坚定信心、携手合作、共渡难关的主张，受到普遍赞同。国际社会公认，在二十国集团峰会这个国际社会合作应对金融危机、加强全球经济治理的重要和有效平台上，中国为业已举行的两次峰会取得积极成果发挥了重要作用。

去年11月，胡锦涛在华盛顿举行的二十国集团领导人金融市场和世界经济峰会上发表题为《通力合作共度时艰》的重要讲话时强调，当务之急是遏制金融危机扩散和蔓延，避免发生全球性经济衰退；国际金融体系改革应该坚持建立公平、公正、包容、有序的国际金融新秩序的方向，坚持全面性、均衡性、渐进性、实效性的原则；应该提高发展中国家在国际金融组织中的代表性和发言权，关注和尽量减少金融危机对发展中国家特别是最不发达国家造成的损害；中国愿继续参与维护国际金融稳定、促进世界经济发展的国际合作，支持国际金融组织根据国际市场变化增加融资能力，加大对受这场金融危机影响的发展中国家的支持。

今年4月,胡锦涛出席在伦敦举行的二十国集团领导人第二次金融峰会。这次峰会在国际金融危机持续扩大蔓延、世界经济陷入严重衰退的背景下召开,国际社会迫切期望通过峰会取得的共识推动缓解各国面临的严峻形势,提振民众和企业信心、稳定国际金融市场、改革国际金融体系、推动恢复世界经济增长。各方特别希望中国作为在世界经济中具有重要影响的发展中大国,能够发挥重要作用。胡锦涛在会上发表题为《携手合作同舟共济》的重要讲话,积极参与会议各项议题的讨论,全面介绍中国应对国际金融危机采取的有效举措,深刻阐述中国政府对应对国际金融危机的看法和改革国际金融机构和体系的立场,重点强调中方加强金融监管、反对保护主义、重视发展中国家利益等主张,提出中方同国际社会一道应对国际金融危机的具体举措。

在这两次金融峰会上,与会各方均十分重视胡锦涛与会,高度评价中方主张。国际舆论公认,中国提出的重要主张和建议既针对现实,又着眼长远,反映了国际社会的重要关切,指明了加强国际合作应对国际金融危机的正确方向。中国为峰会取得积极务实的成果发挥了重要的建设性作用,有力提振了国际社会应对国际金融危机的信心。

世界倾听中国声音,从中感受信心、看到希望。美国《纽约时报》发表的文章认为,中国带着自信参加金融峰会,中国被视为解决一系列经济问题的希望。印度媒体普遍反映,中国提出的主张代表了广大发展中国家的心声。

中国发展令世界共同期待

应对国际金融危机,首先要把国内的事情办好,中国经济平稳较快发展本身就是对维护国际金融稳定、促进世界经济发展的重要贡献。这是中国对国际社会作出的宣示。

中国根据国内外经济形势变化,及时进行宏观经济政策调整,实施应对国际金融危机的一揽子计划,强调越是困难时刻,越要高度关注民生。中国领导人频频深入基层,就做好保增长、保民生、保稳定工作进行考察。胡锦涛在山东考察时强调，当前，我国正处在应对国际金融危机冲击、保持经济平稳较快发展的关键时刻。各级党委和政府务必进一步坚定信心、迎难而上，进一步挖掘潜力、促进发展，进一步求真务实、真抓实干，紧紧围绕保持经济平稳较快发展的首要任务，全力做好保增长、保民生、保稳定各项工作，以优异成绩迎接新中国成立60周年。他还语重心长地对企业负责人说，在危机面前，谁能顶得过去，谁就能赢得更大发展。国家采取一系列政策措施让企业有信心，企业也要让员工有信心。只要大家拧成一股绳，再大的困难也一定能够克服。

中国举国上下戮力同心，从容应对这场历史罕见的国际金融危机，成功遏制了经济增速下滑趋势，国际舆论为之赞叹不已。西班牙《中国政策观察》网站最近发表题为《全球经济危机掀起中国热》的文章，认为中国交出了令人满意的答卷。

应对国际金融危机，积极参与国际合作。这是中国对国际社会作出的承诺。

国际社会有目共睹，中国在落实二十国集团领导人金融峰会的共识方面作出了很多努力：

——加入并积极参与国际金融机构的活动，充分反映中国在国际金融标准制定中的意见和要求。加入金融稳定理事会后，中国通过积极参与金融稳定理事会组织架构的讨论、全球金融规则制定、早期危机预警演练、金融监管国际合作等工作，充分反映中国作为新兴市场经济体和发展中大国在金融市场发展和金融稳定方面的要求。近期，中国成为金融稳定理事会指导委员会和脆弱性评估委员会、监管合作委员会及标准执行委员会3个常设委员会成员，同时被巴塞尔银行监管委员会、支付与结算系统委员会接纳为正式成员，进一步增强了中国在国际金融机构及重要国际金融标准制定中的话语权。

——积极参与国际危机救助，在权利与义务平衡、分摊与自愿结合的原则下，积极支持国际货币基金组织扩大融资，宣布购买不超过500亿美元的基金组织债券。

——积极参与国际机构的贸易融资计划，加快清迈倡议多边化建设，开展人民币跨境贸易结算试点。中国积极履行了购买世界银行15亿美元私募债券的承诺，中国进出口银行向其他新兴市场经济体提供了6.2亿美元的贸易融资，中国人民银行与6家中央银行/货币当局签署了合计为6500亿元人民币的双边货币互换协议。5月，东盟10国和中、日、韩3国就建立总金额达1200亿美元的储备库问题达成一致。截至9月11日，人民币跨境贸易结算量已达到7000万元人民币。加快人民币跨境贸易结算进程，对于应对国际金融危机、促进地区贸易发展发挥了积极作用。

——加强系统性金融风险监测、评估和预警工作，启动金融部门评估规划工作。

——加强金融监管及国际合作，参与国际金融监管改革。

……

在国际金融危机肆虐之际，中国依然积极参与经济全球化进程，组织了多个投资贸易促进团，赴欧美各地采购商品和扩大投资合作，以实际行动履行了反对保护主义的诺言。为共同抵御国际金融危机冲击，中国还同周边国家加强合作，同新兴大国共同探讨应对举措，并一如既往地向其他发展中国家提供支持和援助。6月，在上海合作组织叶卡捷琳堡峰会上，中国宣布向上海合作组织框架内多边和双边经济技术合作项目提供100亿美元信贷支持、向成员国派出贸易投资促进团等实质性举措。在"金砖四国"领导人会晤中，中方强调四国应加强协调，推动二十国集团领导人峰会成果全面有效落实，呼吁四国争取率先从国际金融危机中复苏，维护发展中国家的共同利益，推动恢复世界经济增长。

国际金融危机爆发以来的一年，中国不仅以实际行动确保了本国经济平稳较快发展，而且以实际行动在国际合作进程中发挥了重要的建设性作用，进一步展示了求合作、促发展、负责任的大国形象。中国以自身的发展给世界经济复苏创造了机遇。美国《福布斯》杂志最近刊文指出，中国一直对世界经济复苏起着重要作用，是未来世界经济增长的重要源头。《华盛顿时报》发表题为《中国的刺激计划推动了世界经济的发展》的文章，认为中国经济的迅速反弹促进了遍布世界的主要市场的止跌回升，并推动了石油及其他初级产品市场的回暖。

当前，世界经济正处在从危机走向复苏的关键时期。世界经济虽然呈现一些复苏迹象，但并不稳定，发展不平衡的问题也非常突出。世界各国需要保持宏观经济政策的连续性和稳定性，继续采取符合本国国情的财政和货币政策，反对各种形式的贸易保护主义，促进金融稳定和经济复苏。即将召开的二十国集团领导人第三次金融峰会，被视为在这个关键时期召开的一次非常重要的会议。

中国成就鼓舞世界，中国发展备受期待。

（原载于《人民日报》2009年9月21日第三版）

国家主席胡锦涛于2009年9月21日至25日赴美国纽约和匹兹堡出席联合国气候变化峰会、第六十四届联合国大会一般性辩论、安理会核不扩散与核裁军问题峰会和二十国集团领导人第三次金融峰会。本文对联合国气候变化峰会开幕式进行了扫描,并对胡锦涛主席在开幕式上的讲话进行了解读。

目标·基础·关键
——胡锦涛主席出席联合国气候变化峰会开幕式侧记

  2009年9月22日上午,纽约,联合国总部大会厅,中国国家主席胡锦涛同多国领导人以及关注全球气候问题的各界人士汇聚一堂,共同出席联合国气候变化峰会,以期为即将于12月召开的哥本哈根联合国气候变化大会凝聚政治共识,注入政治推动力。
  这是一个呼吁采取切实行动的会议。开幕式伊始,大会厅内悬挂的大屏幕播放了两部专题短片,精心编辑的一个个画面,带来视觉的冲击,心灵的震撼:浩瀚的宇宙,美丽的蓝色星球,灿烂的人类文明生生不息。与之形成反差的是,饥饿的儿童,贫瘠的田野,无边的沙漠,融化的冰川……画外的声音真情凝重:不要空谈,我们现在已没有时间!珍视宇宙中这颗淡蓝的星球吧,它是我们惟一的家园!
  "全球气候变化深刻影响着人类生存和发展,是各国共同面临的重大挑战。"胡锦涛在热烈的掌声中登上讲台,发表题为《携手应对气候变化挑战》的重要讲话,点明应对全球气候变化问题的严重性和紧迫性。
  认清问题实质,方能真正解决问题。胡锦涛在全面阐述中国对气候问题的看法时深刻指出,气候变化是人类发展进程中出现的问题,既受自然因素影响,也受人类活动影响,既是环境问题,更是发展问题,同各国发展阶段、生活方式、人口规模、资源禀赋以及国际产业分工等因素密切相关。归根到底,应对气候变化问题应该也只能在发展过程中推进,应该也只能靠共同发展来解决。

发展,一个多么古老而现实的话题。发展,是人类面临一切问题的原点。胡锦涛在讲话中透彻剖析气候变化的问题实质,道出了国际社会共同努力的基本方向。

政治远见,来自对关键的把握。在应对全球气候变化问题上,胡锦涛提出国际社会当前应当坚持四点要义:其一,"履行各自责任是核心",强调在坚持共同但有区别的责任原则基础上积极采取行动。其二,"实现互利共赢是目标",呼吁发达国家树立帮助别人就是帮助自己的观念,努力实现发达国家和发展中国家双赢,实现各国利益和全人类利益共赢。其三,"促进共同发展是基础",指明没有各国共同发展,特别是发展中国家发展,应对气候变化就没有广泛而现实的基础。其四,"确保资金技术是关键",指出发达国家应该担起责任,向发展中国家提供新的额外的充足的可预期的资金支持,让发展中国家用得上气候友好技术,点明这是对人类未来的共同投资。

四点要义,着眼全人类共同利益,意义深远。世界看到,中国不仅这样说,而且实实在在付出了努力。

——中国一贯坚持《联合国气候变化框架公约》及其《京都议定书》主渠道地位,严格遵循"巴厘路线图"授权;坚持共同但有区别的责任原则;坚持可持续发展原则;坚持减缓、适应、技术转让和资金支持同举并重。

——中国切实致力本国可持续发展,围绕《中国应对气候变化国家方案》的实施,结合节能减排等工作,通过发展循环经济、淘汰落后产能等措施,在应对气候变化方面取得显著成效:降低单位国内生产总值能耗的工作逐年取得新进展,2006 至 2008 年分别比上年下降 1.79%、4.04% 和 4.59%;2006 至 2008 年关停小火电机组 3826 万千瓦,淘汰落后炼铁产能 6059 万吨、炼钢产能 4347 万吨、水泥产能 1.4 亿吨;2000 年到 2008 年,风电装机容量由 34 万千瓦提高到 1000 万千瓦,水电装机容量由 7935 万千瓦提高到 16300 万千瓦,核电装机容量由 210 万千瓦提高到 910 万千瓦；减少农业、农村温室气体排放，截至 2007 年底，全国户用沼气达到 2650 多万户，相当于减排二氧化碳 4400 万吨；推动植树造林，增强碳汇能力。

中国在应对气候变化方面所取得的显著成效受到国际公认。美国华盛顿"世界资源研究所"发表的情况报告指出，中国在国内实施的众多节约能源政策和措施，将大幅度减少温室气体排放。英国气候组织 8 月发表题为《中国的清洁革命 II：低碳商机》的研究报告，赞扬中国企业在政府的支持下，在低碳汽车、工业节能、可再生能源和低碳建筑以及城市规划四个方面取得了骄人成绩。

胡锦涛在联合国讲坛上郑重宣示："今后，中国将进一步把应对气候变化纳入经济社会发展规划，并继续采取强有力的措施"，"中国从对本国人民和世界人民负责任的高度，充分认识到应对气候变化的重要性和紧迫性，已经并将继续坚定不移为应对气候变化作出切实努力"，"中国愿同各国携手努力，共同为子孙后代创造更加美好的未来"。

胡锦涛的讲话在热烈的掌声中结束。联大主席图里基高度评价胡锦涛主席的讲话，他表示讲话具有意义，将为全球应对气候变化的挑战，推动哥本哈根大会取得成功发挥重要作用。联合国秘书长的发言人哈克说，潘基文热情赞扬胡锦涛在讲话中提出的一系列主张。联合国高级官员伊利切夫高兴地对记者说："中国为保护环境做了自己应做的工作。胡主席今天的讲话反映了发展中国家的关切，显示了中国在国际事务中的独特地位和作用。相信这一讲话能够鼓舞其他国家。"来自坦桑尼亚的联合国电台斯瓦西里语组长里加认真聆听了讲话，并对记者说："世界肯定都在认真倾听胡主席的讲话。我们非常高兴听到这一代表发展中国家利益的讲话，这一在督促发达国家履行减排义务方面增加发展中国家力量的讲话。中国的声音，体现了中国在气候变化问题上严肃、负责任的态度。"

（原载于《人民日报》2009 年 9 月 23 日第二版）

国家主席胡锦涛于 2009 年 9 月 21 日至 25 日赴美国纽约和匹兹堡出席联合国气候变化峰会、第六十四届联合国大会一般性辩论、安理会核不扩散与核裁军问题峰会和二十国集团领导人第三次金融峰会。本文以胡锦涛主席出联大一般性辩论为切入点，抚今追昔，梳理新中国成立 60 年来中国声音在联合国舞台上的延伸脉络，诠释中国声音、中国力量的世界意义。

中国声音　中国力量

——胡锦涛主席出席第六十四届联大一般性辩论侧记

时光衍进，庄严的联合国讲台，一次又一次见证中国在国际社会倡导和平、发展、合作的积极努力。

2009 年 9 月 23 日，当地时间 16 时 30 分许，中国国家主席胡锦涛在热烈的掌声中登上讲台，发表题为《同舟共济共创未来》的重要讲话。这是中国国家元首第一次在联大一般性辩论中发表讲话。

纽约，联合国总部大会厅，第六十四届联合国大会一般性辩论正在进行，与会各国领导人就国际形势、联合国作用及重大国际和地区问题阐述看法。

一般性辩论，是联合国会员国集中讨论国际问题、表达自身关切、阐明立场主张、发出呼吁倡导的重要舞台，也是各国代表坦率沟通、汇聚共识的重要场所。今年的一般性辩论，以"有效应对全球危机：为了国际和平、安全和发展加强多边主义和文明间对话"为主题，全球 140 多个国家的领导人汇聚联合国总部。

这是一个极不寻常的时期，世界正在经历大发展大变革大调整，呈现出前所未有的机遇和挑战。我们如何走向未来？在联合国盛会的这一刻，人们期待着答案。"国际社会应该继续携手并进，秉持和平、发展、合作、共赢、包容理念，推动建设持久和平、共同繁荣的和谐世界，为人类和平与发展的崇高事业不懈努力。"胡锦涛铿锵有力的回答，道出国际社会的共同心声。

持久和平，共同繁荣。这是中国的坚定主张，人类的共同心愿。这是走过60年辉煌历程的新中国，遵守和实践联合国宪章原则，向世界宣示的一贯求索。

——1974年，中国领导人首次登上联合国讲台，邓小平在联合国大会第六次特别会议上全面系统地阐述当时提出的"三个世界"理论和中国对外关系原则，提出建立国际经济新秩序的基本主张，表明中国坚决站在第三世界国家一边，永远不称霸。

——1995年，江泽民出席联合国成立50周年特别纪念会议，呼吁建立以"创造安全可靠、长期稳定的国际和平环境"，"恪守以主权平等和互不干涉内政为核心的国际关系准则"，"建立互利互补、共同发展的新型国际经济关系"，"造成自主选择、求同存异的国际和谐局面"，"共同对付人类生存发展面临的挑战"为主要标志的国际政治经济新秩序。

——2000年，江泽民在联合国千年首脑会议上进一步宣示中国关于建立公正合理的国际政治经济新秩序的主张，倡导国际政治多极化、国际关系民主化，并积极推动加强南南合作，促进安理会五个常任理事国协作。

——2005年，胡锦涛出席联合国成立60周年首脑会议，以"努力建设持久和平、共同繁荣的和谐世界"为题发表重要讲话，深入阐释和谐世界理念的深刻内涵；倡导国际社会"坚持多边主义，实现共同安全"，"坚持互利合作，实现共同繁荣"，"坚持包容精神，共建和谐世界"，"坚持积极稳妥方针，推进联合国改革"；提出关于落实千年发展目标、加强国际发展合作、促进普遍发展、实现共同繁荣的建议，以及援助发展中国家的5项具体措施。

……

执著地追求和平、发展、合作的理念，让中国声音在联合国的讲台上越来越响亮，中国行动在联合国的事业中越来越重要。中国是世界上最大的发展中国家，也是联合国安理会常任理事国中唯一的发展中国家，在重大问题上始终同发展中国家站在一起，伸张正义，主持公道，坚定维护发展中国家切身利益，坚定维护人类社会共同利益，在整个国际社会树立起负责任大国的形象。

世界共同瞩目新中国迎来60周年大庆之际，中国领导人再度登上联合国的讲台，呼吁人们"用更广阔的视野审视安全，维护世界和平稳定"，"用更全面的观点看待发展，促进共同繁荣"，"用更开放的态度开展合作，推动互利共赢"，"用更宽广的胸襟相互包容，实现和谐共处"；郑重宣示"中国将始终不渝走和平发展道路，始终不渝奉行互利共赢的开放战略，坚持在和平共处五项原则的基础上同所有国家发展友好合作。中国过去、现在、将来都是维护世界和平、促进共同发展的积极力量"……

中国力量，是一支鼓舞世界走向持久和平、共同繁荣的力量。胡锦涛的讲话，更加坚定了人们这样的看法。美国外交政策研究所高级研究员库斯说："中国领导人对当前国际形势的判断基本思路清晰，结论十分准确，提出的应对方案切实可行。胡锦涛主席的讲话表明，一个更加发展的中国将对世界作出更大贡献，并给世界带来更多机遇。"

联合国经济和社会事务部全球经济监测中心主任洪平凡对记者说："回顾中国领导人在联合国发表的历次讲话，可以看出中国外交政策既有延续性，又有时代特征。中国领导人的讲话一贯强调'共同'的意义，比如'共同缔造更美好的世界'、'共同发展和繁荣'、'促进普遍发展，实现共同繁荣'、'同舟共济，互利共赢'，表明中国政府和中国人民希望与世界人民一起共同创建和谐世界。胡锦涛主席今天的讲话让人确信，随着中国因素在世界因素中的作用不断增加，中国维护世界和平与促进世界发展之路必然越来越宽广。"

中国声音，在联合国大会厅久久回响。中国力量，与世界各国一道推动世界不断向着和平与发展的崇高目标前进，唤起憧憬和希望。

（原载于《人民日报》2009年9月25日第二版）

> 国家主席胡锦涛于2009年9月21日至25日赴美国纽约和匹兹堡出席联合国气候变化峰会、第六十四届联合国大会一般性辩论、安理会核不扩散与核裁军问题峰会和二十国集团领导人第三次金融峰会。本文是对这一系列重大外交行动的概述和提炼。

中国理念　中国作用
——写在胡锦涛主席出席联合国系列会议和二十国集团领导人金融峰会之后

2009年9月25日，当地时间下午5时许，中国国家主席胡锦涛乘坐的专机从匹兹堡国际机场起飞。大地苍翠，江河纵横，这方山水见证了中国国家元首出席联合国气候变化峰会、第六十四届联合国大会一般性辩论、安理会核不扩散与核裁军峰会、二十国集团领导人第三次金融峰会的历史时刻。

胡锦涛在4天的时间出席4个峰会，就全球重大问题向世界宣示中国主张、中国立场，同出席峰会的140多个国家的领导人交流看法。这是新形势下我国进行的一次重大外交行动。

胡锦涛走进联合国总部，很多联合国工作人员欣喜地簇拥过来，无数华侨华人期盼地站在道路旁眺望，来自世界各地的3500多名记者高度关注。

胡锦涛走进二十国集团领导人第三次金融峰会现场的瞬间，东道国美国总统奥巴马热情相迎，无数照相机喷放光闪。

胡锦涛出席4个峰会，发表4篇重要讲话，向国际社会全方位宣示中国对国际事务的基本理念和原则。

——"面对前所未有的机遇和挑战，国际社会应该继续携手并进，秉持和平、发展、合作、共赢、包容理念，推动建设持久和平、共同繁荣的和谐世界，为人类和平与发展的崇高事业不懈努力。"题为《同舟共济共创未来》的重要讲话，诠释了中国高举和平、发展、合作旗帜，对同各国人民一道推动建设持久和平、共同繁荣的和谐世界的炽热追求。

——"当前，我们的首要任务仍然是应对国际金融危机、推动世界经济健康复苏，同时要坚定不移推进国际金融体系改革，在解决全球发展不平衡进程中实现世界经济全面持续平衡发展。"题为《全力促进增长推动平衡发展》的重要讲话，以3个"坚定不移"主张，展现了中国积极参与应对国际金融危机的国际合作、共同战胜国际金融危机的坚定信心。

——"应对气候变化，涉及全球共同利益，更关乎广大发展中国家发展利益和人民福祉。"题为《携手应对气候变化挑战》的重要讲话，显示了中国着眼发展问题、积极应对全球性挑战的负责态度。

——"中国坚定奉行自卫防御的核战略，始终恪守在任何时候和任何情况下不首先使用核武器政策，明确承诺无条件不对无核武器国家和无核武器区使用或威胁使用核武器。中国不参加任何形式的核军备竞赛，将继续把自身核力量维持在国家安全需要的最低水平，将继续为推进国际核裁军进程作出努力。"题为《共同缔造普遍安全的世界》的重要讲话，表明了中国同各国携手缔造普遍安全的世界的庄严承诺。

一位外国领导人说过，胡锦涛每一次出席国际会议，都发挥了一个大国领导人的作用，为会议取得成果作出了积极贡献。这一次，胡锦涛的多个重要讲话再次引起热烈反响。

联合国秘书长潘基文真诚地对胡锦涛说："您在百忙之中抽时间出席3场联合国会议，体现了中国对联合国等多边机制作用的高度重视。"

胡锦涛就应对气候变化问题发表重要讲话后，很多与会者在发言中高度评价讲话提出的主张和举措，认为中国的宣示鼓舞了人们对哥本哈根大会前景的预期。印度总理辛格对胡锦涛说，胡锦涛的讲话给他留下深刻印象，印度非常赞赏中国的举措，他要深入研究中国的观点和主张。德国总理默克尔也向胡锦涛表示，她仔细聆听了讲话，非常赞同胡锦涛提出的重要主张。活跃在环保领域的美国前副总统戈尔对胡锦涛说，中国为世界应对气候变化作出了很大贡献，期待中国在这方面进一步发挥作用……

会场外,很多国家的新闻记者向中国记者询问如何第一时间找到胡锦涛的发言稿,并踊跃参加中国代表团举行的新闻发布会。中国理念,在第一时间传遍世界,对国际社会正确思考和解决当前人类面临的重大问题起到了重要推动和催化作用,必将受到深度关注。

胡锦涛在新中国成立60周年前夕进行的这次重大外交行动,生动地说明,中国理念鼓舞世界,中国作用是世界的期待。

(原载于《人民日报》2009年9月27日第一版)

> 庆祝新中国成立60周年前夕，国家主席胡锦涛进行了一系列重大外交活动。本文以穿越时空的笔触，串接新中国外交60年辉煌历程的经典时刻，梳理中国主张的世界性影响。

热烈的掌声响起来

时空跨越，日月穿梭，地球上的每一个时间片段都发生着国与国的交往，传递着国际社会的关切。在新中国外交走过60年辉煌历程，正处于全方位大发展时期的今天，中国和世界联系更加紧密，中国作用更是体现在人类活动的分分秒秒。

2009年9月21日至25日，国际多边舞台格外繁忙。先是来自140多个国家的领导人汇聚纽约联合国总部，在一系列会议上探讨应对全球气候变化挑战、当前国际形势、联合国作用、核不扩散与核裁军等重大国际和地区问题；后有二十国集团领导人在匹兹堡举行第三次金融峰会，探讨如何推动世界经济复苏、改革国际金融体系、解决全球发展不平衡等重大国际经济金融问题。

中国国家主席胡锦涛接连在联合国系列会议和二十国集团领导人第三次金融峰会上发表重要讲话，深入阐述中国在重大国际和地区问题上的立场和主张。热烈的掌声，伴随着胡锦涛主席走上国际讲坛。热烈的掌声，印证着中国声音在国际社会产生的巨大反响。

新中国走向世界的每一步，都处在国际社会的聚光灯下，在国际关系史册上留下一页页经典篇章。

——55年前的日内瓦会议，是新中国第一次以五大国之一的身份和地位参加讨论国际问题的一次重要会议。

——54年前的万隆会议，中国在会上致力于促进世界和平与合作。

——35年前的联合国大会第六次特别会议，是联合国成立以来首次专门讨论国际经济关系问题的大会,是中国恢复联合国合法席位后,中国高层领导人首次登上联合国讲台。

——9年前的联合国千年首脑会议,站在世纪更替的交汇点上,中国以"建立新秩序、开创新世纪"为主线,宣示中国关于建立公正合理的国际政治经济新秩序的主张,倡导国际政治多极化、国际关系民主化,并积极推动加强南南合作,促进安理会五个常任理事国协作。

——4年前的联合国成立60周年首脑会议,在"焕发新春"的口号下聚焦联合国改革、世界发展的方向等重大问题。中国在会议上深入阐释"和谐世界"理念的深刻内涵。国际舆论赞叹,这是中国在联合国讲坛上书写的"大手笔",反映出中国国力日益壮大的国际影响力,反映出中国援助发展中国家真诚之至,中国进一步树立起负责任的大国形象。

……

新中国成立60周年前夕,胡锦涛主席刚刚进行的一系列重大外交活动所取得的丰硕成果,再次证明中国在世界上日益发挥积极的建设性作用。瞩目中国发展,倾听中国声音,期待中国作用,这是当前国际社会的热点现象。"中国奇迹"、"中国模式"、"中国道路"、"中国经验",已经成为国际热门话题。不断取得辉煌发展成就的中国,广泛开展双边和多边外交,发展同世界各国的友好合作关系。从积极斡旋解决国际争端和冲突,到参与协调应对国际金融危机;从真诚援助发展中国家发展,到推动在反恐、环保、禁毒、重大疾病预防等领域的国际交流与合作……国际社会公认,中国已经成为世界舞台上举足轻重的力量。

热烈的掌声响起来,世界欢迎中国,赞誉中国!

(原载于《人民日报》2009年9月26日"国庆特刊"第六版)

2009年10月10日，第二次中日韩领导人会议在北京人民大会堂举行。近9小时的时间，三国领导人共议大事、三国企业家共商合作、三国青少年共赏才艺。本文从各个角度捕捉生动瞬间，力求全景记录这一多层次、多色彩的交流活动。

傲雪迎春　多彩画卷

10月10日，中国、日本、韩国，度过了一个不同寻常的"共同"日子。

上午9时10分至下午6时许，中国国务院总理温家宝、韩国总统李明博、日本首相鸠山由纪夫共同出席第二次中日韩领导人会议，共同会见记者，共同参观中日韩水墨精品展，共同会见中日韩工商峰会代表，共同会见三国青少年代表，共同观看三国青少年环保创意作品展；温家宝先后会见韩日领导人……人民大会堂，见证了一幕幕生动、繁忙、热烈的景象。

这一天，三国领导人回顾总结中日韩合作十年历程，展望规划三国合作的未来，就共同关心的国际和地区问题深入、坦诚地交换看法，达成广泛共识。

这一天，三国企业家共同决定进一步加强合作，进一步开拓合作领域，努力将贸易规模恢复到国际金融危机前的水平，为亚洲乃至世界的经济发展做出贡献。

这一天，三国青少年欢聚一堂，观看中日韩青少年环保创意作品展，交流各自对未来的憧憬和向往。

这一天，三国画家共同推出名为"意象东方"的水墨精品展览，驻流景，展缃轴，开胜境，洋洋观止。

三国领导人对三国女艺术家共同创作的《傲雪迎春图》欣赏备至，兴致盎然地在这幅画作前合影留念。在首届中日韩工商峰会上发表讲话时，温家宝再次透析这幅画作的意境，意味深长地对三国企业家们说："刚才，我同李明博总统和鸠山由纪夫首相一同参观了中日韩水墨画展。其中一幅由三国画家共同创作的画给我留下很深的印象。画中韩国的木槿花、日本的樱花和中国的翠竹相依相偎，各展风采，构成了多姿多彩的傲雪迎春图。我以为，这是三国艺术家的心声，也是三国人民的心声，应该成为三国企业家的精神，成为中日韩合作的精神！"

是的，在当前的国际经济形势下，这种傲雪迎春的精神展示着中日韩三国加强合作、携手应对挑战的信念，寓意着和则兼济的哲理。这种精神，在中日韩三国领导人的倡扬下，必将激励三国合作走向美好的未来。

未来的希望，在孩子们身上。三国领导人共同来到中日韩青少年代表中间，热烈的掌声经久不息，由衷的喜悦绽放在每一张脸上。三国青少年代表兴高采烈地陪同三国领导人参观他们的环保创意作品。这里有中国学生制作的太阳能动力清污船、节能减排校园模型，有日本学生用牛奶盒制作的环保扇子、用旧衣服制成的凉鞋，有韩国学生用废弃发动机内部铜线和电气施工后不完整的电线制作的松树模型、用废旧轮胎和橡皮筋制作的酷似獬豸的动物造型；这里还有大量色彩斑斓、充满想象力的环保主题绘画作品，有的作者年龄只有五六岁，有的已是大学生。

三国领导人高兴地观赏这些作品，被青少年们向往绿色世界的真诚、"从我做起"保护环境的意愿深深吸引。北京五中分校的创意环保小乐队成了焦点：他们在废水管内装上簧片和皮筋制成"管风琴"，将几个羽毛球筒扎成一排制成打击竖鼓，在废网球拍上加装丝线制成"吉他"……用灵巧的双手将废旧物品变成神奇的吹奏、打击和弹拨乐器。温家宝高兴地邀请日韩领导人一起欣赏这支小乐队演奏其主题乐曲《环保最光荣》。"非常好！"温家宝热情夸赞孩子们的精彩表演，李明博和鸠山由纪夫也对他们的表演报以热烈掌声。

展室中，一个题为"明天会更好"的纸雕科幻作品正待最终完成：太阳能飞机在天空中飞翔，飞机的机翼是太阳能收集器；汽车和地面摩擦生电；轮船用排水的反作用为驱动力；房子的外墙是变色龙，冬天可吸收太阳能取暖，照明及做饭等产生的热能被收集输送给热水器……但是，臭氧空洞尚待修补。三国领导人应邀和三国青少年一起，拿起"蓝天"、"白云"等喷绘模块修补天空，塑造出天蓝草绿的未来美景。

　　北京师大二附中的徐铌和谢禹韬不约而同地对本报记者说:"三国青少年的交流活动非常新颖,三国领导人同我们一起倡导保护环境,非常有意义。"专程从韩国赶来的朴智显说:"我的作品被选中参展,来北京与中国、日本同学交流,受到三国领导人的接见,表达自己的环保思想……每一件事都激动人心。相聚时间虽短,但是一看对方的作品,立刻就能彼此理解,相同的理想和愿望就是大家的共同语言。"北京日本人学校的日籍中学生松村旺说:"三国青少年能够聚在一起互动,而且有三国领导人参加,这样的交流机会宝贵而重要,我感觉这是延续中日韩友好的重要一步。"

　　中日韩领导人的鼓励,为中日韩青少年的友好交流注入了新的活力。三国青少年共同的向往,预示着中日韩合作可持续发展的未来,呈现着绚丽多彩的画卷。

(原载于《人民日报》2009年10月11日第二版)

应马来西亚最高元首米詹和新加坡共和国总统纳丹邀请，国家主席胡锦涛于 2009 年 11 月 10 日至 13 日对马来西亚和新加坡先后进行国事访问。本文记述了在马来西亚行程的最后一项安排——访问著名的马六甲海峡。溯古言今，写马六甲人民迎接中国领导人的高涨热情，写中马友谊的历史延绵，衬托胡锦涛主席对马来西亚国事访问的圆满成功。

倾听历史的诉说

——胡锦涛主席访问马六甲海峡侧记

马六甲，是马来半岛历史最悠久的古城，是中国明朝航海家郑和在七下西洋的航程中多次驻节的地方，是马来西亚摆脱西方殖民统治、宣布独立的地方……当地人常说："了解了马六甲的历史，就意味着了解了马来西亚的历史。"

历史的回声，伴随着马六甲海峡的涛声。11 月 11 日下午，正在对马来西亚进行国事访问的国家主席胡锦涛来到马六甲。这里呈现着热烈的景象：高楼上悬挂着印有"热烈欢迎胡锦涛及夫人莅临马六甲"的巨大绸幅，众多马六甲市民沿途夹道欢迎。欢迎的热潮，印证了《星洲日报》"胡锦涛访马"专页前一天刊登的市民心声：我们希望能让胡主席感受到马六甲人民的热情。

胡锦涛来到双岛城岸边的马六甲海峡石碑旁，拿起望远镜眺望这片连接太平洋和印度洋的浩渺海域。水天之际，碧波荡漾；云霞之下，艨艟巡行。胡锦涛详细询问了海峡通商、港口建设等情况。当地官员介绍，当前世界海上贸易的 25% 都经过马六甲海峡，日轮船穿行量超过 200 艘。

人们兴奋地簇拥过来，争相同胡锦涛合影。两位居民捧着两只精致的瓶子好不容易从人群中挤到胡锦涛面前，原来是要向中国贵宾赠送马六甲海峡的海水、沙粒标本。胡锦涛高兴地说:"感谢你们的珍贵礼物!"

"我早就听说马六甲海峡是世界上最繁忙的水道之一,今天到这里来确实是百闻不如一见。距今600多年前,中国明朝航海家郑和曾多次到过这里,现在经过这里航行的中国船只越来越多。我们要把中马两国人民传统友谊继承和发扬下去。"胡锦涛在参观结束时对当地陪同人员的一席谈话,道出了中马两国人民共同的感受。

棕榈婆娑,波涛细语,仿佛依然在诉说600多年前的动人故事。当年,郑和七下西洋,用和平的方式带来了先进的文化和技术,用合作的方式促进了当地的发展和繁荣。马六甲百姓精心为郑和建亭、塑像、修庙,用郑和的名衔为这里的山峰和水井命名,表达他们对来自远方的和平友好使者的尊崇和怀念。

马六甲的中华记忆是温馨的。胡锦涛专门参观了这里的巴巴娘惹博物馆。巴巴娘惹是指15世纪初期定居在满刺加(马六甲)王国、满者伯夷国、室利佛逝国(印尼和新加坡)一带的中国明朝后裔,一般为男性华人与当地妇女通婚所生,男性称巴巴,女性称娘惹。他们在保存中国传统文化的同时,积极吸收马来文化。这座博物馆的建筑已有113年历史,亮丽的砖瓦,木制的窗板,黑色匾额上镌刻的金色汉字,显示了鲜明的建筑特色。室内陈列的黑檀木桌椅、描绘中国风景的屏风、产自中国的瓷器、传统婚礼服饰等,既显出浓厚的中华文化渊源,也反映出文化交融的特征。

胡锦涛一边参观,一边询问博物馆主人曾金礼一家几代人生活在这里的情况。他饶有兴致地从墙上的老照片中分辨出曾金礼年轻时的形象。得知他们特有的生活习俗时,胡锦涛说:"这就是文化交流和融合的结果。"

主人特意向胡锦涛展示了一幅绘画作品:600多年前马六甲海峡港口的街道繁荣兴盛,郑和宝船和满刺加国王乘船相依泊岸的场面栩栩如生。画作表达了两国人民对中马友好交往历史的深深感念。

依依惜别,当地民众聚集在街道两旁,不停地挥动中国国旗,中国留学生们激动地高呼"祖国万岁"。胡锦涛向欢送的人群频频挥手致意。

"中国和马来西亚是好邻居、好朋友、好伙伴。"这是胡锦涛在同马来西亚领导人的交谈中反复强调的一句话,这是体现中马两国人民友好交往源远流长的一句话，这是中马两国人民心中常常念记的一句话。

胡锦涛访问马来西亚，适值新中国同马来西亚建交 35 周年。这次访问增进了中马两国人民相互了解和友谊，加强了两国互利合作，推动了中马战略性合作关系迈上新台阶。正如马来西亚总理纳吉布所说，胡锦涛主席这次访问恰逢其时。

马六甲的友谊诉说，贯穿中马友好的历史，也必将伴随中马友好的未来。

（原载于《人民日报》2009 年 11 月 12 日第二版，本文获得第二十届中国新闻奖一等奖）

应马来西亚最高元首米詹和新加坡共和国总统纳丹邀请，国家主席胡锦涛于 2009 年 11 月 10 日至 13 日对马来西亚和新加坡先后进行国事访问。本文记述了胡锦涛主席对新加坡进行国事访问的生动一页。

生动的一页
——记胡锦涛主席在新加坡的参观活动

丽日，熏风。

喜悦，憧憬。

11 月 13 日上午，正在对新加坡进行国事访问的国家主席胡锦涛先后参观南洋女子中学、樟宜供水回收厂。难忘的一幕幕场景，汇成中新两国人民友好的生动一页。

（一）

上午 9 时 15 分，胡锦涛和夫人刘永清来到新加坡著名的南洋女子中学。师生代表沿途列队鼓掌欢迎，学校女子舞狮队在楼前尽兴表演，悠扬的古筝乐声从同学们的指尖飞出，悦耳的小提琴协奏曲绕梁萦回。师生们热烈欢迎中国贵宾的到来。

胡锦涛首先来到思源馆观看校史展。一幅幅照片展示着学校 92 年不平凡岁月浸透的中华缘，展示着"勤、慎、端、朴"的校训传播的理念，展示着"让每一个南中女生都成为值得尊敬的社会成员"的办学宗旨结出的硕果。学生代表自豪讲述着学校的历史和成就，胡锦涛认真倾听、观看。

南洋女子中学同中国的教育交流合作非常活跃。胡锦涛参观学校玉芝图书馆时，45名南洋女中三年级学生正在复旦大学附中上课。通过视频系统，胡锦涛高兴地看到同学们在申江畔上课的情景。新加坡同学们也看到了胡锦涛主席，她们激动地说："尊敬的胡主席好！"

"同学们好！"胡锦涛热情回应。

"欢迎您来到我们的课堂！"

"我很高兴通过视频和同学们见面。"

胡锦涛和同学们一起听取地理老师讲解不同地域的文化与地理环境的关系。胡锦涛对同学们说："人们经常说，一方水土养一方人。这就告诉我们，不同地理环境会孕育出不同地域文化。也正因为如此，世界才丰富多彩。"

"我希望同学们珍惜在上海学习的机会，多结交一些中国朋友，多了解一些中国文化，为中新友好交流作出贡献。"胡锦涛向同学们提出了殷切希望。

"好……"同学们高兴地回答。

在玉芝图书馆，胡锦涛还分别同正在准备去英国、美国研习的同学进行交谈，了解她们的研究课题，祝愿她们通过出国学习进一步获得科研灵感。

南洋女子中学开展双语教育，胡锦涛特地向学校赠送了5000本《汉语800字》双语字典。校长代表学校向胡锦涛表示感谢。她说："这部字典很好，学生们带在身上可以随时学习中文。"

参观期间，胡锦涛对校长说："南洋女中是新加坡一所著名女子中学。建校92年来，你们为新加坡建设培养了一批又一批出类拔萃的人才。希望你们继续同中国学校加强合作，通过交流共同提高。"

离开前，合唱队同学声情并茂地唱起歌曲《远方的客人请你留下来》。"感谢同学们的精彩表演！"胡锦涛带头鼓掌致谢。

告别时刻，同学们深情唱起歌曲《请把我的歌带回你的家》……

（二）

上午10时30分，胡锦涛来到坐落于新加坡东部沿岸地区的樟宜供水回收厂。

绿树丛中，这片现代化的厂区格外整洁。

2008年建成的樟宜供水回收厂日处理废水能力为80万立方米，潜在处理能力为240万立方米，是全世界最大的水回收处理工程之一。厂内还建有新加坡最大的新生水厂，于今年6月部分投入使用。这家工厂秉持可持续发展理念，实现了土地节约利用、水资源循环使用、环境保护的良好结合。

胡锦涛先后参观了水厂的泵站、用后水处理站、新生水厂，详细了解新加坡的水资源情况和综合水务处理流程。

得知这家企业同中国有关方面正在开展合作项目，胡锦涛说，通过这些项目的探索和示范，水处理技术可以在更多地方推广应用。

参观结束时，胡锦涛表示对这家工厂的设计理念和工艺技术印象深刻。他强调，水是经济发展和人民生活的重要资源。中国有些地区水资源短缺，我们要加强对水资源的综合利用，更好地推动可持续发展。

从胡锦涛同新加坡领导人的深入交谈，到胡锦涛的实地参观活动，人们能够看到中国和新加坡合作的生动现实和广阔前景。如同胡锦涛所言，从苏州工业园区项目，到天津生态城，无论是合作理念还是合作模式都是首创，为两国人民带来了实实在在的利益。展望未来，两国人民相信胡锦涛对新加坡的这次访问一定能够推动中新关系继往开来，再上台阶。

（原载于《人民日报》2009年11月14日第二版）

应新加坡总理李显龙邀请，国家主席胡锦涛出席了 2009 年 11 月 14 日至 15 日在新加坡举行的亚太经合组织第十七次领导人非正式会议。本文发表于会议结束之际，解读亚太经合组织进程在国际金融危机背景下的新发展态势，梳理中方主张，突出表现胡锦涛主席与会的重要意义。

亚太合作　互利共赢
——写在胡锦涛主席出席亚太经济合作组织第十七次领导人非正式会议之后

11 月 15 日，在新加坡举行的亚太经济合作组织第十七次领导人非正式会议结束，亚太合作进程再添一份动力。

"促进持续增长，密切区域联系"，本次会议的这一主题正是人们对当前世界经济形势的思考。"国际金融危机的深层次影响依然存在，世界经济形势好转的基础并不牢固，各种形式的贸易和投资保护主义明显抬头，国际经济体系的内在矛盾尚未得到根本解决，推动世界经济全面恢复增长还面临诸多不确定不稳定因素。"出席会议的中国国家主席胡锦涛所作形势判断，反映了各成员经济体领导人的共同看法。

拥有世界 40% 的人口、54% 的经济总量、44% 的贸易量——亚太经合组织 21 个经济体呈现的经济数据说明，各成员加强合作，对于推动世界经济走出国际金融危机阴影、实现复苏具有重要作用。一年前，亚太经合组织各经济体作出应对国际金融危机的坚定承诺；一年来，成员经济体协调努力初见成效；如今，在世界经济处于企稳回升的关键阶段，亚太地区经济复苏势头明显好于预期，无疑给本地区以及世界经济走向全面复苏带来希望。

今年恰逢亚太经合组织成立 20 周年。自成立以来，亚太经合组织在促进区域贸易和投资自由化便利化方面不断取得进展，在全球及地区经济中发挥了积极作用。

"亚太经合组织方式"树立了地区合作崭新模式。20年来，在开放的地区主义合作思想主导下，亚太大家庭意识逐渐提升。亚太经合组织以其自主自愿、协商一致的独特合作方式，开辟了区域合作新途径。茂物会议确立亚太经合组织贸易和投资自由化便利化目标，大阪会议确立贸易和投资自由化便利化和经济技术合作"两个轮子"，上海会议积极推动多边贸易体制发展、人力资源开发能力建设、新经济等多个领域合作，釜山会议制定旨在实现茂物目标的路线图，河内会议就釜山路线图制定行动计划，悉尼会议就应对全球气候变化专门发表宣言，利马会议为应对国际金融危机寻找解决方案……着力于推动本地区经济合作发展，亚太经合组织在20年进程中迈出充满活力的步伐。如今，亚太经合组织已成为亚太地区级别最高、影响最大、机制最完善的经济合作框架。

中国自1991年11月正式加入亚太经合组织以来，积极参与该组织各领域合作，已成为亚太区域合作举足轻重的一员。中国国家主席参加了亚太经合组织历次领导人非正式会议，并应邀在亚太经合组织工商领导人峰会上发表演讲。中国曾成功举办亚太经合组织领导人非正式会议，多次主办部长级会议和工作组会议，提出并成立亚太经合组织港口服务网络、亚太森林恢复与可持续管理网络、亚太财经与发展中心等各类合作倡议和机制，设立中国亚太经合组织科技产业合作基金，为成员经济技术合作提供资金支持。中国的努力，推动了亚太地区经济合作和社会发展，获得各成员经济体高度赞赏，展示了负责任形象。

亚太经合组织的平台，也是中国倡导加强区域合作、实现共同繁荣发展的平台。2005年，胡锦涛阐述关于促进全球经济平衡、稳定、持续增长的看法，呼吁国际社会有效应对世界经济发展不平衡问题。2006年，胡锦涛提出构建和谐亚太、实现共同繁荣的合作蓝图，有关主张写入《河内宣言》。2007年，胡锦涛阐述中国在涉及地区和全球利益重大问题上的政策主张，特别是深入、系统阐述了中国在气候变化问题上的立场和主张。2008年，胡锦涛强调有效应对国际金融危机挑战需要国际社会增强信心、加强协调、密切合作、共同努力；要把握建立公平、公正、包容、有序的国际金融新秩序的方向，坚持全面性、均衡性、渐进性、实效性的原则，对国际金融体系进行必要改革；要切实改变不可持续的经济增长模式，解决好各自经济发展存在的深层次问题；要向受到危机影响的发展中国家提供支持，帮助其保持发展势头。2009年，胡锦涛着眼世界经济复苏，继续同各成员领导人就国际金融危机、气候变化、反对贸易保护主义、支持多边贸易体制进行深入探讨……

中国的主张让人们坚信，世界可以期待开放的发展、合作的发展，中国永远是维护世界和平、促进共同发展的坚定力量。

站在亚太经合组织成立20周年的历史节点上，胡锦涛指出本组织未来发展的方向：突出特色，继续推动贸易和投资自由化便利化进程；加大投入，推动经济技术合作取得更大成果；改革创新，不断增强机制生机活力。舆论普遍认为，这些主张的落实是亚太经合组织充分发挥职能和作用、保持活力和动力、提升地位和影响的关键。人们尤其赞同胡锦涛表达的信念："只要我们携手努力、深化合作，不断推动亚太大家庭建设，就一定能够创造亚太地区持久和平、共同繁荣的美好未来！"

（原载于《人民日报》2009年11月16日第二版）

应国家主席胡锦涛邀请,美国总统贝拉克·奥巴马于2009年11月15日至18日对我国进行国事访问。这是奥巴马总统首次访华。本文记叙了17日晚胡锦涛主席在人民大会堂举行欢迎宴会的美好故事。

友好的旋律　真挚的交流

11月17日晚,人民大会堂金色大厅洋溢着浓浓中华神韵,回荡着中美友好欢歌。国家主席胡锦涛在这里为首次来华进行国事访问的美国总统奥巴马举行欢迎宴会。

6时30分,胡锦涛陪同奥巴马步入金色大厅。巨幅书法作品《中华颂》同《山高水长》、《北国风光》等巨幅国画让四壁一展中华民族的精神、锦绣大地的风光。国画《国色天香》前,竖立着中美两国国旗;与之相对的舞台上,中国万里长城和美国大峡谷的风光遥相呼应。环顾四周,奥巴马及其随行人员对大厅内的壮观景象赞叹不已。

大厅内陈列的中国珍贵文物吸引了客人的目光。行至云南出土的西汉"七牛虎耳铜贮贝器",奥巴马停下脚步饶有兴致地凝神观看。胡锦涛向他详细介绍了这个文物的年代特征,并欢迎他再次来访时抽出时间多看看中国的文物。

宴会上,《良宵》、《美丽的阿美利坚》等中美名曲相继奏响,两国领导人在席间轻松交谈,并不时就一些重大问题深入交换意见。

宴会结束时,《茉莉花》的轻音响起,精彩的文艺演出开始了。

中国民乐组奏《春江花月夜》、《赛马》首先登场。演出中使用的"高山流水"古琴,距今已有1000多年历史,为宋代著名制琴师马希圣所制。二胡、古筝、古琴、大阮齐鸣,用虚实结合、写意传神的手法演绎出的旋律,展现出中国民族音乐的独特魅力，体现出中华民族的精神追求。

大提琴重奏《圣母颂》和《你和我》打动了观众。前者改编自法国浪漫时期作曲家古诺创作的一首广为流传的歌曲。后者改编自美国著名黑人歌手、作曲家、音乐制作人、社会活动家史蒂芬·旺达所作歌曲，该首歌曲于20世纪七八十年代风靡欧美乐坛，深受奥巴马喜爱。中国音乐家特意选用奥巴马喜爱的乐器来演绎这支曲子，盛情款待美国客人。

京剧经典《贵妃醉酒》华丽出场，优美细腻的表演，将人物复杂情感表现得淋漓尽致。胡锦涛告诉奥巴马，这是京剧大师梅兰芳的代表作，表演者胡文阁是梅兰芳的第三代传人。

在国际上多次获得大奖的杂技节目《单人艺术造型》堪称艺惊四座，高难度的表演赢得阵阵掌声。赞佩之余，奥巴马说："这个我做不来！"

中国民族民间歌舞表演异彩纷呈。蒙古族歌舞《鸿雁》、藏族歌舞《在那草地上》……白族舞蹈家杨丽萍的《雀之灵》，将傣族人民心中象征吉祥、幸福、美丽、善良的孔雀表现得惟妙惟肖，营造出如诗如画的意境。维吾尔族歌唱家迪里拜尔演唱的《一杯美酒》深情感人。胡锦涛向奥巴马一一介绍中国少数民族歌舞的不同风格。

歌唱家廖昌永献上歌剧《卡门》选段《斗牛士之歌》，铿锵的节奏展现着凯旋的豪迈。

中国青年组合歌手"羽·泉"同70名中美两国大学生共同演唱美国歌曲《那就是朋友相处之道》。"保持你的笑容，光彩焕发。请你相信，你永远都可以依靠我。那就是朋友相处之道。不论欢乐时光或是苦难的时刻，我永远都在你左右，那就是朋友的好处……"这首获得"格莱美"奖的歌曲，呼唤着人们对生命的珍重。

最后，这些青年人激情演唱2008年北京奥运会开幕式主题歌《我和你》，表达了热爱和平、珍惜友谊的真挚感情，将演出推向最高潮。

整场演出，掌声不断，气氛热烈。演出结束后，胡锦涛和奥巴马登上舞台，对演员们的精彩表演表示感谢。两国元首同两国大学生热烈握手，很多美国学生兴奋地用中文向胡锦涛问好。胡锦涛对奥巴马说："希望在青年身上，他们代表了两国的未来。"奥巴马表示赞同。

"今晚给我们留下了美好的印象","这是一个美好的夜晚",中美两国元首的评价意味深长。

（原载于《人民日报》2009年11月18日第三版）

> 2009年11月30日,中国国务院总理温家宝与欧盟轮值主席国瑞典首相赖因费尔特、欧盟委员会主席巴罗佐在南京举行第十二次中欧领导人会晤。双方就中欧关系及重大国际问题深入交换了意见,一致同意,深化中欧全面战略伙伴关系,共同应对全球性挑战。会晤达成的联合声明长达4500字,本文解读了其中传递的信息。

立足合作　面向未来
——记第十二次中国—欧盟领导人会晤

　　2009年11月30日,中国南京,金陵会议中心。在巨幅山水画《钟山竞秀》前,中国国务院总理温家宝与欧盟轮值主席国瑞典首相赖因费尔特、欧盟委员会主席巴罗佐的手紧紧握在一起。这是第十二次中国—欧盟领导人会晤标志性的一幕。

　　建设性的务实交流,内涵深刻的联合声明,共同签署的6项合作文件,丰富多样的配套活动,标志着第十二次中国—欧盟领导人会晤取得圆满成功。中欧双方表达了全力推动中欧全面战略伙伴关系在新形势下取得更大发展的决心,向世界宣示了最大发展中国家和最大发达国家集团携手推动解决重大全球性问题的愿望。

　　长达4500字的《第十二次中国—欧盟领导人会晤联合声明》,充分显示了本次中欧领导人会晤的重要意义。应当说,这不仅是一份原则性的、共识性的文件,而且是一份充分展示中欧关系重要性、对中欧关系未来具有重要指导意义的文件。据悉,双方为酝酿起草这份声明付出了巨大努力,有关讨论从布鲁塞尔移到了北京,又转到南京,直到领导人会晤开始之后,双方才最终敲定文本。

　　为什么中欧双方要如此看重彼此关系,并精心规划双方合作走向?答案是明确的：因为双方同是当今世界的重要力量，双方在倡导多边主义、推进全球经贸合作方面存在广泛共识，对于维护世界和平稳定、推动全球经济复苏也负有重要责任。因为双方在政治上相互视对方为重要的战略伙伴，开展着全方位、多层次、宽领域的合作。目前，欧盟是中国第一大贸易伙伴、第一大出口市场、第一大进口方、第一大技术供应方、第四大外资来源地。中国是欧盟第二大贸易伙伴、第一大进口来源地、第三大出口市场。2008年，中欧双边贸易额达到4256亿美元。今年以来，尽管受到国际金融危机的严重影响，中欧经贸合作仍然克服困难继续发展。前10个月，中欧贸易额2924亿美元，占中国外贸总额的16.7%。截至今年9月，欧盟累计对华直接投资项目3.1万个，实际投资665亿美元；中国自欧盟引进技术3.16万项，累计合同金额1250亿美元。加强中欧关系符合双方的根本利益，对世界人民有利。

联合声明传递了很多重要信号：面对国际金融危机带来的国际政治、经济、金融体系的进一步深刻变革，面对日益增多的全球性挑战，面对不断出现的传统和非传统安全威胁，中欧的共同利益不是在减少，而是在增多。中欧关系是从战略高度着眼的，是有长远目标的。中欧关系日益超越双边范畴，具有国际意义。作为全面战略伙伴，中欧将坚持双方关系的战略定位，以政治互信为基础，以经贸合作为后盾，以高新技术为引领，以绿色经济为重点，积极应对全球性问题挑战，推动实现世界的和平、可持续发展和繁荣。应对气候变化问题是此次会晤的重点，也是联合声明的重点。在声明中，欧方表示，欢迎并赞赏中方决定设立限制碳排放强度的国内量化行动目标，以及其他数字目标和政策措施，为应对气候变化作出贡献。中方表示，欢迎并赞赏欧方在应对气候变化方面已经发挥的引领作用和作出的很大努力。双方表达了推动在哥本哈根举行的联合国气候变化大会达成全面、公平和具有雄心结果的决心。

这是一次立足合作、面向未来的会晤。出席会晤的中国国务院总理温家宝深刻点明了中欧关系的战略方向："中欧要彻底摒弃歧视、对抗和遏制，倡导平等、对话与合作，增强战略互信，永远做朋友，不做对手；要旗帜鲜明地反对霸权主义，推动世界多极化，支持多边主义；要把发展作为首要任务，走互利共赢、共同发展的道路；要加强文明对话，尊重彼此的文化传统、社会制度和价值观念，秉持开放包容的精神，在交流借鉴中实现创新和进步；要致力于解决国际关系中深层次结构性问题，促进世和谐与可持续发展。"出席会晤的欧方领导人表示，发展欧中全面战略伙伴关系是欧盟从长远角度作出的重大抉择。欧盟希望深化同中国的全方位对话与合作，愿以《里斯本条约》生效为契机，更有力地推进欧中关系发展。

中欧关系具有坚实的战略基础，中欧合作具有广阔的发展前景。这就是第十二次中国—欧盟领导人会晤带给双方的共同信念。

（原载于《人民日报》2009年12月3日第三版）

应哈萨克斯坦共和国总统纳扎尔巴耶夫和土库曼斯坦总统别尔德穆哈梅多夫邀请,国家主席胡锦涛于 2009 年 12 月 12 日至 14 日对上述两国进行工作访问。本文着重挖掘这次中亚两国之行体现的人文交流内涵。

人相亲 情相融

温暖的记忆

红扇缦舞,红花纷艳,红装婀娜……热情放歌的哈萨克斯坦姑娘们一展"中国红"。12 月 12 日晚,阿斯塔纳,总统府。正在对哈萨克斯坦进行工作访问的中国国家主席胡锦涛,同哈萨克斯坦总统纳扎尔巴耶夫一起欣赏哈萨克斯坦欧亚大学孔子学院的同学们表演中国风情浓郁的文艺节目。温馨婉转的中国民歌《好一朵茉莉花》,热情奔放的哈萨克民歌《玛依拉》,交融着中哈两国人民彼此友好的情感。

中哈两国元首分别向欧亚大学授予赠送的图书,并同该校孔子学院师生亲切交谈。

胡锦涛问:"孔子学院的学生来自哪里?""开展了哪些活动?""'汉语桥'比赛举办得怎么样?"……

纳扎尔巴耶夫问:"孔子学院开设哪些课程?""学好汉语要用多长时间?""我能来学汉语吗?"……

两国元首的亲切关怀深深感动了孔子学院的师生。"胡锦涛主席亲自赠送一批关于汉语教学和中国历史、地理、文化的图书,为同学们学习汉语带来了巨大动力。纳扎尔巴耶夫总统本人表示要学习汉语,为同学们学好汉语作出了榜样。两国元首亲自促进文化交流,肯定会促进两国人民友谊和两国国家关系。"欧亚大学孔子学院教师阿伊努尔兴奋地对记者说,"同学们亲身感受到胡主席平易近人,十分亲切,都认为能够在胡主席面前表演是一件非常重要、非常荣幸、非常开心、非常自豪的事。"

温暖,欣喜,镌刻在哈萨克斯坦人民关于这个隆冬之夜的记忆之中。

殷切的期望

12月13日下午,阿什哈巴德,内阁大厦。正在对土库曼斯坦进行工作访问的中国国家主席胡锦涛,请别尔德穆哈梅多夫总统转交赠送土国家图书馆的图书。

《大中华文库》、《中国大百科全书》、《二十四史全译》、《中药基础知识》、《中国针灸学》……1056套、2054册/盘图书内容涉及中国历史、哲学、文学、中医药等多个领域。这批图书是应土库曼斯坦阿扎季世界语言学院汉语专业师生所需而精心选定的。胡锦涛表示,赠送这批图书,是为了表达中国人民对土库曼斯坦人民的友好情谊。

将书誉为世上最珍贵礼物的别尔德穆哈梅多夫表示由衷感谢。他说:"我们将把您赠送的图书作为最珍贵的礼物、最珍贵的纪念保存在国家图书馆,相信这些书可以让土库曼斯坦人民更加了解中国。"

胡锦涛意味深长地表示:"希望这些书成为两国人民心灵沟通的桥梁。"

图书精美,缃缥传意,承载着加强中土两国文化交流的殷切期望。

多彩的往来

中国同中亚国家地理相邻,文化相通,传统友谊深厚,人员往来密切。发展中国同中亚国家的人文交流,一直受到中国领导人和中亚国家领导人的高度重视和大力推动。胡锦涛本次对哈萨克斯坦和土库曼斯坦的访问,再次印证了这一点。

中哈两国元首亲自推动孔子学院在哈萨克斯坦的建设。2005年,胡锦涛访问哈萨克斯坦同纳扎尔巴耶夫进行会谈时,双方就表示支持在哈建立孔子学院。2006年底,在纳扎尔巴耶夫访华期间,中国国家汉办同哈萨克斯坦欧亚大学签署了关于合作建立孔子学院的正式协议。2007年底,欧亚大学孔子学院正式揭牌。2009年2月,阿里—法拉比哈萨克民族大学孔子学院揭牌,成为哈萨克斯坦第二所孔子学院。这次,人文交流再成中哈两国元首会晤重点之一。胡锦涛表示中方欢迎哈方青年赴华留学,决定从2010年起将哈赴华中国政府奖学金留学生名额由每年100人增加到200人。他鼓励两国有关部门继续密切合作,共同办好孔子学院和文化团组互访活动。

中土两国元首对两国的教育交流合作一直很关心,土在华留学生人数近年来不断增长。胡锦涛主席今年9月在出席联合国系列会议期间同别尔德穆哈梅多夫举行会晤,曾提出大幅增加接收土留学生人数的倡议。这次访问土库曼斯坦期间,胡锦涛指出,扩大人文合作对巩固、扩大两国各领域合作具有重要作用。中方愿加强中土文化交流和民间交往,推进中土教育合作,从2009—2010年起,土库曼斯坦赴华中国政府奖学金留学生名额从每年45人增加到90人。

人们看到,在各国领导人共同推动下,中国人民和中亚国家人民密切交流,人文合作呈现出丰富多彩的局面。

人相亲,情相融。这是中国同中亚国家关系的现实特点,也是本地区人民共同迎接美好明天的重要基石。

(原载于《人民日报》2009年12月14日第二版)

应哈萨克斯坦共和国总统纳扎尔巴耶夫和土库曼斯坦总统别尔德穆哈梅多夫邀请,国家主席胡锦涛于 2009 年 12 月 12 日至 14 日对上述两国进行工作访问。本文记述了中国—中亚天然气管道正式通气的历史性时刻,展示友好合作精神贯穿中亚大地的生动景象。

友好合作发展中亚

镜头一:2009 年 12 月 12 日,哈萨克斯坦首都阿斯塔纳,中哈天然气管道竣工庆典举行。中哈天然气管道是中国—中亚天然气管道在哈萨克斯坦境内的部分。通过视频,中国国家主席胡锦涛同哈萨克斯坦总统纳扎尔巴耶夫向管道施工一线的建设者们表示慰问和祝贺。随着两国元首共同按下管道启动按钮,笛声鸣响,中哈天然气管道的建设者们激情欢呼……

镜头二:2009 年 12 月 14 日,土库曼斯坦第二大城市土库曼纳巴特 80 公里之外的阿姆河右岸,中国—中亚天然气管道通气仪式在天然气处理厂隆重举行。中国国家主席胡锦涛、土库曼斯坦总统别尔德穆哈梅多夫、哈萨克斯坦总统纳扎尔巴耶夫、乌兹别克斯坦总统卡里莫夫共同出席,见证管道建成通气。随着四国元首一起打开管道启动阀门,中国—中亚天然气管道正式通气,热烈的掌声随着视频信号传向四国,欢快的心情穿越广袤的中亚大地……

这是一条全长 1833 公里的天然气管道,自西向东途经土库曼斯坦、乌兹别克斯坦、哈萨克斯坦和中国,举世瞩目。这是一条联结四国友好合作的纽带,寄托着四国人民世代友好、互利共赢的共同期盼。

向全体建设者表达敬意吧!他们用辛勤的汗水创造了奇迹。两年多的时间,建成了其他地区少则六七年多则十来年才能建成的浩大工程。

"中国—中亚天然气管道凝聚了四国建设者们的辛勤汗水。你们以战天斗地的昂扬斗志、精益求精的科学态度、坚持不懈的奋斗精神、齐心协力的团队意识，安全、高效、优质完成了管道建设任务。"胡锦涛在通气仪式上的致辞代表了人们对四国全体建设者发自心底的敬意。

土库曼斯坦、哈萨克斯坦、乌兹别克斯坦领导人在仪式上的致辞也表达了由衷的感谢：

——"真诚感谢建设者们忘我的献身精神，感谢高瞻远瞩的中国、哈萨克斯坦、乌兹别克斯坦三国领导人的大力支持，感谢中国人民……"别尔德穆哈梅多夫说。

——"感谢建设者、工程师付出的巨大努力，使我们共同完成了先辈的遗志，复兴伟大的丝绸之路。"纳扎尔巴耶夫说。

——"感谢中国的工人、建设者、工程师，是他们忘我投入的工作，以最短的时间完成了21世纪的一项伟大工程。"卡里莫夫说。

建设者的功绩，无愧于这般称誉。茫茫沙碛之上，荒无人烟的地方，中亚地区处理高含硫天然气功能最齐全、自动化程度最高的天然气处理厂拔地而起，实现跨国联合调度，造福四国人民。

登高而望，蓝天丽日之下，银亮的大型生产装置和管道熠熠生辉。壮观的景象令人赞叹不已。

造福人民的事业，必然受到人民支持。从土库曼纳巴特到阿姆河右岸天然气处理厂，数万当地民众和天然气处理厂员工兴高采烈地夹道欢迎贵宾到来。他们挥舞着四国国旗，用四国语言兴奋地高呼"热烈欢迎"。优美的乐曲声中骈骊奋蹄，娇姝善舞，表达了主人真诚的盛情。

"中国—中亚天然气管道项目，是中国、土库曼斯坦、乌兹别克斯坦、哈萨克斯坦精诚团结、互利合作的典范。"胡锦涛的高度评价指明了这项工程的意义所在。别尔德穆哈梅多夫、纳扎尔巴耶夫、卡里莫夫也对这项工程所体现的友好合作精神备加赞赏。他们表示，相信这条新时代的丝绸之路将为加强中国同中亚国家的友好合作发挥重要作用。

盛典的余音在旷宇中萦绕,牵动着人们对这项工程造福本地区人民的深深感念。中国石油天然气集团公司作为此项工程的主力,积极参与管道沿线地区经济社会发展,既积极开展互利共赢的能源合作,又主动担当社会责任。中国石油各项目有当地员工约2万人,本地化程度超过90%,中层经理中当地员工占60%以上。中国石油开展的公益行动对当地经济社会发展发挥了积极作用:在土库曼斯坦,向文化、教育、医疗、留学生资助和残疾人救助等方面累计投入突破700万美元,成为当地最受欢迎的外资企业;今年还启动了旨在为今后5年培养100名留学生的人才工程。在哈萨克斯坦,积极支持扶贫帮困,帮助发展农业、教育、文化、体育、医疗卫生事业,建设农村基础设施和社会公共设施。在乌兹别克斯坦,出资维修老路老桥,照顾当地残疾人……

中国建设者同当地人民结下深厚友谊。中国石油从事设计工作的程林告诉记者,他在这里同当地人民并肩奋斗了一年多,彼此结下深厚友谊。他深情地说:"我们可以骄傲地告诉祖国人民,我们不辱使命,完成了建设任务,为本地区人民友好合作开拓了新天地。"

中国—中亚天然气管道建成通气生动地说明,让友好合作精神贯穿中亚大地,必将推动本地区各国共同发展。正如胡锦涛所指出,我们应该将这一项目多方参与、共同受益的合作模式和彼此互信、平等相待的合作经验,全面推广到各个合作领域,促进区域经济合作深入发展,并为本地区区域合作机制化、规模化打下坚实基础。

胡锦涛的讲话道出了四国人民的共同心声:"让我们以这条管道为见证,共同祝愿我们四国友谊之树枝繁叶茂,祝愿我们四国务实合作不断向前发展。"

(原载于《人民日报》2009年12月15日第二版)

> 2008年1月，应国务院总理温家宝邀请，英国首相布朗访问中国。访问日程中，有一项别开生面的安排——两国首脑同两国民众代表面对面交流。本文全景记录了这次以"合作·发展·共赢——全球化背景下的中英伙伴关系"为主题的活动。

世纪馆内敞开心扉
——中英首脑与公众交流活动侧记

这是一次别开生面的互动，这是一次情真意切的沟通。

1月18日，北京雪霁天晴，中国人民大学世纪馆内洋溢着热烈的气氛。下午3时，国务院总理温家宝和英国首相布朗来到世纪馆北大厅，同100多位中英两国民众代表面对面，以"合作·发展·共赢——全球化背景下的中英伙伴关系"为主题，畅叙交流。真情交融，真知灼见，引起深入的思考和强烈的共鸣。

思想交流　思想升华

温家宝在致开场辞时说："中英两国的友好与合作植根于人民中间，我和布朗首相在这里倾听大家的意见，对于我们更好地把国家建设好，给人民带来更多的幸福和安宁很有帮助。"

温家宝引用了爱尔兰著名戏剧家萧伯纳的名言——"我有一个苹果，你有一个苹果，假如交换的话，我们各自还是只有一个苹果；你有一种思想，我有一种思想，假如交换的话，我们会各自拥有两种思想"。温家宝说："交流是思想的交换,它带来的是友谊,更是思想的升华。"

布朗积极评说英中两国宽广的合作空间。他说,英中两国拥有伟大的历史和文化,应当携手共建未来,加强环境、科技、贸易、技术、体育合作,推进国际机构改革。布朗表示,"瑞雪兆丰年。北京新年的第一场雪预示着一个农业的丰收年,也期盼着英中合作取得更大的收获"。

全球问题　共同应对

参加互动的公众来自各行各业,有学术界、艺术界、体育界名流,也有青年学生,还有北京普通市民。首先提问的是清华大学一位教授,他请两位领导人就应对气候变化等全球性挑战谈谈看法。

温家宝说:"气候变化影响我们每一个人。中国政府在应对气候变化的问题上有着强烈的责任感。"温家宝介绍了中国在应对气候变化方面采取的措施。他说:"过去5年中,我们一共关停小火电2238万千瓦,淘汰落后产能炼铁3340万吨、炼钢1921万吨。"两国公众都对中国的重要努力表示赞许。

两位领导人介绍了双方在能源领域方面的合作计划,一致表示,双方在新能源开发、节能技术开发、节能减排等方面有很大的合作潜力和热切的合作意愿。

布朗明确地说:"我们可以把清洁煤技术带到中国来。"

一位英国女士请温家宝谈谈对所谓"中国威胁论"的看法。温家宝说,这是因为有些人对中国缺少正确认识。中国坚定不移地走和平发展道路,中国领导人想得最多的问题是如何把经济搞上去,提高人民的物质文化生活。我们希望看到一个安宁、和平的世界,我们的发展不影响任何人,不干涉任何人,不威胁任何人。"这是从中国人民根本利益出发,也是从世界人民的利益出发。我讲的是肺腑之言"。一席讲话,赢得举座理解的掌声。

布朗表示,双边贸易给英中两国带来了实实在在的利益。"我曾告诉我选区的选民,中国制造的产品给英国带来了好处,我们向中国输出的新科技也给中国带来了好处"。英国欢迎中国的发展。

民生问题　和谐社会

北京市朝阳区高碑店乡高碑店村书记支芬在发言时表示，老百姓的生活越来越好，但也还面临这样或那样的困难。大家理解政府解决住房、医疗、教育等方面问题面对很大压力，但也希望知道政府下一步将出台哪些新政策。

温家宝听后感慨地说："支芬同志，你的提问讲得很客气，也很客观。你表达了全国人民的心愿，也给政府提出了更高的要求。你说知道政府的压力，希望政府为改善民生做更多。我的回答是，无论有多大压力，政府永远要为改善民生而不懈努力。"

温家宝列举了政府为改善民生将采取的若干新举措。他强调："彻底解决民生问题不是一劳永逸的，它伴随着现代化建设的全过程。我们将永远把民生作为政府最为重要的职责和任务。"主持会议的中国人民大学校长纪宝成说："感谢温总理给我们带来这么多好消息，这是全国人民的福音！"

一位中国人民大学国际关系学院学生提到英国建立"好社会"理念，希望了解这与中国"和谐社会"理念的相似之处。

布朗说，中国提出的和谐社会理念对世界有益。建立和谐社会就要人尽其才，这与英国目标很相近。从英国经验看，只有经济发展，人们才能安居乐业，才会有好社会。经济发展是基础，好社会的另一个重点是教育，这是让每个人的才能得以发挥的保证。"英国的好社会和中国的和谐社会，就是要使没有机会的人拥有机会"。

奥运合作　友谊纽带

纪宝成评价说："中英双方应当互相学习、互相借鉴，抓住时代的机遇，实现共赢，奥运会就是一个很好的合作机会。"他请奥运冠军邓亚萍发表看法。

邓亚萍言及中英奥运合作，并询问布朗是否将出席北京奥运会。布朗说："如果我受邀，我一定会来。来的原因，就是了解中国的经验，帮助我们举办2012年奥运会。"他希望文化艺术体育交流能让年轻人走得更近。

温家宝说:"奥运会是中英人文交流的极好机会。我再次代表中国政府邀请布朗夫妇出席北京奥运会。"

在交流即将结束时,布朗说:"我们的共识就是坚定决心,加强伙伴关系,加强两国合作。"

温家宝说:"中英友谊与合作的未来是光明的,是美好的,是充满希望的。这次交流只是一个开端,相信今后大家还有机会见面。"

一小时的交流活动,生动风趣,给人们留下了深刻的记忆。

随后,两位领导人在人们热烈的掌声和欢呼声中走向世纪馆主厅,同2000多名人大学生和公众观看中英两国乒乓球运动员的表演赛。

两位领导人向运动员们表示慰问,勉励他们用体育的纽带加强两国人民的友谊。温家宝深情地说:"中英两国人民的友谊寄托在两国人民的肩上!"布朗祝愿北京奥运会圆满成功。

(原载于《人民日报》2008年1月19日第四版)

2008年3月15日，胡锦涛主席同2008名中日青少年相聚北京，共庆"中日青少年友好交流年"开幕。本文记录了现场畅叙挥毫、植树寄语，以今日之努力开拓美好明天的生动景象。

相聚在充满希望的春天
——记胡锦涛主席出席"中日青少年友好交流年"开幕活动

3月的北京，草木吐绿，春意盎然。2008名中日两国青少年在中日和平友好条约缔结30周年之际相聚北京，共同参加"中日青少年友好交流年"开幕活动。中国国家主席胡锦涛来到两国青少年中间，同他们一起畅叙友情，共话中日世代友好的未来。

15日下午，中国人民大学校园里到处欢声笑语，世纪馆内外"2008中日青少年友好交流年"的红色心形徽标格外醒目，两国青少年正在这里开展丰富多彩的交流活动。下午3时许，胡锦涛来到世纪馆，代表中国政府，向远道而来的日本青少年表示诚挚的欢迎。

"举青春之力　谋世代友好"

中日两国文化相交相融，其中书法艺术为两国人民所共同钟爱。在世纪馆北厅，二三十名中日青少年正在切磋书法艺术。胡锦涛走到他们中间，兴致勃勃地观看他们挥毫泼墨。"海内存知己，天涯若比邻"、"千里之行，始于足下"、"功到自然成"等条幅吸引了胡锦涛的目光，他停下脚步，仔细欣赏。

中日青年学生代表王昊和上田沙弥香在现场一道写下："同一个世界，同一个梦想"。胡锦涛称赞他们的字写得好。他说，书法是中日两国特有的传统艺术，在两国友好交往史上发挥了重要的桥梁纽带作用。今天，看到中日青少年用书法表达了对两国人民世代友好的企盼，我感到十分欣慰。接着，胡锦涛拿过一枝毛笔，蘸上浓墨，欣然写下 10 个大字——"举青春之力　谋世代友好"。胡锦涛主席对两国青少年、对中日世代友好的殷殷之情，使在场的人们深受感染。

"以茶为缘，以和为贵"

作为两个喜爱饮茶的民族，茶文化在中日两国人民中都有很大影响。中日之间的茶艺和茶道交流，凝结着两国人民的深厚传统友谊。离开世纪馆北厅，胡锦涛又来到中日青少年表演茶艺和茶道的茶室。

茶室一角，几位日本女青年正在演示"里千家茶道"。胡锦涛坐在茶桌前，饶有兴致地观看。一位日本女青年端上沏好的京都特产喜云茶，请胡主席品尝。胡锦涛接茶、转碗，细细地品味。茶室的另一角，一位中国男青年舞动长嘴铜壶，表演着"太极茶道"。只见长嘴铜壶上下翻飞，缕缕清茶精准地注入茶碗，赢得大家一片赞叹。胡锦涛接过斟满清茶的茶碗，高兴地品尝起来。

胡锦涛对大家说：刚才，观看了中日青少年表演的茶艺和茶道，品尝了你们亲手冲泡的茗茶，感到茶事高雅、茶味清香。中国茶艺与日本茶道异曲同工，虽然各有特点，但都强调"和"的精神，就是要和睦相处、和谐共生。希望两国青少年以茶为缘、以和为贵，增进相互了解和友谊，为中日睦邻友好多作贡献。

胡锦涛主席一番意味深长的话语，深深打动了在场的两国青少年。

"用白玉兰树和樱树来象征中日两国人民世代友好"

春天是播种希望的季节。胡锦涛专门来到校园草坪上，同中日青少年代表一起种植友谊树。

白玉兰花纯洁清香、朵朵向上，深受中国人民喜爱；樱花质朴淡雅、开满枝头，深受日本人民喜爱。植树现场，一棵含苞待放的白玉兰树和一棵绿芽萌发的樱树被分别放置在两个植树坛中。胡锦涛拿起系着红绸的铁锹，和大家一起依次为两棵树挥锹培土、提桶浇水。

树种好后,胡锦涛高兴地说:"我们把这两棵树种在一起,用她们来象征中日两国人民世代友好。"他相信在两国人民特别是青少年的共同呵护下,中日友谊之树一定会根深叶茂、茁壮成长。

微风中,两棵树亭亭玉立,焕发出勃勃生机。

"中日世代友好归根到底要从两国青少年做起"

世纪馆主馆,中日两国青少年欢聚一堂、载歌载舞,"中日青少年友好交流年"开幕式正在这里举行。胡锦涛走进会场,首先用汉语和日语向两国青少年问好,全场欢声雷动。

看着一张张充满青春活力的面孔,胡锦涛动情地说:"我喜欢和青少年朋友在一起,这不仅是因为我曾经从事过青少年工作,还因为青少年代表着世界的希望和未来。"

胡锦涛深情地对大家说,实现中日世代友好是我们的共同目标。中日世代友好归根到底要靠两国人民的友好,而两国人民世代友好归根到底要从两国青少年做起。中日两国青少年广泛开展交流活动,在相互学习中增进了解,在相互交流中结下情谊,这对于中日关系的未来具有重大而深远的意义。他衷心祝愿"中日青少年友好交流年"活动取得圆满成功,衷心祝愿日本青少年朋友在中国过得愉快。

胡锦涛话音一落,会场里响起阵阵热烈掌声和欢呼声,"中日青少年友好交流年"开幕活动达到了高潮。

日本青少年代表团最高顾问小林阳太郎致辞,感谢胡锦涛主席对日中青少年交流的重视和关心,表示要同中方一起把"中日青少年友好交流年"活动办好。

活动开始前,胡锦涛亲切会见了前来参加"中日青少年友好交流年"活动的日本代表团部分成员。小林阳太郎向胡锦涛主席递交了福田康夫首相的亲笔信。在听取日本青少年代表谈访华感受后,胡锦涛强调,发展长期稳定、睦邻友好的中日关系是两国人民的共同心愿。我们要从两国和两国人民的共同利益出发,加强各领域交流合作,扩大民间交往,不断充实和发展中日战略互惠关系,努力实现和平共处、世代友好、互利合作、共同发展的大目标。胡锦涛表示期待着不久对日本进行的国事访问，他希望通过此次访问，同日方一道规划两国关系的未来，推动两国关系不断向前发展，造福中日两国人民。

中共中央书记处书记、中央办公厅主任令计划，国务委员唐家璇等参加上述活动。

（原载于《人民日报》2008年3月16日第一版）

> 应日本国政府邀请，国家主席胡锦涛于 2008 年 5 月 6 日至 10 日对日本国进行国事访问。访问期间，胡锦涛主席会见了明仁天皇，并同福田康夫内阁总理大臣举行会谈，就全面推进战略互惠关系达成广泛共识。本文记录了访问第三天，胡锦涛主席在早稻田大学同中日青年交流互动时书写的佳话。

火红的青春　纯真的友谊

——胡锦涛主席出席中日青年交流活动侧记

这是中日青年又一次难忘的盛会。5 月 8 日下午，正在日本进行国事访问的国家主席胡锦涛来到具有 126 年历史的早稻田大学，同日本首相福田康夫一起，与两国青年欢聚一堂，庆祝中日青少年友好交流年在日本开幕。

不同寻常的聚会

被称为"第一号东京都历史建筑物"的早稻田大学大隈讲堂，盛开着千余名中日青年的灿烂笑脸。这些青年人中，有应日本政府邀请、由中华全国青年联合会派遣的中国青年代表团成员，有东京地区各大学的师生代表，还有日本各界青年代表……

当地时间下午 4 时 25 分，胡锦涛在福田康夫和中曾根康弘陪同下来到讲堂，出席中日青少年友好交流年日方开幕式。这 3 位贵宾都与中日青年交流渊源深厚：

胡锦涛主席，是 1984 年组织接待 3000 名日本青年访华的负责人，并于翌年亲率中国青年代表团访日。20 多年来，他会见过的日本青年不计其数。今年 3 月，他参加了中日青少年友好交流年中方开幕式活动，接见 2000 多名中日青少年，并欣然命笔题词:"举青春之力谋世代友好",激励两国青少年加强友好交流。

福田康夫首相,半年前同中国领导人一致同意将2008年确定为中日青少年友好交流年,并亲自任命中日友好21世纪委员会日方首席委员小林阳太郎为最高顾问,率领1000名日本青少年访华,参加了中日青少年友好交流年中方开幕式活动。

90高龄的中曾根康弘,24年前同中国领导人一起促成了3000名日本青年访华的创举。

两国青年热烈鼓掌,欢迎这3位不同寻常的贵宾到来。

情深意切的期盼

"一进入这个会场,我就感受到了强烈的青春气息,仿佛回到了青年时代……青少年象征着青春和活力,代表着希望和未来。中日世代友好归根到底要靠两国人民友好,两国人民世代友好归根到底要从两国青少年做起。我衷心希望,两国青少年紧紧携起手来,相互学习,相互借鉴,相互交流,相互信任,自觉肩负起传承中日友好的崇高使命,大家共同努力,让中日友好的种子广泛撒播,让中日友好的旗帜代代相传。"胡锦涛热情洋溢的致辞,与全场青年的心声共鸣,经久不息的掌声响彻大隈讲堂。

福田康夫也在开幕式上致辞。他对出席活动的中国青年表示由衷欢迎,对中日青年交流历史翻开崭新一页深表高兴,对中日青少年友好交流年取得成功表示祝福。他说:"希望以胡锦涛主席出席交流年开幕活动为开端,通过丰富多彩的青年交流,加强两国人民友谊的纽带。""今天是个值得纪念的日子,我们荣幸地邀请胡主席来访,这将推动日中关系不断发展、日中友谊不断加深。"中曾根康弘在致辞中动情地呼吁两国人民放眼今后的5年、10年、20年。他坚信,日中友好一定能持续下去。

随后,3位贵宾饶有兴致地观看了开幕式开场文艺节目表演。大幕拉开,音乐响起,两国青年深情道白:"希望时代心连心,日本中国心灵交流,明天会更好!"他们载歌载舞,高唱着"心中最好的画面是迎接美好的明天",抒发对中日友好事业美好未来的憧憬。

别开生面的比赛

开幕式后,胡锦涛和福田康夫来到早稻田大学国际交流中心。入门处列队相迎的中日青年代表,有不少是参加过今年 3 月在北京举行的交流年开幕式活动的青年。再次见到胡锦涛,令他们喜出望外。胡锦涛同他们一一握手,亲切交谈。

大厅内乒乓交流的生动场面吸引了两国领导人的目光——驰骋世界乒坛的中国名将王楠和深受中国人民喜爱的日本小将"瓷娃娃"福原爱正在挥拍对练,切磋球艺。看到两位领导人,她们高兴地围拢过来。

胡锦涛亲切地对福原爱说:"你在中国青年人中是很有名的。听说你的中文说得也很好,我说的话你都能听懂吗?"福原爱高兴地用流利的"东北话"向胡锦涛表示感谢。

王楠邀请胡锦涛打球,胡锦涛爽快地答应了。胡锦涛先同福原爱打了几个回合。随后,王楠加入进来,胡锦涛同她们展开"一对二比赛"。时而近台快攻,时而对拉弧圈,时而长抽短吊……精彩的场面吸引了在场观战的两国青年的目光,他们不停为双方喝彩……

精彩的瞬间,唤起美好的记忆。那飞旋的银球,编织了多少中日友好的画卷!在 1956 年 4 月东京第二十三届世乒赛上,首次参赛的中国运动员从这里登上国际乒乓球大赛的舞台,也迈出中日乒乓交流的第一步。上世纪 60 年代,中国运动员向日本同行学习弧圈球等技术,老一代中国领导人同许多日本乒乓球运动员结下深厚友谊。1971 年,中国运动员应日本乒协邀请参加在名古屋举行的第三十一届世乒赛,写下了国际关系史上"乒乓外交"的传奇。2006 年,日本前乒乓球国手组团访问北京,庆贺两国乒乓球友好交流 50 周年……

10 多分钟的比赛结束了,人们报以热烈的掌声。福田康夫由衷地赞叹胡锦涛球艺高超,胡锦涛回应道:"我们是友谊第一!"

王楠和福原爱分别将自己签名的球拍送给两位领导人。两位领导人欣然在球拍上签名回赠她们。

胡锦涛向在场媒体记者表示:"非常高兴参加中日青年交流活动。我深信,青年代表着希望和未来,今天播下的种子明天一定会长成参天大树。希望两国人民永远友好下去，希望中日战略互惠关系不断向前发展。"

日本乒乓球协会副会长、前世界冠军木村兴治说："日本有300万乒乓球人口，胡锦涛主席亲自参加日中乒乓交流，这是日本乒乓界的大喜事。"身兼国际乒联副主席的木村还说，在下周召开的国际乒联会议上，他要特别介绍这段乒乓交流佳话。

东京海洋大学中国留学生张毕不久前作为奥运火炬手参加了在长野举行的北京奥运会火炬接力传递活动。他兴奋地对记者说："胡主席的一席话是对我们青年人的殷切期望，我一定不辜负胡主席的期望，努力学习，报效祖国，推动中日友好。"

中日友好的花朵，在暖春之中更加绚丽多彩。"明天会更好"，中日青少年友好交流年的这一主题口号，表达了中日两国人民对世代友好的真诚祝福。

（原载于《人民日报》2008年5月9日第一版）

> 应日本国政府邀请,国家主席胡锦涛于 2008 年 5 月 6 日至 10 日对日本国进行国事访问。本文记录了访问最后一天,胡锦涛主席在雨中奈良留下的友谊足迹。

古风悠韵　情传千载
―― 胡锦涛主席访奈良

奈良,1000 多年前的日本古都,见证了中日两国人民 1000 多年的交流往来。那悠悠古韵,那清清馨香,传递着两国人民悠久友情的隽永。5 月 10 日,正在日本进行国事访问的中国国家主席胡锦涛来到奈良,参观法隆寺和唐招提寺,回顾中日两国人民友好交往的难忘历史。

法隆寺,回望中日交往渊源

细雨霏霏,云烟渺渺,日本佛教圣德宗的总寺庙法隆寺清幽宁静。当地时间上午 9 时 50 分,胡锦涛一行抵达法隆寺南大门,受到日本国土交通大臣冬柴铁三、奈良县知事荒井正吾、法隆寺管长大野玄妙等人热情迎接。

步入寺院,穿越中门,来到大讲堂。一路上,大野玄妙管长向胡锦涛细述法隆寺历史上同遣隋使、遣唐使的关系。相传法隆寺是由圣德太子和推古天皇于 607 年创建的。寺内有世界现存最古老的木结构建筑,供奉有百济观音等大量日本国宝级文物,是日本佛教文化宝库,也是日本首例世界文化遗产。圣德太子在中日交流史上具有重要影响。摄政期间,他先后 4 次派遣隋使去中国,一方面开拓同中国的友好关系,一方面学习和吸收中国的文化和佛教。这一做法延续到中国唐代,日本先后 10 多次派遣唐使到唐都长安,学习中国的生产技术、社会制度、哲学历史、文学艺术、建筑技巧和生活习俗。

在上御堂，胡锦涛参观了释迦三尊像和药师如来坐像等日本国宝文物。这些文物显示出的北魏技法，昭示着中日文化深厚的渊源关系。胡锦涛对大野玄妙管长说："法隆寺给我留下了深刻印象。这里珍藏的珍贵文物，凝聚了古代日本人民的智慧，也是源远流长的中日友好交往的见证。希望两国佛教界继续加强友好交流，这也是两国人民友好的组成部分。"

唐招提寺，奏响中日友好颂歌

离开法隆寺，胡锦涛一行前往象征中日友好的唐招提寺。10时45分，胡锦涛抵达唐招提寺南大门，松浦俊海长老在这里热情相迎。

松浦俊海长老向胡锦涛介绍了寺院概况。唐招提寺是日本佛教律宗的总寺庙，天平三年（公元759年）由唐代高僧鉴真大师及其弟子创建，已被列入世界文化遗产。

穿过雨中小径，胡锦涛来到御影堂，缅怀中日文化交流的早期使者鉴真和尚。走进御影堂，映入眼帘的是已供奉1200多年、被日本尊为国宝的干漆夹纻鉴真和尚坐像。坐像后面的墙上，有日本山水画泰斗东山魁夷所作题为《山云·涛声·黄山晓云·桂林月宵·扬州熏风》的大型障壁画，以衬托鉴真和尚"暴雨穿帆，戕风折柁。随波升沉，任风南北"的东渡场面。淼漫沧海，百无一至，鉴真和尚6次东渡，虽双目失明然矢志不渝，坚忍不拔的精神，弥足珍贵的贡献，谱写出中日友好辉煌一页。

松浦俊海长老和扬州大明寺的能修方丈向鉴真和尚像敬香，祈福中日两国国家昌盛、人民世代友好，祝愿北京奥运会成功，祈祷世界和谐、化干戈为玉帛。胡锦涛一行向鉴真像鞠躬致意。

乐师们在回廊奏响悠扬的雅乐。松浦俊海长老对胡锦涛说："这是奈良送给您的音乐。雅乐自中国而来，在此地又融入了朝鲜半岛的音乐风格。今天奏响雅乐，鉴真大师也一定能够听到我们来到这里的声音。"

胡锦涛来到鉴真和尚御庙前，拜谒鉴真墓。这里有一座精美的石灯笼。28年前，唐招提寺的森本长老陪同鉴真坐像回扬州"探亲"时，曾向扬州大明寺鉴真纪念堂赠送了一座完全一样的石灯笼。从那时开始，两座长明灯遥相辉映，为中日友好事业不断发展而祈福。

参观途中，胡锦涛谈起自己儿时听长辈讲的鉴真东渡的故事，详细询问了鉴真在唐招提寺的生活。胡锦涛对日本人民将这座具有1200多年历史的寺院完好保存下来表示赞赏。他说："1200多年间，中国和日本都发生了很大的变化，但是两国人民的友谊没有变。"

临别时，胡锦涛向唐招提寺赠送一座鉴真东渡船模型，金光闪闪的"友谊之舟"4个字刻于船体。这是扬州漆器厂的造船艺人参考唐代海船出土文物专门制作的。高翘的船头，矗立的桅杆，精致的船楼，仿佛古船重现，表达了中国人民珍视中日友好的情感。

雨中访奈良，胡锦涛带来的中国人民对日本人民的友好情谊，像春天里的暖流在两国人民心中涌动……

（原载于《人民日报》2008年5月11日第一版）

2008年7月7日至9日，国家主席胡锦涛出席了在日本北海道举行的八国集团同发展中国家领导人对话会议。本文从中国角度切入，解读中方主张，梳理中国元素。

洞爷湖畔观云涌　南北对话写新篇
——八国集团同发展中国家领导人对话会议上的"中国视线"

云水苍茫，群峰叠翠。7月9日，八国集团同发展中国家领导人对话会议的举行，让日本北海道洞爷湖畔宁静的山水喧闹起来，各方声音回荡在青山翠谷之间。

世界经济、气候变化、粮食安全、能源安全……20多个国家的领导人围绕全球重大问题、热点问题发表看法，阐述主张，各显异同。探讨、交流、交锋，了解、理解、赞同。不同方式的晤面，不同感觉的互动，不同角度的思考，凸现南北对话的多元特色。

这是中国国家主席胡锦涛第五次出席八国集团同发展中国家领导人对话会议，这是中国在2008年进行的又一次重大外交行动。不足48小时的行程中，胡锦涛主席出席了近20场多边会议、双边会见和友好会面活动，在多方面取得重要成果，受到国际社会的高度关注。

人们欣喜地看到，在中国外交的史册上，又增添了新的经典。

汶川大地震
会晤中的"第一话题"

访问过程中，胡锦涛主席萦系四川汶川地震灾区的人民，真诚感谢国际救援行动，表达了中国人民战胜灾难的坚定信念。

胡锦涛主席本次访问的第一场正式活动，就是会见曾前往中国四川地震灾区参加救援工作的日本国际救援队、国际医疗队的16名代表，代表中国政府和人民，向日本国际救援队、国际医疗队，以及日本政府和人民表示衷心的感谢。

此后，无论是在出席发展中五国领导人的集体会晤、出席八国集团同发展中国家领导人对话会议时，还是在同印度总理辛格、巴西总统卢拉、南非总统姆贝基、法国总统萨科齐、美国总统布什、俄罗斯总统梅德韦杰夫、加拿大总理哈珀、日本首相福田康夫先后进行的双边会晤中，胡锦涛主席的开场讲话，都是从汶川大地震说起。

"我谨代表中国政府和人民，衷心感谢各国政府和人民在中国发生汶川特大地震后所表达的同情和给予的真诚帮助。目前，抗震救灾工作已进入受灾群众安置和灾后恢复重建阶段。中国政府和人民有决心、有信心，在国际社会关心和支持下，战胜这场特大地震灾害，帮助灾区人民早日重建美好家园。"

"中国四川汶川特大地震发生后，印度政府和领导人立即向中国人民表示慰问并提供物资援助，中国政府和人民对此表示衷心感谢……"

"前不久，中国四川汶川发生特大地震灾害，姆贝基总统先生当即致函表示慰问，贵国政府通过国际红十字会向中国地震灾区提供了援助，中国政府和人民对此表示衷心感谢……"

"日本天皇陛下和福田首相发来慰问电，福田首相还亲自到中国驻日使馆吊唁遇难者。日本救援队和医疗队率先来华协助救灾，日本各界人士以各种形式伸出援助之手。这些都体现了日本人民对中国人民的友好情谊，受到了中国人民高度评价。"

……

胡锦涛主席这次出访，向国际社会带来中国对国际援助的真诚感谢，宣示中国人民战胜灾难、重建家园的坚定信念，倡导在防灾减灾领域开展国际合作。这一切，深深感动着世界。各国领导人在会晤中纷纷对四川汶川大地震给中国人民造成的巨大生命财产损失表示同情和慰问，高度评价中国政府迅速有效的救灾行动，并表示相信中国政府和人民一定能够重建美好家园。

建设性主张
展示中国负责任形象

八国集团同发展中国家领导人对话会议,是世界主要发展中国家和发达国家就重大国际问题交流看法、协调立场、共谋对策的一个平台,目标是通过南北合作推动全球性问题的解决。议题集中,是今年对话会议的一大特色,这也说明议题的现实紧迫性。

各国领导人着重讨论的世界经济、气候变化、粮食安全、能源安全等议题,不仅是当前国际社会在经济、环境、发展等领域面临的紧迫问题,而且与中国经济社会全面协调可持续发展息息相关。针对这些议题,胡锦涛主席全面、深入、系统地阐述中方的看法和主张,介绍中国政府的积极应对举措,提出一系列重要政策建议,展示了中国在全球重大问题上负责任的建设性态度。

关于世界经济,胡锦涛主席高屋建瓴地提出建设可持续发展的世界经济体系、包容有序的国际金融体系、公正合理的国际贸易体系、公平有效的全球发展体系的重要主张。这是中国首次在国际上全面系统地提出有关世界经济体系建设的主张,充分体现了中国积极推动经济全球化朝互利共赢方向发展,也显示了中国作为世界上最大的发展中国家,对全球发展事业的重大责任感和对国际经济秩序的战略思考。与会的多位领导人在发言中呼应了胡锦涛主席的主张。

关于气候变化,胡锦涛主席详细介绍了中国应对气候变化的政策措施以及对气候变化国际合作的原则立场,指出气候变化问题从根本上说是发展问题,应在可持续发展框架内综合解决。他呼吁与会各国本着共同但有区别的责任原则,为应对气候变化作出积极努力,在履行《联合国气候变化框架公约》及其《京都议定书》方面发挥示范作用,在推动国际谈判方面发挥积极作用,在开展务实合作方面发挥带头作用。这些倡议得到积极响应和普遍支持,会后发表的领导人宣言重申共同但有区别的责任原则及公约主渠道地位。这符合广大发展中国家的利益,也有利于推进气候变化国际合作。

关于粮食安全,胡锦涛主席指出,粮食问题事关各国经济和民生,也事关全球发展和安全。他分析了当前全球粮价上涨的复杂原因,提出解决粮食问题的紧要措施和长远思路,呼吁各国重视粮食生产,改善贸易环境,加强宏观协调,创造有利条件。胡锦涛主席指出,中国以世界9%左右的耕地解决了世界20%左右人口的粮食问题,对世界粮食安全作出重大贡献。中国积极参与国际粮农合作,在力所能及的范围内对外提供援助,并愿在南南合作框架内继续同发展中国家分享农业发展经验,加大农技交流和培训,增加农业援助。与会各国特别是发展中国家领导人对此表示高度赞赏。

关于能源安全,胡锦涛主席强调,中国在能源供应上坚持立足国内的基本方针,坚持开发和节约并举,推动能源多元化,促进可再生能源发展,重视提高能源利用效率,明确提出节能降耗的阶段性目标。他呼吁各国树立和落实互利合作、多元发展、协同保障的新能源安全观,推动能源开发利用互利合作,加强可再生能源和能效领域务实合作,统筹国际能源合作和国际发展合作。各方由此对中国的能源政策和主张有了更加深入的了解,对中国的有关措施和建议给予了积极评价。

胡锦涛主席就千年发展目标、海利根达姆进程等其他议题所作重要政策阐述也为有关领域的国际合作指出发展方向,获得高度关注和认同。

多层面协调
力促合作和对话

当今世界,发展中国家在国际事务中发挥着越来越重要的作用。在此次发展中国家领导人集体会晤中,胡锦涛主席提出,新形势下发展中国家应加强协调与合作,共同推进人类和平与发展的崇高事业。他建议与会五国团结协作,促进共同发展,就世界经济加强沟通协调,开展互惠互利的双边和多边合作;加强协调,推动南南合作,共同促进多边主义和国际关系民主化,积极推动国际经济、金融、贸易、发展体系改革;着眼长远,促进南北对话,推动南北国家建立平等、互利、合作、共赢的新型伙伴关系;共同努力,承担应尽责任,对全球事务施加积极影响,推动千年发展目标、发展筹资等领域取得实质成果。这些纲领性主张和政策建议得到与会其他4国领导人的积极支持和赞同,写入了会后发表的五国领导人政治声明,将对未来南南合作、南北对话进程的发展产生重要影响。

胡锦涛主席还出席了"金砖四国"领导人会晤，各方同意进一步加强合作，共同发展，在国际事务中发挥更积极的作用。

国际舆论
高度关注中国声音

国际社会关注中国，国际舆论关注中国，中国声音成为焦点。

国际舆论普遍认为，八国峰会如果没有中国等经济快速增长的"新兴大国"的参与，就缺乏向世界发出话语的效力。在八国峰会国际新闻中心的大屏幕上，循环播放着日本电视台 NHK 制作的峰会新闻节目。在备受关注的全球重大问题的专题节目中，就有中国官员接受电视采访的内容。

英国《金融时报》发表文章指出，八国集团这个词后面通常紧跟着世界上"领先"、"最富有"、"最大"或"最重要"经济体的描述。而在 2008 年，八国集团必须学会适应一种新的世界格局。八国集团在全球经济产出中占据了近一半的份额，而新兴市场经济体则贡献了全球 70% 的经济增长。这些经济体的活力超过了八国集团的规模。借助 10% 的经济增长率，中国一国每年对全球经济增长的贡献就与美国相当。

7 月 10 日，《读卖新闻》刊登题为《胡主席积极外交》的文章，《每日新闻》刊登题为《胡主席全方位外交》的文章，均详细报道胡锦涛主席 9 日的高密度日程——除了出席八国集团同发展中国家领导人对话会议，还接连同日本、美国、法国和俄罗斯等国家领导进行双边会晤。该文特别报道了中美元首会晤的一个细节——布什总统说："我很想看北京奥运会上篮球项目的美中两队比赛，希望给我留门票。"

祝福奥运
各国嘉宾相约北京

八国集团同发展中国家领导人对话会议期间，胡锦涛主席同各国领导人的会晤还有一个引人注目的共同话题——北京奥运会。胡锦涛主席真诚地表示，欢迎各国领导人、运动员和观众观摩、参与北京奥运会。他说："在国际奥运大家庭支持下，中国一定能举办一届有特色、高水平的奥运会。"各国领导人纷纷预祝北京奥运会取得圆满成功。

中美元首间的奥运话题其实已经时跨数年。早在2004年亚太经合组织领导人非正式会议期间，布什总统就曾请求胡锦涛主席为他去观看北京奥运会"留个座位"。如今，北京奥运会日益临近，布什总统更是充满热情。他表示，他本人和他的家人热切期待出席北京奥运会开幕式。

胡锦涛主席表示，北京奥运会各项筹办工作正在积极紧张进行。布什总统决定出席北京奥运会开幕式，表明总统先生珍惜中美两国人民的友谊。我们欢迎布什总统出席北京奥运会开幕式，高度评价布什总统多次重申奥运会不应被政治化的立场。

法国总统萨科齐的"奥运表态"受到国际舆论的普遍关注。他说，北京奥运会对中国和13亿中国人民具有重要意义，是一件盛事，谁也没有权力破坏这一盛事。"我将以法国总统和欧盟理事会轮值主席的身份出席北京奥运会开幕式"。

胡锦涛表示："萨科齐总统决定出席北京奥运会开幕式，这是总统先生作出的一个正确决定。"他预祝法国体育健儿在北京奥运会上取得好成绩。

坦诚的谈话，开放的胸怀，务实的主张，战略的眼光。胡锦涛主席出席八国集团同发展中国家领导人对话会议，在国际社会引起热烈反响。许许多多的人们不约而同地循着"中国视线"，感受着一个正在坚持走和平发展道路、坚持奉行互利共赢的开放战略、各项事业将不断取得新成绩的中国，感受着南南合作、南北对话进程的新进展。

（原载于《人民日报》2008年7月11日第六版）

应韩国总统李明博、塔吉克斯坦总统拉赫蒙、土库曼斯坦总统别尔德穆哈梅多夫邀请，国家主席胡锦涛于 2008 年 8 月 25 日至 30 日对上述 3 国进行国事访问，并出席于 8 月 28 日在塔吉克斯坦首都杜尚别举行的上海合作组织成员国元首理事会第八次会议。这是北京奥运会后中国国家领导人的第一次出访。本文记录了此行第二日，在韩国首尔林公园留下的友谊见证。

友谊之树生机盎然
——胡锦涛主席出席中韩青年植树活动

碧空如洗，秋声呢哝，位于韩国首都首尔市东区圣水洞的首尔林公园，在潺潺流水间惬意地延伸着大自然的绵绵绿褥。8 月 26 日清晨，这片绿野迎来中国国家主席胡锦涛，映现出中韩友谊的盎然生机。

上午 9 时许，胡锦涛一行抵达首尔林公园，受到韩国总统李明博热情欢迎。步入这片被誉为首尔人民与大自然共同呼吸的生命之林，胡锦涛一路听取首尔市官员介绍园区中自然生态林、文化艺术园、自然体验学习园、湿地生态园、汉江水边公园五大主题公园的概况。

园中搭建了一座帐篷舞台，开展友好交流活动的 200 多位中韩青年挥舞着中韩两国国旗欢呼起来，热情欢迎胡锦涛和李明博来到他们中间。两国元首走上舞台，高兴地同两国青年代表一一握手，并向台下的青年挥手致意。

主持人热情邀请胡锦涛首先致辞。

"今天有机会在美丽的首尔同大家见面，我感到非常高兴！"胡锦涛亲切的话语，令两国青年兴奋不已。胡锦涛说："前天，举世瞩目的北京奥运会刚刚闭幕。

在国际社会大力支持下,北京奥运会取得了圆满成功。韩国政府和韩国各界人士对北京奥运会给予了大力的支持,不少韩国青年朋友还参加了北京奥运会的志愿服务,为北京奥运会成功贡献了力量。借此机会,我向所有关心和支持北京奥运会的韩国朋友,表示衷心的感谢!"

"前天也是中韩建交16周年纪念日。16年来,在双方共同努力下,中韩关系在各个领域都取得了长足发展。我这次访韩的主要目的,是同韩方就推进中韩关系坦诚深入交换意见,巩固共识,增进友好,推进合作,开创两国关系发展新局面。昨天下午,我同李明博总统在会谈中就此达成一系列新的重要共识。这将为两国各领域交流合作开辟更广阔的空间。"

胡锦涛深情地勉励两国青年继续共同开展植树活动。他说:"中国有句古话,十年树木,百年树人。中韩青年植树活动是一项既树木、又育人的活动,具有重要意义。你们积极参与这项活动,为改善环境、增进两国人民特别是两国青年的友谊作出了积极贡献。我相信,你们今天种下的中韩友谊之树一定会茁壮成长。"

"青年是国家的希望。中韩友好的传统要靠两国青年来继承,中韩关系的未来要靠两国青年去创造。加强中韩青少年交流合作,是发展中韩关系的基础工程。借此机会,我要告诉大家,中国政府决定每年增加邀请100名韩国青少年访华。希望大家当好两国友好使者,为促进中韩友好合作发挥积极作用。"胡锦涛在首尔殷切期盼的话语深入人心,也是人们心声的共鸣。

随后,李明博发表致辞,对中国青年代表团访问韩国表示热烈欢迎。他高度评价北京奥运会的精彩和成功,盛赞北京市民热情好客。他说,韩中两国地理相邻,国民心理亲近,两国青年种植的友谊之树,将为两国关系美好未来作出贡献。

在场的青年中,有正在韩国访问的中国青年代表团的成员,有韩国青年志愿者代表,有参加中韩未来林活动的韩国青年代表。两国青年代表先后发言,表达心中的激动和喜悦。

接着,两国元首在青年代表陪同下来到草坪一方,共同为一株盘松培土、浇水……

活动快结束了,两国青年依依不舍地簇拥在两国元首身边。胡锦涛非常理解青年们激动的心情,主动提出同大家合影留念,让两国青年十分高兴。

来自海南的中国青年朱美莲激动地对记者说:"我终于握到胡主席的手了,我太兴奋了!两国元首出席这次中韩青年植树活动,真的是意义深远。"

在中国留学的韩国学生高承佑兴奋地说:"胡主席这样亲切,让我很感动。他关于'十年树木,百年树人'的谈话,让我铭记终身!"

青春在希望的绿野上激扬,未来在友好的情谊中展现。

(原载于《人民日报》2008年8月27日第一版)

应韩国总统李明博、塔吉克斯坦总统拉赫蒙、土库曼斯坦总统别尔德穆哈梅多夫邀请，国家主席胡锦涛于 2008 年 8 月 25 日至 30 日对上述 3 国进行国事访问，并出席于 8 月 28 日在塔吉克斯坦首都杜尚别举行的上海合作组织成员国元首理事会第八次会议。这是北京奥运会后中国国家领导人的第一次出访。本文概述了对塔吉克斯坦进行的国事访问。

共同开辟美好未来

"高山之国"塔吉克斯坦的首都杜尚别，位于瓦尔佐布和卡法尔尼洪两河流域的吉萨尔谷地。开阔的旷野与层峦叠嶂的远山相映成趣。去往民族宫的路上，大道两旁直举蓝天的粗壮大树沐浴着灿烂的阳光。民族宫宽广的前庭，喷泉送爽，鲜花喜人。8 月 27 日，刚刚落成的民族宫迎来了第一位外国领导人——中国国家主席胡锦涛。

塔吉克斯坦总统新闻秘书对记者说，民族宫作为总统府在投入使用的第二天就迎来伟大邻邦的领导人，非常值得纪念。

从上午 9 时 15 分到正午时分，塔吉克斯坦总统拉赫蒙在这里为胡锦涛主席举行了隆重的欢迎仪式，双方进行了正式会谈，共同签署了《中华人民共和国和塔吉克斯坦共和国关于进一步发展睦邻友好合作关系的联合声明》，共同出席了两国涉及政治、经贸、金融、文化等多个领域的 10 多个合作文件的签字仪式，共同会见了记者。拉赫蒙由衷地对记者说："我深信，胡锦涛主席对塔吉克斯坦的这次访问，将载入塔中睦邻友好关系的史册。"

几天前闭幕的北京奥运会，在这里继续受到瞩目。索莫尼广场民族和解与复兴纪念碑前的广告牌上，分别用中俄两种文字写着："热烈祝贺友好的中国人民成功举办奥运会！"

在正式会谈开始时，出席了北京奥运会开幕式的拉赫蒙总统盛赞北京奥运会的成功。他祝贺中国运动员取得优异成绩，并十分高兴地提及"塔吉克斯坦运动员在北京奥运会这样一个展示力与美的舞台上，首次获得了奖牌"。胡锦涛真诚感谢拉赫蒙对北京奥运会的支持，并祝贺塔吉克斯坦运动员在奥运会上取得了历史性的好成绩。

高节奏的国事访问，丰硕的访问成果，让人们对顺利发展的中塔双边合作充满期待。去年1月拉赫蒙总统对中国进行国事访问时，双方签署了睦邻友好合作条约。双方合作日益加深。今年上半年双方经贸额同比增长73.3%。塔吉克斯坦外长扎里菲最近在塔最大俄文报纸《亚洲之声》报撰文指出，塔吉克斯坦同伟大邻邦中国的合作关系不断扩大，双边贸易额迅猛增长，中国是塔吉克斯坦最大的投资者之一。在中国帮助下，塔吉克斯坦实施了诸如道路、隧道、输变电线路建设等很多重要建设项目，相信胡锦涛的访问将推动塔中关系步入新阶段。在民族宫协助礼宾工作的塔吉克斯坦青年志愿者别赫鲁兹和帕尔维兹高兴地告诉记者，他们正在中国新疆师范大学学习中文，他们一定要把中文学好，因为中塔经贸合作这么多，懂中文的人今后在塔吉克斯坦的就业机会很多。

中塔两国领导人积极促进合作，两国友好深入人心。走在杜尚别的街上，不时会有当地居民友好地用中文对中国记者说："你好！"著名的拉胡基剧院门前，悬挂着纪念"波斯诗歌之父"鲁达基诞辰1150周年诗歌朗诵会的海报，上面印着不同文字书写的不同国度的经典词句，其中就有一行中文："有朋自远方来，不亦乐乎！——孔子"。就在胡锦涛主席26日开始访问塔吉克斯坦的当天，塔吉克斯坦国立大学孔子学院揭牌……

涓涓细流，汇成江海。中塔两国频繁的高层互访，两国人民频繁的友好往来，为两国友好关系奠定了坚实的基础，开辟了两国关系的美好未来。

（原载于《人民日报》2008年8月28日第三版）

应韩国总统李明博、塔吉克斯坦总统拉赫蒙、土库曼斯坦总统别尔德穆哈梅多夫邀请，国家主席胡锦涛于2008年8月25日至30日对上述3国进行国事访问，并出席于8月28日在塔吉克斯坦首都杜尚别举行的上海合作组织成员国元首理事会第八次会议。本文作于土库曼斯坦，从复兴丝绸之路之愿，辐射上海合作组织进程的发展势头。

丝绸之路渴望更多华彩篇章

"焕然一新。"8月29日，正在土库曼斯坦进行国事访问的中国国家主席胡锦涛对别尔德穆哈梅多夫总统谈到了这样的印象。13年前曾经来此访问的胡锦涛主席对土库曼斯坦首都阿什哈巴德的变化颇为赞叹。近年来，阿什哈巴德被誉为独联体国家中发展最快、变化最大的城市。宽阔的马路一望无际，高大的建筑鳞次栉比，壮观的喷泉随风送爽，成片的绿茵青翠葳蕤。夜幕之中，华灯齐放，整座城市盛装披彩，显示出奇幻般的绚丽景象。

更让人心动的，是土库曼斯坦人民心中复兴丝绸之路的强烈愿望。别尔德穆哈梅多夫对记者说："丝绸之路自古就是友谊与合作的象征。如中国古语所言，温故而知新。我们要珍惜过去，取其精华，古为今用，这正是我们要共同努力全面复兴伟大的古丝绸之路的重要原因。"生活在欧亚大陆中心地带的土库曼斯坦人民，念念不忘张骞出使西域的传奇、大漠驼铃的神韵、汗血宝马的雄姿……念念不忘古丝绸之路带给沿途各国人民的福祉。

其实，振兴丝绸之路也是欧亚大陆很多国家人民今日共同的愿望。在8月28日召开的上海合作组织杜尚别峰会上，领导人们热议的一个经济合作话题，就是贯穿中亚大陆的铁路、公路网络合作项目。中国和中亚诸国的政府部门、企业家、技术专家，也投入到现实规划这个网络的努力之中。

振兴丝路之梦，需要欧亚稳定的保证。和平与发展密切相关，欧亚诸国长期睦邻友好关系是共同发展的保障；欧亚地区的和平稳定环境，也是共同发展的保障。在这一点上，人们正寄望于上海合作组织合作机制的持续和加强。上海合作组织的成绩有目共睹，正如胡锦涛主席在杜尚别峰会上所作的评价，上海合作组织成立7年来，努力维护地区安全稳定、促进地区经济发展，使本地区的政治生态、安全环境、发展状况得到明显改善。人们期待上海合作组织未来的务实行动，进一步推动本地区发展和繁荣的步伐。

丝绸之路之梦，就是地区共同发展之梦。人们渴望并相信，在这条曾在远古时代熠熠生辉的通道上，会涌现更多的"焕然一新"的城市，书就更多的华彩篇章。

（原载于《人民日报》2008年8月30日第三版）

> 应哥斯达黎加总统阿里亚斯、古巴国务委员会主席兼部长会议主席劳尔·卡斯特罗、秘鲁总统加西亚、希腊总统帕普利亚斯邀请,国家主席胡锦涛于 2008 年 11 月 16 日至 26 日对上述 4 国进行国事访问。本文记录了访问古巴第二天的一项重要日程——看望中国留学生。

寄语青春
——胡锦涛主席看望哈瓦那大学中国留学生

丽日熏风,白浪拍岸,大西洋一碧万顷;万水千山,情牵中华,学子们心潮澎湃。

11 月 18 日下午,正在古巴进行国事访问的国家主席胡锦涛来到位于哈瓦那 28 公里之外的塔拉拉海滨,看望在哈瓦那大学塔拉拉分校学习的 1100 多名中国留学生。

当地时间 15 时许,胡锦涛一行的车队驶进校园,兴高采烈的中国留学生们挥舞着中古两国国旗,向来自祖国的亲人表示热烈欢迎。

胡锦涛抵达学校的"蜂鸟校区",受到专程前来的古巴国务委员会主席兼部长会议主席劳尔·卡斯特罗、国务委员会第一副主席兼部长会议第一副主席马查多等古巴领导人的热情迎接。

塔拉拉分校是为中国留学生专设的学校,目前在古巴的 1900 多名中国留学生中,有 1138 名在这所学校读书,并享有古巴单方奖学金。该奖学金项目是古巴领导人菲德尔·卡斯特罗亲自提议并推动设立的,计划自 2006 年至 2011 年为中国培养 5000 多名留学生。"蜂鸟校区"的学生,就是该项目的第一批留学生。

为了迎接胡锦涛到来,师生们用中古两国国旗和盛开的鲜花将学校装点起来。

宿舍区长廊入口，一块印有两国国旗的欢迎牌上写着"古中两国人民之间万古长青的友谊万岁"。

胡锦涛走进一间学生宿舍，和同学们亲切交谈。"在这里生活习惯吗？""怎么跟家里联系？""来古巴前学过西班牙语吗？""爸爸妈妈放心吗？"……胡锦涛关怀备至的询问，让同学们顿感暖意融融。

来自甘肃的张蕊和马美珊兴奋地向胡锦涛介绍宿舍里的电视、空调、电话等设施。她们告诉胡主席说："古巴政府和人民为我们提供了最好的条件。"得知同学们生活学习得很好，能够方便地通过互联网同家人联系，胡锦涛十分欣慰。他说："古巴政府和人民为你们提供了这么好的学习环境，你们一定要珍惜这个机会，学好科学文化知识，学好西班牙语，将来大有作为。"

胡锦涛和劳尔·卡斯特罗又一起来到另一间学生宿舍。劳尔·卡斯特罗和两位同学聊起度假休闲的选择，建议她们经常到海里游泳健身。胡锦涛风趣地对同学们说："你们可以打个电话告诉爸爸妈妈，劳尔主席来看你们了！"

胡锦涛来到学生餐厅，聚集在这里召开欢迎大会的师生们全体起立，热烈的掌声经久不息。

吉他声起，长笛吹响，中国留学生用西班牙语声情并茂地吟诵古巴"世纪诗人"纪廉不朽的爱国诗句。随后，一些同学深情地演唱了一首风靡拉美的古巴歌曲。这首歌的歌词是古巴英雄诗人何塞·马蒂的经典之作，曲调取自优美的古巴乡村音乐。胡锦涛为同学们的精彩表演热烈鼓掌。

随后，哈瓦那大学校长萨尔多亚致辞，对胡锦涛前来学校视察表示热烈欢迎，对学校肩负着促进两国人民友谊的使命感到光荣。他表示："在古巴，我们视中国人为自己的同胞。您的到来，是我们的盛大节日。"他祝愿中古两国友谊万岁。全场师生随之齐呼"友谊万岁"。

胡锦涛在热烈的掌声中走上讲台，发表了热情洋溢的讲话。他首先说："今天我特地来看望同学们，给你们带来了祖国人民和你们亲人的问候和祝福！"话音未落，掌声骤起。

胡锦涛特别提到，古巴是接受中国留学生最早最多的拉美国家。塔拉拉分校的项目，是中古建交以来最大的教育交流项目，是两国友好合作不断发展的又一例证，充分体现了古巴人民对中国人民的友好情谊。胡锦涛提议全场鼓掌，向所有关心、支持这个项目的古巴领导人和人民表示敬意。

胡锦涛在讲话中特别提到，四川汶川特大地震灾害发生后，3位中国留古学生随古巴医疗队赶赴灾区参加救治伤员工作。说到这里，胡锦涛问："这3位同学在不在？"这时，一位同学站起来，胡锦涛带头为他鼓掌："谢谢你！请坐。"胡锦涛说："同学们为抗震救灾贡献了力量。这充分说明，只有树立为祖国、为人民建功立业的远大志向，只有掌握真才实学，才能更好地为祖国、为人民服务。"

胡锦涛向同学们提出3点殷切希望："一是希望大家珍惜来之不易的留学机会，刻苦学习，勤奋钻研，努力掌握科学文化知识，使自己成为祖国需要的人才。二是希望大家发扬中华民族优良传统，尊敬师长，遵守纪律，团结友爱，展现新时期中国年轻一代的精神风貌。三是希望大家为促进中古两国人民友好事业发展作出贡献。"

"祖国人民期待着你们学成回国，为祖国现代化建设贡献力量。祝同学们在古巴期间身体健康、学业有成、生活愉快！"胡锦涛的真诚祝愿，深深感染着同学们。来自四川、内蒙古、甘肃的几位同学不约而同地对记者说："听了胡主席的讲话，心中非常激动。我们一定好好学习，将来报效祖国，为中古友好事业作贡献。"

临别前，胡锦涛欣然为哈瓦那大学塔拉拉分校题词："培养优秀人才，增进中古友谊"。

此时，劳尔·卡斯特罗回忆起自己55年前出席世界青年联欢节时学唱《东方红》的往事，情不自禁地带头再次唱起这首家喻户晓的中国歌曲。

分别的时刻到了，师生们挥舞着中古两国国旗欢送胡锦涛，依依不舍地目送车队离去。激动的欢呼声与大西洋的涛声交汇在一起。

（原载于《人民日报》2008年11月20日第三版）

应哥斯达黎加总统阿里亚斯、古巴国务委员会主席兼部长会议主席劳尔·卡斯特罗、秘鲁总统加西亚、希腊总统帕普利亚斯邀请，国家主席胡锦涛于2008年11月16日至26日对上述4国进行国事访问。本文记录了访问古巴第二天，胡锦涛主席同胡里奥一家人轻松友好的交流。

中国国家主席做客古巴普通人家

"我们来古巴访问，特地到你家做客。"胡锦涛握着82岁的胡里奥的手亲切地说。"我们非常高兴您能到我家来。"胡里奥一家人不约而同地说。

11月18日下午，正在古巴进行国事访问的胡锦涛在古巴国务委员会第一副主席兼部长会议第一副主席马查多陪同下来到胡里奥家，同他们一家四口轻松地聊起家常。

胡里奥家位于东哈瓦那市卡米洛·西恩富戈斯居民区，1961年迁入，是这里最早的住户之一。三室一厅的居室，面积75平方米。胡里奥和夫人罗莎已退休，同刚刚退休的女儿索赖达及其17岁的儿子莱昂纳多住在一起。

客厅里装点着鲜花，摆在碗橱上端的几个中国瓷人格外醒目，显示了一家人的"中国缘"。

互相认识之后，话题就从孩子开始了。

胡锦涛问莱昂纳多："你很快要上大学了，想学什么专业？"

"现在的想法是学习工程。"

"看来我们可以成为同行了！"胡锦涛高兴地说。

"您也是工程师？是什么专业？"莱昂纳多颇感惊喜。

"我是搞水电的。"胡锦涛又问，"你想学什么？"

得知莱昂纳多想在电子、电器领域发展，胡锦涛说："现在电子技术是热门，青年人都喜欢学这方面的专业。你是不是个电脑迷啊？"

"学电脑是必要的，学会电脑，就可以学其他很多知识。"莱昂纳多回答。

得知胡里奥一家四口有三人退休了，胡锦涛询问他们的退休制度和退休后的生活情况。

说到住房问题，马查多向胡锦涛介绍了古巴建筑居民住房计划——每年新建5万套住宅。他说："由于这段时间飓风灾害频繁，今年这个目标没有实现，但从明年开始我们将继续实施这个目标，而且还要修复、重建被飓风摧毁的住宅。将来这个小伙子结婚就会有住房了。"大家听后都很高兴。

不知不觉，时间的指针靠近了下一项日程安排，胡锦涛起身告辞。胡里奥说："非常感谢您来我家做客。时间虽然短暂，但这是我们全家毕生的荣幸。"

一家人将胡锦涛送上汽车，相拥告别，挥手致意。

能说一点英语的莱昂纳多对记者说："胡锦涛主席是一位伟大的领导人。我们一家人对中国人民满怀友情。"还有很多感受想说的他又补充道："下一次你们来时，我就能用英语向你表达更多了。"

阳光下，胡里奥一家人目送胡锦涛一行的车队远去，喜悦的心情洋溢在他们脸上。

（原载于《人民日报》2008年11月20日第三版）

> 应哥斯达黎加总统阿里亚斯、古巴国务委员会主席兼部长会议主席劳尔·卡斯特罗、秘鲁总统加西亚、希腊总统帕普利亚斯邀请，国家主席胡锦涛于2008年11月16日至26日对上述4国进行国事访问。本文回放4国之行，解读中国同拉美关系新进展。

"新"的活力 "心"的跃动

远道而来，到访"花城"圣何塞、"加勒比海明珠"哈瓦那、"不雨城"利马——地理上的万里之遥，在友好情谊和丰硕成果的映射下，化为心灵间的亲近相和。

11月16日至20日，国家主席胡锦涛先后对哥斯达黎加、古巴、秘鲁进行国事访问，标志着中国和拉美关系的最新发展。11月20日，胡锦涛在秘鲁发表题为《共同构筑新时期中拉全面合作伙伴关系》的重要演讲，站在战略高度全面阐述对发展中拉友好合作关系的主张，让人们得以从更广阔的视野，展望中拉关系的未来。

热烈隆重的欢迎，纵情歌舞的少年，经久不息的掌声，领导人亲切的交谈，几十份合作文件的签署……访问中的一幕幕载入中拉关系史册，其间蕴涵的"新"与"心"，更显访问意义之深远。

新的开篇，新的定位。纵观3国之行，能够感受"新"的活力。哥斯达黎加，是一个同中国建交才一年多的国家，本次访问宣布启动中哥自由贸易协定谈判，中哥关系又开启新的篇章。古巴，新任最高领导人首次迎接中国国家主席到访，中古传统友好关系翻开新的一页。秘鲁，见证中秘最高领导人共同宣布两国自由贸易协定谈判成功完成，正式建立战略伙伴关系的历史性时刻。

心的交流，心的相通。纵观3国之行，能够感受友好之"心"的跃动。倾听中国留学生在胡锦涛和劳尔·卡斯特罗面前用西班牙语深情吟诵古巴诗人的名篇，人们看到心灵相通奠定的友谊是如此生动而深厚；闻听秘鲁国会领导人希望秘鲁成为太平洋两岸文化交流桥梁的话语，人们看到浩瀚的太平洋也挡不住人民沟通心灵的愿望；目睹胡锦涛先后同哥斯达黎加总统和秘鲁总统一起出席孔子学院落户两国的签字仪式和授牌仪式，人们看到中国文化和拉美文化更加交融于心的明天是如此之近。

胡锦涛本次拉美之行，会晤3国领导人，接触社会各界人士，促友好，谈合作，所到之处，无不掀起中国热潮。记者采访的一些当地人士都认为，胡锦涛的访问意义重大，将推动中拉关系迈上新台阶。他们非常感动于胡锦涛在繁忙的日程中抽出时间与普通民众接触，了解当地的历史文化和社会生活。他们纷纷表示，愿同中国人民共同努力，加强经济合作，促进人文交流，永结友好情谊。

"新"的活力与"心"的跃动，让中拉关系充满生机。正如胡锦涛在演讲中所指出，"中拉利益融合达到了前所未有的深度，双方关系水平达到了前所未有的高度。中拉已成为真正的好朋友、好伙伴"，"中国人民和拉美人民心心相印，中拉友好合作大有可为"。

（原载于《人民日报》2008年11月22日第三版）

应哥斯达黎加总统阿里亚斯、古巴国务委员会主席兼部长会议主席劳尔·卡斯特罗、秘鲁总统加西亚、希腊总统帕普利亚斯邀请，国家主席胡锦涛于 2008 年 11 月 16 日至 26 日对上述 4 国进行国事访问。本文记录了此行最后一天，在希腊参观丰收时节的农业联合体的一幕。

胡锦涛主席参观希腊佩扎农业联合体
——鼓励中希两国扩大农业交流合作

本报雅典 11 月 26 日电 正在希腊进行国事访问的国家主席胡锦涛 26 日来到希腊南部克里特岛参观佩扎农业联合体，并表示希望中希两国扩大农业交流合作。

当地时间 10 时 45 分许，胡锦涛和夫人刘永清一行在希腊外交部部长多拉·巴科扬尼斯陪同下，来到克里特岛中部伊拉克林市郊的佩扎农业联合体参观，受到当地居民热烈欢迎。

克里特岛素有"橄榄王国"之称，种植油橄榄株数占希腊全国总株数的 1/5。11 月，正值橄榄收获榨油的时节，这座孕育了希腊数千年"橄榄文明"的岛屿沉浸在丰收的气氛之中。

胡锦涛首先来到一片橄榄园。在一株橄榄树旁，他听取联合体负责人介绍今年该联合体橄榄种植和收获情况，并高兴地应邀手执长长的电动橄榄采摘器打下成熟的果实。橄榄园的主人兴奋地说，胡锦涛主席为他们打下了今年收获的第一批橄榄。

随后，胡锦涛来到农产品展览室参观。这里展示了各种橄榄制品，以及当地农民早期用于制作橄榄油的工具。胡锦涛详细询问了联合体的橄榄产量、榨油方法、单位榨油量以及橄榄油的市场价格。接着，胡锦涛参观了橄榄油加工和生产车间，了解橄榄油加工技术和生产流程。

胡锦涛对联合体取得的成绩表示祝贺，祝愿联合体兴旺发达，并欢迎佩扎农业联合体积极开拓中国市场，扩大同中国同行的交流合作。

佩扎联合体负责人表示，非常感谢胡锦涛主席前来参观，希中两国历史悠久，两国人民友好。相信在胡锦涛主席关心下，佩扎联合体能够同中国同行开展合作，将高品质的橄榄油更多销往中国市场。

临别前，胡锦涛应邀在留言簿上题辞："中希友谊　历久弥新"。

当天下午，胡锦涛在雅典亲切看望中国驻希腊使馆工作人员、中资机构、华侨华人和留学生代表。

令计划、王沪宁、戴秉国等参加上述活动。

（原载于《人民日报》2008年11月27日第三版）

> 2008年,"中日青少年交流年"活动丰富多彩。两国领导人亲自出席开幕活动和闭幕活动,两国1.2万人次的青少年积极参与了100多项活动,世代友好的种子在两国青少年心中播撒。本文记录了温家宝总理12月20日出席闭幕式的盛况。

明天会更好
——记温家宝总理出席"中日青少年友好交流年"闭幕式

岁末的北京,天朗气清,2008名中日青少年欢歌劲舞,热烈庆祝"中日青少年友好交流年"活动圆满成功。一年前共同确定这一历史性交流项目的中国国务院总理温家宝和日本前首相福田康夫,一起来到两国青年中间,共同祝福中日友好关系更加美好的未来。

12月20日,北京航空航天大学体育馆内外披挂盛装——祥云与星光相依相伴,红梅与樱花辉映芳妍。绽放的鲜花之中,"中日青少年友好交流年"的主题口号"明天会更好"格外光彩。

下午2时30分,温家宝首先会见福田康夫一行。老友相逢,格外亲切。"今天,我们两个年纪大的人同年轻人一起活动,非常有意义,因为青年象征着中日世代友好的未来。'交流年'活动开展得很好,年轻人高兴,孩子们高兴,我们两国人民高兴。这种交流会像种子一样埋在两国青少年心间,日后会生根发芽。"温家宝一席讲话情真意切。

福田康夫边听边点头微笑。他认为,"交流年"活动取得了重要成果,甚至远远超过原定今年实现4000人交流的目标。他特意向温家宝介绍随行的几位日本青年国会议员,指出他们都非常支持日中关系发展。

温家宝意味深长地说："今年是中日和平友好条约缔结30周年。30年前，邓小平先生和福田赳夫先生共同推动缔结这个富有远见的条约，用法律形式确定两国走相互尊重、世代友好的道路。30年来，中日关系尽管有过曲折，但是未来是光明的。"

温家宝深情地回忆起自己去年的"融冰之旅"和上周的"福冈一日行"："那么多日本民众夹道欢迎我们，热烈的场面充分证明，中日友好是人心所向。"

说到即将出席"交流年"活动闭幕式，温家宝坚定地说："它绝不是中日青少年友好交流活动的句号，只是一个逗号。这种友好交流将继续下去。要让两国青年不忘昨天，珍惜今天，共创明天，将中日友好事业世代传承。"

福田康夫对此表示完全赞同，他表示，日中关系的基础在于增进两国人民特别是青少年的相互了解和友谊。"交流年"活动取得成功。日方今年将继续推动两国青少年的交往。他还指着坐在一侧的10名日本年轻议员说："他们都积极支持这样的交流。"议员们报以会心的微笑。

下午3时，温家宝和福田康夫一起步入闭幕式主会场，热烈的掌声伴着"伸出你的手，伸出我的手，让我们做朋友……"的歌声，温家宝亲切地向两国年轻人挥手致意。

双方致辞后，文艺联欢开始了。大屏幕回放出一年来两国青少年交流活动的许多难忘场面：3月，中国国家主席胡锦涛出席"交流年"中方开幕活动，两国青年共同写下"同一个世界，同一个梦想"；5月，胡锦涛同福田康夫共同出席"交流年"日方开幕式……两国1.2万人次的青少年参与了100多项丰富多彩、生动活泼的活动，世代友好的种子在两国青少年心中播撒。

律动的音乐响起，激情洋溢的开场歌舞《青春时代》呼应着人们共同的感受，抒发了两国青年在"交流年"盛举之中共享友好的喜悦。

这时，几位志愿者将一株"中日友好心愿树"移到台前。在主持人盛邀下，温家宝和福田康夫同两国青年代表一同上前，在心愿红飘带上签名，然后系到心愿树上。他们中有曾应福田康夫邀请访问日本的中国青年代表团成员，还有曾任北京奥运会日本代表团礼仪引导员的中国青年。温家宝看到同他打过棒球的两位日本青年，高兴地同他们亲切握手，一同回忆起访问日本时的难忘情景。

火红的心愿飘带,翠绿的心愿树,寄托了中日两国人民对两国关系美好未来的憧憬。全场观众挥舞起手中的助威扇,表达共同的心声。

两国青年同台表演。青春的气息和友好的气氛在体育馆上空弥漫。

到了分别的时刻,两国青年用经久不息的掌声向温家宝和福田康夫表达感激之情。

"交流年"活动的帷幕就要落下。心潮澎湃的两国青年纷纷将自己的心愿红飘带系在心愿树上。在接受记者采访时,他们一致表示,中日两国青年要永远做朋友。

依依不舍之中,两国领导人发来的贺辞犹萦在耳:

——温家宝总理说:"半个世纪以来,中日青少年交流为增进两国人民的了解、推动两国关系的改善发挥了重要作用。'交流年'活动的成功举办,在中日友好交往史上写下了崭新的一页,对两国战略互惠关系的发展必将产生积极而深远的影响。中日世代友好的基础在民间,未来在青少年。希望两国青少年继续携手合作,持之以恒地开展学习交流活动,用青春谱写中日友好的新篇章……"

——麻生太郎首相说:"两国青少年的交流与相互理解不断加深,日中关系的基础得到广泛、扎实的巩固,令人深感欣慰……我坚信,两国青少年间心灵的沟通,将大力增强未来两国国民间的信赖关系……"

送别难忘的 2008 年,人们有理由期待,中日关系"明天会更好"!

(原载于《人民日报》2008 年 12 月 21 日第二版)

> 应喀麦隆总统比亚、利比里亚总统瑟利夫、苏丹总统巴希尔、赞比亚总统姆瓦纳瓦萨、纳米比亚总统波汉巴、南非总统姆贝基、莫桑比克总统格布扎、塞舌尔总统米歇尔邀请，国家主席胡锦涛于 2007 年 1 月 30 日至 2 月 10 日对非洲 8 国进行国事访问。本文记录了在首站喀麦隆奏响的友谊与合作主旋律。

友谊之旅　合作之旅
—— 胡锦涛主席访问喀麦隆侧记

敲打着动感的非洲鼓点，传递着澎湃的心绪。尽情歌舞的雅温得民众，表达着节日般的喜悦。1 月 30 日晚，胡锦涛主席抵达喀麦隆首都雅温得，开始了他的这次非洲八国友谊之旅、合作之旅。在鲜花盛开、绿树婆娑的雅温得，中国代表团所经之处，总能看到上万名当地民众夹道欢迎、欢呼雀跃的场面。

胡锦涛主席这次对非洲的访问意义重大，这是中国政府和人民为巩固中非传统友谊、落实中非合作论坛北京峰会成果、扩大务实合作、促进共同发展而采取的重大行动。这再次反映出中国人民对非洲人民的感情是真挚的，中国政府帮助非洲实现发展目标的愿望是真诚的。

1 月 31 日红暾微露，浸透着非洲大陆独特神韵和非洲人民对中国人民友好情谊的悠扬歌声，就回荡在"七丘之城"雅温得的上空。

这一天，从胡锦涛主席下榻的宾馆到喀麦隆总统府，从中国援建的会议大厦到中国援建的雅温得妇女儿童医院和雅温得多功能体育馆的工地，中喀两国国旗迎风飘扬，两国元首在中非合作论坛北京峰会期间紧紧握手的巨幅照片格外醒目，赞颂中喀两国人民真诚友谊的横幅沿途悬挂。

这一天，比亚总统在总统府举行隆重的欢迎仪式。数百米长的红地毯装点着中喀友谊之路———一侧是代表着最高礼仪的仪仗队，一侧是载歌载舞的群众。两国元首真诚深入的交谈，为中喀关系发展指明了方向，也为中非关系发展积累了共识。

这一天，胡锦涛主席同比亚总统共同出席中国—喀麦隆联欢会，两国艺术家的精彩表演，折射出中国和非洲两大古老文明的异彩，谱写了开展文明对话的和谐之歌。

这一天，胡锦涛主席走进雅温得妇女儿童医院，亲切看望中国医疗队队员和在医院就诊的当地病儿。在被火车轧伤左脚的3岁男孩乔丹的病床前，胡锦涛主席详细询问救治情况。得知中国医生通过4次手术终于保住了乔丹曾被"判定"截肢的左脚时，胡锦涛主席深感欣慰。他扶着乔丹站起来，仔细观察他的治疗康复情况，高兴地说："这是中喀友谊的结晶。"胡锦涛主席高度评价中国医疗队的工作，赞扬他们是中喀人民友谊的传播者。

这一天，胡锦涛主席来到雅温得多功能体育馆建设工地，详细了解这个中国援建项目的进展情况，职工的工作生活情况，并看望了工人代表。胡锦涛主席勉励他们精心施工，以优质的工程为中喀友好合作作出贡献。

……

在喀麦隆，胡锦涛主席非洲八国友谊之旅、合作之旅第一站的访问，让世人再次领略了中非新型战略伙伴关系的精神实质，再次看到了中国政府和人民对落实中非合作论坛北京峰会成果的真诚努力。

胡锦涛主席非洲八国友谊之旅、合作之旅，必将揭开中非关系又一个新的篇章。这个篇章，建立在中国人民同非洲人民心心相印的基础之上，建立在中国同非洲风雨同舟50年的基础之上，建立在新世纪新阶段中非务实合作蓬勃发展的基础之上。胡锦涛主席非洲八国友谊之旅、合作之旅所预示的，将是中非友好合作关系全面发展的美好未来。

（原载于《人民日报》2007年2月2日第三版）

> 应喀麦隆总统比亚、利比里亚总统瑟利夫、苏丹总统巴希尔、赞比亚总统姆瓦纳瓦萨、纳米比亚总统波汉巴、南非总统姆贝基、莫桑比克总统格布扎、塞舌尔总统米歇尔邀请，国家主席胡锦涛于2007年1月30日至2月10日对非洲8国进行国事访问。本文记录了胡锦涛主席在访问利比里亚时，亲切看望中国维和部队官兵时的情景。

忠实履行使命　维护世界和平
—— 记胡锦涛主席看望中国赴利比里亚维和部队官兵

2月1日，对蒙罗维亚联合国利比里亚特派团星基地是一个不同寻常的日子——胡锦涛主席来到这里，亲切看望中国维和部队官兵。

检阅·重托

夕阳燠照，丛树滴翠。当地时间下午4时50分，胡锦涛主席抵达星基地，受到联合国特派团联合国秘书长特别代表多斯等的热情迎接。

雄壮的军乐声响起，胡锦涛主席健步走向英姿飒爽的中国赴利比里亚维和部队官兵和民事警察组成的方队，检阅这支肩负着维护和平、传播友谊的光荣队伍。

随后，胡锦涛主席登上检阅台，向官兵们发表了重要讲话。他首先表示："今天，在远离祖国的非洲大陆，看到同志们精神抖擞、斗志高昂，感到非常高兴。我代表党中央、国务院和中央军委，代表祖国人民，向你们表示诚挚的慰问和崇高的敬意！"

胡锦涛主席强调，自2003年12月我国参加联合国利比里亚维和行动以来，同志们牢记祖国人民的重托,坚持联合国宪章的宗旨和原则,发扬特别能吃苦、特别能战斗的精神,恪尽职守,出色完成了各项任务,为利比里亚的和平稳定和恢复重建作出了重要贡献。祖国人民为你们感到骄傲!

胡锦涛主席指出,当前,中利关系发展势头良好,这是两国政府和人民共同努力的结果,也有同志们的一份功劳。

胡锦涛主席说:"同志们作为联合国维和人员,肩负着重要而特殊的使命。为了更好地完成任务,希望同志们牢记使命高于一切、责任重于泰山,发扬优良传统,做维护世界和平的卫士;希望同志们维护中利友好的大局,继续在力所能及的范围内多为当地人民做实事、做好事,努力做促进中利友谊的使者;希望同志们充分利用参与联合国维和行动的有利机会,学习友军长处,加强自身建设,努力做我军现代化建设的标兵。"

最后,胡锦涛主席深情地表示,祖国和亲人期待着你们圆满完成任务、凯旋而归。检阅结束后,胡锦涛主席在会议室听取了维和分队指挥长李峰的工作汇报。

李峰在汇报中说,中国在利比里亚维和人员包括维和分队、民事警察、军事观察员和参谋军官,目前共有593人,其中维和分队共有558人,由运输分队、工兵分队、医疗分队组成。运输分队已累计行程260多万公里,运送各类人员12万人次、各种物资14万吨;工兵分队已勘察修复道路2600多公里,架设修复桥梁35座;医疗分队共接诊1.3万多人次。中国维和部队的出色表现,为利比里亚和平协议实施和战后重建作出了重要贡献,受到联利团和利比里亚人民的广泛赞誉。约翰逊—瑟利夫总统称赞他们是训练有素、纪律性强、高度职业化的部队,是伟大的中国人民和中国军队的友好使者。

听到这里,胡锦涛主席说,刚才同约翰逊—瑟利夫总统会谈时,她特别提到中国工兵部队在利比里亚修了很多道路,当地老百姓非常感谢。

胡锦涛主席叮嘱道,维和部队在完成任务的同时,要关注当地民生,多为当地民众办实事,把中非友好的种子播撒到人民心中。

胡锦涛主席欣然命笔,为维和分队题词:"忠实履行使命,维护世界和平"。这几个字,表达了胡锦涛主席对维和部队官兵的殷切希望,也表达了中国人民对维护世界和平的坚定意志。

看望·牵挂

走出会议室，胡锦涛主席来到运输分队七班宿舍，同 8 名战士亲切攀谈起来。"谁是班长？""你们都是什么地方的人？"——听完回答后，胡锦涛主席说："你们中有四个内蒙古人，两个安徽人，一个河南人，一个重庆人。"一席对话，让战士们备感亲切。

"对这里的生活习惯吗？""你的嘴上还有点上火。""白天营房是不是很热？""你们开车多少年了？""要努力学习外语。执行任务时走到一些地方不认路了，找当地群众打听一下，就得说两句。""有什么文化活动？能看到国内的电视吗？"胡锦涛主席特地嘱咐有关负责同志，要定期给在国外参加维和行动的部队送一些电影、电视剧等文艺节目的光盘，以丰富官兵们的生活。深入的询问，体贴的关怀，让远离祖国、远离亲人的战士们备感温暖。

战士们告诉胡锦涛主席，他们已适应了这里的生活，也有比较丰富的文化活动。他们纷纷表示，尽管困难很多，但一定完成光荣的维和使命。胡锦涛主席欣慰地说："你们用自己的实际行动，展现了我军威武之师、文明之师、和平之师的风貌，祖国人民为你们感到骄傲。"胡锦涛主席的话令战士们深受鼓舞，他们以热烈的掌声表达感谢。

"很快要过春节了，每逢佳节倍思亲。你们想念家人，你们的父母也想念你们。你们要给家里通个电话，给父母报个平安，给父母拜个年，让家人放心。"

胡锦涛主席又来到炊事班，详细询问部队伙食方面的情况，并登上炊事车察看有关设施。胡锦涛主席得知这里蔬菜供应困难，十分牵挂，这次专门用专机从万里之外的祖国给官兵们带来了一些西蓝花、白菜、黄瓜、蒜薹等新鲜蔬菜。胡锦涛主席无微不至的关怀，令官兵们感动不已。

激动·鼓舞

看望活动结束前，胡锦涛主席同中国赴利比里亚维和分队、民事警察、军事观察员和参谋军官合影留念。官兵们用热烈的掌声表达心中的喜悦之情。当胡锦涛主席同他们握手告别时，这些平时铁骨铮铮的硬汉们眼中噙着晶莹的泪花。

胡锦涛主席一行风尘仆仆地离开了星基地，官兵们的心情久久不能平静……

工兵分队大队长王洪国说："我们要把胡主席的关怀化作完成维和任务的动力，以更高的目标、更好的形象代表国家、代表军队。"

运输分队大队长贾付喜说："我们将牢记胡主席的重托，听党指挥，服务人民，英勇善战，坚决完成维和任务，让党中央放心，让胡主席放心。"

医疗分队队长李亚东说："虽然驻扎在绥德鲁的医疗分队只能派部分同志前来接受胡主席检阅，但所有同志心情都十分激动。我们带着光荣的维和使命来到利比里亚，一定不辜负祖国和人民的嘱托。"

运输分队七班班长马龙说："我们来自参加过上甘岭战役的英雄团。无论环境多么恶劣，我们一定完成任务，为中国军人争光。"

利比里亚，蒙罗维亚，星基地，见证了一个令人难忘的时刻，书写了一段浓墨重彩的历史。这一天，这里吹响的被誉为"和平问候"的军号声，格外嘹亮。

（原载于《人民日报》2007年2月3日第一版）

应喀麦隆总统比亚、利比里亚总统瑟利夫、苏丹总统巴希尔、赞比亚总统姆瓦纳瓦萨、纳米比亚总统波汉巴、南非总统姆贝基、莫桑比克总统格布扎、塞舌尔总统米歇尔邀请，国家主席胡锦涛于 2007 年 1 月 30 日至 2 月 10 日对非洲 8 国进行国事访问。本文全景记录了胡锦涛主席考察中国同苏丹开展的能源合作项目。

加强互利合作　促进自主发展
——记胡锦涛主席考察苏丹喀土穆炼油有限公司

天清气爽，大漠旷远。2 月 2 日下午，正在苏丹进行国事访问的国家主席胡锦涛一行在苏丹总统巴希尔亲自陪同下，横跨缓缓流淌的尼罗河，穿越一望无际的戈壁，驱车北行 70 多公里，来到被誉为"非洲大地一颗璀璨明珠"的喀土穆炼油有限公司。成千上万的当地民众沿途列队，激情欢呼，热烈鼓掌，欢迎中国贵宾的到来。

喀土穆炼油有限公司，是由中国石油天然气集团公司和苏丹能矿部各以 50% 股份合资建设的现代化炼油厂，是苏丹最大的石油加工企业，是中苏 10 年石油合作的硕果。10 年来，中国企业同苏丹合作方携手努力，通过合作帮助苏丹建立起比较完备的石油工业体系，使其由原油进口国一跃成为原油出口国；为当地创造了大量就业机会，为苏丹培养了 6000 多名掌握现代炼油技术的管理和技术人员；带动苏丹经济近年来保持 8% 以上的年增长率，促进了当地经济社会发展。当地时间 17 时 15 分，胡锦涛主席抵达这个花园式的现代化厂区。在观看了炼油厂全景沙盘后，胡锦涛主席和巴希尔总统一起步入欢迎会场，数百名两国员工代表全体起立，热烈鼓掌。

巴希尔总统在欢迎会上发表了热情洋溢的讲话。他回顾了苏中建交近50年来中国给予苏丹的真诚援助。他特别指出，中国企业在苏丹石油工业发展陷于困境的时候来到苏丹，双方的真诚合作促进了苏丹石油工业发展，推动了苏丹石油人才培养，还带动了其他国家对苏丹的投资。他高度评价苏中经济技术合作及其取得的成果，表示苏丹政府真诚欢迎并优先考虑中国企业来苏丹投资兴业，相信这种合作必将造福苏丹人民。

在热烈的掌声中，胡锦涛主席走上主席台。胡锦涛主席在讲话中高度评价喀土穆炼油有限公司为加强中苏经贸合作作出的贡献。他指出，中苏石油合作既有利于中国企业发展，也促进苏丹建成了比较完备的石油工业体系，为苏丹合理利用资源、创造就业、增加税收、把本国资源优势转化为经济发展优势作出了贡献。事实证明，中苏石油合作堪称南南合作的典范。

胡锦涛主席强调，中国政府一贯鼓励和支持有实力、讲信誉的中国企业到包括苏丹在内的非洲国家开展多种形式的经贸合作，并要求它们坚持互惠互利、共同发展的原则，讲求信誉和质量，积极与当地社会和谐相处，主动承担社会责任，多做有利于增强非洲国家自主发展能力、帮助非洲人民改善生活的好事，为非洲人民带来实实在在的利益。

中苏石油合作，不仅收到良好的经济效益，也收到良好的社会效益。当地官员和民众对中国石油天然气集团公司在苏丹积极从事公益事业表达了由衷的感激之情。据悉，中石油在当地已累计捐资3228万美元，其中1928万美元用于基础设施建设、医疗卫生事业发展和人才培养。中石油下属石油作业公司捐资1300万美元，建设学校22所，设立医院、诊所101所，打水井、修水塘156个，当地受益民众超过150万人。2004年，中石油还向苏丹政府捐赠1000万美元，用于修建苏丹麦罗维大桥。中国企业积极投身公益事业、热情为当地民众造福的举动，赢得了苏丹政府和人民的交口称赞。

胡锦涛主席来到炼油厂的中央控制室，同在场中苏员工一一握手，亲切交谈。公司员工代表向胡锦涛主席赠送了一份特殊的礼物——汽油、柴油、石油焦样品。据介绍，这是以中国技术、用产自苏丹的加工难度很大的高酸高钙稠油炼制出来的优质产品。

胡锦涛主席勉励双方管理和技术人员真诚友好、平等相待、相互学习，共同促进两国石油领域合作不断向前发展，进一步夯实两国和两国人民友好的基础，造福中苏两国人民。

离开前，胡锦涛主席和巴希尔总统共同在厂区植下一棵象征友谊的椰枣树，并同两国员工代表合影。

阳光之下，悬挂在巨型原油罐上的"友谊成就伟业、合作铸就辉煌"的横幅格外醒目。人们祝愿中苏互利合作能像千年流淌的尼罗河那样，奔腾不息，滚滚向前。

（原载于《人民日报》2007年2月4日第三版）

应喀麦隆总统比亚、利比里亚总统瑟利夫、苏丹总统巴希尔、赞比亚总统姆瓦纳瓦萨、纳米比亚总统波汉巴、南非总统姆贝基、莫桑比克总统格布扎、塞舌尔总统米歇尔邀请,国家主席胡锦涛于 2007 年 1 月 30 日至 2 月 10 日对非洲 8 国进行国事访问。本文记录了胡锦涛主席同中国人民的老朋友、赞比亚前总统卡翁达的一席谈话,解读历久弥坚的中非全天候友谊。

握手,全天候朋友

——胡锦涛主席同卡翁达畅叙中非友谊

碧草纤秾,红花点缀,赞比亚首都卢萨卡绿影如春。2 月 4 日,正在这里进行国事访问的国家主席胡锦涛亲切会见了非洲老一代政治家、赞比亚前总统肯尼思·卡翁达。双方抚今追昔,畅叙源远流长、历久弥坚的中非友谊。

上午 10 时 40 分,胡锦涛主席在会见厅门口热情迎接年近 83 岁的卡翁达,同这位对中国怀有深厚感情的老人紧紧握手。

胡锦涛主席亲切地对卡翁达说:"你是中国人民的老朋友,你和毛泽东主席、周恩来总理、邓小平同志等老一辈中国领导人都结下了深厚友谊,我很高兴今天见到你。"

卡翁达说:"能够在这里接待来自中国——我们全天候朋友的领导人真是太好了!中国人民一直是我们的好朋友。"

卡翁达是亲历了中赞、中非关系发展诸多经典时刻的一位重要人物:他在 1964 年 10 月 25 日赞比亚独立第二天就宣布同中国建交,29 日两国正式建立外交关系并互派大使;他在联合国讲坛上疾呼联合国中没有新中国人民的代表是错误的，为中华人民共和国恢复在联合国的合法席位作出了贡献；他创造性地使用"全天候朋友"这一生动的概念定义中非关系……

"中国有句老话：吃水不忘掘井人。中国政府和人民不会忘记卡翁达先生为发展中赞、中非友谊作出的杰出贡献。"胡锦涛主席动情地对卡翁达说。

胡锦涛主席说："在你担任赞比亚总统时期，中国、赞比亚、坦桑尼亚合作修建的坦赞铁路，成为中赞、中坦、中非关系史上的一座丰碑。当年，毛泽东主席同你会见时提出的三个世界理论，鼓舞了广大发展中国家人民争取民族解放的斗争。"

卡翁达深情地回顾了当年坦赞铁路建设的历程。他说："当时，非洲南部民族解放斗争形势非常严峻，坦桑尼亚和赞比亚曾请求西方国家帮助修建坦赞铁路，但遭到拒绝。后来，我们去中国向毛泽东主席提起这件事。毛泽东主席同意援建这条铁路，我们对此非常感激。"

卡翁达由衷地说："中国的支持对赞比亚等非洲国家争取国家独立和民族解放斗争最终取得成功具有重要的战略意义。"

卡翁达回忆道，长期以来，中国向我们提供了大量援助，帮助我们修建道路和桥梁，帮助我们发展农业，派来大量医生……这些都是非中友好的重要象征。他表示："中国在我们非常困难的时候帮助了我们，中国是我们的全天候朋友。"

听了卡翁达的这番话后，胡锦涛主席说："回顾中非关系发展的历程，我们进一步感受到中赞全天候友谊有着深厚的历史基础和社会基础。这也表明卡翁达先生和中国老一辈领导人共同栽下的中赞友谊之树，经受住了国际风云变幻和各自国内情况变化的考验，根深叶茂，结出了累累硕果。"

胡锦涛主席还向卡翁达介绍了中国采取的免除债务、开放市场、建立经济贸易合作区、建设农业技术示范中心和农村学校、建设医院和疟疾防治中心、增加中国政府奖学金名额、培训人才等帮助赞比亚发展经济和改善民生的举措。

卡翁达听了以后发自肺腑地说："非常感谢中国宣布的对非合作新举措。我们对中国的快速发展感到很放心，因为我们很清楚中国怎样看待非洲。"

会见结束时，胡锦涛主席热情邀请卡翁达再次访问中国。卡翁达对此表示感谢，说："我希望去看一看改革以后新生的中国，看看那里发生的翻天覆地的变化。

我们为有中国这样的朋友感到非常骄傲。"

会见后，卡翁达在接受记者采访时表示，中国新的领导人同老一辈领导人一样关心赞比亚和非洲国家的发展和进步。中国对赞比亚和非洲国家的支持是不附加任何条件的。中国这样做，是一种朋友对朋友的方式，这也是我们为什么一直称赞中国是赞比亚和非洲的全天候朋友。

（原载于《人民日报》2007年2月5日第三版）

> 应喀麦隆总统比亚、利比里亚总统瑟利夫、苏丹总统巴希尔、赞比亚总统姆瓦纳瓦萨、纳米比亚总统波汉巴、南非总统姆贝基、莫桑比克总统格布扎、塞舌尔总统米歇尔邀请,国家主席胡锦涛于2007年1月30日至2月10日对非洲8国进行国事访问。本文记录了胡锦涛主席亲切看望中国援助赞比亚军事医疗专家组成员的一幕。

中国军医的光荣

2月4日,令中国人民解放军援助赞比亚医疗专家组的军医们终生难忘。

当天下午,正在赞比亚进行国事访问的国家主席胡锦涛专门来到援赞军事医疗专家组10名军医中间,亲切看望这些远离祖国的中国军人。

一见面,胡锦涛主席就同军医们一一握手。援赞军事医疗专家组的同志们激动地围坐到胡锦涛主席身边,亲切交谈起来。

胡锦涛主席逐一询问军医们在赞比亚工作和生活感受。

"我们特别思念祖国、思念亲人。"

"祖国派我们来到这里,我们深感责任重大。"

"非洲人民对我们很友好,对中国军医很尊敬。"

……

听取了大家的发言后,胡锦涛主席代表党中央、国务院、中央军委和祖国人民,向军医组的同志们表示亲切慰问和崇高敬意。他说:"同志们身在非洲,心怀祖国。你们代表着中国,代表着中国军队,牢记祖国人民的重托,不辞劳苦,以精湛的医术和良好的医德救死扶伤,为中赞两国人民友谊作出了积极贡献。"

"你们在这里的工作经历对你们今后的工作甚至一生都会产生重要影响。希望同志们珍惜在这里工作的机会，不断提高业务素质，更好地为当地人民服务。"

最后，胡锦涛主席嘱咐大家："同志们春节不能同家人团聚，但要给家里报个平安，让他们放心。"

胡锦涛主席的关怀使军事医疗专家组的同志们备受感动，他们纷纷表示："主席来看望我们，我们感到无比激动和幸福。我们一定加倍努力工作，圆满完成援外任务，不辜负祖国人民和胡锦涛主席的期望。"

援赞军事医疗专家组是我国派出援外的唯一的军事医疗专家组。从1984年派出首批援赞军事医疗专家组以来，我国迄今已派遣了11批163名军事医疗专家，向赞方提供军事医疗技术援助，为成千上万名赞比亚军人及其家属诊治病患。目前在赞比亚的是第十一批军事医疗专家组，由针灸、外科、眼科、放射科、五官科、妇产科、儿科、泌尿外科等军医组成，在赞比亚武装力量总医院——麦纳索科医院工作。全体援赞军医牢记祖国重托，在异国他乡忘我工作，他们经常不顾被传染病患者感染的危险为病人做手术，有时连夜奔赴几百公里之外抢救危重病人，毅然为遭遇车祸的伤员献血，有的在父亲去世的悲痛时刻坚守岗位……他们的高超医术和敬业精神赢得了赞比亚政府和军队高度评价。赞比亚前总统卡翁达亲切地称中国军医为"我的医生"。

（原载于《人民日报》2007年2月5日第三版）

> 应喀麦隆总统比亚、利比里亚总统瑟利夫、苏丹总统巴希尔、赞比亚总统姆瓦纳瓦萨、纳米比亚总统波汉巴、南非总统姆贝基、莫桑比克总统格布扎、塞舌尔总统米歇尔邀请，国家主席胡锦涛于 2007 年 1 月 30 日至 2 月 10 日对非洲 8 国进行国事访问。本文记录了胡锦涛主席在纳米比亚同驻非洲国家中资企业代表的一席谈话。

奋斗在非洲这片热土上
——胡锦涛主席同驻非洲国家中资企业代表座谈会侧记

炎炎夏日之下，莽莽大地之上，非洲正孕育着巨大的希望和蓬勃的生机。几十年来，许多中国企业先后来到这片热土辛勤创业，活跃在我国对非经贸合作第一线，为中非友好和合作作出了重要贡献。今天，在中非双方一致同意发展新型战略伙伴关系的形势下，中国企业适应中非务实合作发展的要求，加强同非洲国家企业的合作，中非互利合作正在迅速发展。

2 月 6 日上午，国家主席胡锦涛在纳米比亚首都温得和克专门看望了 21 家驻非洲中资企业的代表们，并同他们座谈，详细了解中国驻非洲企业在当地开展经营合作的情况。

"在座很多同志都是'老非洲'了。你们远离祖国和亲人，长年工作在条件艰苦的非洲大陆，克服种种困难，辛勤工作、默默奉献，为促进中非友好合作作出了优异的成绩。"胡锦涛主席亲切的话语，令大家深受感动。

参加座谈会的代表分别来自 21 家中资企业，其中包括：向非洲 9 个国家累计投资 66 亿美元、实施了 25 个合作项目、捐资 4000 多万美元支持当地公益事业的中国石油天然气集团公司，为非洲 49 个国家建设了机场、体育场、会议中心等大型建筑的中国建筑工程总公司,为南非提供了1100个就业岗位、在整个南部非洲建立了彩电和数字音像产品生产、销售网络、售后服务体系的海信集团,在非洲10多个国家承建了20多个优良工程的安徽省外经建设(集团)有限公司,为非洲29个国家提供抗疟疾药物、给2000多万非洲疟疾患者带来福音的华立科泰药业有限公司,40年前率先来到非洲承担坦赞铁路项目、"生在非洲、长在非洲"的中国土木工程集团公司……

胡锦涛主席仔细听取了各家企业代表介绍的情况,高度评价驻非洲中资企业为中非友好合作作出的贡献。胡锦涛主席强调:"我们要继承和发扬中非人民的深厚传统友谊和友好合作关系,促进中非在更大范围、更广领域、更高层次上全面合作。"

胡锦涛主席高屋建瓴地阐释了新形势下发展中非新型战略伙伴关系的总体要求,深刻论述了加强中非合作对推动建设持久和平、共同繁荣的和谐世界的重大意义。

"当前,非洲国家都把发展经济、改善民生放在第一要务的位置。"胡锦涛主席指出,"我们要努力扩大双方利益的汇合点,增强互利合作的吸引力和凝聚力,帮助非洲国家提高自主发展能力,确保双方共享发展成果,不断让非洲人民得到实实在在的好处。"

胡锦涛主席希望驻非洲中资企业牢记使命、服务大局,坚持信誉至上、质量第一,坚持促进和谐、造福民众。

胡锦涛主席回忆起阿尔及利亚总统布特弗利卡曾向他讲过的一件事情。阿尔及利亚因主办非洲领导人会议需要建造一座饭店,但时间非常紧迫,很多企业都说难以在这样短的时间里完成这个工程项目。结果中国企业承建了这项工程,并保质保量地按期竣工,保证了会议顺利召开。

胡锦涛主席又提及中国企业为马达加斯加建设的多功能体育馆和为苏丹建设的友谊厅。"我看过这个体育馆,是马达加斯加的一个标志性建筑。不仅政府的重要活动在那里举行,老百姓的婚礼、社会文化活动也在那里举行。这次访问喀土穆,我们看到上世纪70年代中国政府为苏丹援建的友谊厅,现在已成为苏丹政府举行各种重大活动的场所。"

"这些例子都说明，我们企业在非洲建设的优质工程，为当地人民造福，为祖国增光。驻外中资企业不仅代表了中国企业，也代表了中国。"胡锦涛主席语重心长地说。

当中粮集团公司的代表向胡锦涛主席汇报该公司在非洲进行农业合作项目的情况时，胡锦涛主席说："非洲国家非常重视农业开发。这次访问中，苏丹、赞比亚、纳米比亚的领导人都向我们提出加强双方农业合作的愿望。我们可以利用我们的技术优势帮助当地发展农业。"

座谈结束前，胡锦涛主席请大家转达他对驻非洲中资企业广大干部职工的春节问候。

最后，胡锦涛主席同参加座谈会的每位代表一一握手告别。代表们纷纷表示，绝不辜负胡锦涛主席的重托，绝不辜负祖国人民的期望，一定以实际行动为中非合作作出更大贡献。

（原载于《人民日报》2007年2月7日第三版）

应喀麦隆总统比亚、利比里亚总统瑟利夫、苏丹总统巴希尔、赞比亚总统姆瓦纳瓦萨、纳米比亚总统波汉巴、南非总统姆贝基、莫桑比克总统格布扎、塞舌尔总统米歇尔邀请，国家主席胡锦涛于2007年1月30日至2月10日对非洲8国进行国事访问。本文记录了胡锦涛主席在南非比勒陀利亚大学演讲的盛况，显示了中国人民同非洲人民同呼吸、共命运、心连心传统友谊的永恒生命力。

青年，非洲振兴的希望

——胡锦涛主席在比勒陀利亚大学演讲侧记

南非比勒陀利亚大学校园，绿草如茵，佳木繁翠。2月7日一早，大学内最大的千人礼堂——奥拉礼堂内外就十分热闹。门厅前，欢迎中国国家主席胡锦涛来校访问和演讲的大红横幅高高悬挂；主席台上，中国和南非两国国旗庄严竖立，一字排开的火鹤花丛丛簇簇。师生们聚集在礼堂前的广场上。这一日，奥拉礼堂洋溢着该校4万多名师生的盛情。

10时05分，在热烈的掌声中，胡锦涛主席在卡利·皮斯托留斯校长陪同下步入礼堂，并登上主席台，发表了题为《加强中非团结合作推动建设和谐世界》的演讲。胡锦涛主席深情回顾中国人民和非洲人民同呼吸、共命运、心连心的传统友谊，深刻阐释中非发展友好合作关系的重大意义，明确宣示落实中国加强对非务实合作、支持非洲国家发展政策措施的坚定决心，真诚表达中国愿帮助非洲国家提升自主发展能力、增进人民福祉的真诚愿望……

演讲过程中，全场不断爆发出热烈的掌声。当胡锦涛主席说到"过去、现在、将来，中国人民都是非洲人民平等互信、真诚相待的好朋友，互利互惠、合作共赢的好伙伴,患难与共、情同手足的好兄弟。中非人民要世世代代友好下去!中非人民一定能够世世代代友好下去"的时候;当胡锦涛主席说到"中国过去不会、现在不会、将来也决不会把自己的意志以及不平等的做法强加于其他国家,更不会做任何有损于非洲国家和人民的事"的时候;当胡锦涛主席说到"南非的未来寄托在你们身上,非洲振兴的希望寄托在全体非洲青年身上"的时候;当胡锦涛主席宣布未来3年内中国政府向非洲留学生提供的奖学金名额将由目前的每年2000人次增加到4000人次的时候……人们都用热烈的掌声表达他们的赞同和支持。

这掌声,源自对深入发展中国和南非、中国和非洲友好合作关系的热切希望,体现了中非人民决心世代友好的共同意愿。

胡锦涛主席演讲后,现场回答了师生们的提问。皮斯托留斯校长代表师生向胡锦涛主席提出两个问题。这是通过互联网等方式从该校1000多名师生提出的问题中选出来的,反映了师生们当前的主要关切。

第一个问题,涉及中国是否将帮助解决包括苏丹达尔富尔问题在内的非洲局部冲突问题。胡锦涛主席说,中国一贯支持非洲国家为实现和平稳定所作的努力,并且力所能及地从政治、经贸、外交等方面提供了帮助。中国积极参与了联合国在非洲的维和行动。中国一向主张达尔富尔问题应该在尊重苏丹主权和兼顾各方关切的基础上通过谈判加以解决。希望各方保持对话势头,推动苏丹全国民族和解进程,认真落实非盟、联合国和苏丹达成一致的解决方案,使达尔富尔地区形势能够向和平稳定的方向发展。中国愿意同南非等非洲国家一道,继续为达尔富尔问题的解决作出努力。

回答完后,胡锦涛主席说:"我要感谢和问候提出这个问题的朋友。"师生们被他的真诚所感动,全场响起热烈的掌声。

第二个问题,涉及中国政府为对中国文化感兴趣的非洲学生提供了什么样的学习机会。胡锦涛主席说,中国和非洲都有悠久的文明史,中非文化各有特色。加强中非青年特别是青年学生交往,对促进中非文化交流互鉴具有重要意义。中国政府鼓励和支持中非青年交往,也欢迎更多非洲青年到中国学习。中国政府已决定增加向非洲留学生提供的奖学金名额,为非洲青年赴华留学提供更多的机会和更好的条件。为了帮助非洲青年在本国学习中国文化，中国还同一些非洲国家合作建立了中国文化机构。今后，中国将加强同非洲国家大学的合作，建立更多的中国文化机构，为有兴趣学习汉语和中国文化的非洲青年朋友提供方便。

演讲会结束时，皮斯托留斯校长代表师生们对胡锦涛主席的演讲和答问表示诚挚感谢。他说："感谢您充满睿智的讲话，今天对于比勒陀利亚大学来说是个重要的日子。您的讲话不仅对南非而且对整个非洲来说都是非常重要的。"听众们全体起立，用经久不息的掌声感谢胡锦涛主席。

散场后，激动兴奋的神情仍然写在一张张年轻的脸上。

南非高等教育协会主席麦拉赞教授说："胡锦涛主席的演讲深入论述了中非关系和国际形势，透露出很多积极的信息。我更为高兴的是，中国将增加对非洲留学生奖学金的名额。"

比勒陀利亚大学生物系四年级学生布莱森说："今天是我们学校历史上最值得纪念的一天。"

机械工程系一年级学生霍拉克说："这是一次影响深远的演讲，让我们这些年轻人加深了对中国的认识。非常希望能够到中国访问。"

奥拉礼堂门前，年轻人们兴奋地谈论着感受，话语之间透着对中非关系、中非青年交往未来发展的期盼。

（原载于《人民日报》2007年2月8日第三版）

应喀麦隆总统比亚、利比里亚总统瑟利夫、苏丹总统巴希尔、赞比亚总统姆瓦纳瓦萨、纳米比亚总统波汉巴、南非总统姆贝基、莫桑比克总统格布扎、塞舌尔总统米歇尔邀请，国家主席胡锦涛于 2007 年 1 月 30 日至 2 月 10 日对非洲 8 国进行国事访问。本文记录了胡锦涛主席对南非"人类摇篮"遗址的参观活动，展示出创造了伟大中华文明的中国人民对非洲文明的尊重，向世界宣告中国人民愿意同世界不同文明开展交流互鉴的真诚愿望。

文明互鉴的瞩望
——记胡锦涛主席参观"人类摇篮"遗址

"我相信，同为人类文化瑰宝的中华文明和非洲文明交相辉映，共同繁荣，必将为人类和平与发展事业作出更大贡献。"

胡锦涛主席铿锵有力的话语，在比勒陀利亚市西北 80 公里处一片静谧的山谷久久回荡。

——这里曾是人类祖先生活的地方。

——这里发现的人类先祖化石居全球总数的一半，为探索人类起源提供了线索。

——这里被称为"人类摇篮"遗址，1999 年被列入世界遗产名录。

2 月 7 日下午，在南非艺术文化部长乔丹、豪滕省省长西洛瓦等陪同下，胡锦涛主席一行来到这里，先后参观了斯泰克方丹岩洞和玛罗彭展览馆。

斯泰克方丹岩洞，是世界上南方古猿化石最丰富、年代最古老的遗址，迄今已发现 600 余件人科化石、9000 余件石器和丰富的动物化石。这里出土的被称为

"普莱斯夫人"的头骨化石距今 260 万—280 万年,是首例完整的成年南方古猿非洲种头骨化石;这里出土的被称为"小脚"的化石距今 330 万年,是目前世界上最古老的人类先祖骨架。

玛罗彭展览馆,是"人类摇篮"遗址接待中心。"玛罗彭"为当地塞茨瓦纳语,意思为"返回起源地"。在这里,"小脚"化石的发现者克拉克教授向胡锦涛主席详细介绍了馆内陈列的各类化石复制品。

"普莱斯夫人"头骨化石的发掘现场,各种人科化石,形态各异的石器,人类进化的声光电综合展示,向人们述说着人类诞生、进化、发展的历史……

胡锦涛主席仔细观看着一个个现场,一件件实物,一处处展台,并向在场的古人类学专家详细询问有关人类演化的问题……

参观结束前,西洛瓦说:"这个遗址象征着世界人民大团结,我们的语言文化和信仰有所不同,但我们有着共同的古老历史。胡锦涛主席来此参观所传递的信息,将进一步推动捍卫人类未来的工作。"

胡锦涛主席表示:"这里陈列的珍贵化石文物,雄辩地证明非洲是人类文明的摇篮,非洲为人类发展作出了突出贡献。"

胡锦涛主席说:"为了支持非洲文化保护事业,为了表达中国人民对非洲人民的友好情谊,中国政府决定向非洲世界遗产基金捐赠资金。我们衷心希望中南两国古人类学的同行们加强交流合作,为进一步揭开人类发展的奥秘作出更大贡献。"

乔丹代表南非政府感谢中国政府对非洲保护文化遗产的支持。他说,中国对非洲世界遗产基金所作的贡献,再度证明了中国这一伟大的国家对非洲的承诺。遗产、文化、艺术对于促进人类的融合作出了重要贡献。保护文化遗产,不仅对南非而且对世界都十分重要。非洲的遗产能够为人类、为我们的子孙后代造福。

非洲这片古老而神奇的大地,是人类诞生的重要摇篮,形成了古老的人类先祖遗产。胡锦涛主席来到这里参观,充分表达了创造出伟大中华文明的中国人民对非洲文明的尊重,向世界宣告中国人民愿意同世界不同文明开展交流互鉴的真诚愿望。

(原载于《人民日报》2007 年 2 月 9 日第三版)

应喀麦隆总统比亚、利比里亚总统瑟利夫、苏丹总统巴希尔、赞比亚总统姆瓦纳瓦萨、纳米比亚总统波汉巴、南非总统姆贝基、莫桑比克总统格布扎、塞舌尔总统米歇尔邀请,国家主席胡锦涛于2007年1月30日至2月10日对非洲8国进行国事访问。本文记录了在此行最后一站塞舌尔,胡锦涛主席同塞舌尔百姓的亲切交流。

最好的朋友
——胡锦涛主席塞舌尔访百姓家

2月10日,塞舌尔维多利亚市东海岸,住进新居半年的阿贝斯特一家人,怎么也想不到中国国家主席胡锦涛会到他们家里来。他们早早收拾好屋子,激动地等待远道而来的中国贵客。

下午4时15分,胡锦涛主席一行来到阿贝斯特家门前。塞舌尔总统米歇尔、国土整治与住房部部长摩根在这里热情迎候。小区居民听说中国国家主席要来看望他们,高兴地聚集在街道两旁,挥舞彩旗,夹道欢迎。

摩根首先向胡锦涛主席介绍了小区的情况。这个小区主要面向塞舌尔中低收入居民,共有160套住房,总建筑面积1.2万平方米,使用了中国政府提供的优惠贷款,由中国沈阳国际经济技术合作公司施工建设。摩根还说,除了这个小区之外,中国帮助塞舌尔建设的国家游泳馆、医院等公用设施都在塞舌尔经济社会发展中发挥了重要作用。

听完介绍,阿贝斯特一家热情地把中塞两国元首迎进客厅。这家男主人韦恩·阿贝斯特是一名司机,女主人宝拉·芭莉提在维多利亚港防疫站工作。在陈设简朴的客厅里,他们特意摆放了一丛盛开的鲜花,使客厅中充满了温馨的气氛。

"我带着13亿中国人民的深情厚谊来看望你们。"胡锦涛主席的问候亲切感人,"女主人把房子收拾得非常漂亮,我为你们搬进新房感到高兴。"

"我想看看中国企业在这里盖的房子实用不实用,你们满意不满意。"胡锦涛主席真诚地说。

"这所房子很舒适,我们很满意。我们都说,要买房就要买中国人盖的房子。我们非常感谢中国政府,希望塞舌尔同中国的关系越来越好。"开朗热情的女主人宝拉兴奋地回答。

"今后我们还要和塞舌尔政府加强合作,为中低收入者盖更多经济适用房。"胡锦涛主席热情地说。

米歇尔总统由衷地说:"胡锦涛主席是塞舌尔最好的朋友。"

看到阿贝斯特11岁的小儿子伊兰手里拿着五星红旗安静地站在一旁,胡锦涛主席和蔼地招呼他到身边来。小伊兰走上前,亲热地亲吻胡锦涛主席的脸颊,依偎在他身旁。胡锦涛主席关切地询问小伊兰的学习情况,问他对新家的印象。小伊兰说非常喜欢这个新家。

担任翻译的塞舌尔姑娘朱妮特情不自禁地站起来,主动要求向客人献歌。她声情并茂地用中文演唱中国歌曲《朋友》。优美的歌声刚落,女主人宝拉又起头唱起塞舌尔歌曲《我爱我的祖国》,并拉起胡锦涛主席和米歇尔总统的手,和着节拍挥动着。

胡锦涛主席问小伊兰:"你也能为我们唱一首歌吗?"害羞的小伊兰微笑不语。

"看见这么多人不好意思了。没关系,勇敢的小伙子!记住,中国的胡爷爷下次来时,还要听你唱歌。"小伊兰懂事地点点头。

走出阿贝斯特家时,门外仍然站满了手舞彩旗的小区居民。胡锦涛主席走向他们,挥手致意。人们高兴地欢呼起来。

浩瀚的印度洋作证:中塞两国人民情深似海,真诚友好永驻心间。

(原载于《人民日报》2007年2月12日第一版)

> 应俄罗斯总统普京邀请，国家主席胡锦涛于 2007 年 3 月 26 日至 28 日对俄罗斯进行国事访问。胡锦涛主席和普京总统同 5000 多名中俄各界人士共同欣赏"中国年"开幕式庆祝演出《春天的交响》，本文记录了现场的盛况。

春天的交响
——俄罗斯"中国年"开幕式庆祝演出侧记

春回大地，万象更新。3 月 26 日晚，中国国家主席胡锦涛和俄罗斯总统普京共同出席在俄罗斯举办的"中国年"开幕式。

中俄友好再写新篇。古老的莫斯科河上空回荡着中俄两国人民友好的激昂旋律。

金碧辉煌的克里姆林宫大礼堂门口披挂起一串串大红灯笼，舞台上悬挂着印有俄罗斯"中国年"徽标的礼仪幕。在礼仪幕的画面上，可爱的卡通中国大熊猫和俄罗斯棕熊手牵手，挥舞着中俄两国国旗；北京古老的天坛祈年殿、莫斯科地标性建筑圣瓦西里大教堂交相辉映。

当晚 8 时许，胡锦涛主席和普京总统来到大礼堂，发表了热情洋溢的致辞。全场观众对两国领导人的致辞报以热烈的掌声。

随后，胡锦涛主席和普京总统同 5000 多名中俄各界人士共同欣赏"中国年"开幕式庆祝演出《春天的交响》。

礼仪幕升起，印有中国水墨画《黄山松云》的大幕，营造出深邃旷远的意境。

《东方神韵》拉开了晚会的序幕。点点星光之下，一座中式牌楼竖立舞台中央，上书对联"方丈地万襄江山，顷刻间千秋事业"，两道雕梁画栋的弧形游廊延伸向舞台两侧。在京胡宛转悠扬的乐声中，三位河南嵩山少林寺武僧将中华武术经典演绎得出神入化。其中，年方 9 岁的小沙弥释小广（原名孙光华）精灵叫绝的童子功赢得满场喝彩。去年，前往中国出席"俄罗斯年"开幕式的普京总统赴少林寺参观时，曾将释小广一把扛到肩上，留下了一张展示中俄友好的经典照片。随后上场的京剧表演亦是艺精技绝，令人叹为观止。

晚会主体分为《咏春》和《竞妍》两部分。歌唱家廖昌永以一曲《我和我的祖国》为《咏春》开篇。钢琴家郎朗同俄罗斯柴科夫斯基交响乐团联袂表演钢琴协奏曲《黄河》选段，昂扬激越的旋律感染着每一位观众。二胡演奏家周维献上了中国丝竹经典《二泉映月》和根据俄罗斯歌曲改编的《今日俄罗斯随想》，深受欢迎。以《梁祝》为主题的杂技《绸吊》，以精湛的技艺和独特的表现力，讲述了一段中国古代爱情经典。

进入晚会《竞妍》篇，《平克·弗洛伊德芭蕾》、《吉祥孔雀》分别展示了中国现代芭蕾和民族舞蹈艺术。"肩上芭蕾"《东方天鹅》，以高难的动作和优美的舞姿，倾倒了俄罗斯观众。歌唱家刘维维和王晨献上中国歌曲《那就是我》和俄罗斯歌曲《遥远》，展现了中国声乐艺术的水平。

晚会结束前，在脍炙人口的俄罗斯歌曲《卡林卡》伴奏下，全体演员载歌载舞登台谢幕，全场观众一起击拍歌唱，台上台下交融成一片欢乐的海洋。

"太棒了！"俄罗斯观众纷纷赞叹道，"这就是中国！"

俄中经济贸易合作中心理事长萨纳科耶夫激动地对记者说："胡锦涛主席和普京总统的致辞令人鼓舞，反映了两国人民加深传统友谊和真挚情感的共同心声，将对两国关系发展产生强大的推动作用。"

俄罗斯总统人权代表弗·卢金对记者说："两国元首的致辞恰如其分地体现了两国战略协作伙伴关系所达到的高水平。两国务实合作所取得丰硕成果，甚至难以用语言形容，这为两国人民永做好邻居奠定了坚实基础。"

莫斯科州杜马官员柳德米拉的兴奋之情溢于言表，她说："这场庆祝演出打开了一扇认识现代中国的窗户，我盼望自己的中国之旅能够早日成行。"

千千万万的俄罗斯民众通过电视直播领略了"中国年"开幕式的盛况。

鲜花馨香，歌声远扬，繁星点点的夜空，吹拂着"中国年"的春风，人们共同祝愿中俄两国人民的友谊万古长青。

（原载于《人民日报》2007年3月27日第三版）

应俄罗斯总统普京邀请，中国国家主席胡锦涛于2007年3月26日至28日对俄罗斯进行国事访问。适逢俄罗斯"中国年"，教授中文课程的莫斯科1948中学热情欢迎胡锦涛主席前来参观。本文是对这次参观活动的全景扫描。

真情暖童心　友谊代代传
——记胡锦涛主席参观莫斯科1948中学

3月27日，莫斯科天朗气清，春风和煦。

上午11时30分，国家主席胡锦涛一行来到新切廖姆斯金街，参观在中文教学方面成绩卓著的莫斯科1948中学。

校门口，谢苗诺娃校长带领同学们用俄罗斯特有的方式向中国贵宾表示热烈欢迎。3名身着民族服装的同学献上面包和盐，以表真诚祝福之意。

莫斯科1948中学，是一所以中文教学为特色的中学。该校学生从一年级就开始学习中文，一至四年级的学生每周上4个小时的中文课程，五至九年级的学生每周上5至9个小时的中文课程，五年级开设中国国情课程，八年级开设中国旅游课程，十年级开设中俄翻译基础课程。通过这样的持续学习，学生们对中国产生了一份特殊的感情和特别的向往。

一走进学校，就可以体会到中国文化的浓厚氛围。首先，同学们自豪地带领胡锦涛主席欣赏他们自己设计的中国庭院。他们的这个作品曾经荣获莫斯科市中学生创新大赛一等奖。

随后，胡锦涛主席来到三年级的一间教室。

"欢迎胡爷爷！"正在上课的同学们一见到胡锦涛主席，立刻用中文欢呼起来，热烈的掌声在教室中回荡。

"同学们好！"胡锦涛主席一边说，一边与同学们亲切地一一握手。

"你几岁？"胡锦涛主席问坐在第一排的伊连娜。

"9岁。"伊连娜露出甜甜的笑。

"学中文几年了？"见伊连娜有点紧张，胡锦涛主席又说："不着急，慢慢说。"

"3年。"伊连娜高兴地答道。

"我们喜欢学中文！"同学们异口同声地说。

胡锦涛主席应正在上课的老师娜卡丽娅的邀请，接过教鞭，指着黑板上的童谣说："请同学们跟着我读：阳光照，花儿笑；高高兴兴上学校；新的一天多么好；见到老师问声好；'老师，您早'！'老师，您好'！"

孩子们一句一句跟着胡锦涛主席读，读完后全场热烈鼓掌。

"同学们中文说得很好！"胡锦涛主席鼓励道。

"谢谢胡爷爷！"

胡锦涛主席还和同学们谈起北京，谈起大熊猫……

接着，胡锦涛主席来到二楼，看望在语音教室里上课的同学。有的同学说学习中文比较困难，胡锦涛主席鼓励他们说："学好中文，第一要有恒心，第二要勤奋，第三要多练。坚持做到这三条，同学们就一定能把中文学好。"

最后，胡锦涛主席来到学校小礼堂，同学们特意准备了一台自编自演的小节目。他们欢快地跳起中俄两国不同风格的舞蹈，抑扬顿挫地朗诵唐诗，口齿伶俐地说着绕口令……

表演结束后，胡锦涛主席高兴地对同学们说："一来到这里，我就感受到浓厚的中国文化气息，觉得格外亲切。刚才同学们的中文讲得很标准，演出的节目也很精彩，我向你们表示衷心的祝贺！我还要向精心培育你们健康成长的老师们致以崇高的敬意！

"中文是世界上使用人数最多的语言。中文也是最难学的语言之一。1948中学师资力量强，教学水平高，多年来培养了一批中文骨干人才，许多来过莫斯科和了解俄罗斯中文教育情况的人都知道有一所赫赫有名的1948中学。中俄两国是邻居，两国人民是朋友、是兄弟、是伙伴。要进一步发展我们的睦邻友好合作关系，实现两国人民世代友好，需要有语言这个工具来沟通。学习中文大有可为。

我衷心希望同学们学好中文,也希望将来在你们当中涌现一批中文翻译家、优秀中文教师。希望同学们长大后,为中俄友好事业作出贡献。"

胡锦涛主席表示:"我这次给贵校带来100套中文教材,希望能对同学们学习中文有所帮助。"

胡锦涛高兴地宣布:"中国政府决定今后5年每年都从贵校招收同学到中国去读大学,由中国政府提供全额奖学金。中国政府还将邀请贵校的同学代表明年寒假到中国海南三亚参加两国青少年冬令营。"

胡锦涛主席的话令同学们欢欣鼓舞,一双双小手使劲地拍着,一张张笑脸如鲜花一般绽放。

"胡爷爷再见!"告别时,同学们挥动着中俄两国国旗夹道欢送。

胡锦涛主席访问结束后,孩子们激动不已地谈论自己的感受。四年级学生阿廖娜告诉记者,3月26日是她10岁生日,这天正逢"中国年"开幕,27日又见到了胡主席。这是她最好的生日礼物。

十年级学生苏珊告诉记者,她长大以后要当研究中国问题的学者。萨莎则说她要当一名记者,做中俄两国的文化使者。

谢苗诺娃校长的话说出了教师们的共同心声:"胡锦涛主席的来访是1948中学莫大的荣幸。我们要更加努力地学习中国的语言文化,培养更多学生,使中俄友好的接力棒世代相传。"

(原载于《人民日报》2007年3月28日第三版)

> 应瑞典国王卡尔十六世·古斯塔夫邀请，国家主席胡锦涛于 2007 年 6 月 8 日至 10 日对瑞典进行国事访问。这是中瑞建交 57 年来中国国家元首首次访问瑞典。胡锦涛主席广泛接触各界人士，出席了"哥德堡"号仿古船从中国返航抵港仪式。本文记录了这一历史性时刻。

追寻历史　续写友谊
——"哥德堡"号仿古船返航仪式侧记

追索 270 多年前的一段历史，穿越大半个地球，"哥德堡"号仿古船沿着古老的"海上丝绸之路"航行 20 多个月，终于在 2007 年 6 月 9 日回到故乡——瑞典哥德堡市。

群众性的庆典，历史性的时刻，"哥德堡"号仿古船满载两国人民友谊和祝福成功完成复航，中国和瑞典，在这个历史时刻紧紧握手。

哥德堡自由港南码头上，清新的海风吹拂着高高悬挂的中瑞两国国旗，灿烂的阳光映照着 2 万多民众欢欣的笑脸，瑞典艺术家们在临时搭起的舞台上载歌载舞。

当地时间 13 时 20 分，"哥德堡"号仿古船缓缓靠岸，汽笛拉响，21 响礼炮轰鸣，主桅悬挂的本次中国之旅途经国家和地区的国旗、区旗格外绚丽。码头上兴高采烈的人群和"哥德堡"号上的船员们挥舞着手臂，欢呼声遥相呼应。

瑞典民众用各种方式表达对"哥德堡"号回家的期待。当天清晨，出生于船员世家的 70 多岁妇女塔林就来到约塔河上的"要塞"小岛，成为"哥德堡"号回家的第一见证者。上千艘船只自发出港迎接，展现出千舸争流的壮观景象。

"哥德堡"号凝结的中国情结深深融入瑞典民众心中。瑞典歌手用英文唱起中国著名民歌《小河淌水》，婉转悠扬；停泊附近的"大西洋"号帆船展开长长的中文条幅："你快回来，哥德堡号"。大巴司机阿迪·拉什兴奋地对本报记者说："在瑞典，人人都知道'哥德堡'号与中国的渊源，人人都在祝福它。今天是我们无比高兴的日子，胡主席出席返航仪式，更让我们感到高兴。"

13时40分，胡锦涛主席和夫人刘永清同瑞典国王卡尔十六世·古斯塔夫夫妇、菲利普王子一起来到码头。民众挥动着中瑞两国国旗热烈欢呼起来，胡锦涛主席亲切地向他们挥手致意。"哥德堡"号上的几名水手矫健地攀上桅杆，放下了红、蓝、黄等代表两国国旗颜色的长长彩带。人们再次高声欢呼。

胡锦涛主席登上"哥德堡"号，同哥德堡市市长约翰松、瑞典东印度公司基金会主席本特松、船长卡林亲切握手，互致问候。在胡锦涛主席参观船舱的时候，瑞典歌手唱起德沃夏克《新大陆交响曲》中的著名乐章《念故乡》。1745年9月12日，瑞典商船"哥德堡"号满载来自中国的瓷器、茶叶、丝绸、香料等货物，经过整整30个月的航行，驶近自己的家乡哥德堡，不幸在港口附近触礁沉没了。从那时起，"哥德堡"号情结深深埋在瑞典人民心中。1984年，潜水员深入海底，发现离哥德堡港口900米远的汉那巴丹礁石，正是当年"哥德堡"号沉没的地方。潜水员在厚厚的淤泥下面发现了沉船。从1986年至1992年，一系列的海洋考古发掘和研究为人们打开了一扇历史之门，让人们重新看到了古老的"海上丝绸之路"高扬的帆影。于是，一个创意诞生了，瑞典人按照沉船中发现的图纸，再造了一艘"哥德堡"号。2005年10月，在人们的祝福中，这艘世界上最大的装备齐全的木制帆船再次起锚，重新踏上中国之旅，所到之处受到了人们热情的欢迎。

按照古老的礼仪，胡锦涛主席和卡尔十六世·古斯塔夫国王应邀在一块船舱木板上签名，并在舵轮旁合影。随后，宾主一同登上顶层甲板。卡尔十六世·古斯塔夫国王和胡锦涛主席先后致辞。胡锦涛主席在致辞中说："今天，我非常高兴带着中国人民的友好情谊和良好祝愿，同卡尔十六世·古斯塔夫国王陛下和西尔维娅王后陛下一道出席'哥德堡'号仿古船返航仪式，见证中瑞友好关系发展进程中的这一历史性时刻。"

胡锦涛主席称赞中瑞两国人民源远流长的友好交往历史和彼此怀有的深厚友情。他说，"哥德堡"号仿古船的复航之旅在中瑞两国人民之间架起了一座新的友谊桥梁,为推动两国经贸、文化等领域的交流合作搭建了新的平台,圆满完成了传播友谊的光荣使命。胡锦涛主席表示:"我相信,在'哥德堡'号复航之旅推动下,在两国人民共同努力下,中瑞友谊之树必将结出更加丰硕的果实!"

卡尔十六世·古斯塔夫国王发表了热情洋溢的讲话,热情回顾了瑞中友好往来的漫长历史,高度评价了中国的发展成就。他说:"这艘美丽的船象征着瑞中美好悠久的历史关系和令人兴奋的未来。"

"哥德堡"号仿古船复航并取得成功,不仅带领人们追寻了中瑞友好的悠久历史,也开启了中瑞友好的新航程。

(原载于《人民日报》2007年6月10日第三版)

应吉尔吉斯斯坦总统巴基耶夫、俄罗斯总统普京和哈萨克斯坦总统纳扎尔巴耶夫邀请，国家主席胡锦涛于 2007 年 8 月 14 日至 18 日对吉尔吉斯斯坦进行国事访问，出席在吉尔吉斯斯坦比什凯克举行的上海合作组织成员国元首理事会第七次会议，赴俄罗斯观摩上海合作组织成员国联合反恐军事演习，并对哈萨克斯坦进行国事访问。本文记录了此行第一站，胡锦涛主席对吉尔吉斯斯坦进行的访问。

奔腾不息的楚河见证
——记胡锦涛主席访问吉尔吉斯斯坦

"充满信心"——展望中国和吉尔吉斯斯坦关系前景时，胡锦涛主席和巴基耶夫总统不约而同地对记者们道出这 4 个字。

8 月 14 日，胡锦涛主席开始对吉尔吉斯斯坦进行首次国事访问，恰逢中吉建交 15 周年、《中吉睦邻友好合作条约》签署 5 周年。这标志着中吉关系发展又一个重要里程碑。

天然的地理连结，悠久的人文沟通，广泛的务实合作，奠定了中国和吉尔吉斯斯坦睦邻友好的基础。吉尔吉斯斯坦首都比什凯克坐落于吉尔吉斯山麓下的楚河河谷。这片河谷是天山古道的一部分，是连接中亚草原与中国西北地区的捷径。奔腾不息的楚河见证过唐代玄奘西行的传奇、古代丝绸之路上的繁忙和浪漫，承载着中吉两国人民源远流长的深厚友谊。

今天，中吉两国人民更是越走越近。吉尔吉斯斯坦人民对胡锦涛主席来访的盛情就是一个明证。比什凯克主要大道——玛纳斯大街、楚河大街等沿途悬挂着多幅中吉两国元首握手、挥手的巨照，中吉两国国旗在熏风中晖映着丽日，赞颂中吉友谊的标语呼应着心声。

正如胡锦涛主席所强调的，中吉是"密切合作的伙伴"。去年，中吉双边贸易同比增长128.6%。今年1至6月，双边贸易增幅达73.5%。吉尔吉斯斯坦已成为中国在中亚的第二大贸易伙伴。两国经贸、交通、农业、教育、文化、体育等领域合作不断扩大，地方及民间往来日益增多。双方在共同打击"三股势力"方面的安全合作富有成效。

这次两国元首的会晤又为中吉友好合作注入了新的动力。双方签署的《中华人民共和国和吉尔吉斯共和国关于进一步深化睦邻友好合作关系的联合声明》以及9项涵盖经济技术、基础设施建设、教育、环保、禁毒等领域的合作文件，显示出双边合作的美好前景。吉尔吉斯斯坦外交部长卡拉巴耶夫在接受媒体采访时说，吉中关系由此进入了务实合作的新阶段。《吉尔吉斯斯坦言论报》评论说："我们的友谊前景光明。"

胡锦涛主席对吉尔吉斯斯坦的成功访问，预示着中吉关系新征程的开启。

奔腾不息的楚河将见证中吉两国友好合作不断发展的美好前景。

（原载于《人民日报》2007年8月16日第三版）

应吉尔吉斯斯坦总统巴基耶夫、俄罗斯总统普京和哈萨克斯坦总统纳扎尔巴耶夫邀请,国家主席胡锦涛于 2007 年 8 月 14 日至 18 日对吉尔吉斯斯坦进行国事访问,出席在吉尔吉斯斯坦比什凯克举行的上海合作组织成员国元首理事会第七次会议,赴俄罗斯观摩上海合作组织成员国联合反恐军事演习,并对哈萨克斯坦进行国事访问。本文聚焦上合组织比什凯克峰会,解读各成员国元首共同签署《上海合作组织成员国长期睦邻友好合作条约》这一突出亮点。

务实合作　共同发展
——上海合作组织比什凯克峰会侧记

8 月 16 日清晨,吉尔吉斯斯坦首都比什凯克国宾馆沐浴着和煦的阳光,白桦参天,溪水潺潺。雪白的会议楼"盛装"以待,上海合作组织的徽标鲜艳夺目,中国、哈萨克斯坦、吉尔吉斯斯坦、俄罗斯、塔吉克斯坦、乌兹别克斯坦的国旗在会议厅、新闻厅竖立……当天上午,胡锦涛主席同上海合作组织其他成员国的元首们汇聚于此,出席上海合作组织成员国元首理事会第七次会议。

距离国宾馆不远,数百名各国记者汇聚白帆饭店内的新闻中心,捕捉峰会传递的信息。新闻中心"图片墙"上,一幅幅照片展示着上海合作组织 6 年多发展历程的经典瞬间:成员国领导人相互问候、娓娓交谈、凝神倾听、欣然挥手的神态栩栩如生,成员国民众交流活动的场面激情洋溢,历届峰会庆典上绽放的礼花异彩纷呈……

在比什凯克,上海合作组织再跃一个台阶。成员国元首回顾和总结去年上海峰会以来本组织发展取得的成就,就成员国今后安全、经济、人文等领域合作以及对外交往作出新的规划，就重大国际和地区问题广泛交换意见。成员国元首共同签署《上海合作组织成员国长期睦邻友好合作条约》，这是上海合作组织首份规范成员国相互关系准则的重要政治、法律文件。

缔结条约的设想，源自去年上海峰会成员国领导人对本地区发展客观需要形成的共识。制定条约的过程，凝聚了成员国人民共同的愿望。人们普遍认为，《上海合作组织成员国长期睦邻友好合作条约》的签署是本届峰会的最大亮点。诚如胡锦涛主席所评价，这个条约将本组织睦邻互信、团结协作提高到一个新的水平，成为本组织发展史上一座重要里程碑。条约以法律形式确定成员国人民世代友好、永保和平的夙愿，必将为本组织发展注入强劲动力。

从"上海五国"机制以共同倡议、安全优先、大小国家互利合作为特征的区域合作模式的确立，到以互信、互利、平等、协商、尊重多样文明、谋求共同发展为核心的"上海精神"的提出，再到体现与邻为善、以邻为伴理念的《上海合作组织成员国长期睦邻友好合作条约》的缔结，上海合作组织所倡导的区域合作思想和实践，为建立新型国际关系作出了宝贵贡献。

比什凯克峰会因其重要成果而载入上海合作组织史册。人们殷切期待，上海合作组织继续迈出扎实稳健的步伐，全面深化和拓展成员国政治、安全、经济、人文等各领域务实合作，承担起促进地区和平与发展的历史使命。

（原载于《人民日报》2007年8月17日第三版）

应吉尔吉斯斯坦总统巴基耶夫、俄罗斯总统普京和哈萨克斯坦总统纳扎尔巴耶夫邀请，国家主席胡锦涛于2007年8月14日至18日对吉尔吉斯斯坦进行国事访问，出席在吉尔吉斯斯坦比什凯克举行的上海合作组织成员国元首理事会第七次会议，赴俄罗斯观摩上海合作组织成员国联合反恐军事演习，并对哈萨克斯坦进行国事访问。本文聚焦胡锦涛主席观摩"和平使命—2007"上海合作组织成员国武装力量联合反恐军事演习，解读上合组织和平使命。

为了和平

——胡锦涛主席观摩"和平使命—2007"联合反恐军事演习侧记

旷野茫茫，草木葱青。丽日灿灿，天朗气清。8月17日，俄罗斯车里雅宾斯克市郊的切巴尔库尔合成战术训练场迎来一个非同寻常的日子。"和平使命—2007"上海合作组织成员国武装力量联合反恐军事演习进入最后一天。胡锦涛主席在出席了上海合作组织比什凯克峰会后，同其他5位成员国元首一起来此观摩。历时9天的演习进入高潮。

维护和平，是国家发展、人民幸福的前提，也是上海合作组织的重要使命。8月16日，胡锦涛主席在比什凯克峰会上强调，上海合作组织框架内的安全合作正在不断深化，联合反恐演习呈现出机制化趋势，成员国军队联合打击恐怖主义的能力不断提高，为维护地区和平、安全、稳定发挥了积极作用。

上海合作组织峰会《比什凯克宣言》也指出，中亚的安全与稳定应首先依靠本地区各国的力量，在已有的地区国际组织的基础上予以保障。上海合作组织地区反恐机构拥有进一步完善打击恐怖主义、分裂主义和极端主义合作的巨大潜力。

当地时间下午 13 时开始，这片位于乌拉尔山附近的"战场"上战机轰鸣，铁流滚滚，炮声隆隆，硝烟升腾。120 分钟的实兵演练内容丰富，环环紧扣。6 个成员国参演部队 4000 余名官兵全力上阵，按照反恐战役进程，演练联合侦察、夺控要点、分区清剿、机动打援、立体追歼 5 项行动。"和平使命—2007"展示出赫赫声威。

备受瞩目的"和平使命—2007"堪称上海合作组织反恐合作的里程碑。这是上海合作组织成员国首次全体参加的联合反恐军事演习，从 8 月 9 日至 17 日分为战略磋商、联合反恐战役准备和实施两个阶段，先后在中国乌鲁木齐和俄罗斯车里雅宾斯克进行。9 天的演习，展示了上海合作组织打击恐怖主义、维护地区安定的能力，呼应了本地区人民对和平稳定、共同发展的热切向往。

上海合作组织是国际上首个明确宣布以打击恐怖主义为重要任务的组织。早在"9·11"事件发生 3 个月以前，上海合作组织的前身"上海五国"机制的成员国元首和乌兹别克斯坦元首就在上海会晤时签署了《打击恐怖主义、分裂主义和极端主义上海公约》。上海合作组织成员国由此形成共识，要在边境地区加强信任和缩减军备的基础上，密切合作打击"三股势力"，并且专设区域反恐机构执行委员会。

军演结束后，胡锦涛主席向全体参演部队官兵表示慰问，祝贺他们出色完成了军演任务。他高度评价俄罗斯方面为"和平使命—2007"联合反恐军事演习所做的大量准备工作，感谢俄方为中方参演部队提供了良好保障。

先有比什凯克峰会传来缔结《上海合作组织成员国长期睦邻友好合作条约》的喜讯，继而圆满完成"和平使命—2007"联合反恐军事演习。恰如胡锦涛主席所指出的，上海合作组织在加强本地区睦邻互信、团结协作方面发挥了重要作用。

"和平使命—2007"，充分宣示了上海合作组织成员国共同维护和平的坚定意志。

和平的心声，在绵延辽阔的乌拉尔山脉上空久久回荡……

（原载于《人民日报》2007 年 8 月 18 日第三版）

> 应澳大利亚总督迈克尔·杰弗里和总理约翰·霍华德邀请，国家主席胡锦涛于 2007 年 9 月 3 日至 9 日对澳大利亚进行国事访问并出席在悉尼举行的亚太经济合作组织第十五次领导人非正式会议。此行首站是同中国经贸联系紧密的西澳大利亚州，本文记录了胡锦涛主席在这里考察中澳经济技术合作项目的一页。

合作的活力 发展的前景
——胡锦涛主席访问西澳大利亚州侧记

绿野芳菲，佳木葱茏，位于南半球的澳大利亚春意正浓。时隔 4 年，胡锦涛主席再访此地，中澳经济技术合作更现春天的活力。访问首站西澳大利亚州，是澳大利亚面积最大的州，中国是该州第二大贸易伙伴和第一大出口市场。

9 月 4 日上午 9 时 45 分，胡锦涛主席一行在西澳州州长卡彭特陪同下来到珀斯科技园联合研究中心，受到澳大利亚联邦科学与工业组织董事会主席斯托克、必和必拓公司候任首席执行官高瑞思等热情迎接。去年 8 月投入使用的该中心由澳联邦政府、西澳州政府投资建设，澳联邦科工组织负责管理，主要从事与矿产开发有关的地质变形、成矿流体运动、热传导、地质化学反应、材料结构和冶炼模型分析等研究工作。

在会议室，斯托克向胡锦涛主席介绍了中心的基本情况，回顾了澳联邦科工组织同中国 32 年的合作历程，高度评价双方在农业、天文、林业、矿业、清洁煤和环境等多个领域开展的一系列科技合作。"您的来访一定能进一步增强澳中科技合作，把业已存在的合作关系变得更加紧密。"他充满期望地说。

"您的来访充分肯定了双赢理念以及我们同中国的客户结成的紧密合作伙伴

关系的价值。中国现在是必和必拓最大的客户。"高瑞思的致辞，表达了澳大利亚企业"老大"必和必拓公司对胡锦涛主席来访的喜悦心情。该公司专家介绍了他们正在进行的科研项目以及同中国科学院的合作情况，还向胡锦涛主席展示了三维地质矿产勘探技术研究项目。

听完介绍，胡锦涛主席来到地质力学实验室，仔细观看了海床钻探测试仪现场演示。这是世界上最先进的地质实验室之一，研究人员在介绍设备时，特别表达了期待同中国开展更紧密合作的愿望。胡锦涛主席又走进选矿实验室，详细了解了海洋可控源电磁场接收器用于探测深水油气藏的情况。在观看低品位矿石中提取镍的演示时，胡锦涛主席详细询问该实验室技术提纯效率的情况。

告别时，胡锦涛主席表示，研究中心出色的人才、先进的仪器设备都给他留下了深刻印象，希望中澳双方不断推动科研和产业合作。必和必拓公司向胡锦涛主席赠送了为北京奥运会奖牌制作所提供的原材料样品，表达了热情支持北京奥运会的愿望。

随后，胡锦涛主席一行驱车驶往珀斯以南38公里处的奎那那市。通往海斯美尔熔融还原铁项目厂区的大路显得格外洁净。抵达后，胡锦涛主席首先听取了这一节能降耗项目的进展情况。这是由澳大利亚、美国、日本、中国的4家公司合资开发的项目。项目总投资4.5亿澳元，设计年生产能力应在明年10月前达到年产80万吨。作为澳大利亚能源资源行业的重点专利成果，这个项目受到澳大利亚政府高度重视。

胡锦涛主席走进铁花飞溅、热浪腾腾的炼铁车间，登上平台观看还原铁冶炼过程。这里采用铁矿粉（及钢厂废料）和非焦煤直接熔融还原技术生产高质量的铁产品，在世界铁水冶炼领域处于领先水平，其产品可直接用于炼钢或铸成生铁，省却了传统高炉炼铁所必需的焦化和烧结两大程序，还可以循环使用热能，从而降低成本、减少污染。胡锦涛主席仔细询问了这项技术的推广和应用情况，对中国企业在这个项目中同澳方的合作表示赞许。

今年是中澳建交35周年，两国贸易额从建交初期8700万美元发展到2006年329.46亿美元的水平，不仅实现了双边合作量的大幅增加，而且实现了高技术层面质的深度互动。

胡锦涛主席的访问,展开了中澳经济技术合作的新画卷。西澳大地展现了中澳关系令人欣喜的前景。

(原载于《人民日报》2007年9月5日第三版)

> 应澳大利亚总督迈克尔·杰弗里和总理约翰·霍华德邀请，国家主席胡锦涛于2007年9月3日至9日对澳大利亚进行国事访问并出席在悉尼举行的亚太经济合作组织第十五次领导人非正式会议。本文记录了胡锦涛主席做客库赛克牧场、考察澳大利亚畜牧业生产经营情况时留下的一段友谊佳话。

"我们会经常想起这一天"

——胡锦涛主席做客库赛克牧场

澳大利亚被人称为"骑在羊背上的国家"。自从210年前第一批美利奴绵羊踏足这块大陆，澳大利亚人就开始书写"澳毛甲天下"的故事。随着澳大利亚成为世界羊毛出口第一大国，这里的牧场也引起世人关注。9月5日，正在澳大利亚进行国事访问的国家主席胡锦涛来到堪培拉市外26公里的苏顿镇，做客库赛克牧场，友谊的佳话如歌飞扬。

旷野无垠，草缛翠绿，成群的绵羊如朵朵白云散落其间。上午11时20分，胡锦涛主席来到这个占地1700公顷、放牧着2800只羊和170头牛的牧场，受到牧场主人伊安·库赛克夫妇的热情欢迎。

他们首先请胡锦涛主席来到羊圈前，介绍牧场饲养的美利奴绵羊。"你们养了多少只羊？""一年产多少只羊羔？""一只羊产多少羊毛？"……胡锦涛主席详细询问着牧场生产情况。

伊安高兴地向中国贵宾展示他的牧羊方法。他打开羊圈，牧羊犬多特和查克被放进去。不一会儿，两只能干的牧羊犬就把圈内的一群羊赶了出去，羊群欢快地奔向草场。随后，只听伊安一声口哨，多特和查克又熟练地把羊群赶回了羊圈。

精彩表演之后，伊安请胡锦涛主席来到剪羊毛工作间。38岁的剪羊毛师克拉格斯顿手持电剪，4分钟内就将一只羊毛松软的三四岁大的绵羊"剃"得干干净净。胡锦涛主席认真听取伊安的介绍，并拿起刚剪下的羊毛仔细观看品质。接着，胡锦涛主席又观看了羊毛分级师威尔斯表演分级流程，以及羊毛打包流程。

胡锦涛主席对伊安说："无论是牧羊犬的赶羊表演，还是你们的剪羊毛技能，都是一流的！非常精彩！"他同威尔斯和克拉格斯顿热烈握手，向他们表示感谢。

随后，胡锦涛主席来到伊安家中。伊安夫妇的6个孩子在门口列队相迎，胡锦涛主席同他们一一打招呼。进入客厅，伊安78岁的父亲和72岁的母亲也起身相迎。

落座后，女主人莎瑞尔和大女儿艾丽丝一同端上澳大利亚的传统茶点，胡锦涛主席同一家人亲切叙谈起来。伊安询问胡锦涛主席来访的次数，胡锦涛主席回忆起21年前访问澳大利亚另一家牧场的情景；伊安讲述牧场一年四季的经营活动，胡锦涛主席询问这里牧产品合作组织的情况；伊安聊起饲料供应问题，胡锦涛主席问起天气对牧场经营的影响……

时间在轻松愉快的交谈中飞快划过……

告别前，伊安的次女安娜、次子蒂莫引领胡锦涛主席来到餐厅一侧墙上的黑板前。黑板中央，孩子们用粉笔书写了中英文"欢迎"的字样，还绘上了中澳两国国旗、万里长城、北京奥运会会徽、袋鼠、绵羊等图案。胡锦涛主席一一说出这些图案的内容，并握住孩子们的手夸赞道："非常漂亮！祝贺你们！"

以孩子们作的画为背景，胡锦涛主席高兴地同一家人合影留念。伊安真诚地对胡锦涛主席说："祝愿北京奥运会圆满成功。所有澳大利亚人都非常关心北京奥运会。"伊安的三女儿约瑟芬、三儿子威廉代表全家向胡锦涛主席赠送了一条深蓝色澳毛围巾和一枚代表当地羊毛生产商联合会的卡通绵羊图案胸针。胡锦涛主席也向一家人回赠了具有中国特色的礼物。

胡锦涛主席送给伊安一套中国茶具，对他说："希望你们在劳作之余，能用它们来喝喝茶，享受一下生活。"伊安激动地说："我们会经常用它，这样我们就能经常想起胡主席，想起这一天。"

（原载于《人民日报》2007年9月6日第一版）

应澳大利亚总督迈克尔·杰弗里和总理约翰·霍华德邀请，国家主席胡锦涛于 2007 年 9 月 3 日至 9 日对澳大利亚进行国事访问并出席在悉尼举行的亚太经济合作组织第十五次领导人非正式会议。胡锦涛主席被称为本次会议"引人注目的中心"。本文解读了胡锦涛主席在会议上提出的主张，解读了中国为推动建设一个清洁、和谐、充满活力、可持续发展的亚太地区所作的真诚努力。

亚太大家庭与可持续未来

悉尼街头，猎猎飘扬的 1000 多面彩旗上，醒目地印着亚太经合组织第十五次领导人非正式会议的主题——"加强大家庭建设，共创可持续未来"，宣示着世界未来发展的方向。

海港之畔，贝尼朗岬角上的悉尼歌剧院，形如云帆高扬的船队。汇聚"船头"的，是身穿澳大利亚内陆地区风格雨衣的亚太经合组织各成员领导人。他们讨论加强亚太区域合作的话语，在这座音乐的绮丽建筑中形成了强烈的混响。

9 月 8 日至 9 日，胡锦涛主席出席了先后在悉尼歌剧院和新南威尔士州州督府举行的亚太经合组织第十五次领导人非正式会议，同亚太经合组织其他成员领导人共同讨论气候变化和清洁发展、区域经济一体化、多哈回合谈判、贸易投资自由化和便利化等议题，同多个成员领导人进行双边会晤，就重大问题交流看法。胡锦涛主席发表的重要意见受到当地和国际媒体的争相报道，胡锦涛主席与会活动的大幅照片刊登在当地报纸的显著位置……英国《金融时报》评价，胡锦涛主席是本次会议"引人注目的中心"。

气候变化，是今年诸多国际会议的重要议题，在亚太经合组织领导人本次会议上同样如此。会议首日,各成员领导人就通过并发表了《亚太经合组织领导人关于气候变化、能源安全和清洁发展的宣言》,指出经济增长、能源安全、气候变化相互关联,是亚太地区面临的主要问题。宣言指出了亚太经合组织应对气候变化的原则基础,呼吁形成2012年后应对气候变化的全球安排,并宣布了亚太经合组织合作计划和倡议。澳大利亚《时代》报发表文章指出,中国以自己特殊的分量,为这项宣言的通过发挥了重要促进作用。

胡锦涛主席在本次会议上提议建立亚太森林恢复与可持续管理网络,搭建亚太地区各成员就森林恢复与可持续管理开展经验交流、政策对话、人员培训等活动的平台。这项倡议得到亚太经合组织其他成员领导人的普遍支持,被纳入宣言的行动计划之中。人们共同认识到,森林在碳循环中发挥着重要作用,本地区应当通过鼓励造林和恢复植被,减少毁林和森林退化,促进森林可持续管理。

中国政府对气候问题的关切是一贯的,在国际多边舞台上,为促成各方共同应对全球气候变化所作的积极努力给国际社会留下了深刻印象。在今年6月举行的八国集团同发展中国家领导人对话会上,胡锦涛主席就深刻地指出,气候变化是环境问题,但归根到底是发展问题,应在可持续发展框架下解决。在本次亚太经合组织领导人非正式会议上,胡锦涛主席又深入阐述了中方坚持合作应对、坚持可持续发展、坚持《联合国气候变化框架公约》主导地位、坚持科技创新的4项建议。一系列宣示的背后,是中国政府和人民实实在在的努力。正如胡锦涛主席在会上讲到的,中国成立了国家应对气候变化领导小组,颁布了一系列法律法规,制定了应对气候变化国家方案,并通过调整经济结构、改善能源结构、提高能源利用效率、推广植树造林、实行计划生育等一系列政策措施,为减缓全球温室气体排放作出了积极贡献。这一切,不仅反映出中国行进在可持续发展道路上的坚实步伐,也显示了中国为推动建设一个清洁、和谐、充满活力、可持续发展的亚太地区所作的真诚努力。亚太区域经济可持续发展所需要的,正是每个成员从自己实际出发进行实实在在的努力。

亚太地区是全球最具活力和潜力的地区之一,人们期望亚太经合组织成员领导人一年一度的会晤成为凝聚共识、促进合作、共同发展的平台。本次会议通过的宣言展示了一个面向未来的视野:从对气候变化、能源安全和清洁发展的行动倡议，到对推动多哈回合谈判的决心，再到对加强人类安全的关注，都反映出亚太经合组织在务实合作方面正继续向前迈进。

18年前，亚太经合组织从澳大利亚起步，如今亚太地区经济增长超越了世界其他地区，区域合作前景更加宽广。

亚太经合组织成员领导人第十五张"全家福"照片，显示了亚太大家庭走向可持续未来的心愿。

（原载于《人民日报》2007年9月10日第三版）

> 应俄罗斯总统普京邀请，国家主席胡锦涛于2006年7月出席了在俄罗斯圣彼得堡举行的八国集团同发展中国家领导人对话会议。本文从中国主张切入，对当时南北对话进程的态势进行了解读。

观南北对话　听中国声音

7月16日，中国国家主席胡锦涛抵达俄罗斯"北方之都"圣彼得堡；同期"北上"的，还有印度、巴西、南非、墨西哥和刚果（布）等国领导人。世人将目光投聚于此，等待倾听他们同八国集团领导人的对话。同时，在历史延展的图册中，八国集团同发展中国家领导人对话的第三个坐标跃然纸上。

回放第一个坐标，可以忆起2003年6月在法国的边境小城埃维昂，八国集团同12个发展中国家举行南北领导人非正式对话。那一次，对话的议题集中于世界经济增长、可持续发展、减债等问题；那一次，八国集团显现出前所未有的"南进"兴致，同主要发展中国家加强联系与对话的崭新内涵开始在八国机制中萌生。更值得记忆的是，那是中国首次参加同八国集团的对话，中国同八国集团的关系完成了从"互不往来"到"开始对话"的里程。胡锦涛主席在其广受瞩目的讲话中，全面阐述了中国在经济全球化形势下推动国际合作、促进共同发展的立场，强调了加强发达国家和发展中国家合作的重要性，并就促进全球经济增长、维护世界多样性、建立国际经济新秩序和充实南北合作的实质内容提出具体建议。

定格第二个坐标，能够重现2005年7月英国苏格兰草木深秀的鹰谷，那里回荡着八国集团同中国、印度、巴西、南非、墨西哥等国领导人对话的声音。在这个坐标上，世界经济形势、全球气候变化、国际贸易及国际发展合作问题被列为主要议题；在这个坐标上，搭建起世界上经济最发达国家与最大发展中国家对话的平台。在这里，国际舆论纷纷做出"八国集团绕开中国就不可能有实质性作为"的判断。胡锦涛主席不仅在发言中表明了中国支持加强国际合作，共同解决全球性问题，促进世界经济协调、均衡发展的立场，还明确提出了加强南南合作、建立新型南北合作伙伴关系等重要主张。

上述两个坐标，不仅映现出多边舞台上国家之间互动的足印，透射了国际格局的演变，也唤起人们对第三个坐标的期待与思考。八国集团同发展中国家领导人的圣彼得堡对话会，无疑举世关注——特别是在当前国际政治热点问题胶着、全球经济发展失衡、资源能源价格攀升、贸易保护主义抬头、多哈回合谈判前途未卜的背景下，国际关系中的利益与矛盾交织，更加凸现相互协商、协调与合作的必要性。

针对能源安全、传染病防控、教育、非洲发展和贸易等事关各国经济命脉和民生大计的本次对话议题，一贯高举合作、共赢大旗的中国，将怎样再次作为发展中国家的代表去阐释主张？作为能源生产大国和消费大国，中国将带给世界怎样的能源安全观？这是国际社会所深切关注的问题。中方代表迄今的数次表态显示，人们在这次南北对话中听到的中国声音，将昭示中国渴望对维护全球和区域和平与发展作出贡献的真诚意愿，展现出中国推动国际社会树立以互利合作为基调的新能源安全观的努力。

可以肯定的是，胡锦涛主席即将在对话会上发表的讲话，令人期待。

（原载于《人民日报》2006年7月17日第三版"国际论坛"专栏）

> 中非合作论坛北京峰会暨第三届部长级会议于2006年11月3日至5日举行,高扬"友谊、和平、合作、发展"主旋律。胡锦涛主席同与会48个论坛非洲成员国代表团团长和非盟委员会主席相聚北京,共商大计,共同见证了中非友好合作的重要历史性事件。本文记录了会议期间双边会晤中的温馨时刻。

老友相逢情谊浓

11月1日至4日,记者有幸采访了胡锦涛主席会晤前来参加中非合作论坛北京峰会的非洲国家领导人和非盟主席的多场活动。"你是中国人民的老朋友。"这是胡主席在同非洲朋友交谈时多次说过的一句话。

被誉为老朋友的十多位非洲领导人包括:40多年前就来过中国的几内亚比绍总统维埃拉,已十次访华的加蓬总统邦戈,已十次访华并且在近一年内同胡主席三次会晤的刚果(布)总统萨苏,六次访华的塞舌尔总统米歇尔,非洲资深领导人、广为中国人民所熟悉的尼日利亚总统奥巴桑乔,等等。从他们在会晤时的话语中,可以感到这些老朋友心中对中国抱有一份深深的情感。

重温美好记忆,这是老朋友见面最自然而然的一件事情。胡主席在会见苏丹总统巴希尔和加纳总统库福尔时,均不约而同地忆起去年4月在雅加达亚非峰会期间所进行的很好的会晤。库福尔还特别回忆说,在那次会议期间,"我很荣幸地在参加午餐会时同您在同一桌用餐,而且坐在您旁边。我当时就向您表示,加纳愿进一步同伟大的中国加强双边关系"。上世纪90年代曾两度访华的巴希尔,在回顾以往的难忘时刻后,由衷地赞叹:"我真的看到了一个新北京。"

难忘上海情缘,这是刚果(布)总统萨苏的表白。他这次来访,刻意选择上海作为第一站。他对胡主席说:"1964年我第一次来中国时,就是从上海入境,所以我特别希望这次能先到那里看看。"好似呼应了他所说的,"中非合作论坛北京峰会是具有历史意义的盛事",他此番首先抵达上海,也是要再现当年对他个人具有历史意义的首次访华——从那里起步,走向北京,走上中非友谊的一座高峰。

第三次同胡主席会晤的乌干达总统穆塞韦尼深情地回顾道:"中国为非洲的自由发挥过重要的作用,尤其是在非洲开展反殖民主义斗争的时候。同时,中国也为非洲的发展,尤其是非洲基础设施的建设做出过十分重要的贡献。"非盟主席科纳雷真诚地说:"我要感谢中国人民给予非洲人民的一贯支持。"

长期以来,这些老朋友高度重视对华关系,对中非友好合作做出了重要贡献。在中非合作论坛北京峰会召开之际,老朋友们共襄盛事,心情格外兴奋。他们纷纷向胡主席由衷地致以祝贺,祝贺峰会的顺利召开,并表达了对这一盛会历史性作用的殷殷期盼。

老朋友的到来,反映出中非合作论坛北京峰会正在有力增进着中国人民和非洲人民的感情。可以相信,乘着北京峰会的东风,中国人民还将不断结识更多来自非洲的好朋友。

(原载于《人民日报》2006年11月5日第八版
"中非合作论坛北京峰会特刊")

应越南共产党中央委员会总书记农德孟、越南社会主义共和国主席阮明哲邀请，中共中央总书记、国家主席胡锦涛于2006年11月15日至17日对越南进行国事访问，并出席于11月17日至19日在越南河内举行的亚太经合组织第十四次领导人非正式会议。本文记录了访问越南的丰硕成果。

中越合作　山高水长

中共中央总书记、中国国家主席胡锦涛对越南进行国事访问，从岘港开始。作为越南的第二大海港城市，岘港那见山见海的地理特征，同中越两国友好关系铭刻的历史地标相呼应——见高、见深、见广。

11月15日，岘港一派喜气洋洋。从岘港机场到美力时（越南）有限公司，再到下榻的宾馆，万余名当地群众挥舞着中越两国国旗夹道欢迎胡锦涛总书记的到来。"你好！你好！""欢迎！欢迎！"人们热烈地欢呼着，人海之中荡漾着浓浓的深情厚谊。在大约50公里的行程中，中国代表团的车队从头至尾都被岘港人民延绵不绝的盛情拥抱着……

11月16日，在越南首都河内，越共中央总书记农德孟和越南国家主席阮明哲在越南主席府广场上举行隆重的欢迎仪式，热烈欢迎胡锦涛总书记。欢迎仪式后，胡锦涛总书记和农德孟总书记、阮明哲主席一起步行前往越共中央办公楼。路上，河内百姓身着色彩鲜艳的盛装，激情满怀地欢迎中国领导人。广受关注的这一刻，如昨日再现，如明日开始。在主席府广场上，亚太经合组织会议志愿者、越南姑娘张香江和樊秋姬对记者说，非常高兴胡锦涛总书记在短短的时间里两度访越，她们希望中国人民能感受到越南人民诚挚友好的情谊。

去年的这个时节，胡锦涛对越南的访问将中越关系推向了新的高度。自那时起，中越关系继续向前发展。今年，两国贸易额可望超过 100 亿美元，从而提前 4 年实现两国领导人确立的目标。中越双边投资拓展迅速，特别是大型合作项目取得新的突破。在本次访问的正式会谈中，中越两国领导人从战略和全局高度，就两党两国关系的重大问题深入交换意见，共同规划双边关系的发展方向，以促进中越传统友谊的加深、政治互信的增进、互利合作的扩大。

16 日晚，胡锦涛与农德孟、阮明哲会晤后，中越双方签署了 10 多项合作文件，涉及电力、矿产等多领域的大项目合作，传递出令人鼓舞的信息。在出席了这些文件的签字仪式后，胡锦涛和农德孟、阮明哲又共同启动中国—越南经贸合作网站。这个由中国商务部和越南贸易部共同创建的网站将为中越两国加强贸易、投资、市场、经济技术、产品开发等方面的合作提供新的平台。两党两国领导人共同为网站揭幕，表明了他们对加强双方务实合作的高度重视。

暖风阵阵，鲜花绽放，中越友好合作进入了令人喜悦的收获季节。胡锦涛对越南的这次访问，展现出中越合作的广阔前景。高层会晤，经贸合作，文化交流，民间互动，都反映出中越两国人民希望永远做睦邻友好的好邻居、互相信任的好朋友、志同道合的好同志、互利双赢的好伙伴的共同心声。

（原载于《人民日报》2006 年 11 月 17 日第三版）

应越南共产党中央委员会总书记农德孟、越南社会主义共和国主席阮明哲邀请，中共中央总书记、国家主席胡锦涛于2006年11月15日至17日对越南进行国事访问，并出席于11月17日至19日在越南河内举行的亚太经合组织第十四次领导人非正式会议。本文记述了胡锦涛主席出席会议的成果，着重解读"和谐亚太"理念引入亚太合作进程。

和谐亚太　新的一页

11月18日至19日，亚太经合组织第十四次领导人非正式会议在越南首都河内举行。中国国家主席胡锦涛同各成员领导人相聚在这个被誉为"百花春城"的地方，围绕"走向充满活力的大家庭，实现可持续发展和繁荣"这一主题，深入讨论支持多哈回合谈判、实现茂物目标、区域贸易安排、经济技术合作、亚太经合组织改革等议题。

会上，胡锦涛主席提出的构建和谐亚太的主张得到广泛赞同，并被作为亚太大家庭成员共同努力追求的目标，写入会议的主要文件——《河内宣言》之中："我们致力于实现自由、开放的贸易与投资，防止可持续发展受到威胁，建立一个安全、良好的商业环境，加强人类安全，我们承诺努力建设一个充满活力、和谐的亚太大家庭，造福亚太人民……"

"和谐亚太"，这一关键词进入亚太经合组织进程，对指导本地区经贸合作等领域的具体行动，无疑具有重要影响。胡锦涛主席在会上发表的重要讲话中强调，应该"树立符合时代潮流和亚太地区特点的区域合作观，深化各领域务实合作，推动共同发展，谋求和谐共赢，造福亚太人民，为世界和平与发展作出更大贡献"。

胡锦涛主席从维护和平稳定、促进共同发展、实现合作共赢、奉行开放包容四个方面提出了具体建议,并指出当前亚太经合组织要积极支持多边贸易体制发展,努力实现茂物目标,推动经济技术合作迈出新步伐。

胡锦涛主席阐述的主张,在各成员领导人中引起了共鸣,也在与会的亚太地区工商界人士中产生了热烈反响。在17日举行的亚太经合组织工商领导人峰会上,胡锦涛主席发表了重要演讲。美国高通公司首席执行官保罗·雅各布高度赞扬胡锦涛主席的演讲。他说,演讲中有关建设和谐社会的主张同样适用于在亚太地区实现经济可持续发展和社会繁荣稳定,也可以作为亚太地区加强合作的指导原则。亚太经合组织工商领导人峰会主席、越南工商会会长武进禄说:"胡主席的演讲反映了中国发展经济和开展国际合作的战略思想,同时也反映了中国对促进世界经济发展高度负责的态度。"

国际舆论高度关注胡锦涛主席与会。美联社发自河内的一篇评论写道,这次会议将"凸显中国在世界经济和政治事务中日益增强的影响力"。法新社的评论指出,自信的中国将在这次会议上展现出"新的外交影响力"。

亚太经济合作组织成员领导人一年一度的会议,为亚太区域经济合作进程树起一个个路标。由于3个月前多哈回合谈判搁浅,今年亚太经合组织领导人非正式会议风标所向,成为国际社会广泛关注的焦点。各方均希望这次亚太经合组织领导人会议能为推动多边贸易体制进程作出贡献。

一个积极的信号是,与会成员领导人在会议首日就发表声明,强调亚太经合组织的前途与一个强有力的多边贸易体制紧密相连,承诺将为打破谈判僵局表现出"必要的灵活性和决心"。胡锦涛主席代表中国政府强调指出:"当务之急是推动谈判重回轨道,尽早就关键问题达成一致,并把关于多哈回合是发展回合的承诺落到实处。谈判的主要各方应该本着负责任的态度,显示灵活,弥合分歧。"

19日下午,亚太经合组织成员领导人身穿越南民族服装,同聚河内越南国家会议中心,向世界发布《河内宣言》,宣示各方建立充满活力、和谐的亚太大家庭的共同愿望。挥手、微笑定格在镜头的这一刻,和谐亚太写下了充满希望的一页。和谐,需要智慧,需要共识,需要行动。当前,亚太地区乃至世界的形势机遇和挑战并存，放眼未来，只要各方不断增强共识、携手努力，和谐亚太的篇章就能够持续地写下去，各国人民希望建设和谐世界的愿望也一定能够实现。

（原载于《人民日报》2006年11月20日第三版）

> 应老挝人民革命党中央委员会总书记、老挝人民民主共和国主席朱马利·赛雅贡邀请，中共中央总书记、国家主席胡锦涛于2006年11月19日至20日对老挝进行国事访问。胡锦涛总书记十分挂念在该国工作的中国青年志愿者，访问期间专门安排时间看望这些年轻人。本文记录了这个令人难忘的故事。

光荣的使命　殷切的嘱托
——记胡锦涛总书记看望中国青年志愿者赴老挝服务队队员

"看到你们青春洋溢，朝气蓬勃，我感到十分欣慰。我代表党中央、国务院，代表祖国人民，向你们表示亲切的慰问和崇高的敬意！"

胡锦涛总书记的问候，令第六批中国青年志愿者赴老挝服务队全体队员激动不已，心绪难平。

这是11月20日下午，胡锦涛总书记在下榻的老挝党中央贵宾楼，亲切看望在老挝的中国青年志愿者的难忘一幕。

19日抵达万象对老挝进行国事访问的胡锦涛总书记，十分挂念在这里工作的中国青年志愿者，专门提出要安排时间看望这些年轻人。20日下午，胡锦涛总书记在前往机场前，来到13名中国青年志愿者中间，同他们一一握手，向他们详细询问工作和生活情况，并提出了殷切的希望。

"我昨天一来，你们在大堂里欢迎。我了解到你们是中国青年志愿者，我就在想两个问题：一是你们在这里吃饭怎么办？是不是都有食堂？"

"没有。"

"那怎么办？"

"单独做,中午自己做,晚上有时去中餐馆。"

"华人华侨餐馆的饭菜能习惯吗?"

"习惯,挺好!"

"二是语言关怎么办?比如病了怎么办?你们有些是医生,怎么问诊?……有没有翻译?"

"老挝医生一般懂英文,他们和病人说老语,再用英语告诉我们。"

"噢,他们是代理翻译。你们还能适应工作吧?"……亲切的交谈,关心的话语,让这些心情激动的年轻人放松了许多。

来自共青团上海市委、现担任赴老挝服务队队长的顾晨洁汇报了他们在老挝的工作情况。她说,来自上海不同行业、不同单位的志愿者组成了第六批中国青年志愿者赴老挝服务队。来老挝一个月以来,队员们已经适应了当地的气候条件和生活环境,并分别走上了各自的工作岗位。目前,他们主要从事医疗卫生、中英文教学、计算机教学和体育训练等工作,还利用空余机会广泛接触当地人民,努力同老挝人民建立友谊。

听完志愿者们的汇报,胡锦涛总书记深情地说:"青年志愿者事业是一项崇高的事业,是我们适应形势发展,为增进中国和发展中国家友谊、帮助发展中国家发展的一项重大举措。同志们远离祖国和亲人、不远万里来到老挝做志愿者,很快适应并积极参与当地发展,热心帮助当地人民。你们在实践中开阔了视野、增长了才干、锻炼了自己。一生中有青年志愿者的工作经历是很有益的,这会对同志们今后的成长产生深远影响。相信你们不会辜负祖国和人民的重托,会积极为中老友好合作作出贡献,以自己的行动表明你们无愧于青年志愿者的光荣称号。"

总书记语重心长的讲话使队员们备受鼓舞。"我们一定不辜负祖国对我们的希望,一定增长我们的才干,踏踏实实为老挝人民服务工作,为中老友好多作贡献。"顾晨洁道出队员们的共同心声。

"好,为你这番话鼓掌!"胡锦涛总书记高兴地说。热烈的掌声再次响起,幸福的心情写在一张张年轻的脸上。

"中国青年志愿者海外服务计划老挝项目"是 2002 年 5 月由共青团中央、商务部、中国青年志愿者协会共同启动的。这是中国向海外派遣青年志愿者的第一个项目。这些离开繁华都市的年轻人来到老挝,工作和生活条件相对都比较艰苦。在接受记者采访时,来自上海市气象局的高磊、来自上海体育学院的山广、来自上海张堰中学的贾志娟,都不约而同地表示,艰苦的工作和生活条件并没有让他们为难,相反,他们认为自己的使命无上光荣。

"胡锦涛总书记看望我们,是对我们志愿者最大的鼓励,是对我们援外活动最大的支持。我一定不辜负总书记的殷切希望和嘱托,好好发扬奉献、友爱、互助、进步的志愿者精神,尽我自己最大的努力去做好工作。"来自上海交通大学附属新华医院的陈磊激动地对记者说。

"我相信,等到明年春暖花开的时候,我们一定会带着半年服务的成果和老挝人民的祝福载誉而归!"来自东华大学人文学院的叶长海满怀豪情地说。

志愿者们将牢记总书记的殷切嘱托,带着中国人民对老挝人民的诚挚情谊,投入到工作中去。

(原载于《人民日报》2006年11月21日第三版)

应印度共和国总统阿卜杜勒·卡拉姆邀请，国家主席胡锦涛于 2006 年 11 月 20 日至 23 日对印度进行国事访问。中印两国元首共同会见两国青年，胡锦涛主席饱含深情的寄语，深深驻留中印两国青年心间。本文记录了这个动人的一幕。

共同谱写中印友好新篇章

——胡锦涛主席寄语中印两国青年

这是中印两国青年青春荡漾的火红时刻，这是中印青年真心吐露的难忘篇章。

11 月 21 日傍晚，丹霞似锦，薰风暖吹。在新德里泰姬玛哈饭店外的草坪上，正在对印度进行国事访问的中国国家主席胡锦涛和印度总统卡拉姆共同会见了 100 名访问印度的中国青年和 100 名印度青年。此时此刻，中印两国青年的心进一步紧紧连在了一起。

在两国元首面前，中国全国青联常务副主席尔肯江·吐拉洪、印度青年代表威迪莎、中国青年代表路弘先后发言，表达了他们共促中印友好的真诚愿望。卡拉姆总统首先发表了热情洋溢的讲话。他勉励两国青年继承两国先哲的智慧，谱写一首正义之歌；珍视中印友好，携手开创一个和谐世界。

随后，胡锦涛主席在人们热烈的掌声中发表讲话。"在这激动人心的时刻，我不禁想起 22 年前我率领中国青年代表团对印度进行的友好访问。那次访问给我留下了深刻印象。今天，我又来到中印青年中间，深切感受到你们身上的蓬勃朝气和青春活力，感觉自己也好像年轻了许多。"听到胡锦涛主席这段饱含深情的话语，两国青年报以热烈的掌声。

胡锦涛主席对中印双方成功开展青年互访活动表示热烈祝贺。他指出，中印都是古老而伟大的民族,都创造了灿烂文化,为人类文明进步作出了不可磨灭的贡献;两国人民有着2000多年的友好交往历史,留下许多传世佳话;1950年两国建交后,双方共同倡导了和平共处五项原则,培育了"印地秦尼帕依帕依"(印中人民是兄弟)的友好情谊。

胡锦涛主席告诉中印青年,今天他同印度领导人就中印战略合作伙伴关系的未来发展达成了广泛共识。双方都认为,中印有着广泛而重要的共同利益,中印友好利在双方、惠及亚洲和世界;双方应该抓住机遇、携手合作、共同发展。

胡锦涛主席宣布,为促进两国青年友好交流,让中印两国人民的友谊世代相传,中国政府决定未来5年内邀请500名印度青年到中国访问。

这时,全场响起雷鸣般的掌声。"青年充满朝气、富有理想,是国家的希望,也是人类的未来。1924年,印度伟大诗人泰戈尔访华时曾经说过:'青年人宛若晨星,闪耀着祖国未来的希望之光。'中印两国发展的未来,需要青年去奋斗;中印关系发展的未来,需要青年去创造。我衷心希望,中印两国青年加强交流,增进友谊,相互学习,促进合作,共同谱写中印友好关系的新篇章!共同创造亚洲和世界更加美好的明天!"胡锦涛主席在讲话中表达的殷殷期盼,深深感动了两国青年。

来自新疆的霍美伶说:"胡主席的讲话令我感到分外振奋,让我看到了中印友好的现实和希望。我会把这些话记一辈子,一定要为中印两国的发展多做努力。"来自云南的青年企业家焦家良说:"今天我感到特别高兴。胡主席的讲话表明中印友谊翻开了新的一页。领导人的高层互访和两国青年的互访,像两股暖流交汇在一起,让人对中印关系美好的未来充满希望。两国的经济互动非常重要,中国青年企业家在这方面将大有可为。"

来自德里大学的印度青年里查·谭尼贾激动地说:"听了两国领导人的讲话,我感到十分激动。我一定要牢记嘱托,为一个更加美好的印中关系而努力奋斗。"今年10月参加了印度百名青年访华团的尼赫鲁大学博士生拉杰什告诉记者,两国元首的讲话给他留下了深刻印象。相信中印关系会越来越好,两国青年会有更多机会相互了解。给自己起了中文名字、并正在申请到中国留学的印度青年高太平和许妮红说，胡主席宣布邀请500名印度青年访华，令他们非常高兴。他们相信自己一定能够去中国。

植根于中印两国人民几千年友好交往的深厚土壤，中印青年友谊的种子一定能够开花结果，中印两国人民的友谊一定能够世代传递。

（原载于《人民日报》2006年11月22日第三版）

> 应印度共和国总统阿卜杜勒·卡拉姆邀请,国家主席胡锦涛于 2006 年 11 月 20 日至 23 日对印度进行国事访问。胡锦涛主席在孟买亲切看望了柯棣华大夫的亲属,写下中印友好史册的又一感人篇章。

"缅怀中国人民的亲密朋友柯棣华大夫"
——记胡锦涛主席会见柯棣华大夫亲属

印度孟买,诞生过一个不平凡的生命,一位把壮丽生命献给了中国人民反法西斯斗争的国际主义战士——柯棣华大夫。

11 月 23 日上午,海阔天高,阳光绚烂。正在孟买访问的中国国家主席胡锦涛在下榻的泰姬玛哈饭店亲切会见了柯棣华大夫的亲属——三妹曼娜拉玛、四妹苏拉卡、五妹瓦萨拉,以及柯棣华兄妹的子女等 9 人,写下了中印友好史册又一感人篇章。

走进会见厅,胡主席和夫人刘永清同柯棣华的亲属们一一握手,互致问候。在同柯棣华大哥的女儿苏曼加拉握手时,胡主席高兴地说:"柯棣华大夫播下的中印友谊的种子已经传到后代,相信还会一代代传下去。"

落座后,胡主席动情地说:"有机会见到柯棣华大夫的亲属,我感到非常亲切。首先,我要向你们转达 13 亿中国人民对你们的亲切问候。长期以来,你们为增进中印两国人民的相互了解和友谊做了大量有益的工作。我向你们表示衷心的感谢。"

胡主席说:"中印两国人民有着悠久的传统友谊。两国人民在抵抗外来侵略、争取民族解放的斗争中,一直相互同情、相互支持。柯棣华大夫就是其中的一位杰出代表。在中国人民最困难的时候,他毅然来到中国,投身于中国人民的抗日救亡事业，献出了宝贵的青春和生命，谱写了一曲中印友谊的赞歌。柯棣华大夫已经成为中印友好的象征，他永远活在中国人民心中。柯棣华大夫的精神，将继续激励两国各界人士投身中印友好事业。"

胡主席向他们介绍了当前中印关系的发展进程。他说："我高兴地看到，在新世纪，中印传统友谊得到了继承和发扬。特别是近年来，中印关系取得了显著进展，两国建立了战略合作伙伴关系。"胡主席还介绍了他对印度的这次访问，表示相信在两国政府和各界人士共同努力下，中印关系一定会不断向前发展。

80多岁高龄的曼娜拉玛激动地说，非常欢迎胡主席和夫人来孟买访问，非常感谢胡主席在百忙之中专门抽出时间会见她们。她回顾了柯棣华大夫1938年离开孟买参加援华医疗队时的情景，讲述了柯棣华大夫在中国抗日前线不惧艰难险阻、救死扶伤的感人事迹。

她说："柯棣华因其大公无私的精神而受到中国人民的爱戴和敬仰。过去60多年间，中国政府和人民仍然长久保存着对他的记忆，我们非常感激。我们唯一的希望是，让柯棣华的名字永远作为印中友好的桥梁。"

"感谢你介绍了柯棣华大夫伟大的一生。中国人民将永远记住他为中国人民反法西斯斗争作出的贡献。"胡主席充满感情地说，"2008年是柯棣华大夫赴华70周年，我们将举行活动纪念他、缅怀他。"

"我们准备了一本纪念册，其中收录了一些柯棣华大夫在华的珍贵照片，赠送给你们。"胡主席展开这本精美的纪念册，向他们介绍其中的照片："这是柯棣华大夫的标准像"，"这是在解放区穿军装的照片"，"这是1939年在重庆学中文"，"毛主席会见他的这张照片很珍贵"，"这是朱总司令和他在一起"，"这是在给八路军战士做手术"，"这是1998年纪念柯棣华大夫赴华60周年的活动"，"这是中国孩子们在缅怀柯棣华大夫的事迹"……

在这本纪念册的扉页上，胡主席饱含深情地亲笔题词："缅怀中国人民的亲密朋友柯棣华大夫"。

柯棣华的三个妹妹心情格外激动，连声道谢。曼娜拉玛说："您同我们见面，让我们感到非常荣幸。""我们很希望见到柯棣华的夫人郭庆兰，希望中国政府继续关照她。"她又说。

"放心。我们不会忘记柯棣华大夫的贡献,对他的夫人会尽力提供各种帮助。欢迎你们到中国去,那时你们就可以见面了。"胡主席回答说。

合影的时刻到了,胡主席搀扶着拄拐杖的曼娜拉玛,让她坐到中间座位。照相机快门声响起来,胡主席和柯棣华大夫的9位亲属相聚的笑影留下来。

温馨的会见,真情的回忆。会见结束时,胡主席再次扶起曼娜拉玛,并将柯棣华大夫的亲属送至门口,同他们一一握手告别。

回顾历史,一个个不朽的名字,一段段感人的故事,一次次深切的缅怀……中印两国人民友好的历史就这样汇聚而成。

(原载于《人民日报》2006年11月24日第一版)

> 应巴基斯坦伊斯兰共和国总统佩尔韦兹·穆沙拉夫邀请，国家主席胡锦涛于 2006 年 11 月 23 日至 26 日对巴基斯坦进行国事访问。本文记录了胡锦涛主席在小山公园种植青松、同巴基斯坦青年畅叙友谊的情景。

长青松旁话友谊

在巴基斯坦首都伊斯兰堡，夏克巴里安山不同寻常。位于山顶的小山公园，是访问巴基斯坦的许多外国领导人种植纪念树的地方。从 1964 年 2 月 21 日周恩来总理在这里种下一棵纪念树以来，许多访问巴基斯坦的中国领导人都曾来到这里种下纪念树，表达中国人民对巴基斯坦人民的深情厚谊。

11 月 24 日下午，胡锦涛主席一行驱车来到这个嘉木苍翠的地方。在巴基斯坦内政部长谢尔帕奥和首都发展局主席莱沙里陪同下，胡主席种下一株松苗，并培土、浇水。

在呆呆丽日的映衬下，这株新苗显得生机勃勃。公园负责人向胡主席介绍说："这是巴基斯坦的一种多年生松树，能长得很高。"

胡主席说："我会记住这棵树的位置，过若干年后我要来看看这棵树的生长情况。"

"我会小心照顾这棵树。"公园负责人说。胡主席表示："我希望这棵树能像中巴友谊之树那样，枝繁叶茂。"随后，胡主席应邀在留言簿上题词："中巴友谊万古长青"。

这时，"欢迎胡主席！胡主席好！"的欢呼声从几步以外传来。巴基斯坦国立现代语言大学中文系的 19 名同学用中文热烈欢迎胡主席的到来。

胡主席高兴地走到他们跟前，同他们一一握手，并询问他们学习中文的情况。

"你们喜欢中文吗?""学校里用的课本是巴基斯坦编的吗?"……胡主席和蔼的语气让这些年轻人觉得中国领导人可亲可近,他们争相表达自己对学习中文的热情。

"你们学过汉语歌曲吗?"胡主席问道。

"我们会唱!"

"最喜欢哪首歌?"胡主席问。

"《茉莉花》,《打靶归来》——"同学们争先恐后地回答。

"那咱们一起唱一个,好不好?"胡主席的提议让同学们欢欣雀跃,一名巴基斯坦小伙子起头唱起《打靶归来》。胡主席一边指挥,一边与巴基斯坦学生一起歌唱。欢快的节奏、嘹亮的歌声,交融着友谊的真情。

胡主席又向同学们谈起2008年北京奥运会。他们纷纷表示届时想去北京。胡主席说:"我告诉你们一个好消息。今天上午,我同穆沙拉夫总统会谈时,我代表中国政府宣布,今后的5年内,邀请500名巴基斯坦的青年访问中国。你们说好不好?"

"好!好——"同学们高兴极了。

"你们当中一定会有人参加这项活动,到北京去看看。"胡主席说。

"我们一定要去!"同学们纷纷说。胡主席还建议同学们看看介绍中国的风光片,在了解中国的同时促进汉语学习。

临别时,胡主席对同学们说:"祝你们学习好,身体好,将来为中巴友好事业作出贡献!"

同学们依依不舍地送别胡主席。学习汉语已有5年的胡美拉对记者说:"我永远忘不了这一刻。"

(原载于《人民日报》2006年11月25日第三版)

> 应巴基斯坦伊斯兰共和国总统佩尔韦兹·穆沙拉夫邀请，国家主席胡锦涛于 2006 年 11 月 23 日至 26 日对巴基斯坦进行国事访问。拉合尔人民以最高礼仪——市民招待会的形式欢迎胡锦涛主席访问。本文全面记录了这一友好的沸腾时刻。

为中巴友谊欢呼
—— 胡锦涛主席出席拉合尔市民招待会侧记

热情似火，激情如潮。11 月 25 日，素有"巴基斯坦灵魂"之称的历史名城拉合尔沸腾了。7000 多名市民代表欢聚夏利玛花园，以欢迎外国领导人的最高礼仪——市民招待会，盛情款待来到拉合尔市访问的中国国家主席胡锦涛。

下午 4 时，胡锦涛主席的车队穿过数万夹道欢迎的人群，来到巴基斯坦人民引以为豪的夏利玛花园，旁遮普省省督马克布尔、旁遮普省首席部长伊拉希等当地官员在此迎候。

始建于 1642 年的这座花园，呈现出浓郁的波斯园林风格。花园中央数百米长的蓝色水池中 400 多个喷泉银柱飞旋，两侧中巴两国国旗迎风飘扬。

看到胡主席到来，拉合尔市民高声欢呼起来——"巴秦博斯地，因德巴德（巴中友谊万岁）！"乐队奏响雄壮有力的中国乐曲《我们走在大路上》，男女老少挥舞着中巴两国国旗，身着民族服装的艺人跳起欢快的舞蹈，彩色气球带着"向伟大的中国朋友致敬"的横幅飞向天空……胡主席向市民们挥手致意。

伊拉希满怀激情地首先发表欢迎辞。随后，胡主席在一片欢呼和掌声中走上讲台，应邀发表讲话。"我非常高兴访问素有'花园之都'美称的拉合尔市。1984 年我曾访问过贵市，当时的情景至今仍历历在目。22 年后再次来访，重睹秀美山川，重温兄弟情谊，我倍感亲切。首先，我谨向在著名的夏利玛花园为我们举行盛大市民招待会的旁遮普省表示衷心的感谢！借此机会，我愿向广大拉合尔市民朋友、向兄弟的巴基斯坦人民转达13亿中国人民的亲切问候和良好祝愿！"胡主席热情洋溢的话语，引起了热烈的掌声。

胡主席引用巴基斯坦的名言——"如果想了解巴基斯坦，就请你来摸摸拉合尔的脉搏"，赞誉拉合尔市这座历史悠久的名城为巴基斯坦民族独立作出了突出贡献，并发展成为巴基斯坦现代工业的重要基地。"这里既浓缩了巴基斯坦绚丽多彩的文化和源远流长的历史，又昭示着巴基斯坦蓬勃发展的光明未来。"胡主席说。

胡主席从中巴友好深厚的历史渊源，谈到中巴友好牢固的政治基础；从中巴友好广泛的群众基础，谈到中巴友好促进着两国全方位互利合作。深入的阐释，形象的叙述，将一幅幅中巴友好的绚烂画卷展现在人们眼前。

拉合尔市对于中巴友好具有特殊意义。上世纪60年代，巴中友协首先在拉合尔市成立，如今已遍及巴基斯坦各地。胡主席向人们阐明，中巴在政治、经济、军事、科技等领域开展了互利合作，给两国人民带来了实实在在的利益。中国政府鼓励更多中国企业到巴基斯坦投资办厂，促进拉合尔市以及整个巴基斯坦经济发展，让中巴经济合作成为两国全天候友谊的牢固纽带。

胡主席强调，无论国际风云如何变化，中巴全天候友谊都不会改变。让我们携起手来，为加强中巴友谊、开创两国人民的美好未来而共同努力！胡主席鼓舞人心的讲话，再次博得全场的掌声和欢呼。

最后，胡主席走到拉合尔市民中间，向欢呼的人群频频挥手致意。人们不停地高呼"巴秦博斯地，因德巴德（巴中友谊万岁）"，"中国，巴基斯坦"。

走出夏利玛花园，自发等候在园外的市民夹道欢送着中国客人。人们希望中巴两国人民的友谊，像夏利玛花园盛开的鲜花一样，姹紫嫣红，芬芳沁人。

（原载于《人民日报》2006年11月26日第三版）

> 应俄罗斯总统普京、哈萨克斯坦总统纳扎尔巴耶夫邀请，国家主席胡锦涛于 2005 年 6 月 30 日至 7 月 5 日对俄罗斯和哈萨克斯坦进行国事访问，并出席在哈萨克斯坦首都阿斯塔纳举行的上海合作组织元首会议。本文解读了此行对俄罗斯进行国事访问所取得的重要成果。

中俄战略协作取得新成果
——从胡锦涛主席访俄看两国关系发展

7月1日下午，历史见证了中俄战略协作伙伴关系发展的重要时刻。3时零5分左右，在克里姆林宫金碧辉煌的祖母绿石厅，中国国家主席胡锦涛和俄罗斯总统普京郑重签署《中华人民共和国和俄罗斯联邦关于 21 世纪国际秩序的联合声明》。两国元首交换签署生效的声明文本时，大厅内爆发出长时间的掌声，数百名记者争相捕捉这一历史性瞬间。

"中俄新型国家关系正为建立国际新秩序作出重大贡献……两国决心与其他有关国家共同不懈努力，建设发展与和谐的世界，成为安全的世界体系中重要的建设性力量。"这份庄严的声明，既表达了中俄两国对国际社会作出的庄严承诺，又为双方共同致力于推动建立公正合理的国际新秩序拉开了新的一幕。

会见记者时，胡锦涛对这份政治文件作出如下评价："联合声明阐明了中俄在一些重大国际问题上的共同主张，显示出两国促进世界和平、稳定、繁荣的坚定决心，对深化两国在国际领域的战略协作、促进国际形势健康发展具有重要意义。"普京表示，联合声明阐述了双方对国际政治最关键问题的共同立场；俄中两国发展睦邻友好和战略协作伙伴关系，对两国人民乃至全世界都具有非常重要的意义。

这份引起人们广泛关注的政治文件，为中俄战略协作伙伴关系赋予了新的内涵，是胡锦涛主席此次俄罗斯之行取得的重要成果。中国和俄罗斯都是世界上有重要影响的大国，又都是联合国安理会常任理事国，对维护世界和平、促进共同发展负有重要责任。当前，国际形势正在发生复杂而深刻的变化。地区冲突、局部战争、民族矛盾等传统安全问题此起彼伏，恐怖主义、毒品、重大传染疾病等非传统安全问题不断加剧；贫困和发展问题日益严重，南北贫富差距进一步扩大；违反《联合国宪章》和国际法准则等行为仍有发生。求和平、促合作、谋发展，已经成为各国人民的共同愿望。面对这样的形势，中国和俄罗斯在联合声明中表明了共同的抉择，这就是承担起肩负的责任，维护世界和平、促进共同发展。

在当今世界大国关系中，中俄关系积极活跃。今年5月，胡锦涛主席来到莫斯科参加俄罗斯纪念卫国战争胜利60周年庆典，并同普京总统会晤。一个多月后，胡锦涛主席再次来到俄罗斯进行国事访问，并同普京总统进行了累计近7个小时的交谈，其中既有在莫斯科郊外总统别墅的亲切交谈，也有在克里姆林宫内的正式会谈。双方就双边关系和共同关心的重大国际和地区问题深入交换意见，达成广泛共识。

回首10多年中俄关系的发展历程，双方从互相视为友好国家，进展到建设性伙伴关系，再发展到战略协作伙伴关系，成为好邻居、好伙伴、好朋友，双边关系一步步迈上新台阶。2001年签署的具有重大历史意义的《中俄睦邻友好合作条约》，为中俄关系长期稳定健康发展奠定了坚实基础。与此同时，中俄双方在各领域的务实合作也在不断发展。

近年来，中俄战略协作伙伴关系不断取得新成果，达到了前所未有的高水平。在经贸领域，中俄贸易额已连续6年保持高速增长。去年10月，两国元首共同批准了《中俄睦邻友好合作条约》实施纲要，对两国各领域的合作作出总体规划，提出2010年双边贸易额达到600亿至800亿美元、2020年前中方向俄罗斯投资120亿美元等重要目标。在这次访问中，胡锦涛主席就落实上述纲要、加强双方经贸合作同普京总统进一步交换了意见，共同探讨优化贸易结构、扩大项目投资、推动大项目合作、促进高技术领域合作、规范贸易秩序的有效途径。中俄签署了能源、金融、电力等领域的一系列合作文件。此外，继两国去年举办了"中俄青年友谊年"之后,两国元首共同确定,2006年在中国举办"俄罗斯年",2007年在俄罗斯举办"中国年",进一步推动两国人民的相互了解和传统友谊。

7月2日,结束莫斯科的行程后,胡锦涛主席专程飞赴新西伯利亚市。3日,他同西伯利亚联邦区地方负责人举行座谈,探讨进一步加强两国地方合作的途径,推动开发两国毗邻地区的合作潜力,推动两国地方合作加快发展。

这次胡锦涛主席对俄罗斯的访问,实现了推动中俄两国深化政治互信、加强战略协作、推动经贸务实合作、加强在国际和地区事务中的协调配合的目标,为进一步深化中俄战略协作伙伴关系开辟了更加广阔的前景。

(原载于《人民日报》2005年7月4日第三版)

应俄罗斯总统普京、哈萨克斯坦总统纳扎尔巴耶夫邀请，国家主席胡锦涛于 2005 年 6 月 30 日至 7 月 5 日对俄罗斯和哈萨克斯坦进行国事访问，并出席在哈萨克斯坦首都阿斯塔纳举行的上海合作组织元首会议。本文解读了上海合作组织结束初创阶段、开展更多务实合作的新趋向。

面对机遇与挑战

7 月 5 日，上海合作组织元首会议将在哈萨克斯坦首都阿斯塔纳举行。这是上海合作组织进入务实合作新时期召开的一次峰会，是上海合作组织努力应对本地区形势变化召开的一次峰会。人们会看到，面对机遇与挑战，上海合作组织将如何进一步走向成熟和壮大。

本次峰会的主旨，是推动上海合作组织顺利发展，规划组织下一步工作安排，深化安全、经济、人文等领域的务实合作。胡锦涛主席将在会上发表重要讲话，阐述中方对上海合作组织发展形势的看法，提出加强安全、经济等领域合作的建议和主张，同其他成员国一道推动峰会取得丰硕成果。

名由实生，久而益大。成立以来的 4 年间，上海合作组织孜孜以求，锐意进取，完成了各项基础性工作，每年都呈现出新的气象："上海精神"的创立，宪章的通过，常设机构的运行，联合军演的举行……以去年 6 月塔什干峰会为分水岭，上海合作组织结束初创阶段，把工作重点转向开展务实合作，同时进一步扩大对外交往：扎扎实实开展反恐、反毒等安全合作；积极推进贸易、投资便利化；即将批准巴基斯坦、伊朗和印度三国的观察员地位申请，等等。如今的上海合作组织已与独联体、东盟等地区组织建立了合作关系，并且获得联合国大会观察员地位，与亚太经社理事会等联合国机构进行着合作。上海合作组织的一步步壮大，凝聚了六个成员国领导人的心血，体现了六国人民的根本利益和愿望。据透露，本次峰会将发表一份很有分量的元首宣言，展现各成员国更大的合作决心，对未来组织的发展作出更多的具体部署。

中亚地区近来呈现出的复杂形势，对上海合作组织的发展究竟意味着什么？一曰挑战，一曰机遇。从上海合作组织打下的良好基础看，挑战是完全可以转化为机遇的。上海合作组织在维护地区安全与稳定，打击恐怖主义、分裂主义和极端主义"三股势力"方面已经并将继续发挥更大的作用；在加强务实合作方面，也有能力把巨大的潜力转化为看得见、摸得着的成果。这正是本次峰会的使命所在。

令人欣喜的是，六国领导人已绘制出一幅宏伟的发展蓝图，即在未来20年时间里实现商品、资本、技术和服务的自由流通，逐步走向区域经济一体化。尽管实现这个目标不是一蹴而就的事情，但是人们确信，只要各成员国坚守"上海精神"——互信、互利、平等、协商、尊重多样文明、谋求共同发展，坚持务实合作的根本方针，把已达成的各种合作文件化为实际的行动，就一定能积微成大，陟遐自迩。

今天，六国人民正在殷殷期待着阿斯塔纳峰会为上海合作组织带来丰硕的果实，期待着上海合作组织为成员国和本地区的持久稳定和繁荣开辟更为宽广的前景。

（原载于《人民日报》2005年7月5日第三版"国际论坛"专栏）

应俄罗斯总统普京、哈萨克斯坦总统纳扎尔巴耶夫邀请，国家主席胡锦涛于2005年6月30日至7月5日对俄罗斯和哈萨克斯坦进行国事访问，并出席在哈萨克斯坦首都阿斯塔纳举行的上海合作组织元首会议。本文解读了上海合作组织阿斯塔纳峰会成果，尤其是中方主张的内涵。

乘风破浪正当时
——上海合作组织阿斯塔纳峰会侧记

哈萨克斯坦首都阿斯塔纳，是一个闻听过欧亚大陆古老商道上声声驼铃的地方。而今，在中亚形势变化深受国际关注的时候，这座在古老土地上诞生的新都又见证了本地区的一次盛会——上海合作组织第五次元首会晤。欧亚大陆的这片广袤地域当前出现的新形势、新机遇和新挑战，已把上海合作组织推向一个新的重要时期，一个迫切需要各成员国不断增进互信、加强团结、深化合作、尽快把合作潜力转化为现实成果的重要时期。

7月5日，六个成员国元首深入交换意见，具体探讨上海合作组织的行动方略。可以说，领导人们的规划和部署对该组织的发展将起到重要推动作用。

六国元首这次签署的文件数目居历次峰会之首。值得注意的是，会议达成的《元首宣言》等文件具体而务实：凸显了上海合作组织在合作打击恐怖主义、分裂主义、极端主义"三股势力"，在加强反恐机构建设方面的明确部署；强调了成员国在对外经贸、交通、环保、紧急救灾、文化、教育领域务实合作的具体方向；肯定了该组织在对外开放方面的新成就，包括获得联合国大会观察员地位，与东盟和独联体签署合作文件，给予巴基斯坦、伊朗、印度三国观察员地位，等等。

在重大国际问题上，宣言呼吁国际社会树立互信、互利、平等、协作的新安全观。在联合国安理会改革问题上，宣言重申改革应遵循最广泛协商一致的原则，不应为改革设立时限，不应强行推动表决尚有重大分歧的方案。在涉及本地区的问题上，宣言对国际联盟在阿富汗进行反恐行动的努力表示继续支持，但鉴于阿富汗反恐的大规模军事行动已告一段落，提出反恐联盟有关各方有必要确定临时使用上海合作组织成员国基础设施及在这些国家驻军的最后期限。同时，元首们支持中亚国家为维护本国和整个地区和平、安全、稳定所做的努力，赞成上海合作组织在促进中亚稳定和经济发展方面积极发挥作用。

胡锦涛主席在峰会上的重要讲话，既指明了上海合作组织的发展方向，也充分表达了中国推动该组织发展、促进本地区共同繁荣的诚意。胡锦涛主席在提出全力加强安全合作、扎实推动经济合作尽快取得实际成果、深入开展人文合作三项主张的同时，也提出了具体的落实措施，以及中国计划为此作出的安排。比如，在中国政府提供的9亿美元优惠出口买方信贷方面，中方将在贷款利率、贷款时限、担保条件等方面采取更加优惠的措施，使贷款尽早用于各方关心的合作项目；拨出专项资金，在3年内为其他成员国培训1500名不同领域的管理和专业人才，等等。胡锦涛主席提出的重实事、讲实效的主张，受到与会各国领导人一致赞同。

中方的主张和努力，显示出中国对维护地区和平稳定、推动各国共同发展繁荣抱有始终如一的诚意。穿越时空隧道，人们能够依稀感觉到两千年前"丝绸之路"带来的繁荣。时至21世纪的今天，中国一如既往地推动本地区各国共同发展、互利共赢。中国永远是本地区的一支可以信赖的和平力量。

当前，上海合作组织在地区安全合作、经济合作中发挥着越来越重要的影响。正如胡锦涛主席所言，上海合作组织"在世界上树立了和平、合作、开放、进步的良好形象，展现出强大的生命力和美好的发展前景"。

（原载于《人民日报》2005年7月7日第三版）

> 应八国集团主席国英国首相布莱尔邀请，国家主席胡锦涛于 2005 年 7 月 7 日出席在英国举行的八国集团同发展中国家领导人对话会议。本文着重阐述胡锦涛主席此行的重要意义。

南北对话意义深远

应英国首相布莱尔邀请，胡锦涛主席将于 7 月 7 日出席在英国鹰谷举行的"八国集团与中国、印度、巴西、南非和墨西哥五国领导人对话会"（简称"8+5 对话会"）。八国集团各成员国和中国、印度、巴西、南非、墨西哥 5 个发展中国家领导人，联合国秘书长安南，世界银行、国际货币基金组织、世界贸易组织、欧洲委员会及国际能源署的负责人将应邀与会，围绕全球经济、气候变化及国际发展合作等全球性热点问题进行讨论。此次对话会既包括了在世界政治、经济事务中发挥着重要作用的八国集团成员，也包括了经济持续发展、在国际事务中日益举足轻重的发展中国家，具有一定的代表性，受到国际社会的广泛瞩目。

当前，国际形势继续发生深刻变化。世界经济在保持较好增长势头的同时，也面对着结构性和周期性问题。经济全球化形势下，传统与非传统问题层出不穷。在此背景下，"8+5 对话会"邀请世界主要发展中国家与发达国家就国际重大问题进行对话，协调立场，对促进南北对话、推动多边主义、共同解决全球性问题具有积极意义。

胡锦涛主席此次应邀与会是继 2003 年埃维昂会议后第二次出席八国集团与发展中国家对话会，是一次重要外交行动，意义深远。中方高度重视此次会议，将推动同八国集团及其成员国合作，促进南北对话与国际发展合作；深化同发展中大国的协调与合作，维护共同利益；阐述中国对当前重大国际问题的主张。

人们还清晰记得，2003年胡锦涛主席在法国埃维昂出席"南北领导人非正式对话会"时，就发展问题提出四点建议：采取有力措施，促进全球经济增长；倡导和睦相处，维护世界多样性；加强多边合作，推动建立国际经济新秩序；加大支持力度，充实南北合作的实质内容。这些主张高瞻远瞩，不仅体现了中国积极推动南北对话与合作的态度，也为促进南北合作提供了有益的思路。

本次对话会讨论的问题，不仅是国际社会面临的重大问题，也是中国政府高度重视并正着力解决的问题。因此，胡锦涛主席将在会上提出哪些具体主张和倡议，势必成为国际舆论关注的焦点。在这些事关各国利益的问题上，中国政府一贯主张本着平等互利的原则，平衡反映各方关切，尤其是发展中国家的关切，从而达到增进了解、扩大共识、促进合作、实现共赢的目的。由此可预见，中国领导人将会继续强调南北双方通过沟通加深理解、通过对话增强信任、通过交流推动合作的重要性；并且，将就南北合作提出具体倡议。

揆古察今，惟有实现全球协调、平衡和普遍发展，才是实现世界持久和平与稳定的根本保证。特别是在经济全球化不断发展，全球化问题日益突出的形势下，各国协同合作才能有效应对各种挑战与威胁，实现共赢，推进人类的和平与繁荣。

南北对话，意义不凡。人们寄希望于有远见、负责任的政治家们的不懈努力；寄希望于发达国家切实履行承诺，帮助发展中国家提高能力；寄希望于广大发展中国家奋发图强，实现民族振兴与国家发展。那么，这次的"鹰谷对话"最终究竟将给世人带来一份什么样的礼物呢？让我们拭目以待。

（原载于《人民日报》2005年7月7日第三版"国际论坛"专栏）

应加拿大总督克拉克森和墨西哥总统福克斯邀请，国家主席胡锦涛于 2005 年 9 月对上述两国进行国事访问。在此行首站加拿大，胡锦涛主席和夫人刘永清栽植了一棵象征中加两国人民友好的"友谊树"。本文对此进行了报道。

友谊树·中加情

9 月 8 日，加拿大总督府"友谊林"内一棵青翠的椴树，承载起厚重深远的希望。国家主席胡锦涛和夫人刘永清在这里挥锹培土，栽植了一棵象征中加两国人民友好的"友谊树"。

不顾 13 个小时连续飞行的旅途劳顿，胡锦涛主席抵达渥太华不久，就接连展开繁忙的国务活动：先在总督府出席克拉克森总督举行的隆重欢迎仪式，然后同总督晤谈，接着又来到园林内的"友谊林"植树……

当日下午的渥太华雨过天晴，碧空如洗。灿烂的阳光透过茂盛的枝叶，映照着满目的清丽芊绵。"友谊林"分布在大道两侧，有银杏树、海棠树、枫树、橡树，等等。据有关资料介绍，多年来，先后有 80 多位外国领导人在"友谊林"栽树，象征着加拿大与这些国家间的友谊和合作。每一棵纪念树下都插着一块小铜牌，上面刻着领导人的名字、种植日期等具体内容。

17 时 25 分左右，胡锦涛主席和夫人刘永清在克拉克森总督夫妇陪同下，来到了"友谊林"。胡锦涛主席栽种的是一棵椴树。笔直的树杆，青嫩的枝叶，在阳光的沐浴中尽现生机。

胡锦涛接过铁锹，动作熟练地给椴树培土。陪同一旁的克拉克森总督夫妇和中加人士热烈鼓掌。随后，刘永清同样动作娴熟地上前培土。栽种结束时，克拉克森向两位中国贵宾表示敬意，人群中再次响起热烈的掌声。

"我们今天种下的是中加友谊之树,相信它一定能茁壮成长。"胡锦涛向在场的两国官员和记者说。克拉克森总督表示赞同,并说:"树种是我亲自选定的,我相信这棵树一定能健康成长。"

据介绍,这种椴树开出的花颇似兰花,可以入茶,甚显东方特色。在这株椴树旁,还陪伴着一棵象征加拿大的枫树。胡锦涛主席种下的这棵"友谊树",既体现着中加人民传统的友好情谊,也预示着两国互利合作、共谋发展的美好明天。正如胡锦涛主席此前在克拉克森总督举行的欢迎仪式上致辞时所言,"中国和加拿大,一个是世界上人口最多的发展中国家,一个是世界上幅员最辽阔的发达国家,双方经济互补性强,发展互利合作潜力巨大","进一步发展中加关系,是时代的要求、人民的意愿"。

(原载于《人民日报》2005年9月10日第三版)

应美国加拿大总督克拉克森和墨西哥总统福克斯邀请，国家主席胡锦涛于2005年9月对上述两国进行国事访问。本文对访问加拿大所取得丰硕成果进行了概述。

横跨太平洋　瞩望新机遇
——胡锦涛主席访问加拿大侧记

在加拿大第一大城市多伦多，著名的西恩电视塔高耸入云。登上这座被誉为"太空甲板"的塔楼，颇能领略壮观天下的逸兴。9月10日，就在这座高塔旁边的会展中心，胡锦涛主席在首届中加经贸合作论坛上发表重要讲话，为800多名来自中国和加拿大的企业家及各界人士共谋两国的互利合作，指明了新的发展方向和努力目标。

全场经久不息的热烈掌声，反映了中加各界人士强烈认同胡锦涛主席题为《深化全面合作促进共同发展》的讲话，全场涌动着扩大双边合作的强烈愿望。

胡锦涛主席对加拿大进行的国事访问，大大推进了两国关系。中加双方一致同意将两国关系提升为战略伙伴关系。这意味着中加双方将在更宽、更广的领域进行合作，堪称两国建交35周年的一个重要成果。35年来，在两国几代领导人高度关心和两国人民共同努力下，中加关系实现了全面、快速发展。如今，面对新的全球形势，新的发展机遇，作为世界上人口最多的发展中国家和幅员最辽阔的发达国家，中国和加拿大的关系又登上了新的台阶。中加发展战略伙伴关系必将惠及两国人民，并且有利于亚太地区乃至世界的和平、稳定、繁荣。

经贸合作作为中加关系的重要组成部分，35年间实现了"百倍"增长——双边贸易额从建交时的1.5亿美元，上升到2004年的155亿美元。经过双方共同努力，中加经贸交往已从单一的小规模货物贸易，发展到今天涵盖货物贸易、服务贸易、资本流动、人员往来等全方位推进的合作格局，彼此成为重要贸易伙伴。

然而，胡锦涛主席在访问中明确指出，同中加两国的经济总量和对外贸易总量相比，两国经贸合作还有很大发展潜力。必须看到，中加贸易无论占中国进出口总额的比例，还是占加拿大进出口总额的比例，都还是很小的数字。去年，中加贸易占中国进出口总额的1.3%，占加拿大进出口总额的2.6%。鉴于此，胡锦涛主席呼吁两国政府和企业家，要抓住历史机遇，拓宽合作领域，推动中加经贸合作迈上新台阶，争取到2010年使中加双边贸易额达到300亿美元。

胡锦涛主席关于加强中加经贸合作的5点建议，受到中加企业界人士普遍欢迎。这5点建议包括加大相互投资力度，拓宽投资领域；深化能源资源合作，构建长期稳定的合作伙伴关系；推动服务贸易领域的合作，培育双方互利合作新的增长点；加强贸易政策对话，改善合作环境；促进各领域的交流，为深化双方合作夯实基础。落实好这些主张，必将开辟中加两国优势互补、互利共赢的广阔前景。

胡锦涛主席的讲话，反映了两国企业家及各界人士的心声。新方向和新目标，带来新的动力。当加拿大国际贸易部长彼得森说今年要带一个贸易代表团访华，邀请在场的加拿大企业家一起去时，企业家们给予了热烈回应。正像马丁总理说的那样，中国的发展给加拿大带来了巨大机遇。加方舆论也普遍认为，加强同中国的合作，对加拿大实现其"亚洲—太平洋门户"构想具有重要意义。

抓住建立和发展中加战略伙伴关系的契机，深化全面合作，促进共同发展，是两国和两国人民根本利益之所在，亦是两国和两国人民之所愿。

（原载于《人民日报》2005年9月12日第三版）

> 应加拿大总督克拉克森和墨西哥总统福克斯邀请，国家主席胡锦涛于 2005 年 9 月对上述两国进行国事访问。在对墨西哥的访问中，胡锦涛主席对拉美最大博物馆的参观，引出了关于文明对话的主题。

多彩文明　多样世界
——胡锦涛主席参观墨西哥人类学博物馆侧记

胡锦涛主席多次强调，中国主张维护世界文明多样性，促进不同文明之间的交流、对话、借鉴；各种文明应该和平共处、取长补短、共同发展。推动中国和墨西哥两大文明古国的文化交流，促进两国战略伙伴关系发展，是胡锦涛主席这次访问墨西哥的一个重要内容。

墨西哥是拉丁美洲的文明古国，是灿烂的奥尔梅克文化、玛雅文化、阿兹台克文化等多种印第安文化的发祥地。近年来，墨西哥是同中国开展文化交流最多的拉美国家之一。2000 年 9 月，《帝王时期的中国：西安王朝》大型文物展曾在墨西哥许多州、市举行。2001 年，《玛雅文明展》也到中国多个城市巡展。

就像访问中国的外国人往往要登上长城感悟博大精深的中华文化一样，踏访墨西哥的外国宾客，也往往要来到拉美最大的博物馆——墨西哥人类学博物馆，领略印第安人古老文化的绚烂光彩。

9 月 11 日是个星期天，刚刚抵达墨西哥进行访问的胡锦涛主席应墨方邀请抽出一个小时来此参观。和风煦日，婆娑树影，映衬着这座兼容了印第安传统风格和现代派建筑艺术的博物馆。馆内 2.7 万件历史悠久的陈列品，构成了一道古老文明的风景线。

胡锦涛主席来到人类学博物馆，受到墨西哥著名考古学家、博物馆馆长索利斯热情迎接。在玛雅厅，巨幅模拟沙盘标识出玛雅文化在墨西哥和中美洲的分布情况。胡锦涛主席详细了解了被誉为美洲印第安人文化摇篮的玛雅文化的特点和演化历史，并饶有兴致地观看了玛雅文物，特别是在尤卡坦半岛发现的公元前4世纪至7世纪间玛雅文化最辉煌时期的文物真品。这些展品有记录了历史事件的石碑，有传递着古代生活信息的象形文字、日历石、玉石面具，有表现玛雅人崇拜太阳、玉米、风、雨的图腾雕塑，还有反映古代世界建筑工艺的宫殿、金字塔，等等。

接着，胡锦涛主席来到墨西哥湾厅，听取了关于墨西哥和中美洲最早的文明——奥尔梅克文化的介绍，并观看了巨型石雕人头像、陶俑、绿玉雕刻等奥尔梅克文化的代表作。参观中，胡锦涛主席对墨西哥高水平的考古成就和文物修复技艺表示了高度赞赏。

"这次参观给我留下了深刻印象。"参观结束时，胡锦涛主席对索利斯馆长说："这里的展品不仅反映了墨西哥的悠久历史和灿烂文化，而且充分显示了墨西哥人民的智慧和才华。中墨两国都是世界文明古国，两国文化都有深远的历史渊源。加强两国文化交流，对两国关系发展具有重要意义。"

胡锦涛表示，希望今后有更多的墨西哥文化到中国展览，让更多的中国人了解墨西哥灿烂的古老文化。

索利斯表示赞同。他说，文化交流对墨西哥也很重要。加强文化交流可以使两国人民对彼此的文化产生亲近感。墨西哥人类学博物馆曾经展示过中国的兵马俑，今后玛雅文化展览还会到中国举办。

多彩文明，多样世界。墨西哥人类学博物馆留下了中国领导人推动不同文明交流的足迹，镌铭了中华文明和拉美文明又一次值得记忆的对话。

（原载于《人民日报》2005年9月13日第三版）

胡锦涛主席于 2005 年 9 月 14 日至 16 日出席在纽约联合国总部召开的联合国成立 60 周年首脑会议，同 170 多个国家的元首或政府首脑以及近 40 个国家的副总统、副总理等高级官员共商世界和平与发展大事。胡锦涛主席发表《努力建设持久和平、共同繁荣的和谐世界》的重要讲话，成为中国外交史上的一个重要里程碑。

为了人类共同的未来
——胡锦涛主席出席联合国成立 60 周年首脑会议侧记

2005 年 9 月 14 日至 16 日，在纽约曼哈顿岛东岸的联合国总部，联合国 191 个成员国色彩缤纷的国旗随风舞动。胡锦涛主席同其他 170 多个国家的元首或政府首脑以及近 40 个国家的副总统、副总理等高级官员在这里出席了联合国迄今最大规模的首脑会议，为推动世界持久和平、各国共同发展而共襄盛举。

高密度与会　超浓缩发言

会议开始，便是一派紧锣密鼓的繁忙景象。联合国会议厅内，各种语言汇成了要和平、促发展、谋合作的交响曲。会议对每位领导人的大会发言限时 5 分钟，每位领导人对自己的发言都进行了高度浓缩，集中阐述各自最重要的立场和主张。

胡锦涛主席的与会日程非常紧张。14 日上午，胡锦涛主席接连出席了联合国成立 60 周年首脑会议开幕式、联合国发展筹资高级别会议和联合国安理会首脑会议。在联合国发展筹资高级别会议上，胡锦涛主席同各国领导人共商国际发展合作大计，规划未来合作前景，在题为《促进普遍发展实现共同繁荣》的讲话中宣布了中国支持发展中国家加快发展的 5 项重要举措。在联合国安理会首脑会议上，胡锦涛主席同安理会另外 4 个常任理事国和 10 个非常任理事国国家元首或政府首脑就维护世界和平与安全的重大议题进行讨论，以《维护安理会权威加强集体安全机制》为题发表讲话，强调联合国安理会在解决事关世界和平与安全的重大问题上具有不可替代的作用，应该保证安理会履行联合国宪章所赋予的职责。

15 日，胡锦涛主席又两度赴会。上午，根据大会的安排，胡锦涛主席在联合国成立 60 周年首脑会议全体会议上发表题为《努力建设持久和平、共同繁荣的和谐世界》的重要讲话，全面阐述中国对当前国际形势及重大国际问题的看法和立场，对加强联合国作用、推动联合国改革、促进国际发展合作等问题提出了具体主张。下午，胡锦涛主席出席圆桌会议，发表了题为《坚持民主协商推动改革进程》的讲话，就联合国改革问题提出了中国的主张。

用多边舞台　促双边合作

在多边舞台上，各国领导人的双边活动一向十分活跃。到访联合国的 69 个小时中，除 8 场多边活动，胡锦涛主席还进行了 11 场双边会见，包括同美国总统布什、俄罗斯总统普京的会晤，同菲律宾、赞比亚、莫桑比克、印度、阿尔及利亚、巴基斯坦、马其顿、加蓬等发展中国家领导人的会见，同第六十届联合国大会主席国瑞典首相佩尔松的会见，以及同众多领导人的握手寒暄。

多一次面对面交流，就多一些相互理解，多一分相互信任。胡锦涛主席同有关国家领导人就双边关系和共同关心的重大国际和地区问题深入交换了看法，达成许多重要共识，进一步沟通并协调了立场。胡锦涛主席不仅深入阐述了中方对有关问题的立场和主张，而且同外国领导人进行了友好、坦诚的交流。

传时代声音　走和平之路

"在人类漫长的发展史上，各国人民的命运从未像今天这样紧密相连、休戚与共。共同的目标把我们联结在一起，共同的挑战需要我们团结在一起。" 胡锦涛主席的这番讲话，深刻表明了联合国191个成员国今天应当共同承担的使命。

"焕发新春"，是印在纪念联合国成立60周年徽标上的口号。60年前从第二次世界大战渐逝的硝烟中诞生的联合国，正面对着一个重要的历史转折点。使联合国在推动人类和平与发展的崇高事业中更好地发挥作用，是各成员国的共同愿望，也是各成员国应当共同努力的方向。

胡锦涛主席在会议各场活动中都鲜明地表达了中国将致力于维护世界和平、促进共同发展的坚定决心，表明了中国维护联合国地位、推进联合国改革的真诚愿望。胡锦涛主席向世界庄严宣布："中国将始终不渝地把自身的发展与人类共同进步联系在一起，既充分利用世界和平发展带来的机遇发展自己，又以自身的发展更好地维护世界和平、促进共同发展。中国将一如既往地遵守联合国宪章的宗旨和原则，积极参与国际事务，履行国际义务，同各国一道推动建立公正合理的国际政治经济新秩序。"

（原载于《人民日报》2005年9月17日第三版）

应法国总理德维尔潘、斯洛伐克总理祖林达、捷克总理帕劳贝克、葡萄牙总理苏格拉底和马来西亚总理巴达维邀请,国务院总理温家宝于 2005 年 12 月 4 日至 15 日对上述五国进行正式访问,并出席在吉隆坡举行的第九次中国—东盟领导人会议,第九次东盟与中日韩领导人会议和首届东亚峰会等会议。本文记叙了此行首站,在法国巴黎奥赛博物馆内的一次"文化对话"。

塞纳河畔"文化之约"
—— 温家宝总理与法国文化、艺术界人士座谈会侧记

12 月 5 日傍晚,塞纳河畔奥赛博物馆透出的灯光格外明亮,馆内金碧辉煌的节庆厅更显一派热烈景象。温家宝总理来到这里,与法国文化、艺术界人士畅谈中法文化交流。座谈会洋溢着双方对深入开展交流的热望,好似给初冬的巴黎平添了暖意。

与会的近 30 位法方人士都为促进中法文化交流做出过积极贡献。他们包括中法文化年混委会法方主席让—皮埃尔·杨鹤鸣,曾在故宫午门广场倾情献艺的电子音乐家让—米歇尔·雅尔,两度率团赴中国演出的法国巴黎歌剧院芭蕾舞团团长布力吉特·勒菲乌尔,曾向 12 万法国参观者传播孔子思想的巴黎吉美博物馆的馆长让—弗朗索瓦·加利日,多次在法国组织中国文物展的考古学家基勒·贝甘,等等。在过去两年多时间中,他们为中法互办文化年活动全力以赴,促进了两国人民的彼此了解。恰如温总理所评价:"你们把一个'以人为本,革新、浪漫和创新'的法国,展示给中国人民。我们把一个'古老、多彩、现代'的中国,展示给法国人民。这项历时两年的文化盛事谱写了中法关系史上的华彩乐章,也成为

中欧乃至世界文化交流史上的一大创举。"

温总理分析了中法得以开展大规模文化交流活动的历史基础。他说，法兰西民族和中华民族都是历史悠久的伟大民族，各自创造的灿烂文化分别成为东西方文明的杰出代表，为人类社会进步做出了重要贡献。数百年来，两国人民互为对方的文明所吸引，相互借鉴，相互促进。早在16世纪，法国一批人文主义作家就对中华文明产生了强烈兴趣——伏尔泰曾说，作为思想家来研究这个星球的时候，首先要把目光投向包括中国在内的东方。近代以来，西学东渐。一大批中国青年学子赴法探求救国真理，寻找艺术源泉。他们当中涌现出周恩来、邓小平、陈毅等新中国杰出的领导人，也产生了巴金、钱钟书、徐悲鸿等文学艺术巨匠。

温总理引用孔子言——"万物并育而不相害，道并行而不相悖"，指出不同文明和文化之间，不仅可以长期和谐相处，而且能够互相汲取营养共同发展。这也正是中法成功互办文化年带给人们的一个重要启示。他强调，当今世界比以往任何时候都更加需要相互包容、相互尊重和平等相待。法兰西文化与中国文化都是人类文化的瑰宝，都具有海纳百川的包容能力，两国人民完全能够在世界文化多样性发展中做出更大的贡献。

一席谈话，赢得举座热情掌声。与会者纷纷对温总理的看法表示赞同，对在文化年活动中得到中方的支持表示感谢，对进一步加强文化交流表示期待。

杨鹤鸣就12月7日将召开的中法文化年混委会最后一次会议，提出了与会者共同的关切："这真的是最后一次吗？"温总理肯定地回答："今后中法文化交流活动会继续下去。"他建议中法双方站在新的起点上不断推动两国文化交流深入发展，并着眼于四个方面的工作：一是建立两国文化交流与合作的长效机制，实现双方对口文化机构之间长期稳定的合作；二是鼓励民间交往，充分发挥两国文化中心的作用，增进相互了解和友谊；三是广泛开展友好城市之间的文化周和其他类型的交流活动，不断拓宽合作领域；四是加强双方在联合国、亚欧会议等多边机构中的配合，共同倡导不同文明间的对话，保护和促进世界文化多样性。

座谈结束后，温总理出席了中国文化部向为中法文化年活动做出不懈努力和突出贡献的6位法国朋友授予"文化交流贡献奖"的颁奖仪式，并向获奖者表示祝贺和感谢。离开节庆厅前，法国文艺界人士仍然依依不舍地围聚在温总理面前，表达满心的喜悦和由衷的敬意。

最后,温总理应主人之邀,欣赏了奥赛博物馆收藏的几幅著名的法国印象派画作。

塞纳河畔的这次不过两个小时的"文化之约",虽然只是中法交往史上的一个短暂瞬间,但却展示出两国文化交流的一个新起点,一个通过架设宽阔的文化桥梁,让两国人民世代相知、相契的新境界。

(原载于《人民日报》2005年12月7日第三版)

应法国总理德维尔潘、斯洛伐克总理祖林达、捷克总理帕劳贝克、葡萄牙总理苏格拉底和马来西亚总理巴达维邀请，国务院总理温家宝于2005年12月4日至15日对上述五国进行正式访问，并出席在吉隆坡举行的第九次中国—东盟领导人会议，第九次东盟与中日韩领导人会议和首届东亚峰会等会议。本文记叙了温家宝总理在法国巴黎综合理工大学演讲时的一幕。

中法关系着眼未来

——温家宝总理寄望中法两国青年交流

"这是我在巴黎的最后一个上午，也是我心情非常好的一天。因为我喜欢和年轻人在一起。年轻人富有生气和活力，象征着世界的未来。"12月6日上午，温家宝总理在巴黎综合理工大学演讲时的开场白，深深打动着在座的法国年轻人。这个时刻所揭示的，正是中国总理对中法两国青年交流所寄予的厚望。

温家宝总理对法国的正式访问取得了巨大成功。当地媒体纷纷聚焦于此行所达成的经贸合作文件，然而成果远不止于此。在与法方领导人的会见和会谈中，温总理特别强调两国文化教育和青年交流的重要性，多次表示增进两国人民相互间的了解和友谊对发展中法关系至关重要。在法国巴黎综合理工大学演讲时，他告诉在场的年轻人，中法双方已决定从2006年开始互派青年进行交流。中方明年将邀请400名法国青年到中国去参观访问。他说，400名法国青年访华，其意义远比购买150架空客飞机重要得多。温总理表示："如果说经济合作着眼的是当前，那么文化和教育合作，特别是青年人的交往着眼的是未来。"

温总理的主张得到法方领导人的积极响应。希拉克总统说，法方对加强两国文化和青年交流等领域的合作持积极和坚定的态度。德维尔潘总理表示要深化在两国青年交往方面的工作。德勃雷议长说,要给两国青年人一个梦想、一个目标——让中法两国人民永远友好,让世界永远和平。

从这次访问可以看出,中法两国领导人都着力于继续从战略高度构造两国关系的未来,而未来属于年轻一代,也决定于年轻一代。加强两国青年的交流必然是中法全面战略伙伴关系的重要组成部分,"中法文化年"这样的活动只有以青年为主体,才能促进两国人民的世代了解和友谊。正如温总理所强调的,"要在年轻人的心中播下中法友谊的种子,使其开花结果。"

回顾既往,青年的交流在促进中法两国的相互学习、相互借鉴上发挥过重要作用;以青年交流为载体的文化和科技传播,更引领了两国多方面的相互启发和相互促进。温总理在不同场合提到,欧洲17世纪出现的"中国文化热",使伏尔泰等法国思想启蒙运动的引领者从中国的传统文化中得到了深刻的启发,进行着追求理性与进步的斗争。两百年后,严复等中国学者又将孟德斯鸠、卢梭等法国先哲的思想与中国传统文化进行比较研究,发展着中国自己的哲学理念。更值得记忆的是,中国现代的许多革命家、思想家、文学家和艺术家都曾于青年时期求学法国,为中国争取民族独立、自由和解放的事业,为民族文化的发展,寻求新知的启迪,其中包括周恩来、邓小平、陈毅、巴金、钱钟书、冼星海、徐悲鸿……

在中法关系处于历史最好时期的今天,强调青年交流意义更为深远。访问期间中法双方所发表的关于开展青年领域合作的联合声明指出,中法两国的青年是进步、创新、经济和社会发展源泉,为中法两国的长久关系增添活力。

历时短暂的访问,推动了现实的合作,着眼于未来的发展。一个留在两国关系史册上的突出记录是,中国总理对中法青年交流寄予了深深期盼——"我热切期待着:中法两国人民特别是两国青年携起手来,加强交流,增进了解,使中法文明交相辉映,共同构建和平、和睦、和谐的新世界!"

·

(原载于《人民日报》2005年12月9日第三版)

> 应法国总理德维尔潘、斯洛伐克总理祖林达、捷克总理帕劳贝克、葡萄牙总理苏格拉底和马来西亚总理巴达维邀请，国务院总理温家宝于 2005 年 12 月 4 日至 15 日对上述五国进行正式访问，并出席在吉隆坡举行的第九次中国—东盟领导人会议，第九次东盟与中日韩领导人会议和首届东亚峰会等会议。本文概述了温家宝总理对斯洛伐克和捷克的两个"20 小时访问"。

友谊合作新乐章
——记温家宝总理访问斯洛伐克、捷克

斯洛伐克和捷克，两个 1993 年独立的国家，迎来中国总理的第一次到访。12 月 7 日至 9 日，温家宝总理先后来到暴风雪刚刚袭掠过的斯洛伐克首都布拉迪斯拉发和捷克首都布拉格，分别进行了大约 20 个小时的正式访问。他带着中国人民对这两个国家人民的友谊而来，推动中国与斯洛伐克和捷克的关系更进一步。

这是两个为中国人民所熟悉的国度。两国的前身——捷克斯洛伐克，早在 1949 年 10 月 6 日就与中国建交，是最早与中国建交的东欧国家之一。从伏契克作品中表现的英雄主义，到哈谢克笔下有趣的"好兵"帅克；从斯美塔那令人感动的交响诗套曲《我的祖国》，到德沃夏克富有波西米亚风格的奔放流畅的名曲……这片土地孕育的独特文化和悠久历史早已给中国人民留下深刻印象。物换星移，两个国家自独立以来发生了很大的变化，中国与斯洛伐克和捷克之间的相互认知在不断更新，双边关系也进入了新时期。温总理此行既带来了中国人民的良好祝愿，也为与两国开展合作开路铺石，受到两国政府的高度重视和两国人民的热情欢迎。

温总理表示,在发展与斯洛伐克和捷克的关系时,中国始终秉持两个原则:一是国家不分大小,一律平等;二是互相尊重,特别是尊重各国人民自主选择的发展道路。双边关系的发展,是人民的共同愿望,符合两国的共同利益。

在布拉迪斯拉发,温总理高度评价斯洛伐克人民在国家建设中取得的成就,称赞斯洛伐克是一个"充满生机与活力的年轻国度"。他说,中斯双边贸易额在过去12年间增长了7倍,斯洛伐克加入欧盟又为两国各领域的务实合作开辟了新的空间。一句"中国视斯洛伐克为可信赖的朋友和伙伴"的评价,概括了两国关系发展的良好态势。

在布拉格,两国政府联合声明的发表,标志着中捷关系迈上了一个新台阶;双方签署的一系列政府和企业双边文件,反映出两国渐趋走强的合作势头。12月8日晚,当天已连续出席了8场活动的温总理,依然精神饱满地与捷克企业家一起畅谈中捷经贸合作,一一解答他们提出的各种问题。热烈的场面,浓厚的合作意愿,预示着两国关系发展的美好前景。

连续两个"20小时访问"虽然步履匆匆,但可谓意义深远:奏响了中国与斯洛伐克和捷克两国友谊、合作的新乐章,揭开了双边关系史的新一页。

(原载于《人民日报》2005年12月10日第三版)

应法国总理德维尔潘、斯洛伐克总理祖林达、捷克总理帕劳贝克、葡萄牙总理苏格拉底和马来西亚总理巴达维邀请，国务院总理温家宝于2005年12月4日至15日对上述五国进行正式访问，并出席在吉隆坡举行的第九次中国—东盟领导人会议，第九次东盟与中日韩领导人会议和首届东亚峰会等会议。本文解读了温家宝总理此行"蓝天之约"与"未来之约"的科技合作内涵。

经贸合作　科技领先
——温家宝总理访欧侧记

踏上欧洲大陆，首先驻足欧洲空中客车公司总部，尔后相继走访阿斯特里奥姆卫星公司、欧洲直升机公司、国际热核聚变实验反应堆（ITER）场址、阿尔卡特—阿雷尼亚空间公司，又与法国、捷克、葡萄牙的600多名企业界人士热谈经贸合作，特别是高技术合作。温家宝总理的足迹留在了欧洲几大著名高科技企业宽敞的车间，倡导中欧加强科技合作的主张进一步激发了欧洲企业家对中国的向往。12月4日至10日，温总理在欧洲访问的每一天都同到访国的领导人谈及科技领域的合作，甚至几乎每一天都与当地企业家们就具体领域的合作进行交流。访欧行程留给人们的一大印象是：经贸合作，科技领先。

或许可以说，"科技领先"首先体现于温总理此行的"蓝天之约"。此行参观的公司多数都是著名的航空航天企业，这让人联想到不久前中国神舟六号载人航天飞行所取得的巨大成功，联想到中国航空航天工业的蓬勃发展、巨大潜力和广阔市场，联想到中国积极投入国际空间合作项目，特别是两年前中国作为第一个非欧盟国家加入到伽利略计划——欧盟委员会和欧洲空间局共同发起并组织实施的欧洲民用卫星导航计划……温总理在参观中多次强调，中国航空航天工业的快速发展，带来了越来越多的市场机遇，中国与欧洲航空航天企业间的技术合作必然是互利双赢的。

"蓝天之约"的第一道风景就是温总理参观当今世界最大民航飞机——空客A380的装配车间，这也是国际媒体最为关注的一项参观活动。人们注意到，空客公司在其介绍与中方合作情况的展板上突出写下这样的文字："空客的对华合作主张：全面伙伴关系"。

访问中，中国国家发展和改革委员会与空客公司签署了加强工业合作的谅解备忘录，标志着中国航空工业与该公司工业合作水平的一次全面提升。具体而言，中国将进一步加入到空客飞机的生产、研发和设计的全过程。同时，双方在航空科技的合作将有较大的新进展。面对中国偌大的市场和难以估量的航空技术潜力，空客公司此举将带来的双赢结局不言而喻。温总理积极评价空客公司不断向更深、更广的方向发展同中国的合作，称赞该公司"具有战略眼光"。

"蓝天之约"的另一道风景是，温总理身穿防尘服走进两大卫星制造公司——阿斯特里奥姆卫星公司和阿尔卡特—阿雷尼亚空间公司的组装和测试车间。阿斯特里奥姆卫星公司是一家生产了60多颗地球同步通信卫星的高技术企业，其用户遍布全球。该公司与中国共同参加了伽利略计划，前者还承担了该计划前4颗卫星的设计和生产工作。阿尔卡特—阿雷尼亚空间公司与中国已有20多年的合作，今年4月中国的"长征三号乙"捆绑式运载火箭成功地将该公司制造的"亚太六号"通信卫星送入太空。此外，"中星九号"等多颗即将上天的卫星也在该公司与中方合作的框架之内。参观时，温总理高度评价这两家在世界卫星制造领域处于领先地位的公司所取得的成就，并指出随着经济发展和信息化进程的加速，中国对卫星的需求将不断增加。他鼓励阿斯特里奥姆卫星公司努力争取在中法航天合作领域占据重要的一席之地，勉励阿尔卡特—阿雷尼亚空间公司继续与中国航天企业加强合作，为两国空间领域合作做出新贡献。

"科技领先"还体现在温总理的"未来之约"。温总理对今年6月选定的国际热核聚变实验反应堆（ITER）场址的参观，堪称一次未来技术之旅。ITER计划是一项宏大的、预期历时30年的国际科技合作项目，中国与欧盟、美国、日本、俄罗斯和韩国共同参加。该计划旨在利用氘和氚等氢的同位素在数亿摄氏度的高温下发生聚变反应而产生的巨大能量。被称为"小太阳"的ITER一旦获得成功，将为人类开发新一代战略能源带来一次革命。温总理造访ITER场址，表明了中国政府对开发利用新能源的重视，反映了中国积极参加国际合作、造福于世界人民的真诚意愿。

温总理在1.5万公里的欧洲之旅中，广泛了解国际科技发展的新趋向，积极介绍中国的投资政策和市场机遇，并为推动欧洲工商界加强对华技术合作耐心地答疑解惑。温总理欧洲之行的每一步都寄托着殷切的期望，每一步都发挥着鼓舞与助推的作用。可以明确的是，中国与欧洲企业在高技术领域的互利合作必将获得双赢的成果，必将进一步促进中欧贸易健康发展。可以期待的是，苍穹之上，将有更多的中国和欧洲合作发射的卫星飞行；云朵之间，将有更多的中国参与研制的"银燕"翱翔。前瞻未来，中国参加开发的新一代能源还必将为人类带来光和热。

（原载于《人民日报》2005年12月11日第三版）

应法国总理德维尔潘、斯洛伐克总理祖林达、捷克总理帕劳贝克、葡萄牙总理苏格拉底和马来西亚总理巴达维邀请,国务院总理温家宝于2005年12月4日至15日对上述五国进行正式访问,并出席在吉隆坡举行的第九次中国—东盟领导人会议,第九次东盟与中日韩领导人会议和首届东亚峰会等会议。本文盘点了温家宝总理出席东亚领导人系列会议的热点。

东亚之"热"
——记温家宝总理出席东亚领导人系列会议

甫抵马来西亚首都吉隆坡,四处洋溢的东亚区域合作之"热"扑面而来。12月12日至14日,17国领导人聚会于此,出席东亚领导人系列会议,以较之既往更趋开放的姿态,热谈东亚合作议题,推动以"10+X"(东盟10国与其域外国家合作)为主框架的合作进程。

中国国务院总理温家宝出席了第九次中国与东盟(10+1)领导人会议、第九次东盟与中日韩(10+3)领导人会议和首届东亚峰会,并在东亚峰会领袖对话会上向本地区工商界人士发表了演讲,传播着倡导和平、和谐、合作、共赢、开放、包容的中国之声。中国为本地区的和平与发展所发挥的重要作用受到高度评价。中国关于东亚合作的主张和倡议,致力于维护东亚和平、促进地区合作的庄严承诺和坚定信念,受到东盟和与会各国领导人的广泛赞同和支持。

中国与东盟——行在东亚合作之前列

中国与东盟的"10+1"进程堪称东亚区域合作的开路者——中国是域外第一

个加入《东南亚友好合作条约》的国家,第一个与东盟签署建立自由贸易区协议的国家,第一个与东盟建立战略伙伴关系的国家。在"10+1"框架下,双方合作每年都有扎扎实实的新进展。

今年的"10+1"会议,继续显示出双方深入合作的强劲势头。

有目共睹的是,中国一直以真诚而务实的行动融入"10+1"进程。正如温总理在本次会议所指出:"中国对东盟的支持是真诚的,不附带任何政治条件,是互利互惠,致力于双方共赢的。我们说到的一定会做到。"在过去5年里,中国向东盟国家提供了近30亿美元的经济援助和优惠信贷。在未来3年中,中国还将向东盟国家提供大约30亿美元的优惠贷款及优惠出口买方信贷。此外,中国将在现有基础上增加50亿美元优惠贷款用于支持中国企业在东盟国家的投资项目。

中国与东盟的"10+1"进程,以其卓著的成果推动了东亚合作的实质性进步。中国与东盟的对话伙伴关系几近走过15年历程,双方战略伙伴关系的《行动计划》已开始全面实施。最引人注目的是,中国—东盟自由贸易区的建设迈出了坚实的步伐——货物自由贸易开始实施,今年7月启动了全面降税进程。双方今年的贸易额有望突破1200亿美元,服务贸易和投资协议谈判正在进行。同时,中国即将成为东盟东部增长区的发展伙伴,又为双方合作开辟了新渠道。在本次"10+1"会议上,温总理提出的关于纪念中国—东盟建立对话关系15周年、全面规划双方关系、推动自贸区建设、拓展重点合作领域、加强人员往来的五点倡议,得到了东盟各成员国的积极回应。

东盟对与中国的合作评价甚高。马来西亚总理巴达维赞扬中国—东盟自由贸易区进程已经成为东亚区域合作的领先者。印度尼西亚总统苏西洛认为中国经济的飞速发展堪称东亚经济发展的"发电机"。亚洲战略与领导研究所所长、马中商务理事会秘书长杨元庆说,中国—东盟自由贸易区的建设已成为本地区商界所追求的重要目标。中国的发展经验值得东盟学习,同时东盟也在与中国的交流中获得利益。

东盟与中日韩——进入区域发展新时期

东盟与中国、日本、韩国的"10+3"进程也取得了稳步发展。本次"10+3"会议发表的宣言指出,这一合作框架增进了共同利益和相互联系,并为东亚地区的经济互动作出了贡献。

温总理在讲话中积极评价了"10+3"合作取得的可喜进展,称赞其已经成长为机制较为完善、内容日益充实、富于活力与潜力的合作体系,催生和加强了东亚意识,带动了东亚的发展。"'10+3'的孕育和成长,是东亚国家抓住当今世界发展趋势,顺应经济全球化与区域一体化潮流的必然选择,是东亚国家致力于联合自强,谋求共同发展的客观要求。"温总理强调,中方支持东盟关于坚持以"10+3"作为东亚合作主渠道的立场。针对当前东亚面对的重大课题,他倡议该机制在总结经验、规划未来、深化经贸合作、应对突发公共卫生事件和重大自然灾害、缩小发展差距、加强非传统安全领域合作、拓展文教和青年合作等方面作出努力。

令人遗憾的是,由于日本领导人不能正确对待历史问题,导致作为东亚合作一部分的中日韩领导人会晤推迟。显而易见,当前问题的关键是日本领导人必须顺应世界的潮流,以史为鉴,面向未来,拿出实际行动,不使亚洲国家和日本的关系受到干扰和破坏,方能真正显示其融入东亚合作进程的诚意,方能有利于东亚合作进程的顺利发展。诚如温总理所点明,东亚正处在一个重要的发展时期,各类区域、次区域合作机制的涌现和发展,正在深刻地改变本地区政治、经济和安全环境。如何把握机遇,兼顾长远与现实,建设一个持久和平与稳定、共同发展与繁荣的东亚,是各方直面的重大课题。东亚合作是东亚发展和振兴的希望所在。

东亚峰会——浮现蓄势待发新平台

首届东亚峰会引得全球瞩目。传统的"10+3"机制成员国领导人与印度、澳大利亚、新西兰等国领导人聚会一堂,使东亚合作进程在实现纵向跨越式发展的同时，又呈现横向地域辐射性延伸，从而推出了一个更见开放的东亚合作新平台。

温总理评价说，这是一次"历史性的会议"，"是经济全球化与区域合作加快发展的客观要求，是本地区各国相互依存、共同利益不断扩大的必然结果，标志着东亚合作进入了一个新的发展阶段"。他强调，中国支持东亚合作保持透明和开放——只有开放的合作才能实现不断进步，才能更好地发挥区域优势，才能顺应时代潮流。中国欢迎俄罗斯参加东亚峰会，也欢迎美国、欧盟等其他区域外国家和组织与东亚合作建立联系。

温总理关于坚持东盟主导、尊重东盟共识，并以开放包容、互利共赢的理念推动东亚地区合作的主张，得到与会领导人的广泛认同。马来西亚总理巴达维表示，今天的东亚已不局限于地理的概念，开放的经济合作是大势所趋。

"热都"吉隆坡，见证了东亚合作之热潮。无论是务实进取的"10+1"，稳步发展的"10+3"，还是新生的东亚峰会，都反映出东亚地区不断上升的区域合作热望。在全球关注的目光下，人口众多的东亚，作为世界最活跃的经济区域，一片商机无限的热土，正在聚合着中国、东盟以及所有与会国的人们对东亚合作寄予的热切期待。

（原载于《人民日报》2005年12月15日第三版）

应德意志联邦共和国总理施罗德、比利时王国首相伏思达、欧盟委员会主席普罗迪、意大利共和国总理贝卢斯科尼、大不列颠及北爱尔兰联合王国首相布莱尔和爱尔兰共和国总理埃亨邀请,国务院总理温家宝于 2004 年 5 月 2 日至 12 日对上述 5 国及欧盟总部进行正式访问。本文记录了温家宝总理访问首日在德国巴伐利亚州繁忙的行程。

访德首日问农工

——温家宝总理慕尼黑参观记

在经过 10 个小时的飞行之后,中国国务院总理温家宝 5 月 2 日下午来到了德国幅员最大、具有悠久历史的巴伐利亚州。未有片刻歇息,温总理一行即从慕尼黑施特劳斯国际机场直奔位于附近的帕尔梅农庄访问,随后又驱车前往多瑙河畔的古城英格施塔特市参观奥迪公司总部。在转入柏林的"核心"日程之前,德国的工农业生产已给中国代表团留下了直观而深刻的印象。

访农舍　谈发展

满目春绿,遍野鲜花。远有丘陵、森林相衬,近有牛羊栖息,帕尔梅农庄呈现着如诗如画的田园风情。约瑟夫·帕尔梅一家和当地的农民身着巴伐利亚民间服装,盛情迎接远道而来的中国贵客。温总理对他们表示:"我代表中国的 9 亿农民向德国农民表示问候和良好的祝愿。"主人由衷地说:"作为一个大国的领导人,到德国后,首先来看一个普通农庄,我们万分荣幸和欣喜。这真是一个好兆头!"

温总理先后参观了农庄的牲畜圈、沼气发电设施和农业机械,仔细倾听了主人和德方陪同官员的介绍。在主人家的小客厅，温总理饶有兴致地与帕尔梅一家聊起了家常。主人介绍说，农业在巴州有非常重要的地位，每8人中就有一人从事农业。欧盟扩大之后，农业正面临着激烈的竞争。怎样应对这些困难呢？帕尔梅认为只有设法提高农产品质量和农产品国际竞争力。帕尔梅介绍说，他们还利用生态垃圾发展沼气，并利用沼气为周围的居民供暖、供电，年发电量300万千瓦时。这样做不仅有利于生态环境，也为解决能源问题找到了新途径。

温总理对帕尔梅农庄的思路和做法表示赞赏。他指出，农业在中国有着非常特殊的地位，中国政府非常重视农业发展。我们是用占世界10%的土地来养活占世界22%的人口。改革开放26年来，我们使中国人的生活变得更好，特别是解决了大约2.5亿贫困人口的温饱问题。现在，中国的农业和农村经济发展都很快。帕尔梅一家闻此不禁频频点头赞叹。

陪同参观的巴州州长还谈到有关巴州与山东开展农业交流与合作的情况。温总理听后很高兴，希望他们继续加强技术合作与交流，使彼此间的合作取得更多实际成果。

举数字　说希望

奥迪汽车公司总部颇为壮观，一派现代工业城的面貌。展示厅内陈列着将要推向中国的新款车；大屏幕放映的宣传片上，奥迪车和中国故宫的画面相互叠现；车间里机械手上下翻飞，张扬着先进技术的效率和力量。在温总理面前，奥迪人尽情地诉说着他们对中国的热望。

在大众汽车股份公司董事长毕睿德以及奥迪公司董事长温特科恩的陪同下，温家宝先后参观了奥迪公司的"虚拟工厂"和世界领先的操作系统汽车电子技术"MMI多媒体交互界面"。温总理还参观了将向长春提供的一套高技术车身制造设备。

奥迪人如数家珍般列举了各种数据，展示出与中方业已取得的合作佳绩，表达了加强相互合作的强烈愿望。回应主人的盛情，温总理欣然发表即席讲话，举数字，说希望。他说，"中国的企业同大众合作已经20年了，同奥迪汽车公司的合作有 16 年，合作取得了丰硕的成果。刚才贵方说的两个数字，我记忆非常深刻。一是中国一汽、上海汽车同大众合作已经生产了 350 万辆轿车。我还想补充一个数字，就是去年的产量是 70 万辆轿车。奥迪汽车在中国已经成为中高档汽车的一个代表。二是奥迪公司与中国一汽合作，已经生产了 6.3 万辆。"

温总理表示，参观奥迪总部，更多地感受到德国公司对发展中德经济关系的热情，感受到德国人民对中国人民的友好情谊。希望两家公司不断向中国推介新产品，并且转让技术，开展研发合作，同时进行人员培训。相信双方的合作伙伴关系一定能够不断发展。

温总理的一席讲话赢得了热烈的掌声。温特科恩表示，在今后几年内，奥迪公司在中国的工作重点就是最先进的技术投入和本地化生产。大众汽车公司已宣布将在未来 5 年内对华投资 63.5 亿美元。

结束参观抵达巴州州府慕尼黑时，已是傍晚时分，温总理与巴州政府领导人会面的正式活动旋即开始。访德首日，温总理听到德国百姓的声音，也传递出中国人民对德国人民的深情厚谊。人们可以相信，深入到德国农村和工业第一线，已为温总理的首次德国之行拉开了成功的序幕。

（原载于《人民日报》2004 年 5 月 4 日第三版）

应德意志联邦共和国总理施罗德、比利时王国首相伏思达、欧盟委员会主席普罗迪、意大利共和国总理贝卢斯科尼、大不列颠及北爱尔兰联合王国首相布莱尔和爱尔兰共和国总理埃亨邀请，国务院总理温家宝于 2004 年 5 月 2 日至 12 日对上述 5 国及欧盟总部进行正式访问。本文盘点了温家宝总理访问德国取得的丰硕成果。

数字见证中德合作

一份内涵丰富、意义重大的中德联合声明，13 项总金额达到 23.53 亿美元的"高含金量"经贸合同，两项着眼长远的政府间合作文件……这一切，出现在 5 月 2 日以来的短短 3 天里，见证了温家宝总理首次访问德国的丰硕成果。

与此相呼应的是，中德去年的双边贸易额达到 418 亿美元，上升了 50%；今年第一季度又增加了 30%。截至今年 2 月，德国在华投资项目有 3578 个，到位资金约 90 亿美元，西门子、大众、奥迪、巴斯夫等大公司都在中国建立了企业。在技术转让方面，德国是与中国合作最密切的欧洲国家。更引人注目的是，高瞻远瞩的两国领导人已把目光锁定到 2010 年——力争实现中德贸易额翻一番。如果联想到 47 年前中国在不寻常的历史背景下与联邦德国签署的价值 2.5 亿德国马克、曾轰动西方世界的首份贸易协议，今天的成就更显示出中德合作所实现的巨大跨越。正如温家宝总理所言，这一系列数字表明，"中德经贸合作潜力不可限量"。

在柏林访问的两天里，温家宝总理与施罗德总理 3 次晤面，不仅就中德、中欧关系和共同关心的国际问题交换了意见，还共同出席了两场工商界的活动，充分展示了两国政府对双方企业加强合作所寄予的厚望。

强调加强科技合作是温总理此行的一个突出特点。德国公司有句名言："技术使我们领先。"情同此理,中德科技合作能使经贸合作更加深入,惠及彼此,实现双赢。温家宝与施罗德共同出席第三届中德高技术对话论坛,就反映出两国领导人对技术合作的高度重视。温总理就此深刻地指出,中德经贸合作成果卓著的根本原因是双方的合作有着坚实的基础和共同的利益;同时,能为合作不断注入生命力的则是高技术领域的合作。温总理在多个场合呼吁德国企业多向中国转让高新技术,同时与中国企业联手研发新产品,加强人员培训。他还向德国企业家表示,中国政府在保护知识产权方面将迈出更扎实的步伐。

施罗德总理曾经指出:"中德经济技术合作关系是一个持续发展的过程。"回溯历史,早在17世纪,中国天文学家就曾与科隆人汤若望进行过合作,后者在明朝的历法改革中起了很大作用。另一位公认的、对两国科技交流做出过重大贡献的德国人,就是温总理在访问中曾数度提起的德国伟大的科学家、哲学家莱布尼茨。他在1697年出版的《中国近闻》一书中,对中国的哲学、语言、理论科学和应用科学作了全面介绍,并认为中德两国文化各有千秋,具有平等地位,应当相互学习,互相补充。这一思想今天看来依然可贵。不过,中德双方真正意义的、广泛的科技合作,还是集中出现在中国实行改革开放政策以后,特别是在中国高技术产业已有一定基础的今天。

从慕尼黑到柏林,步履虽然匆匆,但每一步都留下了深深的足印。温总理与德国工、农、商、政各界人士的广泛接触,加强了中德之间的相互理解,加深了人民之间的友谊;彼此都得到了对方进一步的支持,拓宽了合作的思路和领域。这次成功的访问对中德未来合作的深远影响,当是不言而喻的。

(原载于《人民日报》2004年5月6日第三版)

应德意志联邦共和国总理施罗德、比利时王国首相伏思达、欧盟委员会主席普罗迪、意大利共和国总理贝卢斯科尼、大不列颠及北爱尔兰联合王国首相布莱尔和爱尔兰共和国总理埃亨邀请，国务院总理温家宝于 2004 年 5 月 2 日至 12 日对上述 5 国及欧盟总部进行正式访问。本文解读了温家宝总理访问欧盟的深远意义。

恰逢其时的访问

温家宝总理访问欧盟，选择了一个不同寻常的时机。其一，温总理是欧盟扩大后第一位访问欧盟国家和欧盟总部的外国领导人。其二，访问欧盟总部的当天——5 月 6 日，正是中国与欧盟的前身欧洲经济共同体建立正式关系 29 周年纪念日。其三，中欧关系在 2003 年取得令人瞩目的成果，全面合作蓄势待发。欧盟委员会以及欧盟国家领导人近来在多种场合都强调将发展对华关系置于优先地位，纷纷表示期待温家宝总理访欧，共商双边合作的具体措施。难怪当回答本报记者询问行程是否巧合时，温总理表示："这次访问恰逢其时。"

访问欧盟总部的日程非常紧凑，除了与欧盟委员会主席普罗迪举行会谈，会见了欧盟理事会秘书长兼共同外交与安全政策高级代表索拉纳以外，温总理出席了中欧投资贸易研讨会，与近 500 位中国和欧洲企业界人士共聚一堂，并发表了题为《积极发展中国同欧盟全面战略伙伴关系》的讲话。温总理全面深刻地阐述了中国的对欧政策，使与会者对中欧关系前景更加充满信心。此外，温总理还与普罗迪主席共同出席了一系列文件的签字仪式，并一起会见了记者。

言者自信、自如，闻者专注、明觉。这是每一场公开活动留给人们的印象。从中欧领导人谈话的乐观表情、致辞的生动表述和被引用的种种数据中，人们可以品味出的有价值的内容不可胜数。颇具启发的是,温总理对中欧全面战略伙伴关系的阐释,预示着中欧关系发展的未来走势。他指出,所谓"全面",是指双方的合作全方位、宽领域、多层次,既包括经济、科技,也包括政治、文化;既有双边,也有多边;既有官方,也有民间。所谓"战略",是指双方的合作具有全局性、长期性和稳定性,超越意识形态和社会制度的差异,不受一时一事的干扰。所谓"伙伴",是指双方的合作是平等、互利、共赢的,在相互尊重、相互信任的基础上,求大同存小异,努力扩大双方的共同利益。中国同欧盟发展这样一种关系,不仅符合中欧双方的利益,也有利于地区和世界的和平、稳定与共同发展。

300多年前,德国哲学家莱布尼兹就曾充满激情地写道:"全人类最伟大的文化和最发达的文明仿佛今天汇集在我们大陆的两端,即汇集在欧洲和位于地球另一端的中国。"中国的儒家哲学思想曾对欧洲的思想启蒙运动产生了影响。无独有偶,英国著名学者李约瑟在其《中国科学技术史》中提出,在人类业已历经的三代文明中,中国的造纸和印刷术堪称第二、三代文明出现的主要标志,这也标示了中华文明对欧洲文明的推动。在21世纪的今天,新观念、新技术已把欧亚大陆以往的时空阻隔最大可能地缩小,中欧之间的政治距离、经济距离和心理距离随之渐渐收缩,共同利益和共识日益增多。

正如温总理所说,中欧关系目前正处于最活跃、最富有成果的时期。特别引人注目的是,2003年中欧双方决定建立全面战略伙伴关系,双方还签订了一系列具有重要意义的协议,比如,为广大民众提供便利的《中欧旅游目的地国地位谅解备忘录》,以及聚合中国和欧盟智力资源的"伽利略计划"。另外,中国去年成为欧盟的第二大贸易伙伴,中欧贸易额达到1252亿美元,欧盟在华投资累计279亿美元。截至去年底,在华直接投资项目达到16802个,合计金额753亿美元。

今天的努力决定着中欧的未来,人们期待着中欧全面战略伙伴关系将为本地区乃至世界的繁荣与稳定做出更大的贡献。

(原载于《人民日报》2004年5月8日第三版)

> 应德意志联邦共和国总理施罗德、比利时王国首相伏思达、欧盟委员会主席普罗迪、意大利共和国总理贝卢斯科尼、大不列颠及北爱尔兰联合王国首相布莱尔和爱尔兰共和国总理埃亨邀请,国务院总理温家宝于2004年5月2日至12日对上述5国及欧盟总部进行正式访问。本文梳理了温家宝总理访问意大利的经贸合作主题。

为企业合作牵线搭桥

镜头一:5月7日,罗马工业家联合会会议大厅。

"为什么不少中国孩子爱穿AC米兰队、尤文图斯队的球衣?因为中国的电视上几乎每周都播放这两个球队的比赛实况。孩子们把球星当作偶像,而服装厂把握着这里的商机。"在有千名中意企业家参加的中意双向投资研讨会上,温家宝总理的这番话博得满场的笑声和掌声。中意两国总理的出席,把会议的气氛推向了高潮。会场内不仅座无虚席,而且还有百余人站在座位周围的台阶上仔细聆听。

温总理在讲话中从意大利企业家最关心的问题谈起,运用生动的事例和数字,深入浅出地点明中意企业间加强合作的广阔前景。温总理表示,中国政府将为意大利企业家进入中国市场创造良好的环境,同时也鼓励中国企业家到意大利投资创业。

企业家出身的贝卢斯科尼总理回应说:"如果我是一个青年企业家,我一定到中国投资。我希望看到更多的意大利企业家到中国市场去,到这个世界最大的市场去。"两国领导人富有说服力的讲话显然起了很好的激励作用。与会的中意两国企业家进行了广泛接触,积极讨论合作的方式和途径。在这个为期三天的会议上,800多对中意企业家进行了对口接洽,达成了100多项意向合同。

镜头二：5月8日，比萨省庞特德拉市皮亚乔摩托车公司。

这是一家创造过"黄蜂"奇迹的工厂。它售出的1000多万辆由天才设计师达斯卡尼奥设计的"黄蜂"摩托车，已成为千百万意大利人生活中不可缺少的组成部分。这还是一家很早就在中国建厂的企业。作为意大利企业界对华直接投资的先行者，它曾经鼓舞和带动了其他意大利企业到中国发展。

温家宝总理听取了皮亚乔公司与中国合作，以及该公司与圣安娜高等学校和市政府共同兴建圣安娜科技园区的情况介绍。温总理说，皮亚乔公司与中国企业有着良好的合作关系，来到这里的意义不仅是可以接触到意大利的企业家和员工，更重要的是学习这家公司的先进管理经验。目前中国的摩托车保有量是6000多万辆，但与中国人口相比还只是很小的数字。因此，皮亚乔公司选择了与中国企业合作，就是选择了一个颇具潜力的大市场。

温总理来到宽敞明亮的装配车间，问候了正在生产线上忙碌工作的工人们，参观了该公司生产的各类摩托车，还特别观看了即将在中国合作企业生产的车型。他祝愿该公司与中国公司的合作越来越好。

镜头三：5月8日，圣克罗齐工业园区多尔门皮革加工厂。

进入工厂会议大厅，首先跃入眼帘的就是主宾席一侧墙面上悬挂着的一副用皮革制作的对联，烫金的大字书写着林则徐的名句——"苟利国家生死以，岂因祸福避趋之"。显然，主人为中国贵客的到访做了精心准备，因为这一名句曾被温总理多次引用。温总理告诉主人，林则徐是中国近代最早主张对外开放的人。他就此进一步指出："一个民族只有自强，才能自立；一个民族只有开放，才能进步。中国愿意同意大利在政治、经济、文化和各个领域开展合作。"

圣克罗齐工业园区是意大利中小企业"一区一业"模式的一个典型代表，这个工业区的皮革生产占全意大利皮革生产的30%左右。多尔门厂则是区内皮革加工制作链上的一个重要环节，不仅拥有先进的鞣制和皮面加工技术，还有良好的环保装置和技术。企业主人介绍说，他们的污水处理标准达到98%，大大高于环保规定要求的70%，改变了皮革业在历史上作为重环境污染行业的形象。该企业与中国辽宁、河南等地企业开展了污水处理方面的技术合作。温总理对此非常赞赏，并祝愿该企业与中国企业的合作有更大的发展。

上述三组镜头传递了温总理在意大利访问的几个片断，衬托着访问的一个主题——加强经贸合作，促进共同发展；折射着中意两国悠远的交往历史的一个延伸。早在公元2世纪，闻名于世的"丝绸之路"作为贸易的纽带就把两国人民联系在一起。13世纪，马可·波罗的中国游又为中意交往史添加了一段美丽而神秘的篇章。中国改革开放以后，中意经贸合作之路日益宽广。在21世纪的今天，每年会有两国数以千计的商务团组穿梭于北京、罗马、上海、米兰之间。

2003年中意双边贸易总额为117.3亿美元，虽然这个数字已是建交初期1亿美元贸易额的百余倍，但正如温总理对意大利企业家所说，这个数字还是远远不够的。意大利在华投资累计达24.4亿美元，但只占意对外投资总额的4.6%。双方亟需更多地相互认识，相互合作。正因为此，中意两国领导人共同出面为两国企业界建立关系牵线搭桥。一位意大利地方官员风趣地说："中国总理的访问工作节奏真快，简直就是在竞走！"借用此言，中意经贸合作的确需要竞走，因为这是双方共同的利益之所在，因为大家都需要一个更加美好的未来。

（原载于《人民日报》2004年5月10日第三版）

> 应德意志联邦共和国总理施罗德、比利时王国首相伏思达、欧盟委员会主席普罗迪、意大利共和国总理贝卢斯科尼、大不列颠及北爱尔兰联合王国首相布莱尔和爱尔兰共和国总理埃亨邀请，国务院总理温家宝于2004年5月2日至12日对上述5国及欧盟总部进行正式访问。本文盘点了温家宝总理此行在不同场合对中国人权事业进步的情况所作宣介。

温总理访欧话人权

发展中欧全面战略伙伴关系，是温家宝总理访欧之行的宗旨。而欧洲的一些朋友，对中国的人权状况或知之甚少，或心存疑惑，有意无意地把它同承认中国完全市场经济地位和解除对华军售禁令挂起钩来。为了达到增信释疑、扩大合作的目的，温总理在访问期间直面这一问题，摆事实、讲道理，向各界朋友阐述了中国政府尊重和保护人权的鲜明立场及取得的历史性进步。

数字与人权

中国改革开放25年以来，经济发展成就举世公认，在尊重和保护人权方面取得的历史性进步同样应为世人瞩目。温总理为了提醒人们了解这一点，经常引用一组数字来说明。他说，中国政府在25年里解决了13亿人民的吃饭和生活问题，使2亿多农村贫困人口摆脱了贫困，还要面对7.5亿劳动力的就业、7000多万残疾人的救助问题等。为了解决这些关系人们生存权的重大问题，中国政府在1/4世纪里做出了卓有成效的努力。"贫者无自由。"温总理引述美国前总统罗斯福的一段话说："真正的个人自由在没有经济安全和独立的情况下，是不存在的。"

改革开放以来，中国经济发展了，人权也进步了，这是一个基本的事实。

温总理告诉欧洲朋友，中国的改革开放，不仅创造了大量的物质财富，而且给中国人民带来了前所未有的自由。在今天的中国，无论是农民、工人还是知识分子，都有了择业的自由、获取信息的自由、迁移的自由、创业和出境旅游的自由，等等。改革开放以来的经济和社会进步，都是同这种广大人民基本自由的创造密不可分的。

创造"起跑线"上的平等

教育，特别是九年义务教育，影响人的一生。没有基础教育的平等，就谈不上人在发展权上的平等。温总理指出，中国在人均国内生产总值不到1000美元的情况下，在全国基本普及九年义务教育，这对发展中国家来说是了不起的成就，是中国政府尊重和保障公民发展权所做的一大努力。

在与牛津大学的学生座谈时，温总理特别指出，大力发展农村教育，让西部贫困地区农村的孩子也能同城里孩子一样，享受"起跑线"上的平等，这是本届政府落实科学发展观的一大任务。他告诉这些学生，中央财政从今年起，5年内向西部投入100亿元人民币资金，启动西部地区"两基"攻坚计划。到2007年，使西部372个县基本普及九年义务教育，基本扫除青壮年文盲。

撑起法律保护伞

温总理说，中国全国人民代表大会今年通过了宪法修正案，将尊重和保障人权写入了宪法，这是一个具有历史意义的进步。中国政府已相继出台了为贫困者进行法律诉讼提供司法援助的措施，为城市下岗和生活困难群体提供最低生活保障措施，以及把城市生活无着的流浪乞讨人员的收容遣送改为救助和管理等，都是政府为尊重和保护人权所做的努力。

温总理说：中国要集中力量进行经济建设，把自己的国家建设好，让人们都能过上好日子，让孩子们都能上学，让城镇居民都能有就业和医疗条件，我觉得这是中国当前面临的最大的人权关切。中国正在大力推进民主和法制建设，这将进一步为中国人权撑起法律的保护伞。

到公交车里看人权

在欧盟总部会见记者时，温总理引用的一段话引起人们的广泛兴趣。一位外国记者事后还特意找到中国代表团核对引文。这是70多年前美国记者赛蒙·斯特朗斯基的一段话："要想更好地理解人权，人们应当少在图书馆里读亚里士多德的书，多到公共汽车上和地铁里去看看。"

对于中国与外国在人权问题上的分歧，中国一向认为应该对话，而不是对抗。一个突出的例子就是，中国政府与欧盟已进行了17次对话，取得了很好的效果。温总理希望西方媒体能对中国的人权进步给予全面而客观的报道。他多次对外国记者说："希望你们多到中国实地看一看。你们会发现，中国政府正与中国人民一道努力改善人权，并且已取得了历史性的进步。"

温总理对人权的关切，字字句句发自肺腑，入情入理，博得了广泛的认同。

（原载于《人民日报》2004年5月12日第三版）

> 应德意志联邦共和国总理施罗德、比利时王国首相伏思达、欧盟委员会主席普罗迪、意大利共和国总理贝卢斯科尼、大不列颠及北爱尔兰联合王国首相布莱尔和爱尔兰共和国总理埃亨邀请,国务院总理温家宝于 2004 年 5 月 2 日至 12 日对上述 5 国及欧盟总部进行正式访问。温家宝总理此行一路考察欧洲顶尖的各类高技术企业,寻求经验,推动合作,可谓其愿深深,其心切切。本文是在访问结束之际对此进行的盘点。

总理的"高科技企业之旅"

温家宝总理 11 天的欧洲之行,亦可称为一次"高科技企业之旅"。因为,与各国政要会晤之余,访问中最引人注目之处就是对高科技企业的参观考察。

到访的每一个国家,都见证了温总理对高科技产业化的高度重视。从参观德国奥迪、西门子,莅临比利时鲁汶微电子中心,走访意大利阿莱尼亚空间公司,考察英国葛兰素史克和英国石油公司……直至访欧的最后一站——享有"欧洲软件之都"美誉的爱尔兰,温总理参观爱尔兰本土最大的软件公司——爱欧纳科技公司,本次欧洲五国之行的"高科技企业篇"在 5 月 12 日画上了圆满的句号。

温总理对参观高科技企业为何如此不辞辛苦、如此"着迷"呢?望着温总理全身套上防护服走进超净车间的身影,人们不禁要提出这样的问题。答案可以从温总理的谈话中找到:中国需要高新技术,需要高新技术转化为产业。

借鉴经验，促研发与市场结合

鲁汶微电子中心是欧洲最大的微电子研发机构，不仅技术领先，而且在商业经营方面颇有独到之处。中心的技术人员介绍说，就技术的生命周期而言，大学往往着眼于技术的"胚胎"，工业部门则注重成熟的专业技术，而鲁汶微电子中心这样的部门能在两者中间架起桥梁，如研发可供各种企业使用的纳米芯片、医疗设备的无线感应系统、智能化系统，等等。

温总理对此非常感兴趣。他说："你的介绍引起我的思索。中国有很大的芯片市场，仅手机用户就有 2.6 亿，而且每月新增 600 万用户，此外中国还有 7900 万互联网用户。但是，我们缺少制造芯片的核心技术。这么大的市场没有带动自己的研发，是我们的很大缺憾。"他希望鲁汶微电子中心加强与中国的协作，推动中国大市场与研发部门的有效结合。在同英国科学家的谈话中，温总理也提到，中国既需要擅长发明创造的瓦特，也需要能把蒸汽机转化为产业的博尔顿，特别是需要两者的紧密结合。

开放技术，辟国际合作新天地

自从中国加入欧洲伽利略卫星全球导航定位系统计划以来，中欧双方在空间技术方面的合作颇受世人关注。温总理对阿莱尼亚空间公司的参观自然也备受瞩目。这家公司曾制造过约 200 颗卫星，并以其在通信卫星、遥感卫星、科学卫星、空间站相关设施和地面站等的设计、制造和测试等方面的卓越表现而跻身欧洲最有实力的公司行列。此外，该公司也是伽利略计划和国际空间站建设的参与者。

在阿莱尼亚公司，温总理向主人介绍了中国在航天和空间技术方面的迅速发展，特别是去年中国第一个载人飞船成功升空并返回的情况。他鼓励意大利企业家把中国作为空间技术投资的目标和合作伙伴。温总理指出，中国加入伽利略计划是中欧拓宽合作领域，乃至中国积极参与国际重大科学合作项目的一个重要标志。

加入国际重大科技计划，说明中国主张高技术计划的相互开放，主张科技资源的共享。同时，温总理在多个场合呼吁德国、英国等欧洲国家的企业多向中国转让高新技术，并与中国企业联手研发新产品，加强人员培训。他还每每详细介绍中国政府在进一步保护知识产权方面将采取的具体步骤，引起了企业家们的普遍兴趣。

成果丰硕，政府企业纷纷响应

从温家宝总理的"高科技企业之旅"，人们能看到他对高科技情有独钟，对科学家的尊重，对技术引进和将技术转化为生产力的关切。更突出的是，人们能悟到中国政府在促进发展上的新思路。温总理多次坦言，中国不缺少人才，但需要优化经济结构，加速体制创新，这样才能创造良好的发展环境。因此，中国需要借鉴国外的先进经验，深化改革，引进技术和投资，推动自身大研发与市场的结合。

不妨重温一下欧洲人自己总结的经验教训：没有技术推动的社会就无进步可言，没有制度支持的技术创新则不能长久。由此可见，温家宝总理如此一路奔波，考察欧洲顶尖的各类高技术企业，寻求经验，推动合作，实可谓其愿深深，其心切切。温总理的访问赢得了良好的回应，各国政府和企业家纷纷表示愿向中国敞开合作的大门。访问中达成的十多项高技术含量的合作协议表明，中欧之间的高技术产业合作正在深化，未来的合作前景无可限量。

（原载于《人民日报》2004年5月13日第三版）

> 本文作于和平共处五项原则创立 50 周年之际，追本溯源，解读新中国外交思想之脉，阐释和平共处五项原则历久弥新的生命力之所在。

光华永驻　历久弥新
——纪念和平共处五项原则创立 50 周年

和平共处五项原则承载着世界各国人民的和平夙愿与发展期盼，已走过了 50 年的不凡历程。岁月的长河，见证了它对建立新型国际关系的卓越贡献，也见证了它与时俱进的坚实步伐。

1954 年 6 月，以"互相尊重主权和领土完整、互不侵犯、互不干涉内政、平等互利、和平共处"为内容的和平共处五项原则作为处理中国与印度和缅甸相互关系的准则，分别写入中印、中缅发表的联合声明。此后，由中印缅三国共同倡导的和平共处五项原则，相继被翌年召开的万隆会议和其他发展中国家的多边国际会议以及不结盟运动所接受。它的基本内容已涵盖于联合国通过的一些宣言之中，成为国与国之间建立和发展友好合作关系的公认准则。

和平共处五项原则的提出和运用，被誉为国际关系史上的伟大创举。它概括了新型国家关系的本质，体现了时代的发展潮流和世界各国及各国人民的共同利益。回顾历史，产生于西方资产阶级革命时期的近代国际法的基本原则，在一定程度上曾经支撑了当时的国际秩序，但它所反映的主权原则和平等精神是不包括广大殖民地和半殖民地国家的，因此带有根本的局限性。近代以来，强权政治的存在是世界历史的基本现实，大国争霸的历史反复讲述着一个同样的故事：大国依靠侵略战争而崛起、实行对外扩张而获取资源，最终导致国际格局和世界秩序的急剧变动，甚至引发世界大战。而第二次世界大战以后，随着民族解放运动的高涨，新赢得独立的广大第三世界国家走上国际政治舞台。为了维护民族独立和发展民族经济，它们要求在独立、平等的基础上建立一种公正、合理的新型国际关系。和平共处五项原则恰恰反映了这一要求和愿望。正如邓小平同志所指出的，"处理国与国之间的关系，和平共处五项原则是最好的方式。其他方式，如'大家庭'方式，'集团政治'方式，'势力范围'方式，都会带来矛盾，激化国际局势。"

和平共处五项原则经受了50年国际风云变幻的考验，它的强大生命力已被国际关系的发展历程所证实。它代表了建立公正、合理的国际新秩序的需要，反映了世界大多数国家和人民的利益。在各国相互依存，世界多元多样的今天，和平共处五项原则的内涵与时俱进，正随着时代的发展而不断被充实和丰富。针对当前的国际关系形势，和平共处五项原则的内涵正着重反映于以下主张：坚持国家主权平等、尊重世界的多样性、促进世界共同发展、维护世界和平与安全、发挥联合国等机制的作用。

中国成为和平共处五项原则的积极倡导者和忠实奉行者，有其深刻的历史和文化必然性。首先，中国上下五千年的历史，孕育了一种以兼收并蓄、富于包容为特征的"和"文化。中国人自古就以"和为贵"；讲究"和而不同"；鼓励相互补充、相互借鉴；懂得"己所不欲，勿施于人"。在这种求"和"理念的影响下，中国人民形成了崇尚和平、反对暴力和战争的历史传统。其次，近代以来，中华民族曾深受强权欺压，历经救亡图存的百年奋斗，深知维护来之不易的和平环境是何等重要。因此，新中国外交从一开始就确立了自己的和平之选，选择了永远不称霸的道路，坚定不移地维护世界和平。和平共处五项原则作为中国长期奉行的独立自主的和平外交政策的基础，早已载入中国宪法，并体现在中国与160多个国家的建交公报中。

和平共处五项原则标志着中国坚持走和平发展之路的信念：即争取和平的国际环境来发展自己，又以自身的发展来维护世界的和平，正所谓和平是发展之基，发展是和平之本。在中国改革开放的年代，和平共处五项原则被进一步发扬光大。中国依照和平共处五项原则争取到了相对和平稳定的国际环境，并在全球范围内找到多方面的朋友。日益增多、不断深化的中外合作不仅为中国的经济建设注入了活力，也为世界的共同发展和繁荣提供了机遇。世界上已有越来越多的人认识到，中国所走的和平发展之路，是人类可以通过和平方式处理好国家间冲突、实现互利共赢的良好例证。

无论过去、现在还是将来，中国追求和平事业的信念都是坚定不移的。正如胡锦涛主席多次强调的，中国将坚定不移地高举和平、发展、合作的旗帜，坚定不移地奉行独立自主的和平外交政策，坚定不移地走和平发展的道路，坚持在和平共处五项原则的基础上同所有国家发展友好关系，为增进中国同各国人民的友谊、加强中国同各国的互利合作做出不懈努力。可以相信，在这片和平文化根深蒂固的土地上，中国外交定将继续忠实地与世界上一切爱好和平的国家站在一起，致力于维护世界和平、促进各国共同发展的事业；忠实地传承和平共处五项原则的精髓，让这一科学的国际关系理念光华永驻，历久弥新。

（原载于《人民日报》2004年6月28日第一版"社论"）

应巴西联邦共和国总统卢拉、阿根廷共和国总统基什内尔、智利共和国总统拉戈斯、古巴共和国国务委员会主席兼部长会议主席卡斯特罗邀请,国家主席胡锦涛于 2004 年 11 月 11 日至 23 日对上述 4 国进行国事访问,并出席了于 11 月 20 日至 21 日在智利首都圣地亚哥举行的亚太经济合作组织第十二次领导人非正式会议。本文记述了在首站巴西,胡锦涛主席同华侨华人的一次难忘相聚。

为了祖国的发展和统一
——胡锦涛会见里约热内卢华侨华人

"2300 万台湾同胞是我们的兄弟姐妹,没有人比我们更希望用和平方式解决台湾问题。我们愿以最大诚意、尽最大努力争取和平统一。但我们坚决反对'台独'。我们绝不允许任何人以任何方式把台湾从中国分割出去。"

14 日中午,正在里约热内卢访问的国家主席胡锦涛亲切会见了包括来自台湾地区侨胞在内的当地华侨华人代表。胡锦涛关于台湾问题的这番谈话既亲切感人,又掷地有声,在身处海外的中华儿女心中激起了强烈共鸣。

像以往出访一样,尽管日程非常紧张,胡锦涛总要抽出时间会见身在异国他乡的同胞,向他们转达祖国的问候,向他们介绍祖国发展的情况,勉励他们为祖国发展和统一大业、为中国人民和所在国人民的友谊作出贡献。

里约热内卢有华侨华人约 6000 至 7000 人,其中有台胞 500 人左右。参加会见的有老侨领、现任爱国侨团会长、年轻侨领代表共 30 人。

当天中午,索菲特饭店里约热内卢厅内洋溢着温馨的亲情。11 时 45 分,胡锦涛来到会见大厅。他高兴地同参加会见的华侨华人代表一一握手。胡锦涛向他们介绍了这次访问巴西的成果和祖国经济社会发展的情况,并向他们提出了殷切希望,表达了良好祝愿。

里约热内卢的华侨华人格外牵挂祖国统一大业,成立了两个反"独"促统组织——里约和平统一促进会和巴西和平统一促进会。

胡锦涛十分理解他们的心情,讲话时重点阐述了中国政府在台湾问题上的原则立场。他说,解决台湾问题,实现祖国的完全统一,是全体中华儿女的共同心愿。我们在台湾问题上的立场是一贯的,这就是一如既往地贯彻"和平统一、一国两制"的基本方针。他希望广大海外华侨华人为祖国统一大业献计献策,贡献智慧和力量。

讲完话后,胡锦涛特地走到华侨华人代表中间。他来到一位白发老人面前,拉住他的手,关切地问:"老人家,你家几代人在巴西?"

"四代。"老人答道。这位88岁的老人名叫詹明洋,是里约热内卢成立最早、代表性最广泛的爱国侨团——里约热内卢华人联谊会第一任会长,现任该会名誉会长。

胡锦涛又握住祖籍浙江的华联会老会长季福仁的手,亲切地问:"这几年回去看过吗?对家乡的情况了解吗?"

季福仁告诉胡锦涛,他刚刚从浙江老家回来。"变化这么快,真是想都没有想到。"这位来巴西已经47年的老华侨满脸兴奋。他向胡锦涛描述了他上个世纪70年代、80年代和90年代回乡时的情况,不住地感叹:"祖国的发展太快了!"

胡锦涛说:"近几年,中国经济社会发展取得了明显成就,这里面也有广大侨胞的贡献。但是,我们还得看到,我们整个经济社会发展还不够,毕竟我们有13亿人口,我们需要加倍努力。"

这时,现任巴西里约热内卢华联会会长雷滨走上前来。他对胡锦涛表示,广大海外侨胞希望看到祖国不断发展繁荣、早日实现完全统一,并表示海外侨胞支持祖国统一。

"你说的完全对。中国要强盛,中华民族要振兴,第一要发展,第二要统一。实现了祖国的完全统一,祖国大陆和台湾地区就都能更好地发展。"胡锦涛肯定地说。

当得知雷滨是来自台湾的侨胞时，胡锦涛问大家："你们还有谁来自台湾？"顿时有好几个人都举起了手，并纷纷聚拢到胡锦涛身边。

胡锦涛拉住雷滨的手说："见到你们，我很高兴。我们反复讲，祖国大陆和台湾本来就是一家。一家人嘛，有什么不同看法、不同意见，都可以通过对话和谈判来解决。但是有一条，不能分裂中国。我们中华民族历来有一个传统，就是分裂国家的人是历史的罪人。我们希望祖国大陆和台湾的同胞团结一致，共同努力，加快完成祖国统一大业。这样，我们中华民族就能够更好地屹立于世界民族之林。"

胡锦涛的这番话再次引来了长时间的掌声。

最后，胡锦涛亲自提议同来自台湾的侨胞一起合影留念。会见结束时，来自台湾的侨胞代表依依不舍地同胡锦涛道别。

会见结束后，雷滨兴奋地对记者说："胡锦涛主席的会见使我们深受鼓舞。他关于台湾问题的一席谈话，道出了广大海外侨胞的心声。"他表示，将按照胡主席的要求，多做台湾来的同胞工作，相信会有更多来自台湾的同胞积极参与到促进祖国统一的事业中来。

已在巴西侨居近30年的林均祥也激动地说，胡主席的讲话表明了中国政府解决台湾问题、完成祖国统一的信心和决心。我们海外华人坚决反对"台独"，愿为实现祖国的完全统一做出贡献。

（原载于《人民日报》2004年11月16日第三版）

> 应巴西联邦共和国总统卢拉、阿根廷共和国总统基什内尔、智利共和国总统拉戈斯、古巴共和国国务委员会主席兼部长会议主席卡斯特罗邀请，国家主席胡锦涛于 2004 年 11 月 11 日至 23 日对上述 4 国进行国事访问，并出席了于 11 月 20 日至 21 日在智利首都圣地亚哥举行的亚太经济合作组织第十二次领导人非正式会议。本文对胡锦涛主席访问阿根廷的成果进行解读。

春天的信息
——记胡锦涛主席访问阿根廷

地处南半球的阿根廷，正值春夏相交的季节，红紫百般，芳菲千态。中国国家主席胡锦涛 11 月 16 日开始的阿根廷之行，给中阿友好合作带来了春天的气息。这不仅是中阿两国元首一年内的第二次重要会晤，而且也是两国企业界、科技界、文化界之间的一次全面感知。

阿根廷总统府玫瑰宫前，基什内尔总统为胡锦涛主席举行了隆重的欢迎仪式；富丽堂皇的国会大厦里，阿根廷参众两院为胡锦涛举行了热烈的欢迎大会，近 500 名阿根廷参众议员和各界人士听取了胡锦涛主席的重要演讲。更为重要的是，胡锦涛主席同基什内尔总统就建立和发展中阿战略伙伴关系达成了共识，为两国友好互利合作的全面发展翻开新的一页。

阿根廷企业界对胡锦涛主席的访问格外期待。在同 30 位阿根廷企业家进行圆桌会面时，胡锦涛主席对企业家们以互利合作的朋友相称。在亲切友好的气氛中，双方畅谈中阿经济的互补性，提建议、述想法。访问期间，阿根廷政府宣布承认中国的市场经济地位，这给两国企业携手前进、互利共赢创造了更好的条件。正如胡锦涛主席对阿根廷企业家们所说:"中阿两国经济都处于快速增长期,中阿经贸合作面临许多机遇,只要我们共同努力,一定会取得很大成果。"

中阿科技合作,引起了两国政府高度重视。胡锦涛主席访问首日,中阿签署了关于和平利用外层空间技术合作的框架协议。翌日,他来到位于里奥内格罗省的巴里洛切市,考察阿根廷最重要的高技术企业之一——英泛波应用技术公司的卫星研制中心。阿根廷在卫星图像商业化方面走得很"前卫",可提供应用于农林业、银行保险业、市政规划、油气和矿藏开采业等很多方面的卫星图像资料,英泛波公司在这方面颇有作为。现在,该公司非常期待同中国合作。在公司会议室的墙上挂着一幅卫星图像,显示着中国华北地区的地形。胡锦涛主席仔细询问了拍摄这幅图像的观测卫星的重量、光谱摄像机的分辨率等数据。奥德圭总经理回答时特别提到,这是英泛波公司研制的一颗地球观测卫星拍摄的,该星此时正好飞经巴里洛切市上空。

文化感知,也是胡锦涛主席访阿期间两国文化交流的一道亮丽风景线。正在布宜诺斯艾利斯举行的中国古代青铜器展,让很多阿根廷人第一次领略了华夏文明的深厚古韵;《云南映象》的演出更让阿根廷人感受到中华文化的多姿多彩。

两天半的访问短暂而又充实,印证了中国的古诗:"相知无远近,万里尚为邻。"胡锦涛主席在阿根廷期间,中阿各界人士彼此的感知逐步加深,合作的信念进一步加强。人们将会记住这次传递着春天信息的访问。

(原载于《人民日报》2004年11月19日第三版)

> 应巴西联邦共和国总统卢拉、阿根廷共和国总统基什内尔、智利共和国总统拉戈斯、古巴共和国国务委员会主席兼部长会议主席卡斯特罗邀请,国家主席胡锦涛于2004年11月11日至23日对上述4国进行国事访问,并出席了于11月20日至21日在智利首都圣地亚哥举行的亚太经济合作组织第十二次领导人非正式会议。本文记述了胡锦涛主席出席亚太经合组织领导人非正式会议的情况。

共谋亚太大家庭的发展繁荣

11月,智利首都圣地亚哥正值春末夏初的时节。微风轻拂,草木青翠。亚太经济合作组织成员领导人在这里相聚,商讨亚太大家庭成员合作共赢的大计,规划共同繁荣的未来。

21日上午,圣地亚哥市中心宪法广场南侧的总统府——莫内达宫,在金色的阳光下熠熠生辉。8时40分开始,与会的各成员领导人陆续来到总统府。9时20分左右,中国国家主席胡锦涛抵达,他同迎候在那里的智利总统拉戈斯热情握手,互致问候。

一年一度的领导人非正式会议上,最具标志意义的场景莫过于亚太大家庭成员领导人的"全家福"合影。9时44分,胡锦涛主席和其他成员的领导人一起,身着智利民族服装——"查曼托"来到总统府的桔院。他们分两排站立,向久候在此的新闻记者频频挥手致意。顿时,桔院内快门声音响成一片,圣地亚哥成了世界关注的焦点。

"查曼托"是一种类似套头披肩的装束,曾是历史上骑在马背上的智利人御寒的服装。这种羊毛和丝的混合织物,也是智利民间传统编织工艺的代表。东道主为亚太经合组织成员领导人精心准备了不同色彩的"查曼托",让他们在共性中展示着个性,又好似昭示着亚太大家庭不同文明的丰富多彩。

当然,真正的求同存异还是体现在与会领导人围绕今年会议的主题——"一个大家庭,我们的未来"展开的讨论。毋庸置疑,这一主题正体现着当今时代的要求,反映了亚太大家庭各成员的共同心愿。共同的利益,共同的未来,要求亚太大家庭成员担负起共同的责任,作出共同的努力。

亚太地区在全球经济活动中具有举足轻重的地位。过去一年间,亚太地区经济快速回升,但是资源和环境压力加大,宏观经济调控和结构调整的任务艰巨,非传统安全威胁突出。随着经济全球化趋势的不断发展,亚太大家庭成员的利益相互交织,命运彼此依存。与此同时,亚太经合组织 21 个成员的总人口约占世界人口的 45%,国内生产总值之和约占世界的 55%,贸易额约占世界总量的 47%。亚太地区经济的走势关系到世界经济的发展态势。

在 20 日开始的亚太经合组织第十二次领导人非正式会议上,领导人们集中讨论一系列议题:通过贸易投资自由化促进发展;加强人类安全,保证经济增长;推动良政,建立知识社会。这些议题同亚太大家庭各成员的经济发展和共同繁荣密切相关。

中国一向积极参与、积极推动亚太地区的互利合作,活跃在亚太经合组织这个多边舞台上。胡锦涛主席在本次会议上的活动,成为各方关注的焦点。胡锦涛主席不仅同其他成员领导人交换了对当前国际和地区形势的看法,而且阐明了中国对全球和区域合作的具体主张。他提出了对亚太经合组织未来发展的建议,还提出了中方在能源、财经领域的具体合作倡议。胡锦涛主席在工商领导人峰会上发表的演讲,也引起了亚太地区企业家们的共鸣。

经过 15 年的不平凡历程,亚太经合组织正处于一个历史新起点。在本年度的会议上,各成员领导人放眼未来,就该组织的可持续发展框架进行了深入探讨。人们寄望于地区合作的新契机,寻觅着科学的发展思路。胡锦涛主席的讲话道出了各成员的心声:"亚太地区是我们共同的家园,促进亚太地区发展繁荣是我们共同的责任。亚太经合组织为我们开展合作、实现共赢提供了一个重要舞台。让我们携起手来,在亚太经合组织精神指引下,加强交流,深化合作,共同开创亚太各成员更加美好的未来。"

(原载于《人民日报》2004年11月23日第三版)

应巴西联邦共和国总统卢拉、阿根廷共和国总统基什内尔、智利共和国总统拉戈斯、古巴共和国国务委员会主席兼部长会议主席卡斯特罗邀请，国家主席胡锦涛于 2004 年 11 月 11 日至 23 日对上述 4 国进行国事访问，并出席了于 11 月 20 日至 21 日在智利首都圣地亚哥举行的亚太经济合作组织第十二次领导人非正式会议。本文记录了在访问最后一站古巴，胡锦涛主席同古巴青年欢聚时的友谊浪潮。

传递火炬　照耀未来
——记胡锦涛主席参观古巴信息科学大学

　　红色的人海，激动的欢声，诚挚的笑容，殷殷的期望……这一切，在 11 月 23 日下午，汇聚于古巴信息科学大学的旗帜广场。数千名师生身着印有"古巴—中国"字样的红色 T 恤衫，挥动着中古两国国旗，为中国国家主席胡锦涛的来访举行了隆重的欢迎大会。

　　骄阳似火，热情如潮。下午 4 时 45 分，胡锦涛主席乘坐的汽车驶入校园，受到学生们的夹道欢迎。早已等候在广场的师生也立刻欢呼起来，很多人甚至站在椅子上翘首观看车队的到来。当古巴国务委员会第一副主席兼部长会议第一副主席劳尔·卡斯特罗代表菲德尔·卡斯特罗主席陪同胡锦涛主席步入会场时，军乐队奏起中国西部歌王王洛宾创作的歌唱青春的名曲。旗帜广场上空，交织激荡着掌声和节奏欢快的旋律。

　　庄严的中古两国国歌揭开了欢迎大会的序幕。希尔莫内利校长发表了热情洋溢的欢迎词，并邀请胡锦涛主席发表讲话。在全场热烈的掌声中，胡锦涛走上讲台。他对全场师生说:"我来自遥远的东方,来自友好国家中国。信息技术缩短了我们之间的距离,理想、信念、友谊把我们联系在一起。"胡锦涛表示,他非常高兴来到这里参观古巴最年轻的高等学府,对师生们的隆重欢迎表示感谢;他深深感到古巴人民对中国人民的深厚情谊。

胡锦涛称赞古巴政府高度重视信息科学人才的培养是具有战略眼光之举,并希望中国提供的教学设备能助一臂之力。他说,青年是国家的未来,世界的希望。中国政府高度重视加强中古青年的友好交往,高度重视教育领域的交流和合作。

他说:"希望两国青年朋友以传递中古友好的火炬为己任,相互学习,相互促进,努力推动两国友好合作不断向前发展。"

随后,胡锦涛来到学校模型室参观。一段名为《连接未来》的纪录片向中国贵宾介绍了信息科学大学的建设历程和办学理念。一块大型全景沙盘,展示了校园的美景。这所位于哈瓦那西部、占地268公顷的学府创立于2002年,寄托了古巴人民的理想——培养信息科学人才和发展信息产业。作为古巴政府高技术发展战略的重要组成部分,该校集中了全国主要的信息教学设施和师资力量,旨在通过软件开发和信息服务,为国家经济建设贡献力量。引人注目的是,这所大学也是中国和古巴开展教育交流合作的结晶。全校现有的5000台电脑中,有4400台产自中国。此外,在校舍中配置的1000余台电视机也全部产自中国。听取了有关学校情况的介绍后,胡锦涛欣然在贵宾簿上题词:"发展信息科学,造福国家和人民"。

接下来,胡锦涛主席来到刚建成的新教学楼,参观电脑实验室。胡锦涛走到一位正在操作电脑的大学生面前,观看他在学校网站上调阅资料。看到屏幕上打开了一个介绍中国情况的网页时,胡锦涛微笑着问道:"你能看到我上次访问古巴是什么时间吗?"这位学生立即输入查询项,结果调出了胡锦涛主席的简历,在场的人都开心地笑了。临别时,胡锦涛亲切地对在场的学生们说:"欢迎你们到中国去看看。"校长接过来说:"但是你们首先要学点中文。"

离开信息科学大学时,从旗帜广场到校园出口,沿途的师生挥动着国旗欢送胡锦涛主席。车队背后,留下了一幅红色的画卷。人们仿佛看到,中古人民友谊一代代传承,犹如彤红的火炬,照耀着两国青年的未来。

(原载于《人民日报》2004年11月25日第三版)

> 博鳌亚洲论坛首届年会于 2002 年 4 月 12 日至 13 日举行，以"新世纪、新挑战、新亚洲：亚洲经济合作与发展"为主题，吸引了来自 48 个国家和地区的政府官员、专家学者和企业界人士。朱镕基总理出席会议，与各界人士共议亚洲共同繁荣之策。

为了亚洲的共同繁荣

——写在博鳌亚洲论坛首届年会闭幕之际

亚洲，地球上最大的一片陆地，悠久的文明与新兴的市场共生，经济发展的机遇与挑战并存。面对国际形势的深刻变化，面对经济全球化趋势所引发的经济结构调整步伐加快，知识经济兴起和国际竞争日益激烈的新形势，亚洲人民逐步形成了要和平、求发展、促合作的共识。4 月 12 日至 13 日，为了"新世纪、新挑战、新亚洲：亚洲经济合作与发展"这个亚洲各国共同关心的话题，中国国务院总理朱镕基与泰国总理他信、日本首相小泉纯一郎、韩国总理李汉东，以及来自中国、日本、韩国、泰国等 48 个国家和地区的政府官员、专家学者和企业界人士来到了中国海南博鳌，在美丽的万泉河畔共同发出加强区域合作，携手创造新世纪亚洲美好未来的呼声。

亚洲需要发展，这是与会人士的共识。作为世界上人口最多的一个大洲，虽然这里拥有丰富的人力和自然资源，虽然这里有着自上个世纪中期开始的令人骄傲的巨变和崛起，虽然这里有世界上增长最快、最具发展活力的地区；但是在博鳌亚洲论坛的首届年会上，与会代表理智地正视着这样的现实：亚洲贫困人口占世界贫困人口的 2/3，人均产值只及世界平均水平的 1/5。发展，对亚洲而言任重而道远。

发展需要合作，这是政界、企业界和学术界人士的共同看法。人们认为，当前世界工业发达国家经济不振，亚洲经济颇受连累；同时，与欧洲和北美的区域合作相比，亚洲的区域合作相对滞后。于是，深入探讨亚洲国家间扩大交流、深化合作的问题，具有格外重要的历史意义。人们有必要促成包容、平等和渐进的地区合作，有必要为实现开放、健康和互利的合作局面而努力。正如朱镕基总理在本届年会的主旨演讲中所提出的建议，亚洲应以经济合作为重点，逐步拓展全方位合作；亚洲应立足现有合作渠道，不断扩大合作范围；亚洲应进一步拓展双边合作，增强区域合作的基础；亚洲应实行开放式地区合作。

合作富有基础，这是有目共睹的事实。亚洲的多样性、互补性，亚洲的发展潜力，亚洲人民自强不息的民族精神和非凡的创造力，都是亚洲合作的基础。更为重要的是，亚洲国家加强区域合作的意愿正在不断加强，博鳌亚洲论坛本届年会吸引来超出预料的近2000人参加就是一个明证。迄今，亚太经合组织不断发展，东亚区域合作方兴未艾，上海合作组织顺利运转，建立中国—东盟自由贸易区的倡议也被提上议程。在此之外，博鳌亚洲论坛作为一个非官方、非盈利的国际组织，也成了凝聚亚洲智慧、分享亚洲和世界经验的场所。正如海南省委书记白克明所说，海南与亚洲及世界各国的友好交往历史悠久，自古就是"海上丝绸之路"著名的中转站。如今，博鳌成了吸引世界关注、凝聚人气的重要平台。

感谢中国对论坛的支持，这是与会外国人士的心声。在年会上，一些外国政要和企业家不约而同地吟咏着江泽民主席去年为博鳌亚洲论坛题赠的诗句："万泉气象新，水阔晚风纯。四海群贤聚，博鳌更喜人。"他们盛赞中国高层领导人、中国政府对论坛的支持，高度评价中国经济发展和中国加入世贸组织对亚洲乃至世界的重要作用，他们从中看到了本地区内更多的合作机遇和发展机遇。

两天会期，20多场主题大会和议题分会、午餐会和对话会，人们坦诚地对话与交流，共同向世界传递着亚洲的声音。论坛理事长拉莫斯先生评价说："我们是像兄弟一样讨论问题。"人们欣喜地看到，博鳌亚洲论坛作为一个多层次、多渠道的对话平台正在获得越来越多的承认；首届年会取得的成功，为营造更好的亚洲区域合作环境迈出了新的一步。人们正充满信心地期待博鳌亚洲论坛继续取得成功，期待亚洲迎来共同繁荣的未来。

（原载于《人民日报》2002年4月14日第四版）

> 应俄罗斯总统普京邀请,国家主席江泽民于 2002 年 6 月对该国进行国事访问,并席了在圣彼得堡举行的上海合作组织成员国元首会晤。本文记叙了江泽民主席在圣彼得堡参观普希金母校时的情景。

伟大的诗人　民族的骄傲
——记江泽民主席参观普希金母校

2002 年 6 月 6 日,是伟大的诗人、俄罗斯近代文学的奠基者和俄罗斯文学语言的创造者普希金诞辰 203 周年纪念日。这一天,适逢上海合作组织圣彼得堡峰会开幕前夕,中国国家主席江泽民来到圣彼得堡以南 25 公里处的普希金城,参观普希金的母校——皇村中学,在普希金走上文坛的起点,进一步了解了他早年的学习和创作生涯。

驱车半小时,圣彼得堡的繁华渐渐远去,静谧清幽的田园风光扑面而来。下午 3 时 30 分,江泽民主席的车队穿过橡树林,驶入这个曾激发诗人无限才思的地方。或许只有用普希金在《皇村记忆》中那充满灵性的诗句才足以刻画出皇村之美:"瀑布像一串玻璃的珠帘从嶙峋的山岩间流下,在平静的湖中,仙女懒懒地泼溅着那微微起伏的浪花;在远处,一排雄伟的宫殿静静地倚着一列圆拱,直伸到白云上。岂不是在这里,世间的神祇自在逍遥?这岂非俄国的密涅瓦的殿堂?这可不是北国的安乐乡?那景色美丽的皇村花园?"

来到已改为普希金纪念馆的皇村中学,江泽民主席受到纪念馆馆长涅格拉索夫的热情欢迎。纪念馆是一座乳黄色小楼,当年是作为皇村宫殿群的厢房而建,1811 年成为贵族子弟的高等寄宿学校。

江主席一行首先来到三层参观普希金当年的学习地点。馆长向江主席介绍说,普希金当年作为第一期学生被皇村中学录取，并在此度过了6年学习生活，写下120多首诗，其中很多首在当时就已发表。江主席一面倾听馆长的介绍，一面仔细端详着展框中陈列的普希金诗稿手迹、画作和当年的学习用品。在昔日的教室里，普希金当年唱过的毕业歌在四壁回旋，普希金读书时的种种趣闻轶事不时引得宾客笑声朗朗。这里展示的普希金的成长轨迹，不禁使远道而来的中国客人随着他的诗句追溯着他在皇村的历程："记忆啊，请你为我描绘那与我息息相关的迷人的乡村，描绘那树林，在那里我爱过，我的情感逐渐成熟，在那里，我从幼年成长为初谙世事的少年，在那里，我在大自然和幻想的抚育下懂得了诗歌、欢乐和安恬。"

普希金从皇村走来，在沙皇统治的年代，以他的诗句表达了对自由的歌颂，对暴政的反抗；对人民疾苦的同情，对革命事业的支持；对爱情的歌唱，对大自然的赞美。他的诗句唤起了人们心底最善良的情感。江泽民主席对普希金的作品给予了高度的评价。他来到二层校史展览厅，走到普希金的铜像前仔细端详，用俄语轻声吟诵起普希金的举世名篇《致凯恩》："我记得那美妙的一瞬，在我的面前出现了你，有如昙花一现的幻影，有如纯洁之美的精灵……"涅格拉索夫馆长闻此惊喜万分，他由衷地说："看到一位伟大的外国领导人如此喜爱普希金，甚至还会吟诵他的诗，着实令人感动！"

普希金被誉为俄罗斯诗歌的太阳。俄国著名的文学批评家、哲学家和政论家别林斯基曾说："只有从普希金起，才开始有了俄罗斯文学，因为在他的诗歌里跳动着俄罗斯生活的脉搏。"他一生共写过800多部作品，涵盖了从早期的抒情诗和浪漫诗，到后期的深刻现实主义著作的广阔范围。他的作品被译成150多种文字，为近200个国家的人民所诵读。马克思在50多岁时学习俄语，怀着很大的兴趣阅读了普希金的作品。恩格斯曾把《叶甫盖尼·奥涅金》的个别章节译成德文。列宁的夫人克鲁普斯卡娅曾回忆说，在列宁被流放到西伯利亚时所带去的文学作品中，他最喜爱的是普希金的作品。

在中俄两国人民源远流长的友谊和文化交流中，普希金的名字为广大中国人民所熟悉。有史料表明，普希金本人读过不少有关中国的书籍，对中国人民怀有深厚的兴趣和感情。他曾请求沙皇当局允许他出访中国，但遭到拒绝。然而，这并没有影响他的作品在中国近一个世纪的流传。很多中国孩子是听着他的童话诗《渔夫和金鱼的故事》长大的；他的代表作《叶甫盖尼·奥涅金》、《青铜骑士》、《黑桃皇后》、《上尉的女儿》也都深受中国人民的喜爱。1999年6月6日，江泽民主席亲自出席了在北京举行的纪念普希金诞辰200周年诗歌音乐会，与中国艺术家和中国观众共同欣赏普希金那不朽的诗作。

时光荏苒，21世纪的晨光为普希金的故地送上来自中国的遥念。江泽民主席在参观结束前的题词——"伟大的诗人，民族的骄傲"，正是中国人民对普希金这位文学巨匠敬佩之情的真实写照。

（原载于《人民日报》2002年6月7日第三版）

> 应俄罗斯总统普京邀请，国家主席江泽民于2002年6月对该国进行国事访问，并席了在圣彼得堡举行的上海合作组织成员国元首会晤。本文解读了上海合作组织各成员国元首共签《上海合作组织宪章》的历史性意义。

历史性的盛会
——写在上海合作组织圣彼得堡峰会成功召开之后

美丽的涅瓦河，见证了上海合作组织成员国元首在俄罗斯圣彼得堡市的盛会，见证了"上海精神"在这里的进一步弘扬和光大。历史将记住，2002年6月7日，上海合作组织进程在圣彼得堡市迈出了新步伐。

当中国国家主席江泽民发表《弘扬"上海精神"，促进世界和平》的重要讲话的时候，当六国元首发表圣彼得堡宣言的时候，当六国元首郑重地在《上海合作组织宪章》和《上海合作组织成员国关于地区反恐怖机构的协定》上签字的时候，上海合作组织翻开了新的历史一页。回首6年进程，从1996年启动"上海五国"机制，到2001年建立上海合作组织，再到2002年签署《上海合作组织宪章》，各成员国领导人登高望远，审时度势，从建立边境地区军事互信入手，把相互合作逐步扩大到维护地区安全和稳定、促进经济贸易合作等广泛领域，使上海合作组织不断向前发展。

正如江泽民主席所说，上海合作组织圣彼得堡峰会时机重要、内容重要、意义重要。通过本次会议，上海合作组织今后的发展方向和指导方针更加明确，组织的机制化、法制化建设迈出了重要一步。《宪章》将以法律形式进一步明确规定了组织的宗旨原则、机构设置和运行规则；《关于地区反恐怖机构的协定》表明各成员国将在维护地区安全稳定，打击恐怖主义、分裂主义和极端主义"三股势力"方面采取更加坚决有力的行动;《上海合作组织成员国元首宣言》阐明了六国对当前重大国际问题和地区热点问题的一致立场和原则主张。

面对新的国际形势和地区形势,毗邻而居的中国、俄罗斯、哈萨克斯坦、吉尔吉斯斯坦、塔吉克斯坦和乌兹别克斯坦六国,本着以"互信、互利、平等、协商,尊重多样文明,谋求共同发展"为核心的"上海精神",进一步作出加强相互合作、促进互利合作的庄严承诺,这是六国人民的福祉,也是维护地区乃至世界的和平与安宁的重要保证。

当前,上海合作组织正待进一步的发展,各成员国需要在加快机制建设、加强团结协作、加大合作力度方面展现更大的作为。人们有理由相信,在各成员国政府和人民的共同努力下,上海合作组织的潜力将得到充分挖掘。上海合作组织进程的不断发展,将成为推动中、俄、哈、吉、塔、乌六国共同发展的动力,并为维护和平、保障地区安全与稳定作出重要贡献。

(原载于《人民日报》2002年6月8日第三版)

> 应拉脱维亚共和国总统瓦伊拉·维基耶—弗赖贝加邀请，国家主席江泽民于2002年6月对该国进行国事访问。本文概述了此行对推动两国友好合作具有的重要意义。

中拉合作源远流长
——记江泽民主席访问拉脱维亚

拉脱维亚，波罗的海东岸一个历史悠久的国度，迎来了中国国家元首对它的首次访问。拉脱维亚总统维基耶—弗赖贝加总统表示，江泽民主席对拉脱维亚的国事访问，是两国建交10年来双边关系发展的顶点。

翻开当地这几天的报纸期刊，介绍中国的报道豁然入目，反映中国美景和百姓生活场面的照片被放在突出位置刊载出来。"中国热"，在拉脱维亚首都里加这座具有800多年历史的古城掀起。

江泽民主席抵达当天就同维基耶—弗赖贝加总统举行了会谈，就发展双边关系、扩大互利合作以及共同关心的国际问题深入交换了意见，达成了共识。双方一致认为两国在各个领域的合作都有很大潜力，并决心继续努力，在相互尊重、平等互利的原则基础上，推动两国友好合作关系在新世纪不断前进。翌日，江泽民主席还会见了贝尔津什总理和斯特劳梅议长。

促进中拉两国的互利合作是访问的重要内容。拉脱维亚与俄罗斯、爱沙尼亚、白俄罗斯和立陶宛相邻，被形象地描述为"处于贸易十字路口"的国家，历史上著名的"维京通往希腊之路"就经过此地。拉脱维亚拥有三大港口，其中包括波罗的海地区著名的港口文茨皮尔斯，这些港口也是中国进出口贸易的一个通道。近年来，中拉经贸往来逐渐增多，2001年两国贸易额达到5207万美元，比上年增长了79%。今年1至4月，双方贸易额已达到2377万美元，保持了良好的增长势头。江泽民主席的访问，必将成为中拉在各个领域进一步开展合作的巨大推动力，中拉合作前景广阔。

访问期间，拉脱维亚媒体不时提出一个令人神往的概念——"新丝绸之路"。追溯历史，里加港曾是著名的"丝绸之路"的口岸，来自东方的许多商品经这里转运西欧和北欧。今天，人们格外关注"欧亚大陆桥"的建设，渴望重现古代"丝绸之路"的辉煌。打开世界地图，人们能分辨出从北京到里加的铁路通道，还可以看到一条始于拉脱维亚，穿越大西洋、地中海和苏伊士运河，并通向东方的海路。人们相信，只要有关各国共同努力，就可以通过共同的智慧和创造性的实践来实现理想，造福各国人民。

缓缓流淌的道加瓦河从里加古城穿过，聆听着远方来客与主人畅叙友谊、共商合作。道加瓦河的潺潺涛声，仿佛预示着中拉两国的合作，也将像奔流不息的河水一样，源远流长。

（原载于《人民日报》2002年6月12日第三版）

> 应爱沙尼亚共和国总统阿诺尔德·吕特尔邀请，国家主席江泽民于 2002 年 6 月对该国进行国事访问。本文对访问成果进行了盘点。

中爱友谊新篇章
——记江泽民主席访问爱沙尼亚

　　三面环水的古城塔林，在历史上因连接中东欧和南北欧而被誉为"欧洲的十字路口"。今天，它见证了中爱关系史上的重要一页——中国国家主席江泽民对爱沙尼亚的国事访问。

　　正如江泽民主席向中爱两国记者所说的那样，"我们两国虽然分处亚欧两个大陆，相距遥远，但热爱和平、追求进步的共同理想将两国人民的心紧密连结在一起"。江主席受到爱沙尼亚政府和人民的热情欢迎。从机场的迎接，到总统府门前的欢迎仪式，再到机场的欢送仪式，都显示出主人高度的重视和盛情，表达了爱沙尼亚人民对中国人民的友好感情。在代表团就餐的大厅内，当地的女服务员们身着旗袍款款而行，为中国客人营造了宾至如归的氛围；当地记者不失时机地抓住访问中的每一个机会进行采访，尽可能多地了解中国的情况，就连代表团成员身上佩戴的"长城"徽章也引起了他们的浓厚兴趣。

　　6 月 12 日，江主席与爱沙尼亚总统吕特尔在友好的气氛中举行了会谈，他们回顾了两国建交以来双边关系的发展历程，就进一步巩固和发展两国关系、深化各领域的合作以及共同关心的国际问题深入交换了意见。13 日，江主席会见了爱总理卡拉斯和议长萨维。两国领导人达成了广泛共识，为新世纪中爱关系的发展掀开了新的篇章。

　　中爱之间良好的政治关系和各自发展经济的愿望，为两国开展互利合作提供了机遇。中爱两国已签署《经济贸易合作协定》和《投资保护协定》等政府间经贸合作文件,为两国经贸关系的长期发展奠定了基础。根据中国海关统计,2001年中爱双边贸易额达到2.74亿美元,比上年增长了309.2%。爱沙尼亚对外贸易联合会主席坦贝格·马杰不久前对媒体说,中国已成为爱沙尼亚的第四大贸易伙伴。特别是去年,爱沙尼亚从中国进口了大批适合爱沙尼亚居民消费水平的生活必需品,推动了爱中双边贸易额的快速增长。

中爱两国领导人这次就拓展双边合作的领域进行了探讨。江主席特别提到,爱沙尼亚地理位置优越,拥有天然良港,中国在港口建设方面有丰富的经验,愿意参与爱沙尼亚的港口建设。这是很有潜力的合作领域。中爱两国人民更多的交往必将带来更多的机遇,中爱经贸合作也将有着更为广阔的前景。

中爱两国最高领导人从两国人民的根本利益出发进行交流与沟通,将极大地增强两国各方面人士开展合作的信心,对促进双边友好互利合作关系意义深远。

(原载于《人民日报》2002年6月14日第三版)

> 应冰岛共和国总统奥拉维尔·拉格纳·格里姆松邀请，国家主席江泽民于 2002 年 6 月对该国进行国事访问。本文讲述了发生在江泽民主席同一位冰岛残疾女孩之间的故事，讲述了此次访问对中冰两国友好合作关系的推动作用。

传播友谊　续写佳话
——记江泽民主席访问冰岛

6 月的冰岛，莽莽旷野，依依芳草。在冰岛难得的好天色的映照下，中国国家主席江泽民对这里进行了成功的访问。一段段中冰人民友谊的佳话在这里续写。

冰岛首都雷克雅未克的街头，中冰两国国旗在主要街区迎风飘扬，江泽民主席受到冰岛人民的盛情欢迎。一对普通的冰岛母女更是激动不已。她们早就致信冰岛总统格里姆松，希望能安排她们当面感谢江主席的救助恩情。

这是一段冰岛人民广为传颂的感人佳话：1989 年，年仅 16 岁的冰岛姑娘碧多因车祸受伤而高位截瘫。她的母亲阿希奥在 6 年时间里遍访世界名医无果。最终，一位美国医生建议阿希奥去找一位名叫张少成的中国医生。1995 年，瘫痪 6 年的碧多把最后的希望寄托在这位未曾谋面的中国医生身上。然而，由于种种原因，张少成很难去冰岛完成一项未必有十分把握的治疗。于是，阿希奥通过冰岛政府向中国提出了正式请求。巧的是，1995 年 9 月，当时的冰岛总统芬博阿多蒂尔率团参加北京世妇会。在与江主席的会面中，她请江主席帮忙，让这位中国医生到冰岛为碧多治病。江主席当场答应，随后又指示有关部门予以安排落实。经过张医生运用中西医结合的方法精心治疗，奇迹终于出现了。如今，碧多已能借助拐杖行走，还能骑着经过改装的自行车上路。母亲阿希奥更是欣喜备至，她由衷地感谢江主席。

6月14日，母女二人如愿以偿，她们被邀请参加格里姆松总统为江主席举行的国宴。在宴会厅入口处，江主席与这对母女亲切握手，并关切地询问碧多的恢复情况。坐在轮椅上的碧多激动地献上了一束火鹤和一个挂盘，真诚地对江主席说："感谢您！是您的帮助使我能够重新行走。"母亲阿希奥更是不停地向江主席表示感谢。她动情地向记者表示："江主席是我女儿得遇良医的关键人物。这样一位有影响的领导人，愿意去帮助一个普普通通的小姑娘，让我们非常感动。今天，我们终于实现了当面致谢的心愿。"

人民相互了解愈多，友好情谊愈深。早在20世纪40年代，一部名为《冰岛渔夫》的小说就已在中国流传，主人公姚恩和戈特的故事让中国读者领略到冰岛人民搏击惊涛骇浪的坚毅品格和对美好情感的忠诚，至今许多人仍记忆犹新。今天，冰岛人也十分喜爱中国文化，已有不少中国经典名著被翻译成冰岛文出版发行。在为江主席举行的国宴上，格里姆松总统特意朗诵了冰岛著名诗人马提亚斯·约翰纳森翻译的江主席一年多以前作于黄山的诗篇："遥望天都倚客松，莲花始信两飞峰。且持梦笔书奇景，日破云涛万里红。"

江主席对冰岛的访问虽然不足三天，但这是中国国家元首对这个靠近北极圈国家的首次访问，意义深远。江泽民主席分别与冰岛总统格里姆松和总理奥德松举行了会谈，就双边关系和共同关心的国际问题交换了意见，加深了双方的了解，为双边互利合作的进一步发展开拓了新的视野。

正像江泽民主席所强调的那样，中冰关系的发展再一次证明，在当今世界上，国家无论大小，无论国情和发展水平如何，都各有所长，可以并应该相互借鉴，取长补短，通过互利合作，谋求共同发展。中冰两国进一步加强各个领域的交流与合作，是我们双方的共同愿望，符合两国和两国人民的根本利益，也有利于世界的和平与发展事业。

（原载于《人民日报》2002年6月16日第三版）

应立陶宛共和国总统瓦尔达斯·阿达姆库斯邀请,国家主席江泽民于 2002 年 6 月对该国进行国事访问。本文梳理了此行的重要成果。

为了共同的期待
——记江泽民主席访问立陶宛

6 月的维尔纽斯,原野葱茏,景色翠叠。16 日,中国国家主席江泽民来到立陶宛首都,开始了为期两天的国事访问。中立两国友好合作关系的发展由此掀开了新的一页。

立陶宛人民对中国国家元首的首次到访满怀期待之情。江主席抵达当晚,来自著名的维尔纽斯大学东方语文研习中心的教授罗查穆用熟练的中文告诉记者,立民众已经得悉江泽民主席最近对拉脱维亚、爱沙尼亚两个波罗的海国家进行了成功访问,非常盼望江主席对立陶宛的访问同样取得成功。他说,越来越多的立陶宛人对了解中国、与中国合作抱有殷切的期望。江主席的来访证明了中国所坚持的大小国家一律平等的对外政策。

江泽民主席向立陶宛人民表达了中国人民良好的心意:"我这次来访,就是要与贵国领导人共同探讨在新世纪扩大和深化我们两国发展友好合作关系的途径,使两国人民永远成为相互理解、相互信任、相互支持的好朋友、好伙伴。"立陶宛总统阿达姆库斯向江主席表达了希望加强两国合作的热切愿望。他说,在 21 世纪的世界版图上,立陶宛是距中国最近的欧洲国家之一。当今世界,"远近"已不是单一的地理概念,那些善于接受新事物并能找到共同语言的国家相距并不遥远。立中两国开展经贸合作和文化交流,可以有力地促进两国人民的相互了解。

江泽民主席在访问立陶宛期间,与立陶宛总统阿达姆库斯举行了友好的会谈。

他们共同回顾了建交 10 年来两国关系的发展历程,并就在新世纪继续巩固和发展两国友好关系、深化各领域的合作,以及共同关心的国际问题深入交换了意见,取得重要共识。双方对中立关系的发展现状表示满意,认为双方应加强政治互信,开展互利合作,充分挖掘潜力,以实现优势互补、共同发展。江主席还会见了立陶宛议长保罗斯卡斯和总理布拉藻斯卡斯。

两国领导人指出,中立两国的经贸合作有着良好的前景。立陶宛有优越的地理位置,作为东方通往西欧、北欧的重要通道,中国和立陶宛可以在贸易和过境运输方面加强合作。据中国海关统计,2001 年中立两国贸易额为 6332 万美元,同比增长了 63.6%。而今年 1 月至 4 月,中立双边贸易额已达到 3006 万美元,同比增长 74.1%。人们说,现在很多立陶宛人就是通过使用中国商品认识中国的。越来越多的立陶宛人希望更多地了解中国的文化和历史。

正如江主席所说:"中立两国相距遥远,但两国人民心心相印。"在新的世纪,中国和立陶宛两国人民都期待着双方共同的进步和繁荣。江主席的访问必将大大推动中立两国的友好合作关系向前发展。

(原载于《人民日报》2002 年 6 月 18 日第三版)

应智利共和国总统里卡多·拉戈斯·埃斯科瓦尔、阿根廷共和国总统费尔南多·德拉鲁阿、乌拉圭东岸共和国总统豪尔赫·巴特列·伊瓦涅斯、古巴共和国国务委员会主席菲德尔·卡斯特罗·鲁斯以及委内瑞拉玻利瓦尔共和国总统乌戈·查韦斯·弗里亚斯邀请,国家主席江泽民于2001年4月5日至17日对上述5国进行国事访问。其间,江泽民主席还应巴西联邦共和国总统费尔南多·恩里克·卡多佐邀请,对巴西进行工作访问。本文记录了在此行第一站智利所呈现的盛况。

金秋盛情暖人心
——记江泽民主席访问智利

4月,北半球的中国春意盎然,南半球的智利秋色正浓。4日至5日,中国国家主席江泽民乘坐专机飞越浩瀚的太平洋,历经1.25万公里航程,来到这个偎依在安第斯山脉身旁的国度。灿烂的阳光,金色的树影,主人的热情,使远方来客忘却了时空差异。就像江泽民主席在此引用的一句民谣:"如果你去智利,你就会知道,智利的人民是怎样把远方的朋友热情拥抱。"

智利是江泽民主席此次拉美之行的第一站。两天来,仅在记者亲历的场合中,智利总统拉戈斯就曾多次表示对此备感荣幸。无论是智利的高层官员,还是普通百姓,都认为这体现了中国对智利的重视,中国人民对智利人民的深情厚谊。

江泽民主席在会谈、会见和演讲等正式活动中,表达了中国人民对智利和拉美人民的亲切问候与良好祝愿,阐述了中国重视发展同包括智利在内的拉美各国友好关系的立场,指明了中拉、中智加强合作所应努力的方向。他对国际形势的分析和看法，受到智利领导人的普遍认同。

在智利，江泽民主席受到当地各界的热情欢迎。5日在总统府前的宪法广场，一位观看欢迎仪式的智利建筑设计师对记者说："知道江泽民主席来访，我非常高兴。相信江主席的访问会取得很多成果。"6日在圣地亚哥市政府，拉温市长向江主席授予"城市贵宾"证书和城市钥匙，盛赞江主席此次访问对加强智中关系的意义。7日在圣丽塔葡萄酒厂，主人以美酒佳酿款待江主席一行，体现出对远方客人的真挚情谊。

在谈到智中关系时，智利人常常颇为骄傲地提到两个"第一"：智利是第一个同中国建交的南美洲国家；智利是第一个和中国签署关于中国加入世贸组织双边协议的拉美国家。这两个"第一"在记录中智关系发展的史册上，留下了值得纪念的一页。

正如江主席指出的那样，中智关系已过"而立之年"，互利合作硕果累累。30年以来，经过双方的共同努力，中智在政治、经贸、文化、科技等领域的友好合作取得了显著发展。目前，两国关系正处于历史上的最佳时期，双方在国际事务中的合作越来越多，尤其体现在联合国、亚太经合组织等国际组织中的合作上。拉戈斯总统特别强调，智利认为中国加入世界贸易组织将加强该组织的作用。在制定新的世界贸易规则时，不能没有中国这个具有如此经济规模的国家参与。中国与智利发展水平相近，双方能够找到很多共同点和共同利益，智利愿意成为中国商务活动进入拉美的门户。

新世纪伊始，巍峨雄伟的安第斯山，浩瀚无垠的太平洋，共同见证了中智两国友好关系发展的一个新高潮。智利人民不仅把盛誉和热情献给了江泽民主席，也献给了全体中国人民。

（原载于《人民日报》2001年4月8日第二版）

应智利共和国总统里卡多·拉戈斯·埃斯科瓦尔、阿根廷共和国总统费尔南多·德拉鲁阿、乌拉圭东岸共和国总统豪尔赫·巴特列·伊瓦涅斯、古巴共和国国务委员会主席菲德尔·卡斯特罗·鲁斯以及委内瑞拉玻利瓦尔共和国总统乌戈·查韦斯·弗里亚斯邀请，国家主席江泽民于2001年4月5日至17日对上述5国进行国事访问。其间，江泽民主席还应巴西联邦共和国总统费尔南多·恩里克·卡多佐邀请，对巴西进行工作访问。本文记录了访问阿根廷所取得的丰富成果。

合作之路越走越宽

西靠白雪皑皑的安第斯山，南端伸入极地天涯，西南有雄奇壮丽的大冰川，东边南大西洋海岸栖息着企鹅、海豹、海象、南极巨鲸……它还拥有被称为世界粮仓的潘帕斯草原，世界著名的宽河口河流拉普拉塔河。这就是阿根廷，在地理上距离中国最遥远的国度。

虽然相距遥远，但是中阿人民之间友谊的种子早已深深扎根于这片绿浪滚滚的沃土。新世纪伊始，江泽民主席的访问，又揭开了中阿关系史上新的篇章。

素有"南美巴黎"之称的400年老城——阿根廷首都布宜诺斯艾利斯市，近两天来洋溢着格外的热情，中阿两国国旗在街头飘扬，欢迎中国贵宾的来访。当地报纸以头版位置和大幅照片来报道江主席的访问。

身着传统军服的圣马丁将军骑兵团仪仗兵，分别骑着黑、黄、白三种颜色的马匹，护送江主席一行的车队从圣马丁广场驶向总统府，吸引了无数路人的目光。

艺术家们还献上兼具印第安文化与地中海文化特色的阿根廷音乐和舞蹈，表达了对中国贵宾的真诚欢迎。

　　阿根廷友好人士更是早在期盼见到江泽民主席。4月8日，江主席会见了来自工商界、文化界等方面的十多位友好人士。他们中有86岁高龄、几十年来发表过很多介绍中国的文章和专著的年长者，有非常活跃的对华友好组织的负责人，有积极参与对华经贸活动的阿根廷"国家杰出女性"，有撰写《中国西藏——文献和实地调查》一书、客观地介绍中国、批驳敌对势力对中国的恶意污蔑的大学教授……几乎每一位友好人士都向江主席讲述了自己与中国的友好交往历程，并表示相信江主席的访问必将促进中阿关系的发展，使之结出更丰硕的成果。江主席认真地倾听，向他们表示感谢，并勉励他们继续为推动中阿关系做出积极的努力和贡献。会见的场面亲切而热烈，体现出两国人民相知久远、情深谊厚。

　　早在19世纪中叶，中阿两国的民间交往就起步了。那时中国人开始在阿根廷做工经商，阿方还向中国上海派驻了商务委员。新中国成立后，阿根廷是拉美国家中与中国来往较早的一个国家，双方开展过不少文化、贸易往来。如今，这里的世界四大剧院之一——哥伦布大剧院，还珍藏着中国著名京剧表演艺术家李少春演出时穿过的靴子。

　　20世纪90年代以来，中阿关系发展更为迅速。双方保持高层互访，经贸合作不断增加，在国际机构和国际会议中有着良好的合作。北京市同布宜诺斯艾利斯市、上海市与罗萨里奥市、河北省与布宜诺斯艾利斯省、吉林省与恩特雷里奥斯省分别建立了友好省、市关系。

　　时光荏苒，21世纪的历史篇章已经展开，江泽民主席的到访标志着中阿关系已进入新里程。江主席明确提出，中阿两国要站在战略的高度审视和处理两国关系，将中阿合作推向更高水平。两国元首在会谈中达成了广泛的共识，两国领导人一致认为，两国应该深化双方在经贸、科技等领域的合作。

　　中国是经济高速发展的亚洲大国，阿根廷是拉美经济发展水平较高的国家。两国都面临着新的发展机遇和挑战，双边合作对各自的发展都有益处。阿根廷一家铁路公司的老板对记者说："我们与中国的合作仅仅是开始，我们的合作前景十分宽广。"

明年是中阿建交 30 周年,江主席的这次访问对推动两国关系的进一步发展具有十分重要的意义。人们相信,中阿合作之路将如同滔滔涌入大海的拉普拉塔河一样,越走越宽。

(原载于《人民日报》2001 年 4 月 11 日第三版)

应智利共和国总统里卡多·拉戈斯·埃斯科瓦尔、阿根廷共和国总统费尔南多·德拉鲁阿、乌拉圭东岸共和国总统豪尔赫·巴特列·伊瓦涅斯、古巴共和国国务委员会主席菲德尔·卡斯特罗·鲁斯以及委内瑞拉玻利瓦尔共和国总统乌戈·查韦斯·弗里亚斯邀请,国家主席江泽民于 2001 年 4 月 5 日至 17 日对上述 5 国进行国事访问。其间,江泽民主席还应巴西联邦共和国总统费尔南多·恩里克·卡多佐邀请,对巴西进行工作访问。本文解读了访问乌拉圭的深远影响。

玫瑰之城迎嘉宾

蒙得维的亚,玫瑰争妍的乌拉圭首都。今天,独立广场四周飘扬着五星红旗。嘹亮的号角声,人们的欢呼声,此起彼伏,响成一片。

在这被载入史册的日子,江泽民主席带着中国人民对乌拉圭人民的友好情谊,对这个南美洲国家进行了国事访问。

在蒙得维的亚,江主席一行所到之处,总有嘹亮的欢迎号角声相伴。这些身着传统军服、吹奏号角的礼兵,肃立于江主席下榻的饭店、走过的广场以及正式活动的场所。当江泽民主席赴市政府出席赠送"城市钥匙"仪式时,热情的市民迎候在市府大门两侧,高兴地向中国贵宾招手、欢呼、鼓掌。

近几日在乌拉圭,这个坐落于拉普拉塔河畔辽阔平原、"遍地是牛羊"并享有"南美瑞士"之称的宁静国度,正涌动着对中国最高领导人来访的欢迎热情。据说,自从江泽民主席开始这次拉美之行起,乌拉圭的媒体就没有间断过对访问的报道。人们关注着江主席的访问,对他的访问寄予厚望。如今,江主席来到乌拉圭访问,人们积蓄的热情终于抒发出来。恰似蒙得维的亚市议长莫罗多所说:"我们的人民热情好客，我们敞开心扉，向江泽民主席表示兄弟般的欢迎！"

乌拉圭人民的热情是真诚的，他们渴望通过江主席的访问，使乌中关系提高到新的水平。巴特列总统亲赴机场并举行隆重欢迎仪式，两国元首的会谈时间一再延长。双方领导人对加强中乌合作，特别是经贸合作，予以充分肯定。两国元首在共同会见记者时，也将话题集中在加强中乌合作，特别是经贸合作的主题上。

乌拉圭农牧业发达，尤其是畜牧业和畜产品加工业堪与世界大国媲美。温和多雨的亚热带气候，使乌拉圭拥有大片大片的天然牧场，为其发展农牧业生产提供了得天独厚的自然条件，可耕地和牧场面积占国土面积的 90%，其中 85% 是牧场，全国约有 60 万人口从事农牧场业及农牧产品加工业。统计表明，乌拉圭大约平均每个人拥有 4 头牛、8 只羊。

中国是乌拉圭羊毛最大的买主，也是乌拉圭的第四大贸易伙伴。去年上任的巴特列政府，将中国视为其羊毛等产品最重要的出口市场和农牧产品贸易合作伙伴，格外看中对华经贸往来。去年中乌贸易创历史新高，总额达到 3.44 亿美元。江泽民主席在访问期间高度评价了中乌经贸合作领域的迅速发展，还指出了两国深化经贸合作的方向，表达了加强相互投资的意愿。

中国是世界上最大的发展中国家，是全球瞩目的大市场，具有广阔的发展前景；乌拉圭是一个在贸易方面享有极好声誉，并被称为"有着诚实传统的国度"，而且还是南方共同市场重要成员。人们有理由认为，中乌两国尽管相距遥远，建交只有 13 年，但仍然可以通过有效的互利合作取得令双方满意、造福于两国人民的成果。人们相信，新世纪伊始，江泽民主席对乌拉圭的首次访问，必将为两国深化合作带来新的契机，开辟新的前景。

（原载于《人民日报》2001 年 4 月 12 日第三版）

> 应智利共和国总统里卡多·拉戈斯·埃斯科瓦尔、阿根廷共和国总统费尔南多·德拉鲁阿、乌拉圭东岸共和国总统豪尔赫·巴特列·伊瓦涅斯、古巴共和国国务委员会主席菲德尔·卡斯特罗·鲁斯以及委内瑞拉玻利瓦尔共和国总统乌戈·查韦斯·弗里亚斯邀请,国家主席江泽民于 2001 年 4 月 5 日至 17 日对上述 5 国进行国事访问。其间,江泽民主席还应巴西联邦共和国总统费尔南多·恩里克·卡多佐邀请,对巴西进行工作访问。本文记录了对巴西的访问,展示了两国领导人高瞻远瞩、重视南南合作的重要意义。

树立南南合作的典范

新世纪之初来到巴西利亚,给人最鲜明的印象就是"新"。新颖的建筑,合理的规划,严谨的管理,折射出巴西人创新的思维。巴西利亚的风貌,恰恰呼应了巴西作为拉美发展中国家典型代表的特点:从沉重的历史积淀中脱颖而出,显示出迅速发展的勃勃生机。这座被联合国列为人类文化遗产的最年轻的城市,今天迎来了中国国家主席江泽民的第二次访问。

这里是江主席本次拉美之行的第四站,尽管对巴西的工作访问历时不足 20 小时,但是亚洲与拉美地区两个最大的发展中国家的元首进行的会谈,无疑会深化双边战略伙伴关系,并促进南南合作。这次访问受到中巴两国政府的高度重视。今天下午,江泽民主席和卡多佐总统在巴西总统府高原宫举行了长时间的会谈,共商 21 世纪双方合作的大计。

中巴合作已走过 27 个春秋。两国在政治、经济、贸易、文化、科技等领域的合作关系取得了顺利发展。双方高层互访频繁,特别是 1993 年 11 月和 1995 年

12月，江泽民主席和卡多佐总统实现互访以后，两国领导人就建立中巴跨世纪的、长期、稳定、互利的战略伙伴关系达成了共识。

巴西是中国在拉美地区最大的贸易伙伴。去年，双边贸易额达28.45亿美元，是近年来的最高纪录。中巴双方在国际问题上有很多共同点，在国际事务中相互合作，在国际机构和国际会议上经常相互支持。

面向21世纪，中巴之间的经贸合作正朝着多样化方向发展。中巴不久前签署了《空间技术合作协定》，双方在不同领域的相互投资也不断增加。除继续共同研制两颗卫星外，双方目前正在讨论在气象卫星和通信卫星方面进行合作的可行性。巴中工商协会理事保罗·奥迪斯对记者说，中国市场比一般人想象的还大得多，巴西企业家都非常期盼江主席的再度来访，相信这将为两国企业界拓展更为宽广的合作空间。

中巴虽然相距遥远，但振兴民族经济、提高人民生活水平，以及维护世界和平与稳定的共同目标将两国紧紧地联系在一起。双方对各自地区和世界的进步与发展肩负着重要责任，在世界多极化和经济全球化浪潮中面临着共同的机遇和挑战。在此背景下，两国领导人高瞻远瞩，共同构筑和发展战略伙伴关系，这对发展南南合作，推动建立国际政治经济新秩序，维护世界和平与发展，具有重要的意义，也为中巴关系的进一步发展开辟了广阔前景。

江泽民主席在访问中，对推进中巴战略伙伴关系的发展提出了具体建议，并受到卡多佐总统及巴西各界的普遍赞同和欢迎。人们相信，这次访问必将给刚刚进入21世纪的中巴战略伙伴关系注入新的活力，对加深两国人民的友谊、推动双边合作产生重要而深远的影响。正如江泽民主席所说，中巴关系将树立一个南南合作的典范。

（原载于《人民日报》2001年4月13日第三版）

> 应智利共和国总统里卡多·拉戈斯·埃斯科瓦尔、阿根廷共和国总统费尔南多·德拉鲁阿、乌拉圭东岸共和国总统豪尔赫·巴特列·伊瓦涅斯、古巴共和国国务委员会主席菲德尔·卡斯特罗·鲁斯以及委内瑞拉玻利瓦尔共和国总统乌戈·查韦斯·弗里亚斯邀请，国家主席江泽民于2001年4月5日至17日对上述5国进行国事访问。其间，江泽民主席还应巴西联邦共和国总统费尔南多·恩里克·卡多佐邀请，对巴西进行工作访问。本文记录了访问古巴的一个个难忘时刻。

中古友谊谱新篇

提起古巴，中国人别有一番好感。古巴是第一个同中国建交的拉美国家，古巴糖在20世纪60年代前期给中国人留下了甜蜜的印象，那首动听的歌曲《美丽的哈瓦那》至今仍回荡于许多中国人的心际。

新世纪伊始，江泽民主席访问古巴，掀起了中古友好的新热潮。近两日，古巴人民对中国客人的热情，犹如当空骄阳一般热烈。在首都哈瓦那，市民们见到江主席和中国代表团的成员，都会情不自禁地欢呼："中国！中国！"艺术家们深情的歌声、优美的舞姿，更表达出对中国贵宾的一片真挚情感。卡斯特罗主席亲自全程陪同江主席。两位领导人长时间的会谈达成了广泛共识并取得积极成果。江主席把访问期间创作的七言绝句赠给卡斯特罗，并详细向他解释了诗中的含意。卡斯特罗欣喜地说："这是我收到的最珍贵的礼物。"

历经40多年风雨的古巴，闯过了一个个恶浪拍击的险滩。那一株株迎风挺立的国树王棕榈，如同中国的傲骨青松一般，展示着不屈不挠的坚毅个性。正如江主席所评价的那样，古巴在维护国家主权、独立，反抗外来干涉、颠覆的斗争中表现的大无畏精神，对广大发展中国家人民是巨大的鼓舞。卡斯特罗对江主席在1993年古巴最困难的时期访古并给古巴以支持表示了由衷的感谢。如今，古巴正面临着发展国民经济、提高人民生活水平的迫切使命。自从1995年开始实施改革以来，古巴已走上了经济恢复之路。

以江主席的这次访问为契机，中古两国经贸合作向前迈出了一大步。13日，两国签署了一系列经贸合作协定。江主席与卡斯特罗主席共同参观中国电子工业产品展和古巴生物工程产品展，更体现出两国领导人对双边经贸合作的关心。在参观中，江泽民主席叮嘱南京熊猫电子集团公司总经理李安建向卡斯特罗详细介绍其展品。江主席甚至还深入浅出地向卡斯特罗解释了电视机逐行扫描和隔行扫描技术的区别。李安建说，他们即将向古巴出口100万台彩色电视机，这批产品是与古巴的工程师互相合作，按古巴的实际情况设计出的电视，具有节能和接收信号灵敏度高的特点。卡斯特罗对此表示非常满意。对于古巴的300万家庭、1118万人口而言，这100万台彩电将有助于提高他们的生活质量。此外，中国巨龙公司与古巴电子集团不久前合资成立的电话机生产厂、中国建筑工程总公司与哈瓦那城市改造公司合作成立望海饭店集团等，都已成为中古经贸合作的亮点。

展望新世纪，人们相信饱经沧桑的古巴终将走上经济繁荣之路，加勒比海的这颗明珠将更加璀璨。人们还相信，江泽民主席的这次访问，为中古友谊谱就了新的篇章。祝中古两国人民开辟出幸福美好的未来，愿中古友谊如松柏一般万古长青。

（原载于《人民日报》2001年4月15日第二版）

> 应智利共和国总统里卡多·拉戈斯·埃斯科瓦尔、阿根廷共和国总统费尔南多·德拉鲁阿、乌拉圭东岸共和国总统豪尔赫·巴特列·伊瓦涅斯、古巴共和国国务委员会主席菲德尔·卡斯特罗·鲁斯以及委内瑞拉玻利瓦尔共和国总统乌戈·查韦斯·弗里亚斯邀请，国家主席江泽民于2001年4月5日至17日对上述5国进行国事访问。其间，江泽民主席还应巴西联邦共和国总统费尔南多·恩里克·卡多佐邀请，对巴西进行工作访问。本文记录了访问委内瑞拉时，参观玻利瓦尔故居和博物馆的生动景象。

历史、现实与未来

——记江主席参观玻利瓦尔故居和博物馆

在加拉加斯的老城区，一幢西班牙式的老建筑门前飘扬着委内瑞拉国旗，两个身着红色军服的卫兵肃然伫立。门外墙面镶嵌着一块石牌，上书"西蒙·玻利瓦尔1783年7月24日出生于此"。这就是伟大的"南美洲解放者"玻利瓦尔的故居，与之相邻的建筑则是玻利瓦尔博物馆。中国国家主席江泽民4月15日下午在委内瑞拉总统查韦斯的陪同下，来到这里参观。

加拉加斯市民格外高兴，上千群众聚集在玻利瓦尔故居门前的街旁，他们手执中委两国国旗，热情等候着江主席。一块鲜红的横幅上写着："欢迎江泽民主席！委内瑞拉向您致敬！"查韦斯总统也提前来到这里，迎候江主席。下午5时许，载有中国贵宾的车队驶来，欢迎的人群立刻沸腾起来，他们用中文不停地欢呼："欢迎！欢迎！"江泽民主席走出汽车，向人们挥手致意！

查韦斯总统陪同江主席走进故居，讲解员详细介绍了室内的陈设、建筑的结构等。玻利瓦尔是在其中一间朝南的房间出生的,如今故居房间的四壁悬挂的油画描绘了他的生平、他指挥的著名战役。玻利瓦尔是十九世纪初拉美独立运动最杰出的领袖之一,是委内瑞拉历史上著名的军事家、政治家和思想家。他领导过委内瑞拉、哥伦比亚、厄瓜多尔、秘鲁和玻利维亚等地的独立战争,是南美共和制度的奠基人,被委内瑞拉人民称颂为"国父"、"解放者"。江泽民主席认真地倾听讲解,仔细地观看展品。查韦斯总统不时地回答江主席提出的各种问题。

来到故居的庭院,委内瑞拉小乐手们演奏起欢快的乐曲。这些七至十六岁的孩子,吹响铜号,拉起提琴,摇动沙锤,演奏了委内瑞拉中部平原地区的民间乐曲《巴哈里略》,查韦斯总统随着欢快的节奏,为江主席吟唱了这首赞美委内瑞拉大平原的歌曲。江主席高兴地观赏了演出,还亲切地俯身亲吻了其中年龄最小的"小沙锤手"。

查韦斯总统向江主席介绍说,这些孩子来自政府出资的委内瑞拉青少年交响乐团。社会的发展在于孩子的教育,他本人倡导通过音乐等艺术教育方式改善贫困儿童的状况,这也是政府推广社会文化活动的措施之一。

参观结束时,江泽民主席在留言簿上题词:"伟大的解放者西蒙·玻利瓦尔永垂不朽!""中国与委内瑞拉人民的友谊万岁!"在场人士报以热烈掌声。最后,一名军校生代表委内瑞拉青年向江主席赠送了一尊玻利瓦尔的塑像。

40多分钟的参观虽然短暂,但委内瑞拉的光荣历史,委内瑞拉人民对中国人民的友好情感,委内瑞拉少年儿童所预示的美好的未来,都给来访的中国客人留下了深刻印象。

(原载于《人民日报》2001年4月17日第一版)

> 应智利共和国总统里卡多·拉戈斯·埃斯科瓦尔、阿根廷共和国总统费尔南多·德拉鲁阿、乌拉圭东岸共和国总统豪尔赫·巴特列·伊瓦涅斯、古巴共和国国务委员会主席菲德尔·卡斯特罗·鲁斯以及委内瑞拉玻利瓦尔共和国总统乌戈·查韦斯·弗里亚斯邀请,国家主席江泽民于2001年4月5日至17日对上述5国进行国事访问。其间,江泽民主席还应巴西联邦共和国总统费尔南多·恩里克·卡多佐邀请,对巴西进行工作访问。本文概述了访问委内瑞拉所取得的成果。

友谊万岁

山城加拉加斯,广厦林立,景色秀丽。来到委内瑞拉的首都,人们会有登高壮观天地间之感。4月15日,中国国家主席江泽民开始对委内瑞拉进行国事访问,这是中国最高领导人首次踏足这个富饶的国度,这也是江主席此次拉美之行的最后一站。

委内瑞拉人有一个说法:出远门就去中国。但近几天来,中国似乎"近"在眼前。走上加拉加斯市街头,中委两国国旗迎风飘扬。在电视机前,人们收看江主席出席会谈、会见、授勋、参观等活动的直播节目;在行进中的汽车里,司乘人员也会收听访问活动的现场转播。加拉加斯市民学会了用中文说"欢迎"。访问期间,委内瑞拉正举办"中国文化月"活动,"中国热"已悄然兴起。江主席的谈话道出了中委人民之间形成亲密关系的历史原因:虽然两国在地理上相距遥远,但两国和两国人民有着共同的历史遭遇,有着相似的斗争历程,两国和两国人民在历史前进中结下的情谊把我们紧紧地联系在一起。

友谊万岁!委内瑞拉政府和人民欢迎江主席来访盛况空前,反映出主人对友谊的珍视，这在中委友好关系史上留下了辉煌的一页。取得重大积极成果的两国元首会谈、查韦斯总统的全程陪同、玻利瓦尔国际机场上隆重的欢迎仪式、当地电视台对所有访问活动的现场直播和当地主要报纸数版篇幅的大量报道、加拉加斯市民热烈的掌声和欢呼声、盛大的签字仪式、授予江泽民主席非常珍贵的委内瑞拉"解放者勋章"以及加拉加斯"城市贵宾"称号和城市钥匙……这一切，体现了委内瑞拉人民对江主席和中国人民真挚的情谊。

中委元首的会谈，为双方今后的互利合作指明了方向，对推动两国在新世纪共同发展的战略伙伴关系具有深远影响。近年来，中委双方高层往来频繁，经贸合作显著加强，在国际事务中密切合作。去年两国间贸易额共计 3.51 亿美元。

目前，委内瑞拉是中国在拉美最大的投资国之一，中国公司已累计投资 5.3 亿美元。在江主席的这次访问中，中委双方签署了一系列重要合作文件，内容涉及经贸、文化、科技、能源、地质开发等领域。可以相信，经过双方的共同努力，中委两国之间的友好合作关系必将进一步发展，迈上新的台阶。

从 4 月 5 日至 4 月 17 日，江泽民主席成功地对智利、阿根廷、乌拉圭、巴西、古巴和委内瑞拉六个国家进行了历史性的访问，受到六国政府的高度重视以及当地人民隆重热情的款待。江主席与六国领导人的会晤取得了丰硕成果，表达了中拉人民寻求经济发展，期盼公正、合理的国际政治经济新秩序的共同心愿。此次访问，向中拉人民展示了 21 世纪发展互利合作关系的崭新蓝图，人们共同期待友谊之花绽放结果，共同祝愿中拉友谊万古长青。

（原载于《人民日报》2001 年 4 月 18 日第三版）

> 应保加利亚共和国部长会议主席伊万·科斯托夫、德意志联邦共和国总理格哈德·施罗德、卢森堡大公国首相让—克洛德·容克、荷兰王国首相维姆·科克、意大利共和国总理朱利亚诺·阿马托、比利时王国首相居伊·费尔霍夫施塔特和欧盟委员会主席罗马诺·普罗迪邀请,国务院总理朱镕基于 2000 年 6 月 27 日至 7 月 11 日对上述 6 国及欧盟总部进行正式访问。本文概述了访问德国的情况以及对中德合作具有的深远影响。

精诚合作　共享繁荣
——中国代表团访德侧记

好似天遂人愿,朱镕基总理到访德国后的天气是一日好过一日。三天来,记者在随访过程中,深深感受到德国对这次访问的高度重视,以及德国人民对中国人民的友好感情。德国政府给予中国代表团高规格接待。施罗德总理在与朱镕基总理举行了正式会谈后,亲自陪同赴德国亚太经济委员会对德工商界发表讲演,并专门赶到汉诺威,陪同参观汉诺威世界博览会,并设家宴款待朱总理。

中国代表团所到之处,许多德国男女老少自发地向代表团挥手致意表示欢迎,场面令人感动。工商界人士对访问的反响尤为热烈,600 多位企业家从全国各地赶到柏林聆听了朱总理的演讲。柏林和汉堡市政府为朱总理举行了盛大欢迎招待会或晚宴。中德双方在这次访问中签订的包括价值 60 亿美元的石化基地合作项目、煤矿灭火项目在内的 6 项协议,为两国在经贸等方面的合作注入了新的活力,将对两国长远合作产生重大而深远的影响。

推动双边经贸合作是朱总理此次访问的重点。7 月 1 日傍晚,朱镕基总理来到德国北部港口城市汉堡,从机场直接驱车来到北德炼铜厂,详细考察了这家具有百年历史的欧洲最大的铜产品制造厂家。该企业多年以来致力于治理废水废气,成为在环保、盈利、效益等方面成绩卓著的示范性企业。在公司董事会主席维尔纳·马奈特博士的热情陪同下,朱镕基总理饶有兴致地参观了工厂的浇铸车间和电解铜生产线等,详细询问了该厂对环保的投资、技术和效益等。当了解到该厂用于治理污染的投入占成本的20%,占总投资的35%时,朱总理频频点头,并称"这是很有眼光的"。临别时,曾于1983年到上海探讨过与中国合作渠道的马奈特博士由衷地对朱总理说:"您到我们企业访问,就是德中在这个领域合作的最好的催化剂。"继6月30日中德双方签订在上海建立磁悬浮列车示范段的可行性研究协议,朱总理还特地于7月2日前往德国北部的小城拉滕,实地考察磁悬浮列车的运行、经营以及对环境的影响等。朱总理一行的参观访问,预示着中德两国经济贸易的合作,特别是在高新技术、环保等领域的合作即将翻开新的一页。众所周知,中德两国合作的广度与深度是令人十分振奋的:双边贸易额1999年达到161.14亿美元,比前年增加12%;截至去年年底,中国累计批准德在华直接投资项目达到2125个,协议资金额达94.45亿美元,实际投入50.37亿美元。德国多年来一直是中国在欧洲的最大经贸伙伴。

朱总理在访问中对德国企业家们说,随着中国进一步改革开放,加入世贸组织,以及中国实施西部大开发战略,中德经济、科技、教育等领域的合作将会有更广泛的前景。访问期间,德国西门子、鲁尔集团、宝马、拜耳、巴斯夫等公司的领导人分别拜会朱总理,纷纷提出了加大对华投资新计划,表达了扩大合作规模的雄心壮志。

为什么中德关系能够顺利而持久地发展?朱总理6月30日在柏林记者会上深刻地指出,中德两国都是世界上的重要国家,两国之间没有任何历史遗留的困难问题,也无直接的利害冲突,两国人民之间相互怀有友好感情。德国一贯坚持一个中国的政策,不与台湾发生官方关系,不向台湾出售武器。德国不是那种见利忘义,说一套做一套的国家。

正所谓"同于道者,道亦乐得之;同于德者,德亦乐得之"。中德两国各方面合作能取得今天的成就,是与两国具有良好的政治关系密不可分的。施罗德在柏林回答记者提问时曾强调:"中国在德国对外关系中占有非常重要的地位,这不仅是因为其幅员辽阔,人口众多,也不仅是因为中国是安理会常任理事国。德国人民历来钦佩中国悠久的文化传统,特别是中国人民、尤其是当今青年一代所表现出来的伟大创造力。因此,德国把中国视为最重要的伙伴之一。"

朱总理在德国工商大会的演讲中,引用德国伟大的文豪歌德所说的一段话:"中国人在思想、行为和情感方面跟我们几乎一样,使我们很快就会感到他们与我们是同类人。"当时,朱总理指着主席台背景上醒目的横幅说:"希望我们这些'同类人'能像这个口号所提出的,'精诚合作,共享繁荣'。"

(原载于《人民日报》2000年7月3日第六版)

应老挝人民民主共和国主席坎代·西潘敦、柬埔寨国王诺罗敦·西哈努克陛下和文莱达鲁萨兰国苏丹和国家元首苏丹·哈吉·哈桑纳尔·博尔基亚陛下邀请，国家主席江泽民于2000年11月11日至18日对上述3国进行国事访问。其间，江泽民主席出席了15日至16日在文莱首都斯里巴加湾市举行的亚太经合组织第八次领导人非正式会议。这是江泽民主席对老挝的首次访问，本文记录了访问老挝的盛况。

中老友谊的里程碑

——记江泽民主席访问老挝

11月12日晚，江泽民主席一行与坎代主席共同走进主席府大会见厅。地毯中央的"福席"上摆满了各种"福品"，民间乐师占据一角，展示着颇有特色的老挝民族风情，呈现出一份祥和喜气。江泽民一整天的访问日程几近尾声。这时，主人为江主席安排了一个别有情趣的活动——拴线仪式。

首先，一位长者唱诵祝福词，举座宾主双手合十静听。随后他依次把福品放在江主席夫妇和坎代夫妇的左手，再给他们拴线祝福。接着，坎代主席夫妇又同江主席夫妇相互拴线祝福。最后，在老挝民族音乐的伴奏下，主人依次给每一位中国客人的手腕上都拴了几根白色棉线。据说，在老挝语中被称为"巴席"的这种仪式，是老挝民族特有的传统祝福仪式，也是老挝民间接待客人最隆重的礼节。

众所周知，具有5000多年历史的中国与具有1000多年历史的老挝山水相连，拥有500多公里的共同边界。两国人民自古以来一直和睦相处。在新世纪即将来临之际，中国最高领导人对老挝进行的首次国事访问，在两个古老国度的交往史上更显意义重大。老挝国家领导人和人民对江主席一行给予了最隆重的礼遇。

在一天多的时间内，江主席一行在万象这座湄公河畔的"月亮城"中进行着快节奏的访问。人们记得在11月11日晚，当江泽民主席的专机徐徐降落在瓦岱国际机场时，一轮皎洁的圆月正高悬于夜幕，好似预示着江主席的访问将圆圆满满。

事遂人愿，江泽民主席12日的访问在紧张有序的节奏中顺利地进行。不仅中老两国元首举行了成功的会谈，江主席还会见了老挝政府总理和国会主席，会见了中国人民的老朋友、老挝前国家主席诺哈。作为访问的重要成果，两国所签署的6项双边合作文件，从宏观到微观，为两国进一步开展双边合作，特别是经济技术合作确立了方向。

正如江泽民主席与坎代主席会谈时所说，中国和老挝有许多共同点，不仅是近邻，还同属发展中国家，都坚持走社会主义道路，都面临以何种姿态进入21世纪的新考验。人们看到，老挝是东南亚唯一没有出海口和铁路的国家，在发展经济方面受到一定的限制，多年战乱留下的创疤仍四处可见，被人称为东南亚"本世纪最后一块未开垦的处女地"。然而，自从1986年实行"革新开放"政策以来，这个内陆国家的面貌正在悄然改变。它正在积极探索着符合本国实际的发展社会主义事业的道路。而中国改革开放20多年来取得的巨大成就，作为科学社会主义同当代中国实际相结合的成果，也给老挝人民提供了有益的借鉴。

湄公河水奔涌不息，中老友谊源远流长。江主席在访问中总结了中老关系的突出特点，即相互信赖，相互支持，平等相待，互不干涉，真诚合作。建交近40年来，中老两国人民在政治、经济领域的友好合作，已结出了累累硕果。特别是进入90年代后，中老两国在经贸合作方面取得尤为迅速的发展。1999年，双边贸易额达到3171万美元，比上年增长了23%。截至1998年底，中国公司在老投资总额已达6270万美元，投资领域涉及建材、种植养殖、药品生产、森林采伐等。中国公司在老挝还积极参与劳务和工程承包，合同总额累计超过3亿美元。中国为老挝援建的项目包括地面卫星电视接收站、南果河水电站及输变电工程、万象文化中心等，正在实施的项目有万荣水泥厂二期工程。

江主席对老挝的访问时间虽然短暂，但却为中老两国合作揭开新的篇章。人们相信,中老两国间在各个领域的互利合作将在新的世纪登上新的台阶,两国人民之间的友谊地久天长。

（原载于《人民日报》2000年11月13日第六版）

> 应老挝人民民主共和国主席坎代·西潘敦、柬埔寨国王诺罗敦·西哈努克陛下和文莱达鲁萨兰国苏丹和国家元首苏丹·哈吉·哈桑纳尔·博尔基亚陛下邀请，国家主席江泽民于 2000 年 11 月 11 日至 18 日对上述 3 国进行国事访问。其间，江泽民主席出席了 15 日至 16 日在文莱首都斯里巴加湾市举行的亚太经合组织第八次领导人非正式会议。这是江泽民主席首次访问柬埔寨，本文着重解读了中柬两国人民情深谊重的感情纽带。

情深谊重　万古千秋

——记江泽民主席访问柬埔寨

柬埔寨洞里萨湖边浩瀚的林海中，历经千余年风霜的吴哥古迹，作为柬历史上鼎盛时代的见证，第一次迎来了中国最高领导人的访问。11 月 14 日，西哈努克国王亲自陪同江泽民主席来到古城遗址，受到柬埔寨当地民众的热烈欢迎。

在这里，中国贵宾对古老的吴哥文明进行了一次跨越时空的追溯：穿行于巴戎寺和吴哥窟那宏伟的石结构建筑群，仰望四面佛塔展露那悠远的"高棉的微笑"，流连于宫殿回廊中精美的浮雕和壁画，聆听满壁浮雕所展示的历史故事。中国客人还在石雕中看到了中国宋代士兵的形象，那是他们帮助柬埔寨抗击外族入侵的历史记录。江泽民主席对辉煌的吴哥文化和柬埔寨人民的创造力赞叹不已，他称赞说："柬埔寨人民真是勤劳、聪明，这样的建筑确实辉煌！"

人们记得，在 1861 年法国科学家亨利·英瓦尔发现这片遗址后，由于在千年以前东南亚国家几乎没有完整的文字史书记载，史学家一时无法对此进行考证。后来，学者们找到了中国 600 多年前的著作《真腊风土记》，作者周达观在随元朝使节到访当时被称为真腊的柬埔寨时曾驻留吴哥两年。正是因为他在书中准确地描述了这座古城的建筑位置和风貌，吴哥古迹的身世之谜才得以解开。其实，这段往事只是中柬两国间悠久历史渊源的一个写照。

中国人帮助世人认知了吴哥文明，也正在帮助柬埔寨修复这里的古迹。江主席在访问中，特意参观了周萨神殿。在这里，中国工程技术人员修复工程已于今年3月展开。中国对此提供了1000万元人民币无偿援助。今天，江主席仔细听取该工程负责人介绍有关情况，得知中国工程组将根据移植保护、抢险加固、重点修复原则，尽全力保持遗址原貌，并采用柬埔寨的传统材料和工艺进行修复，江主席表示非常满意。临走前，江主席还向工程负责人说："你们一定要出色地完成任务。"

参观吴哥古迹为江泽民主席访问柬埔寨的日程画上了完美的句号。在一天半的访问中，柬埔寨以最高礼遇款待中国贵宾。在金边的机场，在从机场通往王宫的道路上，在暹粒参观吴哥古迹的途中，都有10多万柬埔寨民众手持中柬两国国旗和鲜花，在骄阳之下夹道欢迎，民间艺人也在路边奏响民乐，载歌载舞。就像江主席所说，"一抵达金边，我们就沉浸在友谊和欢乐的海洋中，深深感受到柬埔寨人民的深厚情谊"。

西哈努克国王曾说："我与中国三代领导人之间极其深厚的友情，在全世界都是独一无二的。"的确，1955年在万隆亚非会议上西哈努克结识了周恩来总理，从而翻开了中柬友好历史的新一页。五六十年代，中国领导人多次率团访柬，西哈努克6次访华；七八十年代，西哈努克两次在华长期逗留，领导柬人民争取民族独立的斗争，得到中国政府和人民的大力支持；90年代以来，中柬关系更上一个台阶，双方在政治、经贸、文化、教育、军事等领域的友好合作不断加强，在国际和地区问题上保持良好的协调与合作。迄今有130多家中资公司在柬投资，总额达1.8亿美元。

中柬人民情深谊重，万古千秋。新世纪即将来临之际，江泽民主席的访问带来了中国人民对柬埔寨人民的深情厚谊，更把中柬历史悠久的友好关系推向更高水平。双方这次签署的双边合作框架联合声明，为两国发展更加密切和稳固的传统睦邻友好关系奠定了更加坚实的基础。

江泽民主席访问柬埔寨取得的丰硕成果，使人们有理由相信西哈努克国王所说的话："中华人民共和国和柬埔寨王国之间长期牢固的友谊，像一朵永不凋谢的美丽鲜花，永远开放在晴朗的天空下。"

（原载于《人民日报》2000年11月15日第六版）

> 应老挝人民民主共和国主席坎代·西潘敦、柬埔寨国王诺罗敦·西哈努克陛下和文莱达鲁萨兰国苏丹和国家元首苏丹·哈吉·哈桑纳尔·博尔基亚陛下邀请，国家主席江泽民于2000年11月11日至18日对上述3国进行国事访问。其间，江泽民主席出席了15日至16日在文莱首都斯里巴加湾市举行的亚太经合组织第八次领导人非正式会议。本文概述了与会的亮点。

平等互惠　共赢共存
——记江主席出席亚太经合组织领导人非正式会议

11月16日，在美丽的斯里巴加湾，20位来自亚太经合组织的领导人或代表汇聚于杰鲁东马球俱乐部，这是他们在本世纪的最后一次大聚会。

在为期一天的亚太经合组织第八次领导人非正式会议上，成员领导人针对经济全球化、"新经济"、多边贸易体制与次区域贸易安排等议题，畅叙观点，深入讨论。

江泽民主席是出席过全部八次领导人非正式会议的三位领导人之一。近8年来，江泽民主席在每一次会议上，都就亚太地区经济合作和亚太经合组织的发展提出了中国的主张和原则，受到与会者的重视。

由于中国主办下一届亚太经合组织会议领导人非正式会议，因此江泽民主席这次在会场内外都备受瞩目。江主席在领导人会议上的重要讲话，被当地媒体称为本届会议的"主旨发言"；在亚太经合组织工商界领导人峰会午餐会上的演讲，也成为中外媒体报道的重点。出席会议的美国花旗银行副总裁安德鲁斯对本报记者说："江泽民主席的演讲非常精彩，简明地分析了当今世界最为重要的问题，切中要害，显示出中国领导人具有很强的领导能力，也展示了中国未来广阔的发展前景。"

经济全球化，是各成员领导人在会议中谈论最多的焦点。亚太经合组织在促进本地区经济发展方面肩负着重要的使命，但在亚洲金融危机爆发后，这个组织遇到了前所未有的挑战和考验。人们认识到，促进贸易自由化和经济技术合作，作为亚太经合组织发展的两个轮子，后者已显得相当迟缓，适应不了各国经济发展的要求，而前者由于走得过快，已显出举步维艰。江主席在会议上精辟地指出："彻底解决当今世界经济发展面临的种种问题，最终有赖于建立一个公正合理的国际经济新秩序。"

江主席曾多次在亚太经合组织会议上提出加强经济技术合作的主张，受到发展中成员的普遍欢迎。在和平与发展为主题的时代，"发展"成为众多发展中成员的首要任务。同时，在经济发展极不平衡，全世界 20% 的人口享有 80% 的财富的情况下，发达成员有义务向发展中成员提供更多的技术援助。正如江主席所说，"我们需要的是世界各国平等、互惠、共赢、共存的经济全球化"。

此间媒体今天突出报道了江主席演讲中的一句话："中国将继续在亚太经合组织中发挥积极的建设性的作用。"的确，中国在亚太经合组织中的建设性作用正日益增强，中国企业家也越来越多地活跃在该组织的舞台上。人们记得，在 1993 年的西雅图会议上，还没有中国企业家介入有关活动；而今年，已有 20 多位中国企业界领导人出席会议，交朋友、觅伙伴。

目前，中国对外贸易市场和吸引外资的来源主要在亚太地区，中国已与亚太经合组织成员建立和发展了日益紧密的联系。

会议期间，各成员领导人展开了繁忙的多边和双边外交。江泽民主席与最后一次参加亚太经合组织领导人会议的美国总统克林顿的会晤，被认为是具有历史性的活动。此外，江主席会见俄罗斯总统普京时，双方共同在反导问题上作出表态；在会见韩国总统金大中时，江主席表示中国将一本初衷，支持朝鲜半岛的和平与稳定；会见智利总统拉戈斯时，江主席表示了中方愿与智方一起积极努力，在新世纪建立和发展两国的全面合作伙伴关系。

明年，中国将举办亚太经合组织在 21 世纪的首次领导人非正式会议，江泽民主席为此介绍了中方的筹备情况,对各成员领导人发出了盛情邀请。

告别斯里巴加湾迷人的海滨风光,期待新世纪在黄浦江畔的重逢。人们为亚太经合组织的发展祝福,更盼望它为促进亚太区域的共同繁荣尽力。

(原载于《人民日报》2000年11月17日第六版)

应老挝人民民主共和国主席坎代·西潘敦、柬埔寨国王诺罗敦·西哈努克陛下和文莱达鲁萨兰国苏丹和国家元首苏丹·哈吉·哈桑纳尔·博尔基亚陛下邀请，国家主席江泽民于2000年11月11日至18日对上述3国进行国事访问。其间，江泽民主席出席了15日至16日在文莱首都斯里巴加湾市举行的亚太经合组织第八次领导人非正式会议。这是江泽民主席首次访问文莱，本文揭示了中国和文莱双边关系发展的又一个历史性开端。

做客"和平之邦"

刚刚结束在亚太经合组织第八次领导人非正式会议的活动，江泽民主席就开始了对文莱达鲁萨兰国的国事访问。这是中国国家元首第一次做客这个以"和平之邦"（其国名在马来语中的含义）命名的国家。

文莱，加里曼丹岛上濒临南中国海的岛国，与中国隔海相望；首都斯里巴加湾，一个意为"神圣、辉煌"的城市，在成功召开了一场重要的国际会议之后，重现只有5万多人口的小城特有的宁静。文莱辞别了一位位亚太经合组织成员领导人之后，留住了贵客——中国国家主席江泽民。

在这次国事访问中，江泽民主席与文莱领导人、工商界人士深入地进行交流，加深了相互的理解。双方还签署了保护投资、旅游合作、原油贸易三个领域的合作协议。双方在经贸合作、国际和地区事务中的合作开始进入了新的阶段。

抚今追昔，中文两国人民的友好交往绵延千载。有史料记载，早在中国汉朝时期，两国人民就开始有往来。特别是1408年，渤泥（文莱古称）国王麻那惹加到中国觐见明成祖（朱棣），留下了一段中文友谊的佳话。28岁的麻那惹加王带着妻子、儿女和兄弟姐妹等多人，不畏艰辛来到南京，领略了博大精深的华夏文化，也留下了渤泥人民对中国的向往和深情。在他不幸因病辞世之前，他嘱咐亲人将其托葬中华。明成祖（朱棣）用王礼厚葬了这位友谊的使者，并在墓侧立祠，每年春秋两季派人祭扫。除此之外，当年郑和下西洋的足印，也永远铭刻在中文两国友好交往的史册上。

光阴荏苒，当时代的脚步踏向 21 世纪的门槛时，江泽民主席带着中国人民的友好情谊，踏上了文莱美丽的国土。江泽民主席表达了国家不分大小，一律平等的主张，表达了与文莱和睦相处、友好合作、共同发展的愿望，他还向文莱领导人和企业界提出了两国进一步开展合作的途径，受到文莱方面的欢迎和信任。当文莱苏丹博尔基亚将"最尊贵的王室勋章"授予江泽民主席时，人们看到了江泽民主席和中国人民在文莱享有的盛誉，也看到了两国悠久的友谊与良好的合作继续向前发展的美好前景。

文莱因其石油资源而富甲一方，1929 年人们打出了第一口油井"西里亚"，从而找到了文莱的富庶之源。如今，文莱已无愧地赢得"东方石油王国"的美称。进入 90 年代以来，为了摆脱经济过分依赖石油和天然气资源的局面，文莱一直致力于经济多元化的发展。中文两国经贸合作起步较晚。然而，文莱拥有丰富的自然资源，其重点发展的多个行业，也能与中国较为完整的工业体系找到结合点，因此双方合作的领域十分广阔。江主席在这次访问中，向文莱工商界人士介绍了中国经济发展的形势，欢迎他们加快与中国合作的步伐，并向他们发出了投资中国西部的倡议。

从访问中，人们还可以看到，中国和文莱在国际事务中的配合和协调进一步加强。在亚太经合组织第八次领导人非正式会议上，文莱苏丹关于加强亚太地区人力资源合作的提议，受到中方的积极呼应。博尔基亚苏丹还准备应江泽民主席的邀请，明年到中国出席亚太经合组织人才能力建设高级别会议。

文莱是江泽民主席本次东南亚之行的最后一站。这三个友好邻邦都有着相似的热带、亚热带风光，有着与中国不同的民风民俗，有着辉煌灿烂的文明，有着众多的与中国友好交往的历史典故和传奇。江泽民主席率领的中国代表团，一路骄阳相伴。明天上午，当江主席一行圆满完成这次"阳光之旅"时，将满载三国人民对中国人民的热情与深情以及友好交往的硕果而归。人们相信，这次访问的成功，必将使中国与这些国家的合作走向更加光明的新纪元。

（原载于《人民日报》2000年11月18日第三版）

应俄罗斯总理普里马科夫的邀请，国务院总理朱镕基于1999年2月24日至27日对俄罗斯联邦进行正式访问，并举行中俄总理第四次定期会晤。本文着重描写了朱镕基总理同俄罗斯企业家的互动。

奏响中俄经贸合作主旋律
——朱镕基总理访俄活动侧记

3天来，莫斯科出现了这个季节中鲜见的好天气。与此相对应的是，朱镕基总理对俄罗斯的访问在双方密切、积极的合作气氛中顺利进行。26日中午，俄工商界人士在朱镕基总理下榻的莫斯科总统饭店红厅，为朱总理举行午餐会。这是俄罗斯历史上首次为外国领导人举办这样的活动。

11时40分，朱镕基总理在热烈的掌声中走入大厅，来到上百位俄罗斯工商界人士面前。这些人士都是俄罗斯的大企业家，有的已与中国合作多年，有的是中俄经贸合作的潜在伙伴。朱总理对他们发表了演讲。

演讲开始，朱总理说，此前他曾于1985年和1987年两次来到莫斯科，但每次都遇上特别坏的天气，而这次天气则特别好。随后，朱总理高度评价了中俄关系的现状，并明确指出，中俄经贸合作有着广阔的前景。

近年来，中俄经贸合作虽然在不断健康地发展，但目前的双边合作规模和水平都不能令人满意。去年双边贸易额不过五六十亿美元，历史上的最高纪录也只有80亿美元左右，这与两国具有的潜力相去甚远。朱镕基总理指出，中俄双方经济各有优势，互补性强。在中俄平等信任的战略协作伙伴基础上，只要双方共同努力，两国经贸合作定能跃上一个新台阶。

俄罗斯企业家们对朱总理近50分钟的即兴演讲报以热烈的掌声。

紧接着，一位企业家在向朱总理提问时，极力展示自己公司在导航、航天技术方面的优势，表现出对向中国输出航天技术的浓厚兴趣。朱总理回答说，中国愿在航天技术领域与俄方进行全面的合作。"欢迎你们与中国同行密切联系，扩大合作，你们的产品在中国会有广阔的市场。"他指出，中国需要包括航天技术在内的高新技术，支付方式方面不存在困难，关键是相互信任，提供各自所需的商品，进行互利合作。

1996年底两国总理定期会晤机制启动以来，定期会晤委员会规划了一些大型合作项目，地方及民间的多渠道交往也日趋活跃。但是，有专家分析说，制约中俄经贸发展的主要因素是双边贸易结构仍较单一，同时缺乏大型经济技术合作项目的支持；两国在金融、仲裁等贸易服务体系及合作方式上也有待健全和规范。除一般进出口贸易外，双方还应加强经济技术、包括高新技术的合作和相互投资，开发双边经贸合作新的增长点。

促进中俄经贸合作，是朱镕基总理此行的主旋律。在会见了叶利钦总统和普里马科夫总理等俄方领导人之后，朱总理来到俄罗斯企业家中间，多方位地探讨发展两国经贸合作的大计，一次次唤起人们对中俄合作前景的憧憬。叶利钦总统这次曾说，江主席与他本人已经奠定了俄中两国关系的基础，现在应当构筑两国关系的大厦了。在朱镕基总理的访问和两国总理的第四次定期会晤中，双方领导人所表示的决心和两国工商界所表现的热情，正是为构筑这个大厦积极付出努力，人们期待着中俄经贸合作高潮的来临。

（原载于《人民日报》1999年2月27日第四版）

> 应俄罗斯总理普里马科夫邀请，国务院总理朱镕基于1999年2月24日至27日对俄罗斯联邦进行正式访问，并举行中俄总理第四次定期会晤。本文作于访问结束之际，解读了访问的重要成果。

务实进取 拓展合作
——热烈祝贺朱镕基总理访俄圆满成功

2月24日至27日，新春佳节刚过，朱镕基总理即风尘仆仆对冰雪覆盖的友好邻邦俄罗斯进行了正式访问。此行主要目的是落实江泽民主席同叶利钦总统达成的重要共识，全面促进中俄平等信任的战略协作伙伴关系，特别是推动两国经贸合作。双方就经贸、能源、核能、科技、运输等领域的合作做了务实的探讨，并签署了16项协议。我们谨对访问取得丰硕成果表示热烈祝贺。

朱镕基总理同叶利钦总统进行了内容广泛和富有建设性的会见，与普里马科夫总理举行了两国总理第四次定期会晤，还会见了俄联邦委员会主席，向俄工商界人士发表了演讲。吴仪国务委员率中俄总理定期会晤委员会各分委会主席先期抵俄，为两国总理会晤做了大量准备工作。

叶利钦总统高度评价江泽民主席与他共同决定建立的中俄战略协作伙伴关系，并表示俄罗斯愿向中国敞开合作大门，双方各部门应积极行动起来，认真落实已达成的共识和签订的协议。两国总理强调，中俄经济互补性强，合作的潜力巨大，关键是要发挥各自优势，取长补短，根据市场规则和国际惯例，开展平等互利的经贸合作。双方认为，高科技、能源、森林采伐和木材加工、家用电器生产等是两国之间有着广阔发展前景的合作领域，应作为近期开展经贸合作的重点；两国省州之间的合作应发挥更大作用。双方认为，两国不断增进相互理解与信任，合作的天地越来越广阔，一定会大有作为。双方还对两国在国际事务中的密切磋商和配合表示满意，认为在世界多极化和经济全球化正在深入发展的今天，这种合作不仅符合两国人民的利益，而且对世界和平与发展也将产生积极的影响。

这次访问的重要成果，进一步丰富和充实了中俄战略协作伙伴关系的内涵。我们相信，双方有关方面认真抓紧落实两国领导人达成的共识和协议，中俄友好合作关系就一定能够取得全面进展，两国领导人和两国人民寄予厚望的经贸合作也一定能够达到新的水平。

（原载于《人民日报》1999年3月1日第一版"社论"）

附录 见证·记录·感悟

2011年1月18日,专机腾空而起,飞向大洋彼岸。又一次,我找到了重任甫始的感觉。又一次,我将见证不同寻常的重大外交行动。

无数的难忘时刻

1992年冬天,参加报道俄罗斯总统对中国的首次国事访问,是我第一次从事中央外事报道工作。体验长城之上朔风凛冽与热情洋溢的交接,感悟历史性外交行动的不同凡响——由此开端,在这一报道领域,我的记忆中留下无数难忘时刻。

作为中央外事记者,我近千次走进庄严的人民大会堂,走进美丽的中南海,走进清雅的钓鱼台,亲眼目睹中国领导人同来自世界各国的朋友握手,交谈,达成共识,签署互利合作文件。作为出访代表团的随行记者,我报道了中国国家主席和国务院总理对60多个国家和地区的100多次访问。

在铺着长长红地毯的地方,奏响中华人民共和国国歌的地方，高高飘扬五星红旗的地方，仪仗队员列队行礼的地方，荟萃各国经济、科技、文化成就的地方，各国领导人聚会一堂阐述观点的地方……我亲身感受到中国同世界的关系发生的一次次历史性变化，我记录中国声音，传播中国主张，述说中国力量。

眨眼走过19年，多少华彩篇章驻留心田，多少艰苦历练伴我成长。

随行出访的记者像全能运动员，既要有短跑的爆发力，也要有长跑的耐力。不仅如此，还要能够长时间冲刺。这一切，靠的是点滴的积累。

每每临近出征时，我就不由自主地进入一种全身心工作的状态。时时刻刻，我的大脑围绕报道需要运行，反复设计各种报道预案。资料准备得充分吗？领导人历次相关讲话全文、到访国对华关系概况、历史背景、经济数据、经典报道范例……能想到的，我都要找来看，有的还要存在电脑中备查。经常，我在通讯中提炼的一句话，是因为读完几本书之后而获得的灵感。

兵马未动，资料先行。多年的实践告诉我，虽然每次采访中真正动用的"资料战略储备"还不到1/10，但有准备才能踏实，不会在关键时刻"挖空"了自己。

我不是"超人"

我已无法数清自己曾多少次为此而冲击极限、超越极限。完成任务是必须的，客观条件却往往表明诸多的"不可能"，于是尽力在"不可能"中实现"可能"，也是必须的。因为时差的因素，我常常需要在采访结束1小时之内交出高质量记录重要历史时刻的特写。但这1个小时内，我往往需要完成酒店的结账手续，几乎每10分钟左右收到因各种重要事项而打来的电话，收拾行装赶上提前启程赴机场的工作人员车队……同时间赛跑，在头脑风暴、体力抗争中拼搏。

当前在一线做高访报道的中国文字记者中，我是从事这项工作最久者之一。即便如此，每一次随访都还会遇到无法预知的难题。直面艰苦条件的考验，是一种工作常态。在冰天雪地的莫斯科，为进入克里姆林宫采访而被安排在红场露天等候两个小时，冻得头皮生疼；在墨西哥城，任凭高原反应搅得心痛气虚，沿坡路狂奔而上赶到采访地点；在"非洲雨都"蒙罗维亚，背着电脑、海事卫星、打印机等器械连续 5 个多小时穿梭奔波于湿热难耐的采访地点；在雨中的奈良，为保证近身采访时行动方便就只能选择不撑雨伞、任凭雨水冲淋，双脚裹在被雨水浸透的冰冷鞋子里忍耐 5 个多小时；在布宜诺斯艾利斯，被后撤的摄像记者踏伤脚踝，持续"享受"3 个月之痛；在严冬的芝加哥，背着电脑进入温暖的大厅内，从"候场"、采点到最终进行近身采访连续 3 个多小时的时段内，为能解放双手进行记录、录音并在活动结束时立即赶上主车队，只得穿着厚厚的冬装大汗淋漓地奔来赶去；在烈日下的达累斯萨拉姆，长时间站在草地上专注于采访，"放任"蚂蚁等小虫在脖颈手臂上自在爬行……

因时而异、因地而异的考验之外，还有一个共性考验，那就是时差的困扰、睡眠的严重透支。连续工作 20 多个小时是常事，30 多个小时不少见，甚至达到过 43 个小时。启程出发的时间有时是凌晨 1 点半、凌晨 3 点半、凌晨 4 点半……这也就是说，刚撂下一天的报道工作就得开始新一天的采访。这样的工作强度，有时需要持续近半个月。在疲惫中应战，我并不是超人，依靠咖啡也未必管用，眼睛累得实在睁不开了，就只能闭目打字，好在使用五笔字型录入法能够"盲打"，好在被责任感驱使的头脑不会停歇！

找到最佳视角

拼搏，并不是体力和智力的死拼硬扛。作为一名党报工作者，最关键的是要深入领会中央的精神，准确把握宣传口径，自觉贯彻落实到每一篇稿件、每一块版面上。作为一名中央外事报道记者，必须对中国在国际事务上的原则立场有深入理解，必须对中国外交的全局有深入认识，必须对国际新闻的背景来由有深入分析。多年实践，让我领悟到每一个政策性表述的分量、分寸和内涵。重大责任，时刻提醒我要兢兢业业、奋发有为。

在某种意义上，我们是历史进程的记录者。为了找到最佳视角，我要遍查有关文献，甚至通览古今历史。为了做出妥当的历史性评价，我要反复斟酌，甚至为了一个用词而翻阅数万字资料。"伙伴"、"合作伙伴"、"战略伙伴"、"战略协作伙伴"？字字千钧，万不能差。

在白宫南草坪上,明亮的阳光穿云而现,我的眼前再现跨越太平洋的巨人握手,中美关系迎来新的历史性机遇,举世关注——

我拿起笔,见证着,记录着,感悟着……

(原载于《新闻战线》杂志 2011 年第六期"闻人轶事"专栏)